12

文学论文

普希金文集

上海译文出版社

ПОЛНОЕ СОБРАНИЕ СОЧИНЕНИЙ XII

冯 春——译

目 录

我看俄国剧坛[①]

如果您想评论别人，是否首先应评论一下自己呢？那位对卡拉姆辛《俄国史》提出批评的无名氏有必要使用“卢日尼基隐士”[②]这个破旧的假面具吗？为了把德国姑娘莱诺雷同苏格兰姑娘柳德米拉和楚瓦什姑娘奥尔加作比较，有必要躲进芬兰人的乡村吗？[③]最后，那位喜爱法国演员和仇视俄国戏剧的人难道有必要假装成独眼龙和断臂的残疾人[④]吗？仿佛瞎了一只眼、断了一条胳膊就有权对作品加以歪曲，就有权不会用俄语写作。我认为，没有必要，因此在这里就恕不提供我的履历表、出生证、亲友名单和自我辩护。那些无所求于我的读者对此决不会感到丝毫的委屈，那么，如果他们闲得无聊，倒可以浏览一下我这篇《我看俄国剧坛》，他们用不着关心我为什么要写作和发表这些意见。

观众造就了戏剧天才。可我们的观众是些什么人呢？

在歌剧、悲剧、芭蕾舞剧开场之前，一个年轻人在池座的十排座位间走来走去，踩着所有观众的脚，跟所有认识的和不认识的人攀谈。“你从哪里来？”“从谢苗诺娃[⑤]，从索斯尼茨卡娅[⑥]，从科洛索娃[⑦]，从伊斯托敏娜[⑧]那里来。”“你真幸福！”“今天她在演唱——她在表演，她在跳舞，——我们给她鼓掌——捧她出场吧！她多么可爱！她那双眼睛多迷人！她的小腿多么美！她真是个天才！……”幕启了。那年轻人和他的朋友们从一个座位走到另一个座位，给她喝彩鼓掌。在这里我不想指责那些狂热、轻浮的年轻人，我知道，他们需要的是宽容。但是可以相信这些评论者的意见吗？

那些赢得我们观众喜爱的男女演员在演唱博埃尔蒂耶或德拉·马丽亚[⑨]的咏叹调时往往荒腔走板。行家听出来了，爱好者感觉到了，他们出于对天才的尊重默不作声。另一些人出于信赖报以掌声，出于礼貌加以喝彩。

悲剧演员吼得比其他演员响些厉害些，几乎被震聋的楼座观众发狂了，整个剧场充满了噼里啪啦响的掌声。

女演员呢……既然我说不能根据我们观众喧闹的喝彩声来评价演员的天才，那就不必再说了。

还有一个意见。我们的大部分池座观众太关心欧洲和祖国的命运，太劳累，在表达内心活动上太深沉、太矜持、太谨慎，

---

① 本文写于一八二〇年五月以前，普希金生前未发表。

② 《欧罗巴导报》上常见的笔名（有时作"卢日尼基老人"），普希金认为，使用这个笔名的文章都是杂志的编辑米·特·卡切诺夫斯基所写的。一八一九年发表了卡切诺夫斯基批评卡拉姆辛《俄国史》的文章。这篇文章刊登于该杂志第五期，署名为"Ф."，标题是《一个基辅居民给朋友的信》，内容系分析卡拉姆辛的序言和该序言的两篇译文。卡切诺夫斯基（1775—1842），俄国怀疑学派历史学家、评论家，一八〇五至一八三〇年任《欧罗巴导报》编辑，一八三七年任莫斯科大学校长。

③ 俄国诗人尼·伊·格涅季奇（1784—1833）在一八一六年的《祖国之子》上发表《论毕尔格〈莱诺雷〉的意译本》一文，比较毕尔格《莱诺雷》的两个仿作：茹科夫斯基的《柳德米拉》和卡捷宁的《奥尔加》。文章注明写于"田德尔村"。

④ 一八一九年十二月二十九日《祖国之子》发表《致出版人的一封信》，署名为B. Кл-нов，显然是P. 佐托夫所作。作者自称在战争中失去一条手臂和一只眼睛。他称赞彼得堡的法国剧团，批评俄国剧团。

⑤ 叶·谢苗诺娃（1786—1849），俄国戏剧演员。

⑥ E·索斯尼茨卡娅（1799—1855），俄国戏剧演员。

⑦ E·科洛索娃（1782—1869），俄国芭蕾舞演员。

⑧ A·伊斯托敏娜（1799—1848），俄国芭蕾舞演员。

⑨ 原文为法语。

因此多多少少无法关注戏剧艺术（何况是俄罗斯戏剧艺术）的品位。如果同样一些人每天六点半即从兵营、委员会里出来，坐到预订的池座前座里去，那么对于他们来说，这是为了表明他们的爵位，而不是愉快地休息。他们是那样冷漠无情、漫不经心，无论如何不可能有什么概念和见解，连某种感情活动都没有。因此，他们不过是大卡敏内剧院里的一些可敬的装饰品，而绝对不是爱好者，也不是有学识的或不公平的评论者。

还有一个意见。这些脸上带着与其工作方式分不开的无聊、傲慢、忧虑和愚蠢的同样印记的当代伟大人物，这些一看喜剧就皱眉头、一看悲剧就打呵欠、一看歌剧就打盹，也许只有看芭蕾舞时才能聚精会神的永远坐在前排的观众，难道不会必然导致我们那些非常勤奋的演员失去表演热情，使他们的心灵变得慵懒吗？如果上天赋予他们心灵的话。

但是让我们来看看，俄国演员是否应该受到这种致命的冷遇。让我们来分别研究一下悲剧、喜剧、歌剧和芭蕾舞，尽可能做到宽容和严格，但主要是公正。

谈论俄国悲剧，就必定要提到谢苗诺娃，而且也许只会提到她一个。她天生很有才华、漂亮、热情、真挚，而且独具风格。谢苗诺娃从来不模仿别人。不善于表达感情的法国女演员乔治①和永远热情澎湃的诗人格涅季奇只能对她提示艺术的某些秘密，而她却能凭悟性去领悟艺术。她的表演总是那么灵活自如，总是那么清楚明晰，她那富有生气的动作是那么高雅，她的声音是那么清纯、柔和、悦耳，她的激情总是来自真正的灵感，这一切都

① 乔治（1787—1867），法国悲剧演员，一八〇八至一八一二年曾在俄国巡回演出。

是属于她的，不是模仿哪个人的。她使不幸的奥泽罗夫那不完美的创作臻于完美，并且创造了安提戈涅和莫伊娜等角色；她使洛巴诺夫[①]那用人为节奏写出的诗行充满生气；我们喜欢她所朗诵的卡捷宁那充满力量和激情却缺少诗味和韵律的诗歌。在由许多人共同完成的形形色色翻译作品[②]（可惜现在已成为很平常的事了）中，我们只听到谢苗诺娃一个人的朗诵，女演员的天才使得这些由众多诗人合译的可悲作品（所有的译者都在纷纷否认这是他们的译作）仍然留在舞台上。谢苗诺娃真是走遍天下无敌手。不公正的议论和片刻的牺牲，接踵而来的新闻都绝迹了，她仍然是唯一统治悲剧舞台的皇后。有人想把漂亮的喜剧女演员瓦尔别尔霍娃[③]和她作比较，瓦尔别尔霍娃在扮演狄多这一角色时活像装腔作势的谢利缅娜（因为她在扮演《嫉妒的妻子》[④]这一角色时至今仍使我们想起迦太基皇后）。但是，她的天才的真正崇拜者们忘记了他们曾看到她戴着花冠、穿着长袍，然而她很明智地脱下了花冠和长袍，换上曳地长裙和带羽毛的帽子。

年轻、可爱、胆怯的科洛索娃[⑤]穿着安提戈涅的朴素服装，

---

① M. E. 洛巴诺夫（1787—1846）翻译过拉辛的悲剧《依菲热妮在奥利德》，谢苗诺娃出演过其中的角色。

② 指伏尔泰的《扎伊拉》，译者有五人；高乃依的《贺拉斯》，译者有四人；隆热彼埃尔的《美狄亚》，译者有五人，等等。

③ M. И. 瓦尔别尔霍娃（1788—1867），俄国戏剧演员，普希金在这里提到她演出过的剧目：克尼亚日宁的悲剧《狄多》、德福尔日的喜剧《嫉妒的妻子》、莫里哀的《愤世嫉俗》（瓦尔别尔霍娃演谢利缅娜一角）、塞代纳的喜剧《意外的打赌》、A. 沙霍夫斯科伊的喜剧《无忧无虑的主人》。

④ 有人认为嫉妒的女人这一角色是瓦尔别尔霍娃女士最好的角色。这是完全不正确的。难道他们没有看到她在《愤世嫉俗》《意外的打赌》《无忧无虑的主人》等戏剧中的表演吗？——原注

⑤ A. M. 科洛索娃（1802—1880），婚后改姓卡拉迪金娜，系著名演员 B. A. 卡拉迪金之妻。一八一八年十二月初次登上戏剧舞台，在奥泽罗夫的悲剧《雅典的俄狄甫斯》中扮演安提戈涅；后来在奥泽罗夫的《芬加尔》中扮演莫伊娜，一八一九年一月扮演拉辛的爱丝苔尔。

不久前在剧院满场的掌声中出现在墨尔波墨涅[①]的舞台上。十七岁的妙龄、明眸皓齿（不用说，总伴随着愉快的笑容）、口音上悦耳的缺陷使悲剧天才的众多评论者如痴如醉。评论界几乎一致认为萨申卡·科洛索娃是谢苗诺娃的可靠继承人。在她的全部表演中掌声没有断过。在悲剧结束的时候，她在观众疯狂的欢呼声中出来谢幕，当大科洛索娃女士这位

迷人的女儿之最迷人的母亲[②]

穿着俄罗斯服装，由于做母亲的骄傲而容光焕发，出现在随后的芭蕾舞台时，全场掌声雷动，欢呼声震耳欲聋。这位幸福的母亲哭了，默默地感谢陶醉的观众。这是我们戏剧史上唯一的例子。我说的是实在话，不作任何评论。科洛索娃一连三次演了三个不同的角色，都获得同样的成功。这一切最后是怎么结束的？对她的天才和美貌的狂热渐渐冷淡，赞扬渐渐减少，观众不再鼓掌，不再把她同无与伦比的谢苗诺娃比较了；不久，每逢她演出，剧场里便空空荡荡，最后，在一次她的捧场戏中，她扮演扎伊拉这个角色，全场的观众都睡着了，一直到在悲剧的第五幕被毒杀的女基督徒扎伊拉穿着深红色萨拉方、束着金黄色腰带在这出相当乏味的轻松歌剧的末尾伴随着“在花园里还是菜园里”的歌声高高兴兴地跳着俄罗斯舞出场时，观众才醒了过来。

如果科洛索娃少在侍从武官 Е. И. В. 周围献媚，而多琢磨

① 希腊神话中缪斯之一，主管悲剧。墨尔波墨涅的舞台即悲剧舞台。
② 原文为拉丁文。贺拉斯的诗的改作。

自己的角色；如果她能纠正自己的单调唱腔、尖声叫喊和在室内听来很愉快而在悲剧舞台上很不体面的巴黎腔的P音；如果她的姿态自然一些而不是那么做作；如果她不单是模仿谢苗诺娃脸部的表情，而是努力掌握自己角色的深刻内涵，那么我们还是可以期望将来能拥有一位真正的好演员——不仅姿色美丽，而且在智慧、艺术和无可争辩的才能等方面都很出色的女演员。美貌会消失，天才却长期不会凋萎。如今谁还会谈论卡拉迪金娜，她自己承认，在扮演角色时，对于用诗体写成的台词，她从来就不能领会台词中任何一个字的含义。入迷的观众曾经为雅可夫列夫[①]那美艳情妇的奇才欢呼，现在她和他那现已寡居的前妻一样，谁也无法断定，她们中哪一个更难以令人理解、更令人厌恶。谦和的、不引人注目的雅布拉奇金娜完全理解悲剧中心腹女人那人物面部表情的毫无价值，她们两人认为她用一般的平淡的声调朗诵台词更合适，因为这样至少不会损害一位主要女演员的表演。

谢苗诺娃和粗野但热情的雅可夫列夫频频出现在我们面前，雅可夫列夫在还没有喝醉的时候很像喝醉了酒的塔尔姆[②]。当时我们有两位悲剧演员！雅可夫列夫过世了，布良斯基[③]接替他的位置，但取代不了他。布良斯基也许比较体面，在舞台上一般说气质比较高雅，比较尊重观众，对角色的理解比较清晰，不停留在把角色想象成突然发病的样子，可是因此表现得多么平淡！他的唱腔又是多么单调，多么吃力！

---

① A. C. 雅可夫列夫（1773—1817），俄国戏剧演员。

② 塔尔姆（1763—1826），法国演员，古典主义和现实主义表演艺术的杰出代表。

③ Я. Г. 布良斯基（1790—1853），俄国戏剧演员。

酒还是可以喝一点，

但事情要办得像样。[①]

雅可夫列夫常常迸发出天才的令人赞叹不已的激情，有时他的激情则像浅薄的塔尔姆。布良斯基则时时处处都是一样的。永远是微笑的芬加尔、忒瑞俄斯、奥罗兹曼、伊阿宋、季米特里——一样的死气沉沉、妄自尊大、勉勉强强、有气无力。您对他说：“提起精神，老爷！好好发挥一下，发一顿脾气呀，喂！喂！”一点用处也没有。所有的动作都是那么呆板、拘谨，慢条斯理，他不会掌握自己的声音，也不会掌握自己的姿势。布良斯基演悲剧从来不曾感动人，演喜剧则不会引人发笑。尽管如此，作为一个喜剧演员，他却有优势，甚至有真正的优点。

我把谢尼科夫、格鲁哈列夫、卡缅诺戈尔斯基、托尔切诺夫[②]等人留给第一层厢座的观众去评判。他们最初都受到兴高采烈的欢迎，接着在最上层楼座观众的鄙视中落魄，无声无臭地灭亡了。但是在这些被抛弃的演员中，鲍列茨基[③]是个例外。有人认为，是对艺术的不幸热爱把他引到悲剧舞台上去的。他缺乏雅可夫列夫的轩昂气度，甚至也没有布良斯基那令人相当喜爱的姿态，他的唱腔更加单调、有气无力，一般来说，他演得比布良斯基还差。*当然，也不能简单地这么说。*[④]从各方面看，我还是认为鲍列茨基比布良斯基好。鲍列茨基有感情，他在扮演

---

① 引自克雷洛夫寓言《音乐家》。

② A. Г. 谢尼科夫（1784—1859），A. 格鲁哈列夫（1786—1820），З. Ф. 卡缅诺戈尔斯基（1781—1832），П. И. 托尔切诺夫（1787—1862），均为俄国戏剧演员。

③ И. П. 鲍列茨基（1795—1842），俄国戏剧演员。

④ 原文为法语。

俄狄甫斯和老贺拉斯时，我们听到了他发自内心的激情。我们还没有对他失去希望。根除所有的习惯，完全改变表演方法，用另一种方式表现人物，就可以使这位拥有许多精神和生理天赋的鲍列茨基成为一位具有伟大品格的演员。

但是现在让我们放下悲剧这片贫瘠的田野来研究众多的喜剧天才。

论散文[1]

有一次达兰贝尔[2]对拉阿尔普[3]说：“不要对我吹捧布丰[4]。此人写道：‘人类最可贵的收获便是制服这种了不起的烈性动物’等等。为什么不直截了当地说马呢？”拉阿尔普对这种枯燥无味的哲学论断感到惊讶。但达兰贝尔是一位很聪明的人——说实话，我差不多同意他的意见。

顺便指出，问题涉及布丰这位大自然的伟大写生画家。他那才华横溢、感情充沛的文笔永远是叙事散文的典范。某些画卷是用神工妙匠的巨笔描绘出来的。但是对于我们那些把朴实地叙述最平凡的事物视为低能、企图用补充说明和陈腐的比喻来使幼稚的散文显得活泼的作家们，我们该说些什么好呢？这些人一谈到“友谊”就一定要添上一句，“这是一种燃烧着高贵热情的神圣感情”等等。本来应该说“清晨”，可他们却要写成：初升太阳的第一缕光芒刚刚照亮蔚蓝色天空的东方——哎呀，这句话说得多么新颖鲜亮啊，难道说只因为这个句子长些就好些吗？

我读过某位戏剧爱好者的描写：这位由阿波罗[5]慷慨赋予才华、由塔利亚[6]和墨尔波墨涅抚育成长的少女……上帝啊，你干脆说：这位年轻美貌的女演员，再继续写下去吧，——请相信，谁也不会注意你的描写，谁也不会对你说声谢谢。

一个卑鄙的吹毛求疵的批评家，他那不可遏止的嫉妒心正日夜向俄罗斯帕耳那索斯山[7]的月桂浇灌迷魂毒汁，他那令人厌倦的愚钝只能和无休无止的怨恨相提并论……我的上帝，为什么不直截了当地说“马”呢，这样不是更简练吗——这家杂志的出版人先生。

伏尔泰可以说是一位说理文体的优秀典范。他在小说《米克罗梅加斯》中嘲笑了丰特奈尔[⑧]细腻纤巧的文笔，为此丰特奈尔永远不能原谅他。[⑨]

准确和简练——这是散文的首要品格。它必须具有一定的思想内容，如果没有一定的思想内容，即使堆满华丽的辞藻，结果也是白搭。诗则是另一回事（不过，诗歌并不妨碍我们的诗人纳入比平常多得多的思想。老是回顾过去的青年时代，我们的文学便无法取得长足的进步）。

问题在于，在我国的文学中，谁的散文写得最好。回答是：卡拉姆辛，这并非溢美之词——关于这位可敬的作家，我们还要说几句话……

---

① 本文写于一八二二年，系草稿，普希金生前未发表。

② 达兰贝尔（1717—1783），法国数学家、力学家和启蒙哲学家，彼得堡科学院国外名誉院士（1764）。一七五一至一七五七年同狄德罗共同编辑《百科全书》。

③ 拉阿尔普（1754—1838），瑞士政治活动家。启蒙思想的拥护者，一七八四至一七九五年为未来的俄国沙皇亚历山大一世的老师。此句引自法国动物学家居维叶所作《布丰传》。普希金记忆有误，将里瓦罗尔误为拉阿尔普。

④ 布丰（1707—1788），法国博物学家，彼得堡科学院国外名誉院士（1776），主要著作有《自然史》三十六卷。

⑤ 希腊神话中的太阳神，主管光明、青春、医药、畜牧、音乐和诗歌等。

⑥ 希腊神话中缪斯之一，主管喜剧。

⑦ 希腊神话中太阳神阿波罗和文艺女神缪斯的灵地。

⑧ 丰特奈尔（1657—1757），法国作家，普及科学知识的学者。

⑨ 顺便说说文体，在这种情况下是否应该说，为此（того，то 的第二格——译者）永远不能原谅他，或者为此（то，第四格——译者）永远不能原谅他？看来这两个字（того 或 то）并不决定于受小品词 не 制约的动词“能”，而决定于要求用第四格补语的不定式动词“原谅”。不过卡拉姆辛并不这样写。——原注

给《祖国之子》出版人的信[①]

最近四年来我成了报刊评论的对象。这些评论往往是不公正的，往往是下流无耻的。有些评论不值一顾，对另一些评论则不可能远离题目给予回答。对于一个作者由于自尊心受到侮辱而进行的辩护，读者是不会感兴趣的，我默默地打算在新版中改正不管以什么方式向我指出的缺点，同时，我也怀着十分感激的心情偶尔看到一些热烈的赞扬和鼓励，我感到不仅仅是我那些诗作的微不足道的优点使读者厚意向我表示宽容和友好。

现在我必须打破沉默。彼·安·维亚泽姆斯基公爵出于对我的友情，在着手出版《巴赫奇萨拉伊泪泉》的时候，附了一篇《出版者与反浪漫主义者的谈话》。[②]这篇谈话可能是虚构的：至少，如果我们出版界的古典主义者当中有许多人的评论和那位维堡区古典主义者的评论同样尖锐的话，那么，似乎不会有人像他那样表达得如此尖刻，并且带着上流社会那种彬彬有礼的口气。

我国有一位文学批评家不喜欢这篇谈话。他在《欧罗巴导报》第五期上发表了另一篇出版人与古典主义者的谈话，我在其中读到下面一段话：

"出版人：'那么，您不喜欢我的谈话？'古典主义者：'我承认，我感到遗憾，因为您把这篇谈话附在普希金出色的诗作后面，我以为，作者本人也会感到遗憾的。’”

作者非常高兴，因为有机会为这件出色的礼物感谢维亚泽姆斯基公爵，《出版人与维堡区或瓦西里耶夫岛古典主义者的谈话》与其说是专为俄罗斯而作，不如说是为欧洲而作的。在俄罗斯，浪漫主义的反对者非常虚弱，微不足道，不值得为此大动干戈，大张挞伐。

我不想或者说没有权利在其他方面有所抱怨，我只真诚而谦恭地接受一位不知名批评家的夸奖。

亚历山大·普希金

于敖德萨

---

① 本文发表于《祖国之子》一八二四年五月三日第十八期。

② 维亚泽姆斯基这篇前言在《欧罗巴导报》上引起争论，争论文章的作者从古典主义观点出发反驳维亚泽姆斯基提出的浪漫主义论点，这篇匿名文章的作者是 M. A. 德米特里耶夫。

论我国文学发展缓慢的原因[①]

我国文学发展缓慢的原因，通常认为是：一、普遍使用法语，轻视俄语。我们所有的作家都抱怨这一点，但如果不是他们自己，又是谁的错呢？除了从事诗歌创作的人，俄语对任何人都没有足够的吸引力。我们还没有文学，还没有书籍[②]，所有的知识，所有的概念，我们从小都是从外国图书中吸取的，我们习惯于用外语思考，时代的教育要求为精神食粮提供思考的重要对象——精神食粮已经不能满足于想象与和谐的闪光游戏，——而学识、政治和哲学还不能用俄语进行阐释，我们根本就没有哲学语言，我们的散文还写得很粗糙，甚至书写普通的往来信件时我们还得创造一些词语以表达最平常的概念，我们的惰性使我们更乐于使用外国语言，因为外国语言的机械形式早已形成，并且为大家所熟知。

但有人会对我说，俄国诗歌已达到很高的文化水平。我同意这样的见解：杰尔查文的某些颂诗尽管风格上不很和谐、语言上使用得不很正确，还是充满真正天才的激情，在鲍格丹诺维奇的《杜申卡》中我们会读到可以和拉封丹媲美的诗句和整页整页的描写，克雷洛夫超过了我们所知道的所有寓言作家，也许只有同一个拉封丹是例外，罗蒙诺索夫的幸运战友巴丘什科夫为俄语作出了彼特拉克为意大利语作出的那样的贡献，茹科夫斯基如果自己少翻译一点，那么他的作品将会被译成所有的语言。

① 本文系一篇草稿，未完成。

② ……在我的祖国
有几千份杂志，却没有一本书。
我同意最后半行诗的看法。——原注
译者按：这两行诗引自德·彼·哥尔查科夫（1758—1824）的讽刺诗《致俄罗斯驻荷兰全权公使 C. H. 多尔鲁科夫公爵函》。

《茨冈人》注释[1]

一

很久以来欧洲人始终不知道茨冈人的来历，认为他们来自埃及，至今在一些地方还称他们为埃及人。一些英国旅行家终于解释了所有的疑问，证明茨冈人属于印度一个被排斥的称为贱民的等级。语言和所谓的信仰，甚至脸型和生活方式都和这一论证相符。他们留恋能保障他们贫困生活的那种自由自在的生活方式，到处使政府为改变这些流浪者的闲散生活所采取的措施趋于无效——他们像在英国那样在俄罗斯流浪。男人从事生产生活必需品的手艺，贩卖马匹，驯熊，进行诈骗和盗窃，女人以占卜、歌舞为生。

在摩尔达维亚，大部分居民是茨冈人，但最引人注目的是，在比萨拉比亚和摩尔达维亚，只有这些崇尚原始自由生活的人当中才有农奴。不过这并不妨碍他们过自由自在的游牧生活（这个故事极其真实地描写了这种生活）。与其他民族相比，他们的特点是精神上非常纯洁。他们并不以盗窃和诈骗为生。不过，他们是这样自由自在，这样贫困，这样热爱音乐，并且总是从事那些粗笨的手艺。他们的进贡成了王妃无止境的收入。

二

注释　在远古就声名远扬的比萨拉比亚对我们来说应该是特别有趣的：

它为杰尔查文所歌颂，
满载着俄罗斯的光荣。

但至今我们还是凭两三个旅行家的错误描写来了解这个领域。我不知道真才实学与军人优秀品格兼备的 И. П. 里普兰蒂[②]所编著的《有关它的历史与统计学记述》一书有朝一日是否能够问世。

---

① 这是长诗《茨冈人》注释的两篇草稿，一八五五年发表。第二篇中的引诗系普希金自己的作品，当时尚未发表，题目为《致巴拉丁斯基。寄自比萨拉比亚》。

② И. П. 里普兰蒂（1790—1880），当时普希金的朋友。

驳亚·别斯土热夫[①]论文《一八二四与一八二五年初俄国文学一瞥》[②]

别斯土热夫认为，各民族文学的发展都遵循自然界的一般规律。这是什么意思？文学发展的初期即是天才们成长的时候。

看来，作者是想说，任何一个民族的文学都有它逐渐发展的过程和衰落的时候。不对。

作者认为“强烈感情和天才创造”的年代是文学发展的第一阶段。“有时这个（哪个？）范围很狭小……对新事物的渴望寻找着取之不尽的源泉，天才们大胆地往前奔，企图绕过人群寻找精神与物质世界的新大陆，开辟自己的道路。”于是，新的阶段到来了，但别斯土热夫先生把它们搅和在一起，继续说：“随着这个创造和完满的年代到来的是平庸、令人惊奇和必须做出解释的年代。歌手随着抒情诗人出现，喜剧跟着悲剧崛起，但历史、评论和讽刺诗永远是文学的幼芽。到处都一样。”不对。我们不可能评判希腊诗歌，流传到我们这个时代的文献太少了。我们对希腊的评论著作也一无所知。但我们知道希罗多德生活在天才的悲剧作家埃斯库罗斯之前，[③]奈维乌斯[④]早于贺拉斯，恩尼乌斯[⑤]早于维吉尔，卡图卢斯[⑥]早于奥维德，贺拉斯早于昆体良[⑦]，卢卡努斯[⑧]和塞涅卡[⑨]的出现要晚得多。这一切都不符合别斯土热夫先生的总定义。

试问，哪一种最新的文学表现出别斯土热夫先生独自确定的渐进性？浪漫主义文学是从八行诗发轫的。[10]宗教剧[11]、民歌、短篇故事诗产生在阿里奥斯托、卡尔德隆、但丁、莎士比亚的作品之前。在马里尼骑士之后出现了阿尔菲耶里、蒙蒂和福斯科洛。[12]在蒲柏和艾迪生[13]之后出现了拜伦、穆尔[14]和骚塞[15]。在法国，浪漫主义诗歌长期处于初级阶段。法兰西斯一世时期最优秀的诗人马罗[16]

创作了八行诗，促进了叙事诗的繁荣。[17]

---

① 亚历山大·别斯土热夫（1761—1837），俄国民主主义教育家。十二月党人别斯土热夫兄弟之父。

② 这是普希金为亚·别斯土热夫发表于一八二五年《北方之星》杂志上的文学评论所写的一篇评论的草稿，发表于一八三四年。普希金从别斯土热夫论文的开头一段文字开始反驳："各民族文学在实现周而复始的发展过程中遵循自然界的一般规律。其初期曾经是强烈感情和天才创造成长的时候。"最后一段评论针对别斯土热夫的话："我们有评论但没有文学。"

③ 此处普希金有误。古希腊历史学家希罗多德生于公元前四八四（？）年，埃斯库罗斯生于公元前五二五年。

④ 奈维乌斯（约前270—前201），古罗马剧作家和诗人。

⑤ 恩尼乌斯（前239—前169），古罗马诗人。

⑥ 卡图卢斯（约前87—约前54），古罗马诗人。

⑦ 昆体良（35—约96），罗马演说家。

⑧ 卢卡努斯（39—65），古罗马诗人。

⑨ 塞涅卡（约前4—65），罗马政治活动家、哲学家、作家。

⑩ 按照十九世纪初的观点，认为浪漫主义文学起源于十二世纪法国南部抒情诗人的诗歌。

⑪ 指中世纪取材于《圣经》的宗教奇迹剧。

⑫ 马里尼（1569—1625），意大利诗人。阿尔菲耶里（1749—1803），意大利剧作家。蒙蒂（1754—1828），意大利诗人。福斯科洛（1778—1827），意大利作家。以上名字原文均为意大利语。

⑬ 艾迪生（1672—1719），英国作家。

⑭ 穆尔（1779—1852），英国浪漫主义诗人。

⑮ 骚塞（1774—1843），英国诗人。

⑯ 原文为法语。马罗（1496—1544），法国人文主义诗人。

⑰ 原文为法语。创作了八行诗，促进了叙事诗的繁荣。引自布瓦洛的《诗的艺术》，引文不准确。

散文占很大优势：蒙田、拉伯雷是马罗的同时代人。

试问：在哪里可以看到别斯土热夫先生所确定的规律的影子？

我们有评论吗？它在哪里？我们的艾迪生们、拉阿尔普们、施莱格尔[①]们、西斯蒙蒂[②]们在哪里？我们评判了些什么？谁的文学见解成了民族的见解？我们可以引用、依据谁的评论？

但别斯土热夫先生自己说了下面一句话："批评家、反批评家、再批评家我们看到了很多，可是立论精辟的批评家却很少。"

---

① 施莱格尔（1772—1829），德国文学批评家，作家。

② 原文为意大利语。西斯蒙蒂（1773—1842），瑞士历史学家。彼得堡国外名誉院士。

论斯塔尔夫人和A. M -夫先生[①]

《十年流亡》应该是斯塔尔夫人所有作品中最能引起俄罗斯人注意的一本书。敏锐而富有洞察力的目光、以新鲜和真实而令人吃惊的论述、女作家笔下所流露的感激之情和良好愿望——这一切都让人对这位不平凡的女性的思想感情肃然起敬。有一份手稿这样谈到她："读她的《十年流亡》[②]，可以清楚地看到，她为俄罗斯贵族的亲切接待所感动，却没有说出她所看到的一切。[③]在这一点上我不敢指摘这位善于言词的高贵外国女性，她是第一个完全公正地对待俄罗斯人民的人，而许多外国作家却把俄罗斯人民当作无知诽谤的对象。"手稿作者不敢指摘的这种宽容精神正是这本书描写我们祖国的那部分的主要魅力。斯塔尔夫人离开了俄罗斯这个神圣的避难所和家庭，她在这个家庭中曾受到信任和亲切的接待。她在实现她那高贵的心愿时总是用尊敬和谦恭的语气谈到我们，怀着满腔热情赞扬我们，她的批评很谨慎，绝不让家丑外扬。我们要感谢这位杰出的客人，敬重她这出色的回忆，就像她敬重我们的好客一样……

斯塔尔夫人从俄罗斯经由芬兰凄凉的旷野前往瑞典。在她的暮年，被剥夺了心爱的一切，被拿破仑疯狂的专制主义迫害了七年，对欧洲的政治状况忧心如焚，在这种时候（一八一二年秋天），她当然无法保持开朗的心境，享受大自然美景给予的喜悦。毫不奇怪，黑魆魆的悬崖、茂密的森林和湖泊带给她的只有惆怅。

她这本未完成的笔记在闷闷不乐地描写芬兰时中断了……

A. M. 先生[4]“在重新翻阅斯塔尔夫人这本小册子时看到”最后一个片断，用相当艰涩的散文翻译了它，对“斯塔尔夫人的幻想”作了下列“评论”：“且不说她暴露了轻率浮躁的作风、缺乏敏锐的观察力和对地域的完全无知这些问题，这些现象都不能不让读者（他们都熟悉《论德国》作者的创作）大吃一惊，我同样为她这篇各方面都酷似服饰讲究的法国人的空谈的短篇小说所震惊。这些法国人不久以前还表现出知识的贫乏和对俄罗斯的奢望，他们被我们慷慨、有时又忠厚得不适当的同胞（只是在思想方法上他们还不是我们的同时代人）快乐地接待。”

这是什么笔调，什么语气！两页笔记和《黛尔菲娜》《高丽娜》《论法国革命》等书有什么关系？“服饰讲究的（？）法国人”与这位被拿破仑放逐、为俄国君主宽容大度地庇护的内克女儿之间有什么共同之处？

“谁读过斯塔尔夫人常常展翅高飞的创作……”A. M. 先生继续说，“他会觉得奇怪，无边的森林……除了因单调感到无聊，《高丽娜》的作者没有给人任何印象！”接着，A. M. 先生以

---

① 本文发表于一八二五年第三卷第十二期的《莫斯科电讯》，系由一八二五年第十期《祖国之子》上一篇题为《斯塔尔夫人论芬兰片断及评论》的文章引出的。评论者是在芬兰给扎克列夫斯基将军当副官的 A. A. 穆哈诺夫（1802—1834）。因署名只用姓名的头一个字母，普希金不知道他的身份。

斯塔尔夫人（1766—1817），法国作家，原名热尔曼娜·内克，拿破仑执政时不许她留居巴黎。作品有《论德国》《黛尔菲娜》《高丽娜》等。

② 原文为法语。

③ 指一八一二年以前的彼得堡上流社会。——原注

④ 见《祖国之子》第十期。——原注

自己为例。他说："不！我永远不会忘记我那为接受如此强烈的印象而振翅高飞的心灵的激动。我会永远记住那个早晨……"必须用完全不同于斯塔尔夫人散文的文笔来描写北方的自然风光。

接着他劝告这位如今已去世的女作家"通过某个翻译询问马车夫发生火灾的确切原因"等等。

A. M. 先生极不喜欢奥布大学附近出现狼和熊这个笑话，可是A. M. 先生自己却开了个很大的玩笑。他说："难道在那里就读的四百名大学生打算把自己培养为捕兽人？在这种情况下她不是可以把这所学院更确切地称为犬舍吗？难道斯塔尔夫人没有别的办法探索教育发展缓慢的原因，只能打扮成狄安娜让读者和自己一起到芬兰森林里去，循着雪地追踪熊和狼，可是又为什么要到熊窝里去寻找它们？……最终只不过是由于我们这位太太心中害怕罢了。"等等。

谈到这位"太太"时应该使用一个有教养的人的礼貌语言。这位"太太"遭到拿破仑的放逐，赢得许多君主的信任和欧洲的尊敬，从A. M. 先生那里得到的却是一篇不很尖锐但很不成体统的小文章。

要得到别人的尊重，就要善于尊重别人。

Ст. Ар. ①

一八二五年七月九日

① "老阿尔扎马斯社社员"的缩写。

评勒蒙先生的《〈克雷洛夫寓言〉译本序》[①]

我们的文学爱好者都为奥尔洛夫伯爵的事业感到高兴，虽然他们也想到，如此光辉又如此不能令人满意的翻译方法会给我们这位无与伦比的诗人所作的寓言带来某些损害。许多人都迫不及待地等着读勒蒙先生的序言，它确实非常精彩，虽然不完全令人满意。一般说，凡是作者必须根据传闻撰写的地方，其论断有时难免出错，与此相反，自己的猜测和结论却往往出奇地正确。可惜，这位著名作家几乎没有触及这些内容，他对这些问题的看法应该是非常令人感兴趣的。读他的文章[②]，你会不由自主地感到遗憾，就像有时听一位哲人的谈话，他由于礼貌的关系，许多话欲言又止，对许多问题也常常避而不谈。

作者在大致评论了一下我国文学的历史之后，说了几句有关我国语言的话，认为它还很原始，不怀疑它会臻于完美，并且引用俄国人的自信的说法，认为它很丰富、悦耳，拥有丰富的短语。

这些见解不难得到证实。作为文学的材料，斯拉夫俄语比所有的欧洲语言都更具有无可争辩的优越性：它非常幸运。在十一世纪，古希腊语一下子向它提供了词汇，打开了音韵的宝库，赋予它成熟的语法规则、优美的短语和庄重的语流，一句话，使它成为自己的分支，以此使它避免缓慢的完善过程。它本来就音调铿锵，富于表现力，从此它又获得了灵活性和准确性。民间语言必然脱离书面语言，但后来它们又接近了，这就是一种让我们得以交流思想的自然力量。

勒蒙先生毫无根据地认为鞑靼人的统治给俄语留下了锈斑。异族语言的推广不能靠剑与火，而要靠本身的丰富和优势。一个既无文学，又无贸易，亦无法制的野蛮游牧民族能给我们带来一些什么新的概念，需要用新的词汇来加以表达呢？他们的入侵没有在文明的中国人的语言中留下任何痕迹，我们的祖先在鞑靼人的桎梏下呻吟了两个世纪之久，他们用祖国语言祈祷俄罗斯上帝，诅咒严酷的统治者，彼此吐露心中的怨言。在当今的希腊，我们也看到同样的情况。保存自己的语言对于被奴役的民族有什么作用呢？对这一问题的研究，其意义是非常深远的。无论如何，未必有五十个鞑靼语词加入俄语里。立陶宛战争对我国语言的命运也没有影响，唯有语言是我们灾难深重的祖国不受侵犯的财产。

在彼得一世统治时期，由于必须引进荷兰语、德语和法语语词，俄语开始明显地失去本来面目。这种时髦风气到处流行，也影响了当时受帝王显贵庇护的作家，幸亏出现了罗蒙诺索夫。

勒蒙先生在一篇评论中提到博学多能的天才罗蒙诺索夫，但他并没有以正确的观点来看待彼得大帝的这位伟大战友。

---

① 本文发表于《莫斯科电讯》一八二五年第五卷第十七期。勒蒙的序言载于巴黎版《选自伊·安·克雷洛夫文集之俄国寓言，附各作者的法语与意大利语仿作并两篇序言——勒蒙先生的法语序言、萨尔菲先生的意大利语序言。奥尔洛夫先生出版》，一八二五年。勒蒙（1762—1826），法国历史学家。

② 至少是发表在《祖国之子》上的译文，我们没有机会看到法语原文。——原注

罗蒙诺索夫把非凡的意志和非凡的理解力结合起来，便掌握了文化的一切领域。尽快掌握科学是这颗充满欲望的心最强烈的欲望。历史学家、演说家、机械工程师、化学家、矿物学家、画家、诗人，这一切他都尝试过，深入研究过：他第一个深入探究祖国的历史，确立了它的共同语言的规则，提出了古典演说术的规律和范例，和不幸的里赫曼①一起预测了后来富兰克林的发现，创办了工厂，亲自制造机器，给艺术带来了镶嵌作品，最后还为我们发掘了我国诗歌语言的真正源泉。②

诗歌往往是少数天生诗人的特殊爱好，它包罗和吸取了他们生活中的一切观察、一切努力和一切感受。但是如果我们研究一下罗蒙诺索夫的一生，那么我们就会发现，精密科学一直是他主要和热爱的事业，诗歌创作有时是他的消遣，更多的则是他的一种职务练习。如果要在我国第一位抒情诗人身上寻找汹涌的激情和突发的想象力，那是不会有什么结果的。他的文笔如行云流水，瑰丽多彩，生动逼真，由于他深刻了解书面斯拉夫语并成功地把书面斯拉夫语和民间语言融合起来，便获得了它的主要美质。因此，改写的赞美诗和其他对圣经崇高诗歌的卓越近似仿作都是他最优秀的作品。③它们将成为俄罗斯文学的

---

① 里赫曼（1711—1753），俄国物理学家，为俄国电学研究奠定了基础，创立电量的测定方法，与罗蒙诺索夫共同研究大气电学，被闪电击死。

② 在《论俄文宗教书籍的裨益》一书中，罗蒙诺索夫指出怎样把教会斯拉夫语和俄语的词汇融合起来，在什么体裁里可以结合起来使用这两种词汇。

③ 有趣的是，特列季亚科夫婉转地嘲笑罗蒙诺索夫使用的教会斯拉夫词语，郑重劝告他学习大众语汇的生动优雅！但奇怪的是，苏马罗科夫却在半首诗里很准确地确定诗人罗蒙诺索夫的真正价值：

他是我国的马莱伯，他像品达罗斯！
法国首屈一指的马莱伯终于来临了。——原注

译者按：马莱伯（1555—1628），自誉为“出色的音节排列者”的法国诗人，坚持格律严谨、用词审慎和纯正而为法国古典主义开辟了道路的理论家。品达罗斯（前518—前442），古希腊抒情诗人。

不朽经典，我们还必须长期从这些作品中学习诗歌语言。但是抱怨上流社会人士不读罗蒙诺索夫作品，要求一个辞世七十年的人仍为今天的读者所喜爱，这未免不近人情。仿佛为了维持伟大罗蒙诺索夫的荣誉，必须有一位时髦作家对他表示一点尊敬。

勒蒙先生在谈到我国社会中有教养的圈子对法语的特殊使用时同样敏锐而公正地指出，俄语因此必须保持其宝贵的清新、朴素和所谓的用语的纯真。我不愿为我们对祖国文学的成就所抱的冷漠态度辩解，但是，毫无疑问，如果我们的作家因此而失去许多乐趣，那么至少说明语言和文学正在取得许多成就。是谁使法国诗歌背离了过往的古典文学典范呢？是谁在为拉辛的墨尔波墨涅，甚至是老高乃依的严厉缪斯涂脂抹粉呢？是路易十四的宫廷诗人。是谁给十八世纪作家的作品抹上了一层礼貌周到和俏皮幽默的淡淡光彩？是德芳侯爵夫人[①]、布芙莱侯爵夫人[②]、埃皮奈[③]这些非常亲切而有教养的女性组织的团体。但弥尔顿和但丁并不是为博得女性赏识的微笑而写作的。[④]

作者对法语进行了严厉而正确的评判，我们应该赞扬他这种公正的态度。真正的文明是不偏不倚的。勒蒙先生以这种散文语言的遭遇为例，说明我们的语言应该从小说家那里而不是从诗人那里获得在欧洲通用的可能性。俄国翻译家为这种说法感到委屈，但是如果原文上说的是欧洲文明[⑤]，那么作者看来是

---

① 原文为法语。德芳侯爵夫人（1697—1780），法国女文人，社交界名人。

② 原文为法语。布芙莱侯爵夫人，法国社交界名人。

③ 原文为法语。埃皮奈（1726—1783），法国文学界的杰出人物，其名望主要来自与狄德罗、格林男爵、卢梭这三位作家、思想家的交往。

④ “为博得女性赏识的微笑而写作”，引自当时报刊的文章。

⑤ 原文为法语。

说得对的。

假定说，俄罗斯诗歌已经达到了很高的文化水平；时代的启蒙要求思考的食粮，精神不能满足于光有音律与想象的游戏，但学识、政治和哲学还不能用俄语进行阐释；我们根本就没有哲学语言。我们的散文还很少精雕细刻，甚至书写普通的往来信件时我们还得创造短语以表达最平常的概念，我们的惰性表现在更乐于使用外国语言，因为外国语言的机械形式早已形成，是大家熟知的。

勒蒙先生在谈及克雷洛夫生活习惯的某些细节时说，他不说任何外国话，只用法语去理解。不对！——翻译家在注释里激烈反驳。事实上，克雷洛夫通晓几种欧洲主要语言，此外，他还像阿尔菲耶里一样在五十岁的时候学会了古希腊语。在其他国家，一位著名人士具有这样的特点一定会在报刊上大肆宣扬，但我们在杰出作家的传记中只满足于介绍他们的出生年代和详细经历，自己却在后来抱怨外国人对我国情况的无知。

最后我要说，我们应该感谢奥尔洛夫伯爵，是他选择了一位真正的民族诗人，让欧洲了解北方的文学。当然，没有一个法国人敢把任何人置于拉封丹之上，但我们似乎可以认为克雷洛夫超过了他。他们两人都将永远成为自己同胞爱戴的作家。有人曾经公正地指出，朴实（naïveté，bonhomie）是法国人民的天性，与此相反，我们性格的特点则是快乐幽默、嬉笑讥讽、表达生动：拉封丹和克雷洛夫正是两种民族精神的代表。

H. K.

8月12日

附注：我觉得没有必要指出一个外国人某些可以原谅的明

显错误，例如认为克雷洛夫和卡拉姆辛很接近（说他们接近是毫无根据的），臆想用我国的语言无法写作完全的短长格体诗，等等。

论古典主义和浪漫主义诗歌

我们的批评家尚不承认古典主义和浪漫主义两种类型之间的明显区别。在这个问题上概念搞得如此混乱，我们认为必须归咎于法国撰稿人，他们往往把他们认为打上幻想和日耳曼理想主义烙印，或在老百姓的偏见和传说的基础上写出来的作品归到浪漫主义里面去；这种定义是极不确切的。诗歌都可以表现所有这些特征，却可以归到古典主义一类。

如果我们不以诗歌的*形式*而以它所体现的精神作为基础，那我们就永远无法从定义里摆脱出来。让-巴·卢梭①的颂歌在精神上有别于品达罗斯的颂歌，尤维纳利斯②的讽刺作品有别于贺拉斯的讽刺作品，《被解放的耶路撒冷》有别于《埃涅阿斯纪》，但他们却都属于古典主义一类。

希腊人和罗马人熟悉形式的那些诗歌，或者他们留给我们的诗歌典范都应该归入这一类；因此长篇史诗、醒世诗、悲剧、喜剧、颂诗、讽刺诗、赠答诗、书信诗、牧歌、哀诗、讽刺短诗和寓言都应归属于这一类。

那么哪一类诗歌才属于浪漫主义诗歌呢？

是那些前人不熟悉的，那些原来的形式已经变化或被别的形式所取代的诗。

我认为没有必要去谈论希腊人和罗马人的诗歌：每一个有教养的欧洲人对伟大古代的不朽作品都应有足够的认识。我们还是来看看当代各民族诗歌的起源和各阶段的发展吧。

一个西方帝国迅速走向衰落，科学、文学和艺术也随之走向衰落。它终于灭亡了；文明也凋敝了。愚昧使血迹斑斑的欧洲黯然失色。只有拉丁文化勉强得以保存；修道士在修道院书库的尘埃里把卢克莱修[③]和维吉尔的诗从羊皮纸上刮去，然后在上面写上自己的编年史和传说。

诗歌在法国南方的天空下苏醒了——韵律在罗曼语系的语言里回响；诗歌这种新的装饰品初看起来是如此微不足道，却对当代各民族的文学产生了重大的影响。双重重音听起来非常悦耳；克服重重困难总会给我们带来满足——喜爱节奏感与和谐是人类智能的特点。法国南方的行吟诗人非常善于运用韵律，为加强诗歌的韵律想出种种可能的变化，创造了种种难度极高的形式：出现了 Virelai[④]、叙事诗、回旋体诗、十四行诗等形式。

由此便必然发生了生造词语、古人全然不曾有过的矫揉造作；低级的俏皮代替了八行诗所无法表达的感情。我们可以在当代最伟大的天才的作品中发现这些令人遗憾的痕迹。

然而理智不会仅仅满足于和谐这些玩意儿，想象力要求画面和故事。法国南方的行吟诗人便着手寻找灵感的新源头，他们歌颂爱情和战争，使民间传说得到复苏——于是产生了抒情民歌、抒情情诗和韵文故事。

由于对古代悲剧存在模糊的认识和教会经常举行庆典活

---

① 让-巴·卢梭（1617—1741），法国戏剧家、颂诗诗人。
② 尤维纳利斯（55/60—约 127），一译玉外纳，古罗马讽刺诗人。
③ 卢克莱修（前 95—前 55），古罗马诗人。
④ 法语。中世纪法国的一种两韵短诗。

动，这就为创作神秘作品（mystères）提供了理由。这些作品写得如出一辙，千篇一律，可惜当时亚里士多德已不在世，不能为神秘剧制定一些不容违反的规律。

有两件事对欧洲诗歌的精神产生了决定性影响：摩尔人的入侵和十字军东征。

摩尔人为诗歌带来了疯狂和温柔的爱情，对美妙事物的爱好和东方华丽的雄辩术；骑士们则带来了真诚和朴实，对英雄气概的观念和戈弗雷①与理查一世②的远征军宿营时的放荡风气。

这就是浪漫主义诗歌的朴素开端。如果它停留在这些试验上，那么法国批评家们的严厉评判是公正的，但是它的嫩芽幼枝却迅速而蓬勃地成长繁茂起来，已成为我们古老缪斯的对手了。

意大利占有它的长篇史诗，半非洲的西班牙攫取了悲剧和长篇小说，英国在但丁③、阿里奥斯托和卡尔德隆的名字前自豪地推出了斯宾塞、弥尔顿和莎士比亚的名字，在德国（足以令人惊奇）一种新的讽刺作品脱颖而出，它辛辣、诙谐，莱尼克·富克斯就是明证。

在法国，诗歌当时尚处在幼年时期：法兰西斯一世时代一位最优秀的诗人

> 创作了八行诗，促进了叙事诗的繁荣。④

---

① 戈弗雷（约1060—1100），下洛林公爵，曾率领队伍参加第一次十字军东征。

② 理查一世（狮心理查，1157—1199），英格兰国王，曾参加第三次十字军东征。

③ 原文为意大利语。

④ 原文为法语。

散文已具有强大的优势：蒙田、拉伯雷成了马罗的同时代人。

在意大利和西班牙，民间诗歌早在诗歌天才出现之前就存在了。天才们走的是已经铺平的路：早在阿里奥斯托的《罗兰》之前就有了长诗，在德·维加①和卡尔德隆的作品之前就有了悲剧。

在法国，文明遇到的是处于儿童时代的诗歌，没有任何方向，没有任何力量。路易十四时代的有教养的思想家公正地蔑视诗歌的粗浅，他们崇尚的是古代的典范。布瓦洛发表了自己的《古兰经》②——法国文学便俯首听命于它了。

这种在前厅里形成却从来进不了客厅的伪古典主义诗歌，总忘不了它天生的习性，我们看到的是裹在古典主义严格形式里的浪漫主义的矫揉之作。

附注：但是不要以为法国没有留下任何纯浪漫主义的作品。拉封丹和伏尔泰的童话及后者的《少女》就带有纯浪漫主义诗歌的印记。我不再赘述许许多多形形色色的模拟之作（模拟作品多数都很平庸：它们只有在无视一切礼节这一点上才超过天才们，而在诗歌成就上则永远望尘莫及）。

---

① 原文为西班牙语。
② 指他的著作《诗的艺术》。

关于短诗《恶魔》[1]

我认为批评家错了。[2]很多人也持有这种见解。有的人甚至指出了普希金似乎想在这首怪诗中描写的那个人。[3]看来他们猜错了。至少，我认为《恶魔》更具劝谕性的宗旨。

在人生最美好的时刻，还没有被各种经历弄得意气尽失的心和美好的事物是相通的。它是轻信的，富有感情的。但是现实中永远存在的矛盾渐渐在其中唤起疑惑，一种使人深为痛苦然而并不持久的感情。在永远摧毁了心灵最美好的希望和富有诗意的偏见之后，这种感情便消失了。无怪乎伟大的歌德把人类的永恒仇敌称为否定的精灵。普希金可能想在《恶魔》中表现一下这种否定的精灵和疑惑，并在一幅简洁的图画中描绘出它们的特征和对我们时代的道德的可悲影响。

① 草稿，写于一八二五年。发表于一八七四年。
② 《祖国之子》杂志一八二五年第三期刊登了一篇题为《寄往高加索的信》的文章。文章说："普希金的《恶魔》并不是臆想的人物，作者想表现一个诲淫者，他想用肉欲和假想来诱惑涉世不深的青年。"
③ 指亚历山大·拉耶夫斯基（1795—1868），普希金的朋友。

谈谈安德烈·谢尼埃[①][②]

安德烈·谢尼埃[③]在三十一岁上就成了法国革命的牺牲品。夏多勃里昂[④]评论他的几句话，两三段诗文，以及人们对于所失去的一切的普遍遗憾，使他永久拥有声誉。他的作品终于被发现并于一八一九年出版。悲伤是无法克制的……

---

① 本文系草稿，写于一八二五年，发表于一八八四年。

② 安德烈·谢尼埃（1762—1794），法国诗人、政论家。其哀歌是法国浪漫主义诗歌的先声。因反对雅各宾派被处死。

③ 原文为法语。

④ 夏多勃里昂（1768—1848），法国浪漫主义作家。君主贵族反动思想的代言人。

论悲剧[①]

各种作品中，最不真实的（invraisemblables）是戏剧作品，戏剧作品中最不真实的则是悲剧，因为观众很大程度上得忘掉时间、地点、语言：他必须竭力通过想象去理解某种语言，从而接受诗句和虚构。法国作家感觉到了这一点，因此订下严格的规则：情节、地点、时间。引人入胜是戏剧艺术的首要法则，情节的一致必须恪守不误。但是，地点和时间过于严格，由此产生许多不便，情节发生的地点受到很大的限制。阴谋诡计、表白爱情、国务会议、庆典活动——一切都发生在一个房间里！事情的发生出奇地迅速并且受到限制，必须有亲信人物[②]……*旁白*[③]如此不合情理，不得不分成两处，等等。这一切都毫无意义。倒不如干脆去追随没有任何规则却不缺少任何艺术的浪漫主义派?

有趣就是三一律中的一。

喜剧和悲剧二者糅合，紧凑，有时严格选用一些必要的平民语言。

---

① 本文写于创作《鲍里斯·戈杜诺夫》的时候，发表于一九一六年。草稿。本文反映了十九世纪二十年代古典主义作家和浪漫主义作家关于“三一律”的争论。

② 古典主义戏剧中的传统角色。

③ 原文为法语。

论文学中的民族性[1]

从某些时候起，谈论民族性，要求民族性，埋怨文学作品缺乏民族性在我们这里已成了一种习惯。但谁也没有想到要给它下个定义，说明他所指的民族性一词是什么意思。

我们有一位批评家似乎认为，民族性就在于从祖国历史中选取题材。

然而要否定莎士比亚的《奥赛罗》《哈姆雷特》《一报还一报》等作品中的伟大民族性的优点却是很困难的。Vega[2]和卡尔德隆不断博览世界各地的作品，从意大利短篇小说、法国抒情短诗中汲取悲剧题材。阿里奥斯托歌颂卡洛曼[3]、法国骑士和中国公主。拉辛的悲剧取材于古代历史。

然而要对所有这些作家的伟大民族性优点提出异议也是很困难的。恰恰相反，正如维亚泽姆斯基公爵公正地指出的那样，“除了名字，在《彼得颂》和《俄罗斯颂》中又有什么民族性可言呢？”克谢尼娅[4]在季米特里的军营里用六音步抑扬格同女心腹议论父母的权力又有什么民族性可言呢？

有些人只从文字上去看待民族性，也即喜欢那些用俄语表达，使用俄语成语写作的东西。

作家的民族性是一种只能由其同胞认定的优点，在别人看来，这种优点要么不存在，要么也许就是一种缺陷。一个有学问的德国人[5]对于拉辛主人公的彬彬有礼会愤懑不已，一个法国人[6]看到卡尔德隆作品中写到科里奥兰和自己的对手决斗会感到好笑。可是这一切都带着民族性的烙印。

气候、政体、信仰都赋予每一个民族以一种特殊的面貌，这种面貌都或多或少反映在诗歌这面镜子里。这里有思想和感觉的方式，也有只属于某个民族的风俗、迷信和习惯所表现的蒙昧无知。

---

① 本文系一篇草稿，和十九世纪二十年代俄国批评界争论民族性问题有关，尤其针对别斯土热夫发表在《北方之星》和丘赫尔别凯发表在《摩涅莫绪涅》中的文章。

② 西班牙语：维加。

③ 即法兰克国王，加洛林王朝皇帝查理曼大帝（742—814）。

④ 俄国剧作家奥泽罗夫的悲剧《季米特里·顿斯科伊》中的女主人公。维亚泽姆斯基曾称此剧为“人民的悲剧”。

⑤ 指施莱格尔，他写过一篇评论拉辛的《安德罗玛克》的文章。

⑥ 指西斯蒙蒂，他写过一篇评论卡尔德隆的《爱情的武器》的文章。

驳丘赫尔别凯发表于《摩涅莫绪涅》的论文[①]

《摩涅莫绪涅》上刊登的《论我国诗歌的方向》和《与布尔加林先生的谈话》两篇论文成了近两年来反对浪漫主义文学的言论的基础。

这两篇论文是一位博学而又聪明的人写的。不管正确与否，他到处兜售自己思想方式的理由和形成自己见解的论据，这在我们文学界确是少见的。

没有人反驳他，是否因为大家都同意他的见解，或者因为大家不愿与这位显然又强壮又老练的大力士打交道？

尽管如此，他的许多见解从各方面说都是错误的。他把俄罗斯诗歌分为抒情诗和叙事诗。他把我们古代诗人的作品归入前一类，把茹科夫斯基及其后继者归入后一类。

现在我们假定他这种分类方法是正确的，那就让我们来看一看，批评家是怎样确定这两类诗歌的价值的。

"我们，例……"我们摘引这段见解，因为它和我们的见解完全一致。

何谓诗歌的力量？力量体现在构思、布局和文体上吗？

自由呢？体现在文体和布局上——可罗蒙诺索夫的文体有什么自由可言，庄严的颂歌何曾要求什么布局？

灵感呢？一种心灵状态，它能最灵敏地感受印象，从而迅速理解概念，并有助于阐释这些概念。

诗歌像几何学一样需要灵感。批评家把灵感和兴奋混为一谈了。

不；绝对不是：兴奋排除宁静，而宁静是美的必要条件。兴奋不以能调整局部与整体关系的智力为前提。兴奋不能持久，它变化无常，因为不能产生真正伟大的完美（没有完美，也就没有抒情诗）。

兴奋是唯一的想象力的紧张状态。灵感可以没有兴奋，而兴奋没有灵感是不可能存在的。

荷马比品达罗斯不知高出多少倍；颂歌，更不必说哀歌，处于诗歌的低级阶段。悲剧、喜剧、讽刺作品都比颂歌更要求创造性（fantaisie），想象力——则要求对自然界具备卓越的见解。

然而，颂诗没有也不可能有布局；《地狱篇》的唯一布局已是伟大天才的成果。品达罗斯的《奥林匹亚颂》有什么布局？杰尔查文最优秀的作品《瀑布》有什么布局？

颂歌排除长期不懈的劳动，而没有长期不懈的劳动便不可能产生真正伟大的作品。

---

① 本篇系针对丘赫尔别凯两篇论文的评论草稿摘要，全文发表于一九二七年。丘赫尔别凯的两篇论文是：《近十年我国诗歌，特别是抒情诗的方向》（发表于《摩涅莫绪涅》一八二四年第二卷）和《与布尔加林先生的谈话》（同上刊物，第三卷）。丘赫尔别凯在第一篇论文中说："力量、自由、灵感——任何一首诗歌必不可少的三个条件。"在第二篇论文中谈到贺拉斯时说："……他几乎从来不是一个真正兴奋的诗人。当他和真正的灵感格格不入时，我们又怎么能称他为诗人呢？"在这两篇论文中丘赫尔别凯维护颂歌，认为它是一种崇高的抒情形式，而反对二十年代初在俄罗斯抒情诗中占统治地位的哀歌。普希金在本文中驳斥了这些论点。

关于丛刊《北方诗琴》[①]

丛刊是我们文学界的代表们编出来的。随着时间的推移，人们都依据它们来评判文学运动和成绩。一些令人喜爱的诗作，译自东方语言的有趣的散文译文，巴拉丁斯基和维亚泽姆斯基的名字保证了《北方诗琴》——莫斯科第一本丛刊——的成功。诗歌中，杜曼斯基的《希腊歌曲》和他的《致敖德萨朋友》以其音节的和谐、准确而卓然出众，并显露无可争议的才华。在其他的诗人中，我们第一次看见穆拉维约夫[②]先生的名字，并怀着希望和喜悦之心欢迎他。对舍维廖夫先生我就像对自己的合作者一样不想多说了。

我们认为，阿·诺罗夫先生不该翻译但丁，而奥兹诺比申先生不应翻译安德烈·谢尼埃。杰里比尤拉德尔先生翻译的几位诗人的作品，足以让阿拉伯撰稿人去捍卫这些诗人的荣誉，至于我们，我们认为他的译文对鞑靼人来说是很不错的。

论述彼特拉克和罗蒙诺索夫的文章也许是很俏皮的，会引起人们的兴趣。这两位大家之间确实有相似之处。两人都奠定了自己祖国文学的基础，两人都想以自己最重要的事业建立自己的荣誉，但与他们的愿望相反，他们却作为人民诗人而获得更大的声誉。他们所处的时代、生活环境、国家的政治状况都不相同，却以坚定的意志、孜孜不倦的精神、对教育事业的追求，最后还以博得同胞的敬重而相似。但是拉先生深刻地指出，*彼特拉克*[3]爱上了劳拉，而罗蒙诺索夫尊敬彼得和伊丽莎白；彼特拉克用拉丁文写作，写出了长诗《阿菲利加的西庇阿》(即 Africa)，而罗蒙诺索夫没有写拉丁文长诗。他在饶有趣味的插话中说道，老头子从西班牙到罗马去找狄度·利维乌斯[4]，说他也是这样的一个老头子，而且是个瞎子，去看望过彼特拉克，——如此奇妙的例子我们的罗蒙诺索夫是想象不出来的；最后还说，罗伯特——那不勒斯国王一天问彼特拉克，他为什么不自荐给腓力[5]等等，但他（拉先生）不知道，在这种情况下罗蒙诺索夫会说些什么。

拉先生久久不能明白，为什么“我们这位山地诗人的诗作会这样清新，这样甜蜜，更不必说毫无疑问得归功于古人的力量了。可是待我读完他所写的一切，我发现，他善于，幸运地善于把许多意大利的东西，甚至某些称为*光辉的表达方法*[6]的东西移植到自己的作品中”。这是很值得怀疑的。

---

① 本篇发表于一九一六年。丛刊《北方诗琴》于一八二七年一月问世。出版者有 C. E. 拉伊奇等。文中提到巴拉丁斯基、维亚泽姆斯基、杜曼斯基、穆拉维约夫等人发表在《北方诗琴》上的诗和诺罗夫、奥兹诺比申的译文等。拉伊奇的《彼特拉克和罗蒙诺索夫》一文受到普希金的批评。

② 亚·尼·穆拉维约夫（1792—1863），十二月党人，曾参加一八一二年卫国战争和国外远征。一八二六年被流放，一八二八年起担任公职。

③ 原文为法语。

④ 狄度·利维乌斯（前 59—17），罗马历史学家，著有《罗马建城以来的历史》。

⑤ 腓力（？—249），罗马皇帝。

⑥ 原文为意大利语。

叶甫盖尼·巴拉丁斯基 一八二七年诗集[1]

我们盼望已久的巴拉丁斯基的诗集终于出版了。我们急于借此机会说出我们对这位一流的，（也许）尚未被我们同胞充分重视的诗人的意见。

巴拉丁斯基的最初作品已引起人们的注意。行家们惊奇地发现他的首批试作音韵和谐，非常成熟。

所有诗歌才能的超前发展，也许是环境决定的，但它已经向我们预示了如今诗人所获得的辉煌成就。

巴拉丁斯基的首批作品是哀歌，在这个领域里他居于首位。如今指摘哀歌成了一种时尚，就像古代人们竭力嘲笑颂诗一样。如果罗蒙诺索夫和巴拉丁斯基的那些毫无生气的模仿者同样无法令人容忍的话，那么由此不能得出结论，抒情诗[2]和哀歌这两类诗歌应当被逐出诗坛霸主的“职官录”[3]。

何况我们几乎还不存在纯粹的哀歌。古人的哀歌是以独特的作诗法而区别于当代的哀歌的，但它有时写得像田园诗，有时成了悲剧，有时又采用抒情诗的手法（这一点我们可以从歌德那里看到当代的例子）。

---

① 草稿。全文发表于一八八七年。本文评论巴拉丁斯基一八二七年出版的诗集。
② 指颂诗。
③ 俄国十六至十八世纪初任命军职、文职和宫廷职务的登记册。

论拜伦的悲剧[①]

英国批评家们对拜伦勋爵的戏剧才能提出了异议。看来他们做得对。拜伦在《恰尔德·哈罗德游记》《异教徒》和《唐璜》中如此富有独创性，但是一进入戏剧领域，便成了个模仿者：在《曼弗雷德》[②]中他模仿《浮士德》，用一些他认为最高尚的场面取代了平民的场面和巫魔夜会[③]。但《浮士德》是体现诗歌精神的最伟大作品，它是最新诗歌的代表，正如《伊利昂纪》是古典作品的经典一样。

在其他悲剧中，Alfieri[④]似乎成了拜伦的榜样。《该隐》仅仅具有戏剧的形式，它那些不连贯的场面和抽象议论实际上是属于《恰尔德·哈罗德》一类的怀疑主义诗歌。拜伦向世界和人类的天性片面地看了一眼，然后便背弃它们，沉醉于自我之中。他向我们展示的是他自己的幻影。他再造了一个自我，一会儿缠着叛逆者的头巾，一会儿披着海盗的斗篷，一会儿是在苦行戒律中奄奄一息的异教徒，一会儿，最后是浪迹于……归根结底，他理解、创造、描写了一个唯一的性格，即他自己的性格，除了散见在他的作品中的某些讽刺性狂言外，他把一切都集中到这个阴沉、强大、如此神秘迷人的人物身上。当他动手构思自己的悲剧时，他便把这个阴沉、强大的性格的各个组成部分分摊给每一个剧中人，这样一来，他便把自己创造的一个高大的人物分割成几个渺小的无足轻重的人物。拜伦感觉到自己的错误，后来又重新模仿《浮士德》，在自己的《畸形人变相记》中模仿它（想以此来修正自己的代表作[5]）。

---

① 草稿，发表于一八八四年。
② 原文为英语。
③ 中世纪传说中巫师、巫婆在魔鬼主持下举行巫魔夜会。
④ 西班牙语：阿尔菲耶里。
⑤ 原文为法语。

书信、断想和札记片断[1]

真正的鉴赏力不在于随便否定一句话，否定一个词组，而在于体味它用得是否得当、合理。

*

缺乏天赋的学者无异于一名可怜的毛拉，他想充满穆罕默德的精神，却断章取义、生吞活剥《古兰经》。

*

作家的刻板证明思维的片面性，尽管他的思维也许是深刻的。

*

斯特恩[2]说，最大的快乐几乎总是以痛苦的战栗告终。讨厌的观察家！但愿他了解自己。但愿大家都没有发现这一点。

*

人们抱怨俄罗斯妇女对我国诗歌态度冷淡，认为这是因为她们对祖国语言太无知。但是有哪一位女士不了解茹科夫斯基、维亚泽姆斯基或巴拉丁斯基的诗？问题在于，处处都遇到这样的妇女。大自然赋予她们敏感的头脑和多愁善感的品性，却几乎不让他们去感受优雅的事物。诗歌只从她们耳边滑过，并不深入她们的心灵，她们对诗歌的和谐无动于衷。请注意一下，她们怎样唱流行的抒情歌曲，怎样曲解最自然的诗，损害韵律，毁掉韵脚。请听听她们对文学的评判，您会对她们的偏见，甚至她们认识的粗浅感到吃惊……极少例外。

*

我想出一个主意，您说，不可能。不，某某，您说错了；可不是那么回事。

*

我们越冷静、谨慎、细心，就越少遭到嘲笑。利己主义可能是丑恶的，但并不可笑，因为它非常合乎情理。可是有这样一些人，他们爱惜自己是如此无微不至，对自己的天才喜不自胜，想到自己的财富时是如此自我陶醉，想到自己没有得到满足时是如此痛苦不堪，在他们身上，利己主义也有其热烈追求和多愁善感的可笑一面。

*

没有人比巴拉丁斯基对自己的思想更有感情，对自己的感情更具审美力。

*

---

① 发表于一八二八年《北方之花》丛刊（一八二七年十二月二十二日出版）。

② 斯特恩（1713—1768），英国小说家，感伤主义文学的主要代表。

不尊重妇女数例

某个亚洲民族，男人每天一觉醒来，便感谢神没有把他们创造成女人。

穆罕默德不承认妇女有灵魂。

在法国这个以彬彬有礼著称的地方，语法教科书却郑重宣布阳性最高贵。

诗人拿自己的悲剧去向一位著名批评家请教。手稿里有一行诗：

Я человек и шла путями заблуждений.①

批评家在这行诗下面画了一条线，对女人可不可以称人发生了怀疑。这使人想起据说是彼得一世作出的一条举世闻名的决定：女人不是人，母鸡不是禽，准尉不是官。

甚至那些自称为女性最殷勤的崇拜者的人，也不认为妇女具有与我们一样的智力，为了适应她们的理解力方面的弱点，还像对待孩子一样，专为女士出版知识读物。等等，等等。

*

---

① 俄语：我一个人，迷了路。这行诗中“人”是阳性，“迷了路”中的动词用的是阴性。

有一次特列季亚科夫斯基[①]去向舒瓦洛夫[②]告苏马罗科夫[③]的状。“最尊敬的阁下！亚历山大·彼得罗维奇[④]狠狠打了我一个右耳光，我的面颊至今还在痛。”“怎么可能，老弟？”舒瓦洛夫回答他，“你右脸颊痛，可你却捂着左脸颊。”“噢，最尊敬的阁下，您说得有道理。”特列季亚科夫斯基回答，并把手移到另一边。特列季亚科夫斯基不止一次挨打。沃伦斯基[⑤]的案卷中写道，有一次是在某个节日，要求宫廷诗人瓦西里·特列季亚科夫斯基作一首颂诗，可颂诗没有准备好，大发雷霆的御前大臣便用手杖惩罚了玩忽职守的诗人。

*

我们有一位诗人曾傲气十足地说：即使从我的诗里能找到一句废话，但你却找不到一句没有诗意的句子。拜伦无法解释自己的一些诗。废话有两种：一种是由于缺乏感情和思想，便用一些词语来搪塞；另一种是由于感情和思想丰富，却缺乏表达它们的辞藻。

*

“凡能超越几何学的一切都能超越我们。”帕斯卡[⑥]说。结果他写出了自己的哲学思想。

---

① 特列季亚科夫斯基（1703—1768），俄国诗人。
② 舒瓦洛夫（1727—1797），俄国国务活动家，鼓励兴办教育事业，莫斯科大学第一任学监，俄国艺术学院院长。
③ 苏马罗科夫（1717—1777），俄国作家。
④ 即苏马罗科夫。
⑤ 沃伦斯基（1689—1740），俄国国务活动家。
⑥ 帕斯卡（1623—1662），法国宗教哲学家、作家、数学家、物理学家，在法国散文的形成中起过很大作用。

*

一首无懈可击的十四行诗抵得上一首长诗。[1]一首好的讽刺短诗胜过一出低劣的悲剧……这是什么意思？是否可以说，一顿可口的早餐胜过糟糕的天气？

*

一切体裁都好，枯燥无味者除外。[2]此话说第一遍时很好，但怎能煞有介事地一再重复如此伟大的真理？伏尔泰这句笑话成了那些文学怀疑论者进行肤浅批评的根据；但怀疑主义在任何情况下都只是抽象议论的第一步。不过，有人[3]指出，伏尔泰也未曾说过一样好。[4]

*

旅行家安歇洛谈到一本阐述我国语言规则的语法书，但该书尚未出版；谈到一部使作者蜚声文坛的俄国长篇小说，但该小说还是一份手稿；谈到一出俄国戏剧中最优秀的喜剧，但该喜剧尚未上演和出版。这第三件事安歇洛好像说对了。滑稽的文学！[5]

*

---

① 原文为法语。引自布瓦洛的《诗的艺术》。
② 原文为法语。
③ 指丘赫尔别凯。
④ 原文为法语。
⑤ 本文所说的是H. 格列奇的语法书，Ф. 布尔加林的长篇小说《伊凡·维日金》和格里鲍耶陀夫的喜剧《智慧生痛苦》，实际上安歇洛未提到格里鲍耶陀夫。

Л.，一个日益见老的色鬼说："从道德上说我是肉欲的，从肉欲上说我是道德的。"①

*

灵感是一种心灵状态，它能最灵敏地感受印象和理解概念，因而能阐释概念。几何学像诗歌一样需要灵感。

*

那些断言我国古代贵族没有荣誉观念（point d'honneur）的外国人大错特错了。这种荣誉在于为了维护某种准则不惜牺牲一切，在我国古代的门阀制度中可以看见为了保持这种荣誉而失去理智时的全部表现。大贵族因家族内讧而遭到沙皇审判时，往往要被贬黜和处死刑。年轻的费多尔②在消灭这个高傲的贵族反对派时做了无论是权势很大的约翰三世、他的迫不及待的孙子，还是怀恨在心的戈杜诺夫都不敢做的事。

*

以自己祖先的光荣自豪不仅可以，而且必须。不重视这份光荣是可耻的胆怯。卡拉姆辛说："国家规定尊敬祖先是有教养公民的优良品格。"希腊人在屈辱中还牢牢记住自己的光荣出身，并因此而无愧于自己的解放。整个民族视为美德的东西在个人身上能成为罪恶吗？某些哲学家出于平民的嫉妒心而产生

---

① 原文为法语。
② 费多尔·阿列克谢耶维奇（1661—1682），俄国沙皇。

的偏见只是为了传播卑鄙的利己主义。我们的子孙因我们代代相传留给他们的声望而博得人们的尊敬，这种大公无私的思想不正是人类心灵最崇高的希望吗?

我的子孙将为这片荫庇而感激我！①

*

有人说：秘密团体是民间外交手段。②但是哪个民族曾把权力交给秘密团体，哪个自尊的政府会和他们进行谈判?

*

拜伦说过，他从来不描写他不曾亲眼看见过的国家。可他在《唐璜》中却描写过俄罗斯，因此不符合当地实际情况的错误是显而易见的。例如，他说到伊兹梅尔街道上泥泞不堪；唐璜乘着带篷马车前往彼得堡，那辆不停晃动的没有弹簧的车子行驶在一条坎坷不平的石子路上。伊兹梅尔是在隆冬时节被占领的。街上，敌人的尸体被雪覆盖着，胜利者从街上走过时，对城市的整洁感到惊奇：上帝保佑，多么整洁啊！……冬天的马车是不会晃动的，冬天的道路上不会尽是石子。还有一些别的错误，更严重。——拜伦读过许多有关俄国的书，了解过许多有关俄国的事。他好像很喜欢俄国，并谙熟俄国的近代史。他在诗歌中常谈到俄罗斯，谈到我国的习俗。撒丹纳巴勒斯③的梦很像苏沃洛夫战争期间在华沙出版的一幅著名的政治讽刺画。他通

① 原文为法语。
② 原文为法语。
③ 拜伦同名悲剧的主人公。

过尼姆弗洛特这一形象描绘彼得大帝。一八一三年拜伦曾打算经波斯前来高加索。

*

精明不足以证明智慧。蠢人，甚至疯子，往往出奇地精明。可以补充一点，精明很少和心地善良、性格伟大、胸怀坦荡的天才联系在一起。

*

不知在哪儿，但不在这里，①
有一位可敬的勋爵弥达斯②，
他生来平庸，又卑劣奸巧——
为了不在险恶的宦途上摔跤，
他便爬上了高高的官阶，
俨然成了个著名的老爷。
关于弥达斯还得说两句：
他的脑子实在浅薄无比，
既没有计谋，也不会思维；
丝毫说不上光辉的智慧，
他的脾性也不很果敢，
因此显得冷漠而傲慢。
他那些谄媚者真的不知道
用什么词语恭维他才好，

---

① 此诗系普希金所作，意在讽刺敖德萨总督沃隆佐夫。
② 希腊神话中的佛癸亚王，贪恋财富，会点金术，甚至把女儿和食物点成金子，以致无法生活。

便齐声颂扬他为人精明……

普希金

*

阁下！您不懂正字法，写的东西往往含义不明。我极其恳切地请求您：别冒充有教养的公众的代表和三种文学争论的最高法官。致以诚挚的敬意，等等。

*

卖弄风情的女人。[①]卖弄风情的女人一词已经俄罗斯化了，但 Prude 还没有翻译过来，而且还没有使用。这个词是指对（女性）名誉特别敏感的女人——开不得玩笑的女人。这种性格是因思想不健康造成的，这在一个女人，尤其是年轻妇女，是令人厌恶的。上了年纪的妇女见多识广，处处担惊受怕情有可原，可是天真无邪是青春少女最美好的装饰。无论如何，故作正经不是可笑，就是讨厌。

*

有些人既不关心祖国的荣誉，也不关心祖国的灾难，他们只了解波将金公爵时代以后的历史，他们只知道自己领地所在省份的某些统计学资料，仅凭这些他们便自命为爱国者，因为他们爱喝波特文尼亚汤[②]，他们的孩子穿着红衬衣到处乱跑。

---

① 原文为法语。
② 一种用克瓦斯饮料、鱼和各种蔬菜所做的冷汤。

*

莫斯科是女仆的下房，彼得堡是前厅。①

*

应当把多数票争取到自己一方：连傻瓜也别受到委屈。

*

《俄国史》的问世引起了热烈的反响，给人以强烈的印象（也是必然的）。三千册书一个月内就销售一空，连卡拉姆辛本人都始料未及。上流社会的人争相阅读自己祖国的历史。这部书对他们来说是一种新发现。古代俄罗斯似乎是卡拉姆辛发现的，就像美洲是哥伦布发现的一样。相当一段时间不管在哪里都不谈别的事。说实话，没有什么比我所听到的上流社会的议论更愚蠢的了。他们的议论足以使人对荣誉望而却步。一位淑女（而且是很年轻可爱的）当着我的面打开第二卷，出声读道："弗拉基米尔把斯维亚托波尔克收为螟蛉，可是并不爱他……可是！为什么不是但是？可是！您是否觉得你们的卡拉姆辛太缺乏修养了？"在杂志上，没有人评论过它：在我国没有人能研究、评论卡拉姆辛的巨著。卡切诺夫斯基急于研究序言。尼基塔·穆拉维约夫，一位聪明、热情的年轻人分析了序言（序言！）。米哈伊尔·奥尔洛夫在给维亚泽姆斯基的信中埋怨卡拉姆辛，说他为什么不在作品的开头写一段关于斯拉夫人起源的

① 《书信体小说》中有类似的一段话："彼得堡是前厅，莫斯科是女仆的下房，乡村则是我们的书房。一个正派人必须走过前厅，不往女仆的下房探头探脑，而坐到自己的书房里去。"（见本文集第九卷）

出色假设，也就是说，他要求历史学家的不是历史，而是别的什么。一些爱说俏皮话的人吃晚饭时用卡拉姆辛的文体改写狄度·利维乌斯著作的头几章。但是，几乎没有一个人向这位甘于寂寞、在成就最辉煌的时候还把整整十二年时光献给默默无言、孜孜不倦的劳动的人说一声谢谢。《俄国史》的注释证明了卡拉姆辛的渊博学识，这些学识是在一般人早已完成受教育和求知的阶段并以繁忙的公务代替刻苦求学的年龄获得的。许多人忘记了，卡拉姆辛是在俄国，在一个专制国度里出版自己的《俄国史》的，忘记了，沙皇免除对他的书刊检查，以此作为信任的标志，把这项尽可能严谨和适当的工作交给卡拉姆辛。我再说一遍，《俄国史》不仅是一位伟大作家的著作，而且还是一位正直人士的功绩。（摘自未发表的日记）

*

杰尔维格的田园诗使我感到惊奇。要让思想从十九世纪完全回到黄金时代[①]，需要何等丰富的想象力啊。要通过拉丁文的仿作或德语译文推断希腊的诗歌，推断它的华美，它的柔情，它的否定多于肯定的魅力，而且不能使人感到生硬和思想上的丝毫混淆、多余的不自然的描写，这对美需要具有何等非凡的敏感啊！

*

法国文学诞生在前厅，却未能走到比客厅更远的地方。

---

① 指古代神话中的人类社会。

《书信、断想和札记片断》素材

前 言

有一次，我伯父病了。一位朋友前来探望。“我感到无聊，”伯父说，“想写点东西，可是不知道写什么好。”“碰上什么就写什么嘛，”朋友回答他，“断想，文学和政治札记，讽刺性人物速写等等都可以。这很容易：塞涅卡和蒙田就是这样写的。”朋友走了，伯父便照他的建议办。早上，仆人把咖啡煮坏了，这件事使他很生气，他立即像个哲学家似的得出结论，说一件小事弄得他不愉快，并写道：我们有时会被一些鸡毛蒜皮的小事弄得不愉快。这时有人给他送来一份杂志，他浏览了一下，看到一篇论述戏剧艺术的文章，是一名浪漫主义勇士写的。伯父是个正宗的古典主义诗人，想了想便写道：我认为拉辛、莫里哀比莎士比亚和卡尔德隆好，不管那些最近出现的批评家如何大叫大嚷。伯父还写了两打类似的断想，然后上床睡觉。第二天他把这些东西送给一位杂志出版者，那人客气地向他表示感谢，于是伯父便很高兴地读到自己那些得到发表的断想了。

*

苏马罗科夫的俄语造诣比罗蒙诺索夫高，他的批评文章

（在语法方面）更站得住脚。罗蒙诺索夫不予回答，或用笑话敷衍一下。苏马罗科夫要求尊重诗歌创作。

*

既然一切都已说过，那您干吗还要写？是为了把那些很平常的话说得更漂亮吗？一件无谓的工作！不，我们不会诋毁人类的理智，它在创造概念方面是取之不尽的，就像语言在创造词语方面是取之不尽的一样。从这个意义上说，维亚泽姆斯基公爵的那句绝妙的笑话是完全正确的。他证明，弄得俄罗斯诗歌如此萎靡不振的修饰语是多余的，同时风趣地指出，所有的名词都用完了，我们只好重新用形容词来给它润色。那些认真的人经过一番思考，也煞有介事地证明，动词、副动词和其他词类也早已用完。

*

在我们这儿，写散文就像写诗一样：不是出于生活的必需，不是为了必需表达的思想，而仅仅是为了表现形式，以此取乐。

*

您责骂男人，历数他们的罪恶，谁也不会出来辩护。可是您只要稍稍讽刺一下一个女人——全体妇女就会群起而攻之——她们会结成一个民族，一个教派。

*

我们如饥似渴地阅读伟人的日记，原因之一就是我们有一种自尊心：如果我们同卓越人物在见解、感情、习惯，甚至弱点和缺点等方面有某些相似之处，我们便会沾沾自喜。也许我们能从一般小人物身上找到见解、习惯和弱点方面更多的相似之处，假如他们给我们留下一些自白的话。

*

Kc. 认为某部作品写得很不高明。“何以证明？”他会老实不客气地告诉您，“算了吧，这样写，我也会。”

*

维亚泽姆斯基的散文写得极生动。他具有独具匠心地表达思想的罕见才能——真是件幸事，他一直在思考问题，这正是我们很少有人做到的事。

*

有各种各样的独创性。杰尔查文写道：“雄鹰在高空翱翔”，当幸福“发出狞笑把背脊转向你时，你会看到，看到，在你周围，希望之光熄灭了”。

描写瀑布：

金刚钻般的山峦
从高处倾泻而下，等等。

茹科夫斯基写上帝：

他蒙上莫斯科的烟雾。

克雷洛夫描写勇敢的蚂蚁时写道：

他甚至单枪匹马同蜘蛛较量。

卡尔德隆把闪电称为上天对大地吐出的火舌。弥尔顿说，地狱之火只能使人辨别地狱的永恒黑暗。

我们认为这些表达是具有独创性的，因为它们有力地、不同凡响地向我们传达了鲜明的思想和富有诗意的画面。

法国人至今仍在为拉辛的独创性感到惊奇，他曾用过 pavé（石块）这个词。

他恭恭敬敬地亲吻着你的神殿的石块。[①]

而德利尔[②]则以用过 vache[③] 而得意洋洋。一种可鄙的文学，它竟要听命于如此吹毛求疵，如此专横的批评。如果诗人不得不以诸如战胜癖好等才能成名，那么他们（而且，无论他们有多大的优点）的命运都是很可悲的！

有一种最大的独创性：发明、创造的独创性，寓创作思想于恢宏的结构之中，这就是莎士比亚、但丁、弥尔顿、歌德的《浮士德》、莫里哀的《达尔杜弗》的独创性。

*

俏皮话一再重复便成为蠢话。讽刺短诗怎么翻译？我指的

① 原文为法语。
② 德利尔（1738—1813），法国诗人。
③ 法语：母牛。

不是那些展现诗歌魅力的古希腊罗马式的讽刺短诗，也不是那种蕴含生动故事的马罗式讽刺短诗，而是布瓦洛用这样一句话界定的讽刺短诗：

> 用两个韵修饰的词。[①]

① 原文为法语。

如果祖国文学爱好者的称号……[1]

如果祖国文学爱好者的称号本身能赢得尊敬并意味着些什么的话，那么我虽然才疏学浅，在公众的舆论中也还有权利对祖国文学稍表关注。我生于一七六一年，父母都是正派人，但并不富裕，我无法利用后来公开的如此丰富的教育资料，只能满足于教区诵经士上的课，不过，尽管地位低下，他却是个非常有教养的人。我之所以对一切美的事物，尤其是俄罗斯文学富有崇高的热情，应完全归功于这位可敬的人。他送给我的库尔冈诺夫先生著的《尺牍》，我爱不释手，八岁便能倒背如流。我敢说，从那个时候起，没有一部俄国著作，没有一部翻译作品，没有一份俄文杂志（包括日常生活和烹饪方面的著作乃至日历）出版后，我没有读过，或者不太了解。人们常抱怨老人盲目留恋旧事物，反对新事物。可我从未受过这类指责。我国文学的成就总是让我高兴，因此，看到杂志上如此疯狂、如此不公正地攻击那些不仅为俄罗斯，而且为全人类带来荣誉的作家的著作，攻击我们最亲爱的祖国的教育现状，我不能不感到愤慨。这些杂志本身不正是我国教育事业获得巨大成就的最有力的证明吗？哪家外国杂志能超过它们——思想的深刻上有《欧罗巴导报》，在学术性上有《北方档案馆》，在活泼多样性上有《莫斯科电讯》，在其他优点上有《祖国之子》《莫斯科导报》《北方蜜蜂》等。在这一点上，《欧罗巴导报》《北方档案馆》《莫斯科电讯》《北方蜜蜂》等杂志的可敬出版者们当然是认同的。正是这些不公正的、疯狂的攻击迫使我第一次站在作家的一边发表意见，以期在铁石心肠的帕耳卡[②]还纺着生命之线时，对我亲爱的同胞们能有所助益，就像菲利蒙诺夫先生在一份报纸上的感人声明中谈到正在销售的自己写的一本小册子时说的那样。

---

① 这是一篇模拟文学批评的草稿，写于一八二七年，一八八四年作为《戈留欣诺村的历史》的开头发表。普希金曾部分用以创作别尔金的生平，但主要用来作为创作费奥菲拉克特·科西奇金形象的素材。在这篇草稿中，普希金在谈到“不仅给俄罗斯而且给全人类带来荣誉”的作家时，讽刺性地模仿波列伏依论《叶甫盖尼·奥涅金》的话。

② 古罗马神话中的命运三女神。

论奥林的悲剧《科赛尔》[①]

拜伦勋爵的作品，没有一部能像他的长诗《海盗》那样在英国引起如此强烈的反响，尽管它比其他许多作品逊色：在情欲的热烈表现上不如《异教徒》，在人物内心令人感动的发展上不如《围攻柯林斯》《锡雍的囚徒》，在悲剧的力度上不如《巴里西娜》，最后，在思想的深刻性和真正抒情诗的浪漫主义激情的高度上不如《恰尔德·哈罗德》[②]的第三、第四章，在令人惊奇的莎士比亚式的丰富多彩上不如《唐璜》。《海盗》令人难以置信的成功得益于主要人物的性格，这个主要人物向我们神秘地暗示一个人，他那命中注定的意志正主宰着当时欧洲的一部分，威胁着另一部分。至少英国的批评家们认为拜伦有这样的意图，但更确切地说，诗人在这里把曾经在他所有的作品中出现并最终在《恰尔德·哈罗德》里与自己融合在一起的那个形象推到舞台上了。不管怎么说，诗人从未解释过自己的意图：他内心深处是很乐意把自己和拿破仑联系在一起的。

拜伦很少考虑自己作品的结构，甚至可以说根本不考虑：对他来说，几个相互间很少有联系的场面就足以表达他那深刻的思想、感情和画面。英国批评家们对他的戏剧天才颇多争议，为此拜伦对他们颇多愤懑。关键在于，他所理解和喜欢的只有一个性格（就是他自己的性格），除了散见在他的作品中的某些讽刺性狂言外，他把一切都集中到这个阴沉、强大，如此神秘迷人的人物身上。在动手构思自己的悲剧时，他便把这个阴沉、强大的性格的各个组成部分分摊给每一个剧中人——这样一来，他便把自己创造的一个高大的人物分割成几个渺小的、无足轻重的人物。③

尽管他写的诗歌美妙绝伦，而他的悲剧总体现不出他的天才，他长诗中的戏剧部分（仅《巴里西娜》除外）都毫无价值。

我们怎么看待这位仅仅从长诗《海盗》里撷取了相当于一篇荒唐的西班牙中篇小说的结构的作家呢？他按照这个幼稚的结构写了一部戏剧三部曲，用夸张的不成体统的散文取代了拜伦迷人深刻的诗句，就像我国那些可怜的模仿者模仿已故的科策布一样。奥林先生模仿拜伦，写了浪漫主义悲剧《科赛尔》，他做的就是这么一件事。人们不禁要问：拜伦长诗中使他感动的究竟是什么——难道是结构吗？唉，（可怜的）崇拜者！……④

---

① 这是一篇评论俄国作家奥林的悲剧《科赛尔》的草稿的开头部分，对奥林悲剧的评论未及展开。文末提到“结构”问题，因一八二四年奥林曾在一篇评论中指摘普希金的《巴赫奇萨拉伊泪泉》“结构不完整”。

② 原文为英语。

③ 这一段普希金重复了《论拜伦的悲剧》一文对拜伦的评论。

④ 原文为拉丁文。

致《莫斯科导报》出版人的信[①]

感谢您对《戈杜诺夫》命运的关心：您急于看到它，这使我感到十分荣幸。可是，当由于各种有利因素的巧合，使我有可能将它付梓时，我却预见到了我从未想到过的许多新的困难。

从一八二〇年起，我远离莫斯科和彼得堡社会，只能通过杂志来观察我们文学界的动向。当我读到那些关于浪漫主义的热烈讨论时，我觉得，古代古典主义作品的规范完美以及模仿者仿作的苍白无力、千篇一律真的使我们感到腻味了，败坏了的口味要求另一种极其强烈的感受，并且到新的民间诗歌那虽然良莠不齐却热情洋溢的源泉中去寻找它们。可是，使我感到十分奇怪的是，我们稚嫩的文学在任何体裁中都还无法提供任何典范，却已经让为数不多的试作倒了读者大众的胃口。不过我想，我们大家从小就如此熟悉的法国文学，大概就是造成这种现象的原因。我坦白承认，我是在对最尊敬的读者的敬畏中成长起来的，不知道满足读者的要求和遵循时代精神有何可耻之处。承认了这一点之后就必须承认更重要的另一点：好吧，我老实承认，在文学上我是个怀疑论者（我不想说得更坏），我认为所有的文学流派都是平等的，它们都各有利弊。文学的良心难道应该服服帖帖地屈从于文学流派的规范和表现形式吗？为什么作家不能像服从本国语言规则那样服从本民族文学的传统习惯呢？他应该掌握自己的工作对象，不管它的规则有多大的难度，就像他必须掌握语言，不管它的语法规范多么严格。

我坚信，我国戏剧的陈腐形式必须改革，因此我按照我们的鼻祖莎士比亚的体系处理自己的悲剧，我把古典主义的两个一致作为牺牲品献上他的祭坛，只留下最后一个。[②]除了这个声名狼藉的三一律，还有一个法国批评界都缄口不言的一致（大概认为无需对它的必要性进行争论）即文体的一致——这是法国悲剧的第四个必要条件，但西班牙、英国和德国的戏剧却不受它的制约。您会感觉到，我也是追随这个如此富有魅力的榜样的。

还要说些什么呢？我把可敬的亚历山大诗体[③]改为五音步无韵诗，在几场戏中甚至降低到可鄙的散文，我的悲剧也不分幕，我已经料到，观众会对我说声非常谢谢。

我自动放弃了为经验所证实，为习惯所确认的艺术体系为我提供的好处，竭力用对人物和时间的真实表现，用历史人物和事件的发展来弥补这一敏感的缺点。总之，我写了一部真正浪漫主义的悲剧。

然而，更仔细地研究一下杂志上刊登的批评文章，我开始产生怀疑，我原以为，我们文学界出现了一种浪漫主义革新的要求，结果是大大上当了。我发现，浪漫主义这个概括性词语指的是那些带有忧郁或者幻想特征的作品；按照这个随心所欲

---

① 此信未写完，在普希金生前未发表。引起普希金写这封信的原因是，一八二八年《莫斯科导报》第一期发表了舍维廖夫的《评一八二七年的俄国文学》一文，其中高度评价了《鲍里斯·戈杜诺夫》中的《夜，丘多夫修道院净室》一场戏。

② 指三一律中的时间和地点的一致，最后一个一致指情节。

③ 抑扬格六音步诗体，偶句押韵，古典文学中大型作品的基本诗体。

的定义，一位并非一贯正确，但总得到痴迷的读者赞赏的当代最具有独创性的作家毫不迟疑地把奥泽罗夫归入了浪漫主义作家之列；最后，我们杂志上那些阿里斯塔科斯[①]们，毫不客气地把 Dante 和拉马丁相提并论，武断地把欧洲文学分为古典主义和浪漫主义两派，把南方的拉丁语诸语种作品归入前者，把北方的日耳曼诸民族作品列入后者，这样一来，但丁（我们伟大的鼻祖阿里盖利[②]）、阿里奥斯托、洛贝 · Vega、卡尔德隆、塞万提斯都被划入古典主义行列，由于《莫斯科电讯》出版人的意外帮忙，看来，胜利无疑将属于古典主义派。

这一切大大动摇了我这个作者的信心。我开始怀疑，我的悲剧是不是一部过时的作品。

然而，读了那些号称浪漫主义的小诗，我丝毫未发现其中有浪漫主义诗歌真诚自由手法的迹象，只看到矫揉造作的法国伪古典主义。我很快就对此深信不疑了。

您已经读过《莫斯科导报》第一期上刊登的《鲍里斯 · 戈杜诺夫》的片断，即编年史家那一场。皮缅的性格并不是我杜撰的。在他身上我集中了我国旧编年史中使我入迷的一些特点：纯朴、令人感动的和蔼可亲、有些天真却又明哲的举动、对沙皇的天授之权的忠贞不渝，绝不是出于虚荣心，毫不偏袒——在这些珍贵的古代文献里到处都可以感受到这种品质，其中库尔勃斯基公爵愤世嫉俗的编年史比其他编年史显得与众不同，就像

① 阿里斯塔科斯（约前 217—前 145），萨莫色雷斯岛人，古希腊文献校勘家，以对荷马研究的贡献而闻名。此处作严厉的批评家解。

② 原文为意大利语，阿里盖利，但丁的名字。

流亡的约翰急剧变化的生活比安分守己的僧人的宁静生活显得与众不同一样。

我以为，这种性格对于俄罗斯人的心灵来说是全新的，熟悉的；我以为，卡拉姆辛如此深刻地理解并反映在他的不朽著作中的古代编年史家们令人感动的纯朴，将给我平淡的诗句增色不少，并且博得读者宽容的一笑，结果怎样呢？聪明人注意的是皮缅的政治见解，并发现这些见解已经过时；另一些人则怀疑，无韵诗能不能算诗。З君要大家别读《鲍里斯·戈杜诺夫》的那场戏，而去看《妇女杂志》的插图。最可尊敬的读者们的严厉审判就以此告终了。

由此能得出什么结论呢？З君和读者大众是对的，但是那些用错误的消息把我引入歧途的编辑先生是有罪的。深受法国文学影响的俄罗斯人已习惯了由法国文学批评所确认的规则，对一切不符合这些规则的东西不屑一顾。革新是危险的，而且似乎毫无必要。

您是否想知道，是什么原因使我不再发表我的悲剧？那就是其中有些地方可能会给人以影射、暗示、引喻[①]的口实。由于法国人的影响，我们不明白，一个戏剧家怎么能完全扔掉自己的思维方式而完全投入他所描写的那个时代。法国人写悲剧时，面前要放一份宪政报或日报[②]，为的是借苏拉、提比略、莱奥尼达斯[③]之口，用六音步诗发表他们对维莱尔或肯宁[④]的看

---

① 原文为英语。

② 原文为法语。按：前者是自由派的报纸，后者是君主立宪派的报纸。

③ 指法国三部悲剧《苏拉》（茹伊，1821）、《提比略的末日》（A. 阿尔诺，1828）、《莱奥尼达斯》（皮什，1825）中的主人公。

④ 维莱尔（1773—1854），法国查理十世统治时期的首相。肯宁，英国十九世纪初政治家。

法。由于使用这种独出心裁的方法，如今在法国舞台上常常能听到许多气壮如牛的报刊腔调的奇谈怪论，却没有真正的悲剧。请注意，在高乃依的作品里您是看不到影射的，除了《爱丝苔尔》和《贝蕾妮丝》，拉辛的作品中也没有影射。法国戏剧编年史认为《布里塔尼居斯》中有对路易十四宫廷骄奢淫逸的大胆暗示。

他只按照对他的规定说话行事。①etc.②。

但是，精明的宫廷诗人拉辛居然胆敢如此粗鲁地把路易十四比作尼禄，这种事难道可能吗？作为一个真正的诗人，拉辛在写作这些如此美妙的诗句时，是充满塔西陀③精神，即罗马精神的；他描写古罗马和暴君的宫廷时，并没有写到凡尔赛宫的芭蕾舞，就像休谟或 Walpole④（记不清是谁了）在类似的情况下谈到莎士比亚一样。这种影射的粗鲁本身就足以证明拉辛并没有想到要影射。

---

① 原文为法语。引自《布里塔尼居斯》。
② 拉丁文：等等。
③ 塔西陀（约 58—约 117），古罗马历史学家。
④ 沃波尔（1717—1797），英国小说家。

论诗风[1]

成熟的文学定将迎来这样一个时期，那时，人们对千篇一律的艺术作品、对陈词滥调的有限词汇感到厌倦，便会转而寻求清新的民间构思，寻求他们起初蔑视过的独特的民间语言。就像法国有过一段时间，上流社会人士感到厌倦了[2]，便去欣赏瓦德尔[3]的诗，就像如今华兹华斯[4]，柯勒律治[5]使许多人入迷一样。可是瓦德尔既没有想象力，也没有诗情，他那些俏皮的作品透露出的仅仅只是用商人和挑夫的粗俗语言表达的欢乐。相反，英国诗人的作品却充满了用正派平民的语言表达的深沉感情和诗意。荣耀归于上帝，我们这里还没有进入这样的时期，所谓的神的语言对我们来说还那样新鲜，因此我们把那些能写出十来行押韵的抑扬格诗句的人都称为诗人。我们不仅没有想到让诗风趋向高尚朴素，而且还竭力把散文也写得十分华丽，对于摆脱了作诗法的修饰陈规的诗歌，我们则还不能理解。茹科夫斯基和卡捷宁的试作之所以不成功，不是由于试作本身的问题，而在于它们所产生的影响。了解格贝尔[6]作品译作价值的人很少，实在太少，而能领略《谋杀者》[7]的魅力和独创性的人则更少，这篇叙事诗是可以和毕尔格[8]与骚塞的优秀作品相提并论的。当谋杀者对着月亮——他罪行的唯一见证者呼喊：

看吧，看吧，你这个光秃秃的东西——

这句充满真正悲剧魅力的诗句只有那些浅薄的人才会感到可笑，他们不懂得，有时候恐怖也可以用笑来表达。《哈姆雷特》中鬼魂出现那场戏完全是用戏谑的手法，甚至粗俗的手法写的，但哈姆雷特的玩笑却使人毛骨悚然。

---

① 本文写于一八二八年，系一篇谈论采用俚俗词语的诗人的文章草稿。
② 原文为法语。
③ 瓦德尔（1719—1757），法国诗人。运用巴黎粗俗语言写作的“市井”派代表。
④ 原文为英语。
⑤ 原文为英语。
⑥ 格贝尔（1760—1820），德国诗人。茹科夫斯基曾翻译他的《燕麦羹》《红宝石》《乡村守夜人》《腐朽》等。
⑦ 卡捷宁的叙事诗。
⑧ 毕尔格（1747—1794），德国诗人，狂飙突进运动的重要代表。

巴拉丁斯基的《舞会》[①]

我们的诗人不会抱怨批评家和读者的过于严厉——恰恰相反。我们只要发现一名年轻的作者会写诗，具备语言及使用语言的知识，便立即迫不及待地封他为天才，为他流畅的小诗在杂志上情意绵绵地以全人类的名义感谢他[②]，毫不客气地把那些不忠实的译文、苍白无力的仿作与歌德和拜伦的不朽作品相提并论。这样一来，我们便有了好几个自己的品达罗斯、阿里奥斯托、拜伦和三十来个给我们的时代带来真正荣誉的作家——这样的好心肠着实可笑，不过没有什么害处。真正的天才更相信自己以对艺术的热爱为基础的个人见解，而不去相信那些公认的阿里斯塔科斯们轻率的断言。何必剥夺一个满足于平庸的人因在杂志取得胜利而享受到的那份无害的欢乐呢？

我们的诗人中巴拉丁斯基最少受到杂志那种常有的赏识。是由于智慧和感情的真实、表达的准确、品位、逻辑性与和谐性比不上流行诗歌的夸张（exagération）对群众的影响大，或是因为我们的诗人某些讽刺短诗招致同行的不满——这些人并非始终都那么温良谦恭，——不管怎么说，批评家对他要么表现出毫无诚意的冷漠，要么甚至怀有敌意。且不说已故的《良友》[③]、著名的乐天派那些众所周知的玩笑，为了教育青年作家，我们必须提及《埃达》[④]的问世这件事。这部作品以特有的朴实、故事的魅力、色彩的鲜明，以及轻松但独具匠心的人物性格描写而显得如此卓越。它的问世引起《北方蜜蜂》发表一篇不成体统的小文章，大概是《莫斯科电讯》也发表了一篇文章，提出无力的反驳。《莫斯科导报》对我国第一位哀歌诗人的诗集是如何评论的啊！[⑤]然而巴拉丁斯基却心平气和地把他的诗作修改得尽可能完美——他近期的作品便是一位成熟天才的成果。巴拉丁斯基到了去占领俄罗斯帕耳那索斯山早就属于他的一席之地的时候了。

他最近发表在《北方之花》上的长诗《舞会》[⑥]证明了我的见解。这部光辉的作品充满了独特的美和非同寻常的魅力。诗人以惊人的艺术手法在一个迅速展开的故事中把戏谑而热烈的笔调、玄学和诗情融合在一起了。

长诗从描写莫斯科一个舞会开始。宾客纷纷来到，一些中年妇女身着华丽的盛装坐在墙边，以呆滞的目光注视着人群。佩戴绶带和星章的达官贵人在打牌，时而从打龙勃勒[⑦]的桌子旁起身走过来：

瞧瞧在提琴的阵阵乐声中
快步急舞的对对舞伴。

① 巴拉丁斯基的长诗《舞会》于一八二八年问世，这是普希金对长诗的一篇评论草稿。

② 俄国诗人安·波多林斯基发表长诗《魔鬼与美女》，尼·波列伏依大加赞赏，此处普希金即暗示波列伏依对波多林斯基的吹捧。

③ 由俄国作家伊兹马依洛夫发行的杂志。伊兹马依洛夫卒于一八三一年。

④ 巴拉丁斯基的长诗。

⑤ 指《莫斯科导报》发表一篇舍维廖夫对巴拉丁斯基诗作的评论，攻击巴拉丁斯基的诗歌。

⑥ 一八二八年发表在《北方之花》丛刊的长诗《舞会》仅仅是片断（近四十行），长诗全文于一八二八年十二月同普希金的《努林伯爵》一起出版单行本，书名为《两部诗体小说》。

⑦ 一种牌戏。

妙龄的美人儿在他们身边旋转。

骠骑兵得意地捻着小胡子，
作家拘谨地说着俏皮话。

人们突然骚动起来，都在问出了什么事。公爵夫人妮娜突然乘车离开舞会。

整个大厅在窃窃私语，
“她乘上马车往家里驰去！
她突然感到不适。”“真的吗？”
“卡德里尔舞她跳得多快乐，
突然间昏倒！”“是什么原因？
啊，我的上帝！公爵，告诉我，
您的太太，妮娜公爵夫人，
她怎么啦？”

“上帝才知道，”公爵以一种做丈夫的冷淡口吻回答，忙着打波士顿[①]。诗人替公爵作了回答。他的回答构成了一首长诗。

妮娜特别让我们感兴趣。她的性格是全新的，是诗人*满怀着爱心*[②]，施展出全部才华，以惊人的艺术技巧创造出来的。为了创造这种性格，我们的诗人创造了一种十分独特的语言，用它描绘出自己想象中的全部色彩——为了想象出这样的性格，用

① 一种牌戏。
② 原文为意大利语。

上了自己全部缠绵悱恻之情，表现出自己诗歌创作的全部魅力。

她心中充满对舆论的鄙视，
是不是她对女子的美德
就像对村妇们的装腔作势
一样，也百般加以奚落？
她跟谁勾搭，把他们引诱：
是些公认的情场老手，
是些眉目清秀的新欢？
人们难道还没有听腻
她那些可耻的桃色事件
和淫荡的风流韵事的传言？

　但是她那动人的容颜
能够牵动多少人的神魂！
谁的天真无邪的芳唇
能笑得如此妩媚娇艳！
哪个少女能不衷心景仰，
心甘情愿地立刻奉献
天蓝色明眸的虔诚目光
和羞涩脸蛋上的明媚光焰，
为了领略她乌黑明瞳里
晶莹闪亮的迷人光辉——
那里闪耀着情欲的光芒，——
和她脸上燃烧的情焰？

哪个美女不暗自神伤，
面对这盖世无双的天仙？

　在推心置腹的亲切交谈中
她显得多么可爱迷人！
她多么殷勤，温柔可亲！
在她的目光里有多少深情
在闪耀！可是在另一个时刻，
她心中的妒火会猛烈爆发，
她言辞尖刻，满脸怒色，
俨然是一个新的美狄亚①！
而后，她那双明眸又会
涌出多少痛苦的泪水！
那泪水折磨着她的心，
往她心中倾注着烦恼：
谁不想替她擦去泪痕，
谁不能宽容这俏丽的姣姣？

诗人有时采取一种指摘、责备的严厉口吻，故作冷淡地讲述她的去世，用讽刺的语气为我们描写她的葬礼，并且以一个笑话结束他的长诗。这样做是没有必要的。我们感觉到，他很喜欢他那可怜的、充满热情的女主人公。他还让我们对这个堕落却又充满魅力的人抱着病态的同情态度。

① 希腊神话中科尔喀斯王埃厄忒斯的女儿，精通巫术。由于嫉妒，送新衣给伊阿宋的新娘，使新娘被焚烧而死。

阿尔谢尼就是可怜的妮娜应该爱的那个人。他牢牢地控制着她的想象，从未完全满足过她的情欲和好奇心，因此他应该始终保持着对她的决定性影响（ascendant）。

文学编年史片断[①]

知识渊博的男子心中竟会有如此怒火！[②]

两位著名杂志编辑之间的纠纷和其中一位与书刊检查机关的争诉闹得沸沸扬扬。我们现在尽量从历史的角度不偏不倚地[③]把这件事讲述一下。

去年年底《欧罗巴导报》的编者[④]想在次年，一八二九年，以出版人的身份继续效力，他向公众宣布了这件事，而公众还不甚清楚这两个职务之间有什么区别。在确信批评家们对《欧罗巴导报》的片面和枯燥这两点意见完全一致，而且看到文学处于束手无策的状况，因而感到同情之后，他答应他将作最后努力，使这本杂志内容更丰富些，形式更多样些。他希望从此能看得远些，想象力灵活些，行动果断些。他打算在日常生活的描写这一无限广阔的领域内立即行动，众所周知，在这方面卡拉姆辛已开辟出一条通往荒芜的冻土带的小路。“我准备亲自干，”这位可敬的编者说，“但也不排斥别的作家参与我的工作。”这种为时虽晚但仍不失为善意的意愿，这种值得称赞的对俄罗斯文学的关心，这种容纳同仁的雅量使我们无比感动和高兴。我们将愉快地欢迎《欧罗巴导报》著名编者的首批作品，首批成绩。他的渊博知识（我们以为）使我们极为敬佩，一定能在适当时候（在今年，一八二九年）结出硕果。他的历史批评的明灯定会照亮上面所说的生活描写的冻土带，而早在杂志论战的嘈杂声中沉寂的文学规则又将借知识渊博的编者之口重新发扬。他不会让自己深刻的研究局限于对《俄国史》卷首的评论上，或者甚至局限于论鼬鼠的嘴脸上，而会以正确的目光最终理解卡拉姆辛的作品，正确评价他的研究体系，指出新思路的来源，补充尚未表达完的东西。在批评，特别是文学批评中，我们将不再听到某个老学究[⑤]满腹牢骚的埋怨，醉醺醺的中学生[⑥]的满是污言秽语的叫嚷。卡切诺夫斯基先生的批评应对文学发生决定性的影响。年轻作家不会把他的批评拿来当作杂志小丑的庸俗玩笑消遣。知名作家们不会轻视它们，因为他们听到的是对他们作品的最终评判，这些作品是经过具有真知灼见、高度鉴赏力和冷静的头脑的学者分析的。

我们可以斗胆说一句，我们一分钟也没有怀疑过卡切诺夫斯基先生的计划一定会实现，这个计划是他在一则征订《欧罗巴导报》的诗体广告中宣布的。可是波列伏依[⑦]先生长期观察了编辑同行的文学行为，并不相信导报的新的许诺。他不仅仅默默地怀疑，而且在去年《莫斯科电讯》的第二十期上发表一篇文章，猛烈攻击这位《欧罗巴导报》的可敬编辑。他指出卡切诺夫

---

① 本文一八二九年三月二十七日作于莫斯科。被书刊检查机关禁止发表。一八三〇年经删节后发表于《北方之花》。普希金曾以同一题材写过《因杂志受到残酷侮辱》一诗。

② 原文为拉丁文。

③ 原文为拉丁文。

④ 指米·卡切诺夫斯基（1775—1842），俄国怀疑学派历史学家，一八〇五至一八三〇年任《欧罗巴导报》编者。

⑤ 指米·卡切诺夫斯基。

⑥ 指尼·纳杰日金（1804—1856），俄国评论家。一八三一至一八三六年出版《望远镜》杂志。

⑦ 尼·波列伏依（1796—1846），俄国作家，《莫斯科电讯》的出版人。

斯基先生可能是无意中用词不当，他说：

> “假如他（《欧罗巴导报》），一个上了年纪的老人，承认自己无知，谦虚从事，好好学习，抛弃那些可笑的偏见，用公正的口气说话，那么，对于他承认自己的弱点，希望学习和认识真理的态度，大家都会乐于尊重，并乐于听他的话。”

多么奇怪的要求！在《欧罗巴导报》出版的年代人们已经不讲学习，不会抛弃根深蒂固的偏见。谦虚是白发的装饰，不是文学的必需品；如果只有做到波列伏依先生所要求的那种承认才能赢得尊重的话，那我们还能听到一位并不具有不正常人的羞耻心和同情心的可敬老头的承认吗？

> “但迄今为止《欧罗巴导报》的出版人做了些什么？”波列伏依先生接着说，“他有什么权利，他在哪一块用他自己的劳动开垦的土地上竖起自己的旗帜：这块乐土在哪儿？在哪个大洋的彼岸？赶到《欧罗巴导报》出版人前面去的青年没有错，他们走到前面去了，因为《欧罗巴导报》出版人一直呆在原地踏步，而且一动不动地呆了二十多年。《欧罗巴导报》现在梦见了奇怪的争论，梦见了丁当作响的铙钹，长鸣的铜锣声，这奇怪吗？”

对此且由我们来回答：

即使卡切诺夫斯基连一本值得稍稍注意的书也没有写，二十年中连一篇好文章也没有发表，他还是赢得了不朽的声誉，那么现在当他终于准备认真地干一番事业的时候，我们对他该有些什么期待？卡切诺夫斯基在一个地方呆了二十年，这我们同意：如果他不在追求什么，青年们又怎么会超过他？卡切诺夫斯基错误地评论维尔斯托夫斯基[1]的音乐，可他难道是音乐家吗？卡切诺夫斯基翻译了《杰列扎与法尔多尼》，这有什么错？

我们至今觉得，波列伏依先生不公正，因为在他乍看起来理由十足的评论中暴露出某种偏见。我们期待卡切诺夫斯基先生作出无可争辩的反驳，或者保持高贵的沉默，某些知名作家就是常常用这种办法来回答某些杂志编辑不体面、不公平的粗暴评论的。可是读完《欧罗巴导报》第二十四期上登载的编辑对一位可敬的同仁，纳多乌姆科[2]先生（他是一位大作家，在当代和他所参与工作的杂志社享有真正的声誉）的文章的下列注释时，我们感到极为惊奇。

> “在此我认为可以体面地宣布，我已没有兴趣与别尼格纳[3]争吵，我已拒绝参加这场没有结果的论战，现在我对此也没有权利，我已采取别的措施去捍卫自己的人身权利以对付那位别尼格纳和其他一切人的恣肆妄为。我甚至不会去读《电讯》上的文章，要不是关注那场不怀好意的争论的结果，它涉及我有幸继续在其中服务的职业荣誉和地位的尊严。编者。”

这些令人费解的注释令我们极为不安。这位可敬的编辑采

---

① 维尔斯托夫斯基（1799—1862），俄国作曲家和戏剧活动家。
② 尼·纳杰日金的笔名。
③ 尼·波列伏依的笔名。

取了什么措施来捍卫自己的人身权利以对付别尼格纳先生的恣肆妄为呢？别尼格纳先生的恣肆妄为指什么？关注那场不怀好意的争论的结果，它涉及职业荣誉和地位尊严是什么意思？（顺便说一句，后一句话的意思无论在逻辑上还是语法上至今仍然模糊不清。）

《欧罗巴导报》的无数崇拜者读了这几行晦涩的、带威胁性的、杂乱无章的文字，个个都不寒而栗。他们不敢想象，米哈伊尔·特洛菲莫维奇[①]骑士般的愤怒会让他下决心去干什么。所幸的是，不久便一切真相大白了。

受到侮辱的卡切诺夫斯基先生以《欧罗巴导报》出版人的身份决心寻求法律的保护，他作为一名正式教授、五等文官和勋章获得者向书刊检查机关指控那位准许波列伏依先生的文章通过的书刊检查官。

我们一方面为上述注释的可怕含义松了一口气，一方面又对这位可敬的编辑采取的无益行动深表惋惜。大家预见到这件事的后果。在波列伏依先生的文章中，卡切诺夫斯基先生个人的名誉并未受到损害。在不客气地讲到他的文学事业时，《莫斯科电讯》的出版人既未提到他的职务，也未提到他的家庭生活隐私和人品。

一个新的人物出场了：书刊检查官谢·伊·格林卡[②]成了被告。他的热情和无所畏惧的精神在他的言谈、书信和业务札记中都有充分的体现。他以坦诚的心吸引着别人的心，而尽管我们对可敬的教授怀有深深的崇敬和真诚的感情，我们还是希

---

① 即卡切诺夫斯基。
② 谢·伊·格林卡（1775/76—1847），俄国作家，出版过半官方的《俄罗斯导报》。

望他的勇敢的对手能赢得胜利，因为教育和文学的利益要求一定程度的自由，这种自由是英明有益的法律赋予我们的。对祖国文学有过许多贡献的B. B. 伊兹马依洛夫毫无拘束地阐述了既有分寸又很公正的见解，因而赢得了普遍赞许的新权利。[①]

然而，《莫斯科电讯》被激怒的出版人却发表了另一篇文章，果断地确认自己最初的叙述是正确的。卡切诺夫斯基先生整个文学活动是按年份整理的，一切工作都得到高度评价，一切朴实的失言都被拿出来示众。波列伏依先生证实，可敬的编者享有知识渊博的男子汉所谓的信守诺言的声誉。可是至今，除了根据译文进行翻译和从某些地方抄来几篇小文章外，他什么也没有写过。知识贫乏比备受责备更值得同情！但是最重要的是，波列伏依先生证实，米哈伊尔·特洛菲莫维奇在批评文章中屡次进行人身攻击，他指责《电讯》出版人是酒鬼（所有的贵族都知道，这是个骇人听闻的污点），他一再责备波列伏依，说他是个最恶劣的商人（这又是一个如此可怕的非难），所有这一切都是用一些下流无耻的、带侮辱性的粗话表达的。在这一点上我们完全站在波列伏依先生一边。没有谁比我们更不尊敬真正的世袭贵族，虽然他们的存在对于国家来说是如此重要。可是在和平的科学共和国里，纹章与尘封的证书跟我们又有什么关系？特鲁沃尔[②]或者戈斯托梅斯尔[③]的子孙，勤奋的教授，正直的检察官和流浪的商人在批评的法则面前都是平等的。维

---

① 卡切诺夫斯基于一八二八年十二月十八日状告书刊检查官谢·格林卡通过波列伏依的文章，格林卡证明波列伏依的文章并无诽谤卡切诺夫斯基之处，卡切诺夫斯基的人身并未受到损害。莫斯科书刊检查委员会支持卡切诺夫斯基，只有伊兹马依洛夫为格林卡辩护。案件转到书刊检查总局。书刊检查总局同意伊兹马依洛夫的意见，驳回卡切诺夫斯基的诉状。

② 传说中统治伊兹博尔斯克的大公。

③ 相传为诺夫哥罗德的伊尔门斯拉夫人的首领，第一位大公。

亚泽姆斯基公爵有一次曾指出这种贵族式狂妄行为的不体面；重复一下有益的真理并没有坏处。

然而，长期的尊敬竟落得这样一个结果！在此我们谴责波列伏依先生的狂躁和过分。我们感动地注视着这位心情坏到如此地步的可敬老人，为了保持自己的学术荣誉，他不得不去研究俄语初级读本，并以特别的方式加以纠正。至少令我们欣慰的是，米哈伊尔·特洛菲莫维奇的希腊文字母知识从今以后已不存在任何疑问。

我们焦急地等待着这个案件的了结。书刊检查总局的裁定终于使文学界放下心来，它以对胜败双方都有利的和平方式解决了这场纷争。

关于别斯土热夫-留明在《北方之星》上发表本人诗作之声明[1]

旅行回来，我了解到，别斯土热夫先生乘我不在，在自己的丛刊里发表了我的几首诗。

对文学所有权的不尊重在我们这里已司空见惯，因此对别斯土热夫先生的行为我丝毫不感到奇怪。例如，费奥多罗夫先生一次以我的名义发表了一篇田园诗式的荒唐作品，[2]它可能是巴纳耶夫先生的侍仆写的。但是当丛刊偶然落到我手中，当我在序言里读到出版人对安先生表示的彬彬有礼的谢意时，我感到极为惊奇。安先生为他（别斯土热夫先生）弄到几个剧本，其中五部已经付梓——我承认有此一事。在安先生送去的剧本中，有几部确实是我的；另外几部我则一无所知。安先生还收集了一些我早年写的并不打算发表的诗，而且还出于好意用自己写的诗句换下我那些不能通过书刊检查的诗句。[3]可是，以我这样

① 这篇声明（草稿）普希金生前未发表。普希金写这篇声明的起因是，M. A. 别斯土热夫-留明擅自在《北方之星》丛刊上发表署名为安的七首诗，其中的六首是普希金的诗，包括《致恰达耶夫（爱情、希望和令人快慰的声誉）》（经书刊检查机关删改），同时发表的还有维亚泽姆斯基的七首诗。这件事未经普希金同意。

② 一八二七年鲍·费奥多罗夫未经普希金同意，擅自在《祖国缪斯的纪念碑》丛刊上发表普希金的五首诗。其中有一首《法翁与牧女》，普希金否认其为自己的作品。

③ 安把《致恰达耶夫》一诗中的“翘望神圣的自由时代”改为“翘望心中珍爱的女友”。

的年龄和这样的处境，我都不愿意为自己原先的作品和别人的作品负责，因此我要荣幸地向安先生声明，一旦发生类似情况，我将不得不请求法律的保护。

谈谈莎士比亚的《罗密欧与朱丽叶》[①]

许多被认为莎士比亚所作的悲剧，其实不是他写的，他仅仅只作了修改。悲剧《罗密欧与朱丽叶》，尽管风格上与他那众所周知的手法完全不同，但它如此明显地属于他的戏剧体系，并且有他奔放流畅笔触的如许痕迹，因此应当把它视为莎士比亚的作品。这部悲剧反映了诗人那个时代的意大利及其气候、情感、节日、欢乐、十四行诗，它那充满光彩和奇思异想[②]的华丽语言。莎士比亚极其熟悉戏剧的地方特色。除莎士比亚生花妙笔塑造的两个迷人形象朱丽叶和罗密欧外，茂丘西奥，当时青年骑士的典型，优雅、多情、高尚的茂丘西奥是整个悲剧中最出色的人物。诗人把他作为欧洲过去最时髦的民族，被称为十六世纪的法国人的意大利人的代表。

---

① 一八三〇年发表于《北方之花》。
② 原文为意大利语。

谈谈《悼骑兵上将尼·尼·拉耶夫斯基[①]》[②]

去年年底《悼骑兵上将尼·尼·拉耶夫斯基》一文发表了，拉耶夫斯基是一八二九年九月十六日逝世的。这篇简短的评论，据我们看是一位熟悉军事工作的人写的，评论具有文笔和感情方面的崇高热情。希望这支笔能写出这位英雄和好人更多的功绩与个人生活。我们奇怪地发现这位不知姓名的悼文作者有一处令人不解的疏漏：他没有提到浴血的一八一二年被父亲带到战场上的两个少年[③]！……祖国可不会忘记这一点。

---

① 尼·尼·拉耶夫斯基（1771—1829），俄国骑兵上将，同十二月党人接近。

② 本文发表于《文学报》一八三〇年第一期。悼文是十二月党人米·费·奥尔洛夫少将写的，发表时未署名。

③ 尼·尼·拉耶夫斯基在一八一二年抗法战争时曾率领分别为十六岁和十一岁的两个儿子冲锋陷阵。

莫斯科作家协会[1]

一些以自己的作品和人品享誉我们这个时代的莫斯科文学家，目睹我国文学束手无策的状况，听厌了漂亮的空话，决心组织一个协会以推行库尔加诺夫[2]和特列季亚科夫斯基的健康批评原则，以使那些背弃原有信念和爱冷嘲热讽的人留在服从和体面的限度内。

协会第一次会议是今年十月十七日在小布隆街[3]一个当过印刷厂校对的X. 先生[4]家里召开的，是当着无数公众的面进行的。附近几位女士光临了这次会议。[5]

特兰达菲尔[6]，一部不朽小说的杰出翻译家被一致推选为主席。

一致推选尼科季姆 · 涅维日津[7]，一位忠实奴仆阶层中的年轻人为书记，不久前他曾显示出文学方面的卓越成绩，他扬言要成为审美方面的立法者，尽管他的文章中尽是奴才腔。

大家在等待斯拉夫佐夫的到来——可是他却因牙龈脓肿而不能出席。他是在集市上打牌打得太开心而罹患此症的。

会议开始，特兰达菲尔先生发表了精彩的演说，他动人地描述了我国文学无可奈何的现状，在黑暗中从事写作活动、没有受到特兰达菲尔先生批评明灯照耀的我国作家的困惑。他振振有词地号召大家行动起来。“迄今为止我们做了些什么，尊敬的听众，”他说，“翻译了长篇小说，我们从希里亚耶夫[8]那里得到了七百卢布，分析了《俄国史》的卷首页，——《俄国史》无疑是一部不朽著作，尽管很不详尽。”

主席先生演说后，涅维日津先生宣读了一本新杂志的出版计划，该杂志于次年，一八三〇年以《亚洲虾》的刊名出版。

这本杂志将每月出版一期。每一期有四个栏目。

栏目Ⅰ。美文学。从波兰文翻译拜伦译本[⑨]；年轻的中学生[⑩]的诗歌；特兰达菲尔先生笔记摘录；作为范文，协会书记先生宣读了可敬的特兰达菲尔对少年时代的迷人描写。大家高兴地聆听了年幼的小商人可爱的恶作剧，以及当时已许下的诸多诺言。

栏目Ⅱ。批评。

---

① 这是一篇未完成的讽刺《欧罗巴导报》编辑部的小品，普希金生前未发表。
② 库尔加诺夫（1725？—1796），俄罗斯启蒙学者、教育家和出版家。
③ 纳杰日金把稿子从“牧首池塘”寄给《欧罗巴导报》，“牧首池塘”在小布隆街。
④ X. 先生影射纳杰日金文章中的人物。
⑤ 普希金的伯父瓦·普希金有一首长诗《危险的邻居》，诗中的情节发生在小布隆街。“附近几位女士”即影射此事。
⑥ 影射卡切诺夫斯基。
⑦ 影射纳杰日金。
⑧ 莫斯科的图书出版人。
⑨ 指卡切诺夫斯基从法文转译拜伦的长诗，从波兰文转译司各特的长诗。
⑩ 影射纳杰日金。

谈谈邦·贡斯当[1]的长篇小说《阿道尔夫》的翻译[2]

维亚泽姆斯基公爵翻译并很快出版了邦·贡斯当享有盛誉的小说。《阿道尔夫》属于那两三本小说之列。

这些书都反映了它们的时代，
对于当时人物的心态
也表现得十分真实鲜明，
书里的人物都自私而冷峻
有一颗玩世不恭的灵魂，
整日价沉浸在幻想之中，
他们愤世嫉俗，满腔怨怼，
但是行动上却无所作为。[3]

邦·贡斯当第一个把这种性格搬上舞台，后来才由拜伦勋爵的天才将它们广为传播。我们急切地期待该书早日问世。我们将很有兴趣地看一看，维亚泽姆斯基公爵老到生动的文笔怎

---

① 邦雅曼·贡斯当（1767—1830），法国作家。长篇心理分析小说《阿道尔夫》（1815）在浪漫主义文学发展上起过重要作用。
② 本文发表于《文学报》一八三〇年第一期（一月一日）。
③ 引自《叶甫盖尼·奥涅金》第七章第二十二节。

样克服那种精微玄妙的语言的困难，这种语言往往结构严谨，雅致清丽而且热情洋溢。从这一点上说，这部译作将是一次真正的创作，是我国文学史上的一件大事。

荷马的《伊利昂纪》①

俄罗斯皇家科学院院士尼·格涅季奇译。共两卷。圣彼得堡，俄罗斯皇家科学院印刷所 1829 年版（第一卷十五章，354 页；第二卷，362 页。大 4 开本）。

盼望已久、急切等待的译作《伊利昂纪》终于问世了！当为一时的成功而沾沾自喜的作家大多醉心于写精巧的小诗时，当天才无意艰苦的劳动，时尚藐视伟大古代的典范时，当诗歌创作不再被视为神圣的工作，而被看作一种无足轻重的事情时，我们怀着深深的敬意和感激之情，注视着一位诗人把一生中最好的年华骄傲地献给了一种特殊的劳动、无私的灵感和建立独一无二的崇高业绩。俄文的《伊利昂纪》就在我们面前。我们正着手对它进行研究，以便将来向我国读者介绍这本必将对祖国文学产生重大影响的书。

① 本文发表于《文学报》一八三〇年一月六日第二期。《伊利昂纪》的译本一八二九年十二月出版。

论杂志批评[1]

我们的杂志中有一家提请人们注意，说《文学报》在我国不能存在，理由非常简单：我国没有文学。假如这句话说得有理，那么我们连批评也不需要了；可是我们的文学作品尽管很少，但毕竟在不断出现、存在和消亡，只是得不到应有的评价。我们的杂志批评要么局限于枯燥无味的图书报道，讽刺性的评论，多少有点俏皮的、一般性的友好称赞，要么干脆变成出版人与作者、校订者的家常通信，等等。“为我新写的文章腾出一点版面吧。”一位作者写道。“很高兴。”出版人答复。连这些都照登不误。不久前，一家杂志提到火药味的问题。“我们就给您来点火药味！”一名排字工人发表意见说，而出版人本人则对此进行反驳：

> “对根深蒂固的恶习——臭骂一顿，
> 对无可奈何的感叹——嗤之以鼻。”

这些家庭式的笑话应该有它们自己的解释，而且看来还很有趣，但对我们而言，它们暂时还毫无意义。

有人会说，批评应该只对那些有显著优点的作品进行研究。我不这样认为。有的作品本身微不足道，但就其成就或影响而言却引人注目。从这个意义上说，精神上的考察要比文学上的考察更为重要。去年出版了几本书（其中有《伊凡·维日金》），对这些作品，批评界本可以说出许多有教益、有兴味的意见。可是哪儿有对它们的分析和阐述呢？且不说还在世的作家，连罗蒙诺索夫、杰尔查文、冯维辛还等待着被处以极刑呢。华丽的外号，毫无保留的赞扬，庸俗的感叹已经不能使思想健康的人们满足。不过，在我们这里，需要《文学报》的与其说是读者，不如说是某些作家，他们由于种种原因无法在彼得堡或莫斯科的任何一家杂志上发表文章。

① 本文发表于《文学报》一八三〇年一月十一日第三期。

关于批评的谈话[1]

甲　您看过最近一期《该拉忒亚》[2]上对某某的批评吗?

乙　没有，我不看俄国批评文章。

甲　不应该。没有什么可以让您更好地了解我国文学的现状的啦。

乙　真的！难道您以为，杂志上的批评是对我国文学作品的最终判决?

甲　绝对不是。不过它能让您了解作家之间的关系，多少了解一些他们的知名度，最后，了解读者中意见的主流。

乙　为了了解普希金的长诗正在流行中，浪漫主义诗歌在我国谁也读不懂，我不必去读《电讯》。至于拉伊奇先生、波列伏依先生、卡切诺夫斯基先生和布尔加林先生的关系——我对此毫无兴趣……

甲　可那很有趣。

乙　您很喜欢拳斗士。

甲　为什么不呢? 我们那些勇士可乐此不疲。杰尔查文也称赞过他们。我喜欢在同某个杂志暴徒格斗中的维亚泽姆斯基公爵，就像喜欢与车夫搏斗中的奥尔洛夫伯爵一样。这是人民性的特征。

乙　您提到维亚泽姆斯基公爵。坦白说吧，您以为在高层次的文学中就他一个人参加论战。

甲　对不起……请再说一遍，您说的高层次文学是指什么……

…………

…………

乙　公众对于文学的成就相当冷漠——他们对真正的批评不感兴趣。他们偶尔看看两个杂志编辑吵架，顺便听听被激怒的作者的独白——或者耸耸肩膀而已。

甲　这悉听尊便，可我要坚持下去，看看，听听，直到最后，还要为击倒对方的人鼓掌。假如我是作者，我会认为，对于攻击——不管是什么样的攻击——不进行反击是胆怯的表现。听任一个街头无赖往你身上扔垃圾，这算什么贵族式的骄傲！瞧人家英国勋爵：他随时准备回击 gentleman③ 彬彬有礼的挑衅，用科亨赖特尔手枪决斗或者脱去燕尾服，在十字路口与马车夫搏斗。这是真正的勇气。可我们无论在文学上还是社会生活中都过于书生气，太像个妇道人家。

乙　在我们这儿，批评无任何公开性，大概那些高层次的作家也不看俄国杂志，不知道人家是在赞扬他还是咒骂他。

甲　对不起。普希金每期都读《欧罗巴导报》，那上面常常在骂他，照他粗暴的说法，这就叫“躲在门旁偷听前厅里对他的议论”。

---

① 本篇系草稿，普希金生前未发表。普希金写作这篇文章系由 C. 拉伊奇出版的杂志《该拉忒亚》上的剧烈争论引发的。波列伏依曾在《莫斯科电讯》上猛烈回击拉伊奇。类似的争论也在布尔加林的《北方蜜蜂》和卡切诺夫斯基的《欧罗巴导报》上进行。

② 希腊神话中海中女神名。此处用作杂志名。

③ 英语：绅士。

乙　多么大的好奇心！

甲　这种好奇心至少是可以理解的吧！

乙　普希金还用讽刺短诗予以回击，您还有什么可说的？

甲　可是讽刺不等于批评——讽刺短诗不是反驳。我是在为文学的利益奔忙，而不仅仅是为了找乐子。如果赢得读者尊敬和信仰的全体作家能担当起驾驭公众舆论这份工作，那么不用多久，批评就不会是现在这个样子。譬如说读一读格涅季奇关于浪漫主义的见解和克雷洛夫关于当代哀歌的见解，不是很有趣吗？看看普希金对霍米亚科夫的悲剧的分析不是很愉快吗？这几位先生彼此联系密切，大概会交换对一些新作品的意见。为什么不让我们也参与他们关于批评的谈话呢？

《尤里·米洛斯拉夫斯基，亦名一六一二年的俄罗斯人》[1]

米·尼·扎戈斯金[2]作。莫斯科斯捷潘诺夫印刷所1829年出版。共三卷。卷首页都有小花饰（第一卷255页，第二卷166页，第三卷263页，12开本）。

在我们这个时代，我们往往把长篇小说这个词理解为在虚构的故事中展开的一个历史时代。瓦尔特·司各特吸引了一大群模仿者。但他们所有的人和这位苏格兰魔法师相距有多远！他们像阿格利巴[3]的学徒，把古代的恶魔唤了出来，却不会控制它，结果成了自己恶作剧的牺牲品。他们自己背着家庭习惯、偏见和日常印象的沉重包袱，费力地走进他们想把读者带入其中的那个时代，在缀着羽毛的圆形软帽下，您可以认出您的理发师梳理的脑袋；从亨利四世型的[4]花边双层衣领里露出当今花花公子[5]浆硬的领带。哥特式的女主角受的是康庞夫人[6]的教育，而十六世纪的国家显要读的却是《泰晤士报》[7]和《论坛报》[8]。不合情理的东西，不必要的细节和严重的疏漏有多少！矫揉造作的东西有多少！除此之外，生活气息却如此淡薄！然而欧洲人却在读平庸的作品。是因为如斯塔尔夫人所说的，人们只知道自己生活时代的历史，因而无法发现浪漫主义小说荒谬的时代错误呢，还是因为对古代的描写，哪怕是肤浅的、不准确的，对于被如今千篇一律、花里胡哨的日常生活描写弄迟钝了的想象力来说，仍具有一种难以形容的魅力呢？

我们得赶快声明，这些指责与《尤里·米洛斯拉夫斯基》毫无关系。扎戈斯金先生真实地把我们带到一六一二年。我们善良的人民、贵族、哥萨克、僧侣、肆无忌惮的游民——一切都写得恰到好处，一切都像米宁[9]和阿甫拉米·帕利岑[10]那个兵荒马乱的时代应有的那样行动和感受。古代俄罗斯生活的场面是多么生动，多么引人入胜！描绘基尔沙、阿列克赛·布尔纳什、费吉卡·霍米雅克、科培钦斯基老爷、叶烈梅神父的性格时是多么真实，充满了真诚的快乐！小说中的事件很自然地融入历史事件的极为广阔的背景中。作者并不急于讲述故事，而是常常停留在细节上，顺便说点题外话，但从来不让读者感到厌烦。对话（只要是民间语言，都很生动、富有戏剧性）表现出他是一位本行的巨匠。但是当扎戈斯金先生着手表现历史人物的时候，他那无可争辩的才能便明显地背弃了他。米宁在下诺夫哥罗德广场上的演说显得苍白无力：缺乏富有表现力的民间语言

---

① 本文发表于《文学报》一八三〇年一月二十一日第五期。

② 米·尼·扎戈斯金（1789—1852），俄国作家。著有《尤里·米洛斯拉夫斯基，亦名一六一二年的俄罗斯人》和《罗斯拉夫列夫，亦名一八一二年的俄罗斯人》等长篇小说。

③ 亨利希-科尔涅利乌斯·阿格利巴·涅捷斯海姆斯基（1486—1535），骑士、医生和炼金术士。骚塞的《一个想看禁书的青年及其受到惩罚的故事》和歌德的《魔术学徒》都取材于阿格利巴的传说。

④ 原文为法语。

⑤ 原文为英语。

⑥ 原文为法语。康庞夫人（1752—1822），法国荣誉团骑士遗孤寄宿中学校长。

⑦ 原文为英语。

⑧ 原文为法语。

⑨ 米宁（？—1616），下诺夫哥罗德工商居民，曾领导民军抵抗波兰侵略。

⑩ 阿甫拉米·帕利岑（？—1616），俄国作家，谢尔吉圣三一大修道院修士。

的激情。大贵族杜马写得很平淡。可以指出两三处轻微的时代错误和语言与服装上的某些差错。……但是这些轻微差错和《莫斯科导报》今年第一期[①]上指出的另一些错误并不损害《尤里·米洛斯拉夫斯基》所取得的完全应属于它的辉煌成就。

① 《莫斯科导报》今年将按一八二七年和一八二八年的样子出版。该杂志以刊登有趣的论文、人情入理的批评和与人为善的态度而几乎经常显得与众不同。原先的同仁将继续参与它的出版工作。——原注

按：《莫斯科导报》一八三〇年第一期上的文章指谢·提·阿克萨科夫对《尤里·米洛斯拉夫斯基》的评论。

谈谈《萨姆松杂记》[①]

一些法国杂志报道，《巴黎刽子手萨姆松杂记》即将出版。这是意料中的事。瞧，对于新闻和强烈刺激的渴求把我们引导到多么荒唐的地步了。

继十八世纪令人读得入迷的哲学《忏悔录》[②]之后，又出现了同样让人入迷的政治自白书。我们不满足于看到一些头戴睡帽、身穿睡衣的名人，我们还想跟着他们进入卧室，看看他们将干些什么。当我们对这种读物也感到厌倦时，便出现了一伙贩卖下流故事的不法分子。可是我们没有停留在亨里埃塔·威尔逊、卡扎诺瓦和现代女人的无耻杂记上，我们还追逐警探的骗人的自白、苦役犯的供词。一些杂志充斥了维多克杂记的摘录。[③]诗人雨果竟不耻于在他身上为充满烈火与污浊的小说寻找灵感。一些最近出现的文学家都感到缺了刽子手不行。他终于出现了。我们只得惭愧地说，他的《杂记》获得成功似乎是毋庸置疑的了。

我们不羡慕那些在我们不健康的好奇心上打主意，在重复恐怕是文理不通的萨姆松的故事上要笔杆子的人。但我们生活在一个充满自白的时代，也必须承认：虽然我们感到厌恶，可我们还是迫不及待地期待《巴黎刽子手萨姆松杂记》的出现。我们要看看，他和一些活生生的人之间有些什么共同之处；他将怎样以野兽般的嚎叫解释他的思想；这部启发梅斯特尔伯爵写出如此富有诗意如此恐怖的篇章的作品将告诉我们些什么；这个人在四十年血腥生涯中，面对如此之多的包括杰出人物、无名之辈、圣人、可恨的家伙在内的牺牲者的临终战栗，他会告诉我们些什么。所有这些人——他的一面之交，一个个在我们面前走上断头台，而他这个凶残的小丑则一直在那里扮演同一个角色。受难者、强盗、英雄——无论是皇室的受难者，无论是杀害他的凶手，无论是夏洛特·科尔黛[④]，无论是迷人精迪巴里[⑤]，无论是疯子卢韦尔[⑥]，无论是叛乱者比尔东[⑦]，无论是毒死两个朋友的医生卡斯唐，无论是杀害两个孩子的帕帕武安：在最后的可怕时刻，我们又将看见他们。每个人都说出临终遗言，然后，人头当着我们的面纷纷落地……刽子手的这本书在满足了我们残酷的好奇心之后，便在图书馆占据一席之地，供将来的历史学家查阅。

---

① 本文发表于《文学报》一八三〇年第五期。《萨姆松杂记》是巴尔扎克等法国作家利用法国资产阶级革命时代巴黎刽子手亨利·萨姆松的《杂记》等资料编的一本书。普希金的评论不仅针对这本书，而且针对法国当时流行的“恐怖小说”，除了亨里埃塔·威尔逊的杂记，还包括雨果的《一个死囚的末日》、约瑟夫·德·梅斯特尔的《彼得堡的傍晚》中对刽子手的描写等。

② 指卢梭的《忏悔录》。

③ 英国女演员亨里埃塔·威尔逊的杂记一八二五年出版，卡扎诺瓦的《杂记》一八二六年出版，法国女冒险家桑·埃利姆的回忆录《现代女人》一八二七年出版，巴黎探长弗朗索瓦·维多克的杂记一八二六至一八二九年出版。

④ 夏洛特·科尔黛（1768—1793），法国女贵族，刺杀马拉的凶手。

⑤ 迪巴里（1746—1793），路易十五的情妇。

⑥ 卢韦尔（1783—1820），法国工人，因刺杀法国王位继承人之子贝利斯基公爵而被处死。

⑦ 比尔东（1769—1822），法国将军。

谈谈冯维辛[①]的《在哈尔金娜公爵夫人家的谈话》[②]

不久前有一份杂志提出疑问：发表于《文学报》第三期上的《在哈尔金娜公爵夫人家的谈话》是否确系冯维辛所作。第一，已故作者的亲侄子保证此文的可靠性；第二，要假冒《纨绔少年》和《旅长》作者的手笔并非想象中那么容易：不管是谁，只要稍稍研究一下冯维辛的特点和风格，他就能立即认出《谈话》中这种特点和风格的无可置疑的特征。这篇文章之所以精彩，不仅因为它是一篇文学珍品，而且它饶有兴味地表现了我们四十年前占统治地位的时尚与舆论。哈尔金娜公爵夫人对索尔万佐夫亲热地你我相称，索尔万佐夫也同样如此。她骂女仆，为什么不让客人进更衣室。“难道你不知道，我喜欢当着男人的面更衣？”“这可不好意思，B. C. 。”女仆回答。“傻瓜，这可是一件开心的事。”公爵夫人反驳她。这一切可能是据实描写的。我们从这里才知道这是仿效巴黎时尚。对索尔万佐夫的描写无愧于这支描绘过普罗斯塔科夫一家的画笔。[③]索尔万佐夫求过官职，梦想有朝一日能乘上纵列马车外出。他经常通宵达旦打牌，在办公室阅读案卷时呼呼睡去。他常常感觉到公文的荒谬，由于偷懒和无所用心而同意别人的意见。他把农民卖出去当兵，头头是道地谈论教育问题。他出于虚荣心而不受贿，并且冷静地指摘可怜的受贿者。总之，他是上个世纪典型的俄国贵族老爷，天性和半开化造就了他这样一个人。兹德拉沃梅斯尔使人想起普拉夫金和斯塔罗杜姆，虽然他身上较少学究气。读完《在哈尔金娜公爵夫人家的谈话》，你会不由自主地感到惋惜，因为不该由冯维辛来描绘我们这些最新的时尚。

① 冯维辛（1744/45—1792），俄国剧作家，作品有喜剧《纨绔少年》《旅长》等。

② 本文发表于《文学报》一八三〇年一月三十一日第七期。《文学报》上发表了冯维辛未出版的《在哈尔金娜公爵夫人家的谈话》，《北方蜜蜂》第十期上有人质疑，认为此文并非冯维辛的作品。

③ 冯维辛的喜剧《纨绔少年》中描写了女地主普罗斯塔科夫太太一家争夺财富的故事。

《朝霞》[①]

一八三〇年丛刊，M. 马克西莫维奇出版。莫斯科。大学印刷所 1830 年印刷（LXXXIV—256 页，16 开，卷首页有版画）。

在这一期丛刊里我们可以看到几位最知名的作家的名字，还可以看到几位女士的诗作：在我们的文坛上，这是令人喜出望外的盛事、令人愉快的喜讯。

但这一期丛刊最精彩的文章，更值得漫不经心的读者浏览一下的文章乃是基列耶夫斯基先生的著作《评一八二九年的俄国文学》。作者属于莫斯科作家中的一个年轻流派，这一流派是在德国最新哲学的影响下形成的，它已产生了受到伟大的歌德和太早被整个美学界朋友忘掉的德·维涅维季诺夫[②]推崇的舍维廖夫。基列耶夫斯基先生的几篇批评文章发表于《莫斯科导报》上，已引起少数真正懂得识别天才的专家的注意。基列耶夫斯基先生的《评论》给人以深刻印象大概并非因为他的思想更成熟（这一点是无可争辩的，尽管作者的主张过于系统），而只是因为他的某些见解表达得很激烈，出人意料。

基列耶夫斯基先生把文治看得比武功重要，文章一开头他就断定新的书刊检查条例的颁布“对于俄罗斯的长期福利是最重要的事件，比我们在多瑙河和阿拉拉特的光辉胜利重要，比攻占埃尔祖鲁姆，比俄罗斯旗帜投在皇城墙上的光荣影子重要”。他认为由于实行这个条例，去年的现代文学已取得明显进展。“我们的杂志更多地采用了外国杂志的作品；译文尽管大部分很拙劣，但还是更多地传达了我们邻国精神生活的痕迹，因此我国的整个文学必然更加贴近整个欧洲生活。我们杂志间的吵架，它们那些不体面的批评，它们的野蛮腔调，它们那些希奇古怪的人身攻击，它们那些非城里人的礼节——这一切都像一个拿掉尿布的婴孩的不协调活动：为了发展体力，为了将来的美丽和健康，这种活动是必要的。”

基列耶夫斯基先生在首先分析了十九世纪文学的特征之后，谈到一些在他看来决定了我国文学特性的作家；但他首先洋洋洒洒地用了一页篇幅纪念一位作家，这位作家“把我国人民的教养向前推进了半个世纪，把一生献给祖国的幸福”，连卡拉姆辛本人的启蒙教育大概都得归功于他。“他几乎被大家遗忘，不久前在莫斯科附近去世了，”基列耶夫斯基先生说，“而莫斯科却是他的光辉活动的见证和他的主要活动地方。现在大多数现代人才稍稍知道他的名字，如果卡拉姆辛不曾谈到他，那么，许多人是读了这篇文章才第一次听说诺维科夫③及其伙伴的事业，将怀疑离我们这么近的这个事件是否可靠。人们几乎忘记他了，参与他的著作的人也各奔前程，一心钻进他们个人的日常活动；许多人已经不在，但是他所完成的事业还在：它

---

① 本文发表于《文学报》一八三〇年二月五日第八期。《朝霞》丛刊出版于一月九日，上面刊登的伊·瓦·基列耶夫斯基的评论引起普希金的注意。伊·瓦·基列耶夫斯基（1806—1856），俄国宗教哲学家、文艺批评家，后来成为著名的斯拉夫主义创始人。

② 德·维涅维季诺夫（1805—1827），俄国诗人，文艺评论家。于二十二岁时去世。

③ 尼·伊·诺维科夫（1744—1818），俄国教育家、作家、出版家。在自己创办的《雄蜂》等杂志上抨击农奴制，在莫斯科开办印刷厂、图书馆和学校，并在十六个城市开设书店。

还活着，不断带来成果，等待着后代的感谢。

“诺维科夫并非传播，而是在我们心中建立了对科学的热爱和对阅读的兴趣。据卡拉姆辛证实，在诺维科夫以前，莫斯科有两家书店，每年出售书籍价值一万卢布，过了几年便达到两万卢布，售出的书籍达二十万册。此外，诺维科夫还把书店开到俄罗斯的其他城市和极边远的城市去；他还几乎免费地散发他认为特别重要的著作。他让人翻译有益的书籍，到处发展参加这些活动的人员，因此没多久，不仅俄罗斯的整个欧洲部分，而且连西伯利亚都在读书。那时我们的祖国亲眼看见了我国教育编年史上这个几乎唯一的事件（虽然为时不久）：社会舆论诞生了。”

作者把卡拉姆辛的仁爱之心视为十九世纪文学第一个阶段的特征，把茹科夫斯基的理想主义视为第二个阶段的核心，把现实的诗人普希金视为第三阶段的代表，便着手对去年的文学进行评论。

“十二卷本的《俄国史》是一个伟大事业的最新成果，是一个对每个俄罗斯人都有益的神圣的生命的最新功绩，它以其雄辩的力量、浩繁的卷帙、表达的准确、图景的清晰与严整，以及卡拉姆辛风格的柔和的光辉、质朴、金刚钻般的坚实超越了前人。总的说来，它的历史内涵是和流逝中的时代的生活同步发展的。越是接近当代，我们祖国的命运在他面前就展开得越充分；事件的画卷越是复杂，在他想象力的镜面上，在这颗我国人民的纯洁心灵上的反映就越严谨。”

基列耶夫斯基先生把长诗《波尔塔瓦》也纳入历史著作之列。“确实，”他说，“二十篇对这首长诗的评论中有一大半谈论到长诗中描写的人物和事件是否符合历史真实。评论家们对普希金不能作出更多的赞扬。”虽然他承认这首长诗表现出一个天才的完全成熟，但他指摘长诗中的趣味不够一致，“这是所有一致中的一致，自由主义诗歌规则不能容忍不遵守这个一致”。他以此来说明亚·普希金最近一首未必是最好的长诗的小小成就。

“茹科夫斯基，”作者继续写道，“去年发表了自己的《大海》、席勒的《胜利者之歌》和《伊利昂纪》的有关片断。我们首次从中发现了在别的译文中没有发现的荷马作品的品质：在别的译文中显得过分华丽和庸俗的，在这里却是朴素和高尚的；在别的译文中显得死气沉沉、萎靡不振的，在这里却是生气勃勃、英勇顽强、令人感动的；这里一切都是温馨的，一切都是崇高的，每一句话都发自内心——也许这是错的，如果美也会错的话。”作者指的是科斯特罗夫①，去年，我们还没有为格涅季奇的《伊利昂纪》觉得骄傲。

“茹科夫斯基的《大海》使我们生动地想起他以前的诗歌。还是那样的音调，还是那些感情，还是那些特点，还是那样妙不可言。仿佛他从前那把诗琴的所有琴弦都在这里回响，发出同样令人荡气回肠的乐音。但是也有不同的地方：比他以前的诗更加忧郁深沉。”

基列耶夫斯基先生提到舍维廖夫、霍米亚科夫和丘特切夫等德国诗派的青年诗人。头两位诗人的真正天才是无可争辩的。但是霍米亚科夫写了《叶尔马克》，这个悲剧已经赢得了一篇与众不同的评论文章。

---

① 叶·科斯特罗夫（约1750—1796），译过《伊利昂纪》（未完成），译文代表十八世纪水平，到十九世纪已过时。

深受打动的感情使得年轻的批评家写出了几行动人的文字。他说到自己的朋友，说到一位出类拔萃的优秀人物，说到已故的维涅维季诺夫。

“维涅维季诺夫生来是为自己祖国的教育事业积极活动的，是为自己祖国的诗歌增辉的，也许还是自己祖国哲学的创立者。谁怀着挚爱之心仔细推究维涅维季诺夫的作品（因为只有爱才能使我们充分理解），谁在这些零碎的片断里找到和他们同样出身的痕迹、找到与激励它们的人的一致，谁能深入了解他那受诗人心灵的严肃生活所限制的思想，谁就能了解这个充分理解自己时代启示的哲学家，谁就能了解这个深刻的、独具一格的诗人——他的每一种感情都焕发着思想的光辉，每一个思想都使人感到亲切；他的理想毫不做作，但它本身就是非常美好的；他最优秀的歌就是自己的生活，就是他自己丰满、和谐的心灵的自由发展。因为大自然把自己的禀赋慷慨地赋予他，并使这些多样的禀赋保持平衡。因此所有的美对他都是亲近的。因此他在认识自己的过程中寻求解开艺术所有秘密的方法，在自己内心深处看清最高法则的轮廓，洞悉作品的美。因此他的智力和心灵足以理解大自然，他能够

窥察它那神秘的胸襟，
犹如窥察朋友的心灵。

“智力与心灵的和谐是他的精神特征，他的想象本身与其说是一种想象力的游戏，不如说是一首思想感情的乐曲。这就证明，与其说他是为诗歌而生，不如说他是为哲学而生。他那些正在出版和即将问世的散文作品可以进一步证实我们所说的

一切。”

在这里批评家以诙谐的口吻有力地证实了德国哲学家给我们某些作家带来的重要好处，这些作家并不具有很大的个人才能，因而更清楚地显示出他们从他人那里获得的优点。“这里主要是两种作家：一种是追随法国思潮的作家，一种是追随德国思潮的作家。在第一种作家的作品中，我们看到了些什么？在他们的作品中我们看不到思想（因为法国思想本身已经陈旧；因此我们看到的不是思想，而是共性：法国人从德国人和英国人那里借用了这些东西）。但是我们从中发现了文字游戏（这种文字游戏极少风趣，只是偶尔有那么一点）和戏谑（这种戏谑几乎没有什么趣味，一般没有什么意思）。难道会是另一种样子吗？风趣和趣味只有在上流社会的圈子里才能培养得出来。而我们的作家中能有很多人有幸属于这个圈子吗？

“与此相反，在一些受到德国空谈家的读物熏陶的作家的作品中，我们几乎经常可以发现一些值得敬重的东西，哪怕是思想的影子，哪怕是对这种影子的追求。”

基列耶夫斯基先生在维亚泽姆斯基公爵的作品中看到一种证据，证明真正的天才在任何流派中，处于任何影响下，到处都能发光。作者说：“维亚泽姆斯基公爵，尽管他很有才能，尽管我们可以把他称为我们的作家中最风趣的作家，然而他还是比例如《忧愁》①这样的作品所表现的更高明，他的心灵之声比智力之声更响亮。”

有人说，法国思潮在巴拉丁斯基的作品中也占主要地位，作者不同意这样的意见。他从中看到的是一位自成一家、有独

① 维亚泽姆斯基的作品。

特风格的诗人。“为了品味巴拉丁斯基抒情诗的全部音调，必须具有比阅读其他诗人的作品更灵敏的听力，更专心致志。我们越是阅读他的作品，就越能从中发现新的东西，发现初读时不能发现的东西——他的诗歌的真正特征，这种特征是蕴含在他本身的生活中的，不是每个人都能体会到的。甚至在艺术方面，能充分评价他的诗歌的成就、遣词用字的准确、优雅的韵律、高贵的气派的人会有很多吗？但是即使上流社会的理想突然在我们不知道的某个京城出现的话，那么在它的优秀人物圈子里人们也听不懂另一种语言。”

作者公正地评价了《埃达》①，这是一首非常独特的哀歌作品，比《舞会》好，《舞会》比较有光彩，但没那么优雅，不那么动人，较少那种奔放深厚的热情。在确定杰尔维格男爵诗的特征时，评论家说：“按照创作方法写出来的任何仿作都必然是冷冰冰的，毫无生气的。只有出自爱心的仿作才可能富有诗意，甚至具有创造性。但是在后一种情况下，我们能做到完全忘我吗？难道不是因为我们在其中可以找到符合我们精神要求的一些特点，我们才喜爱我们的典范吗？这正是最新作品永远能够成为一切成功的仿古作品中最新作品的缘故。我还要说：没有一部古典作品的真正优雅译作不留下我们祖先不了解的这种心灵状态的痕迹。基督教赋予我们的宗教感情，阿拉伯人和野蛮人的礼物——充满浪漫色彩的爱，北方人和寄人篱下的产物——忧愁，欧洲几个世纪的混乱同改善现状的热情斗争的必然结果——各种各样的宗教狂热，最后还有思想对感情的优势以及由此产生的对集中统一的追求……”等等。

---

① 《埃达》和《舞会》都是巴拉丁斯基的作品。

在评论我们喜剧缪斯某些作品的同时，作者愉快地描绘了剧坛的现状，我们虽然不能完全苟同他的意见，但也不能不摘录下面一段独特见解。

“总之，我们的剧坛呈现出一种奇怪的自相矛盾现象：我国喜剧的几乎全部剧目都是由法国戏剧的仿作组成的，尽管那些有别于其他国家的法国喜剧的品质：趣味、品味、机智、语言的纯洁和上流社会所必需的一切——这一切都和我们的剧坛格格不入。我们的舞台没有成为反映我国生活的镜子，却仅仅成为表现我们下房的放大镜，我们的喜剧缪斯没有深入到比下房更远的地方。喜剧缪斯就住在下房，那里就是她的家，那里就是她的客厅、书房、大厅和更衣室；只要没有站在马车的后脚镫上出去拜访邻国的缪斯并且为了把俄罗斯塔利亚表现得相像些，就应该让她穿上仆役制服，穿上靴子，这样，她就能在下房里度过一整天。

“我们原来的喜剧的一般特征就是这样的，这种情况并没有被为数不多的难得出现的例外所改变。具有这种特征的原因部分在于，从冯维辛到格里鲍耶陀夫①，我们还没有一个真正的喜剧天才，而大家都知道，不平凡的人就像不平凡的思想，总是给智力带来片面的倾向；力量的优势只有靠另一种力量来平衡；天才的危害要由另一个与之对抗的特性来纠正。

“然而我们可以向我国的喜剧作家们指出，他们选择这种倾向是不合算的……他们比不上普通的老百姓，不管他们的语言有多庸俗，他们那大胆的玩笑多么不成体统，他们那引得顶楼

① 作者似乎是笔误。他是不是想说：“除了冯维辛和格里鲍耶陀夫”？——原注

观众哈哈大笑的恶作剧有多么粗鲁；但是他们永远达不到自己的真正理想，他们的所有喜剧，任何一个马车夫都可以用一句话把它否定。”

在列举了一八二九年出现的译文之后，作者指出主要有六位外国作家得到了我国文学家的爱戴：歌德、席勒、莎士比亚、拜伦、穆尔和密茨凯维奇。

略去几部多少有点引人注意但不属于纯文学的作品，作者便着手评论几部小说类作品。去年因这类作品而成为丰收年，但是《伊凡·维日金》无可争辩地以其特别的成就而比其他作品更引人注目。不到一年时间，两个印次的作品便告售罄，第三印次即将出版。基列耶夫斯基先生对它进行了严厉的猛烈判决，[①]但是没有阐明布尔加林先生这部道德讽刺小说令人满意、使人难以置信的成就。

“去年，”基列耶夫斯基先生说，“出版了约十万册俄语识字课本，约六万册斯拉夫语识字课本，六万册教义问答手册，约一万五千册法语识字课本，总的说来，课本今年比去年几乎多销售三分之一以上，这真是一件令人额手称庆的好事。这就是我们所需要的，我们所欠缺的，公众所真正要求的。”

我们要赶快结束这篇已拖得太长的文章。基列耶夫斯基先生在简短地提到一些杂志、它们争论的实质、一些丛刊、某些名著的译本之后，便以下面充满忧虑的思考结束自己的文章：

“然而，如果我们从对其他国家文学的关系上去考察一下我国文学，如果文明的欧洲人在我们面前打开他们国家的全部智慧宝藏，问我们：‘你们的文学在哪里？你们在欧洲面前能以哪

---

① 见《朝霞》。《评俄罗斯文学》第 73 页。——原注

些作品自豪？’我们将如何回答他？

“我们将向他指出《俄国史》，我们可以拿出杰尔查文的几首颂歌，茹科夫斯基和普希金的几首诗，克雷洛夫的几篇寓言，冯维辛和格里鲍耶陀夫的几场戏，还有——我们还能到哪里去寻找能和欧洲媲美的作品？

“我们不会有偏见，我们会承认，我们还没有充分反映人民的精神生活，我们还没有文学。但我们可引以自慰的是，我们有福利，有对所有其他人的保证：我们有担负着我们祖国伟大使命的希望和思想！”

在读完这段郁悒的结束语之后，我们将报以一笑。但是，我们要向基列耶夫斯基先生指出，在二十三岁的评论家可以写出如此引人入胜、如此雄辩的《评文学》一文的地方有文学——文学成熟的时代已经不远了。

《卡累利阿，亦名玛尔法·约翰诺夫娜·罗曼诺娃的被囚》[①]

四部叙事诗，费多尔·格林卡作。圣彼得堡，X. 金茨印刷所印，1830 年版（Ⅷ—112 页，8 开）[②]。

在我们的诗人中费·尼·格林卡也许是最具独创性的。他既不信奉古代的也不信奉法国的古典主义，他既不遵循哥特式的也不遵循最新的浪漫主义。他的风格不像罗蒙诺索夫那样雄伟庄重，不像杰尔查文那样色彩斑斓，也不像茹科夫斯基和巴丘什科夫所创立的流派那样和谐准确。您从哀歌式的抒情诗上就很容易认出格林卡，就像从玄妙的斯坦司[③]上很容易认出维亚泽姆斯基公爵，或者从讽刺性的寓言上很容易认出克雷洛夫一样。不拘一格的诗韵与文笔、一会儿大胆一会儿散文式的语言表达方法、优雅与朴素浑然一体、既忧伤又热情洋溢、富有诗意的温柔敦厚、感情的温润、思想的始终如一、有时是细小形象的新鲜，这一切都赋予他的作品以一种特别的印记。长诗《卡累利阿》进一步证明了这种见解的正确性。我们从这部长诗中，就像从镜子中一样，可以看到诗人的优点与不足。我们不作任何批评性的分析，只摘引几个片断以忠实地把这首长诗介绍给读者。[④]

（修士向玛尔法·约翰诺夫娜叙述自己来卡累利阿的情况。）

夏天我来到这个地方，
那时正发生一场大火，
到处是一片蔽日的浓烟；
大火把森林肆意烧灼，
烈火在卡累奥兰狄亚猛烧！……
火光把夜晚照得通亮，
太阳也失去了耀眼的光芒，
像烧红的炭火，在隐隐燃烧！
烈火在燃烧，像高墙一片，
在枝头上蔓延，越烧越猛，
犹如临战时长长的旗幡；
苍茫的湖泊像一面明镜，
反映出这片可怕的景象……
山中的野兽，水里的鱼类，
到处逃窜，以免在烈火中死亡，
那时候，我们都仿佛以为
在神示中早就在拔摩⑤预言的
世界的末日已经来到。

---

① 本文发表于《文学报》一八三〇年二月十五日第十期。格林卡的《卡累利阿》发表于一八三〇年初。费·格林卡（1786—1880），俄国诗人，十二月党人，幸福同盟领导人之一。一八二五年起义失败后被流放于彼得罗扎沃茨克。普希金的评论主要出于对格林卡的同情。

② 本书在 Г. М. 巴拉宾大楼二十六室出版人、书商伊·瓦·涅彼伊岑处出售。定价每册六卢布，邮费七卢布。——原注

③ 一种四行诗体。

④ 《文学报》第六期登过该诗内容提要。出版人涅彼伊岑因勤勉而出色地办报而赢得各方面的赞扬。——原注

⑤ 爱琴海中的岛屿，传说罗马人把圣徒约翰放逐到这里，他受到基督的启示，在这里写出《新约》中的《启示录》，预言世界末日即将来临。

一切都在烈火中烧焦，
在烈火之中饱受熬煎，
被烈火的旋风到处吹散；
巨大的石块被烧得红遍，
劈啪作响。这火光，这灼热，
这到处冒烟的世界的景象——
都让我回想起奥米尔的诗章：
他的诗描绘过森林大火。
但秋天给我们带来大片
乌云和瓢泼大雨的洪流，
松散的灰烬变成良田，
人们欢笑着喜庆丰收！……

　荒凉的卡累利阿，荒无人烟！
一只小船鼓满了风帆，
载着我在湖泊上日夜兼程；
我走过无数荒山野岭、
郁郁葱葱的密林和洞窟；
到处是荒野：所到之处，
从波涛滚滚的萨洛梅伊海峡，
到结成一家的苏伊萨尔群岛，
到盛产珍珠的那条小河汊，①
到森林茂密的北方一角，
我这郁悒的漂泊者没见过

① 波文昌卡河盛产又圆又大的珍珠。——格林卡注

一座城市或一座塔楼，
只偶尔看到贫瘠的山坡，
上面开垦出几片田畴；
一切都死气沉沉……直到
西南风呼啸着穿过树林，
吹到奥涅加湖，像个强盗
伴着湖岸松林的尖叫声
扑向小船，扯破货船的风帆。——
可您的秋天却景色斑斓，
卡累利阿是个空旷的所在：
她拿起神奇的五彩画笔，
用难以形容的缤纷色彩
把草木涂抹成嫣红姹紫：
红宝石、蓝宝石，还有琥珀，
在这些花草树木上闪耀，
一片片大理石般的山坡
挂满了花楸红艳艳的枝条。
看吧，在一块块巨石之中，
我时而听见牛羊的脚步声，
它们正在林中的小径上
漫步，一串串响亮的铃铛
在它们长角的头底下鸣响……

这地方似乎是十分荒凉：
到处散布着小小的山村；
在森林里居住的卡累利阿人，

那没有文字的语言却很爽朗。
我仿佛又一次迁居，来到
那美丽的奥索尼亚[①]地方：
我真想一次又一次讲讲
他们的语言，那响亮的音调
我听来总感到特别悦耳。
还有一件事，我差点儿上当：
我一眼看上去，远方到处是
云杉和松树，树下是一行
光秃秃的颜色灰白的岩石。
我猜想，那里一定是严寒天气——
冬天的老巢，原来却是……玫瑰！
玫瑰花儿开放得那么艳丽！
于是我又忘记了这是北方。
在这个国家，遍地的玫瑰
都聚集成一簇一簇的花丛
围绕着颜色灰白的巨石，
像家庭里一个个可爱的姑娘
围坐在白发爷爷的身旁。

我环视着这片原始的莽原，
不由得心潮起伏澎湃。
定有过天翻地覆的巨变！……
但谁能告诉我在什么年代？……

---

① 意大利的别称。

由于瀑布的倾泻与冲击，
处处都留下山川巨变的
景致、地貌特征和痕迹——
这落差有多高？又有谁看见……
但是在某个天然屏障
后面，这北国在遥远的从前
就提供大量水源；一直到
基督变容的时刻出现！
于是汹涌澎湃的巨浪
便同远古的群山肉搏，
把地面冲击得遍体鳞伤
出现了裂缝，就成了湖泊。
它们大都呈纵向的外貌
使我得出了这个结论。
但激流甩开往昔的镣铐，
挣脱了禁锢汹涌奔腾，
一泻千里，留下许多漂石，
成了湖泊。在冲击奔腾中，
新生的奥涅加湖终于出世，
它成了这地方的一面明镜！

　这里的春天姗姗来迟；
荒野的卡累利阿处处是
崇山峻岭当中的深谷：
冰雪久久在这里堆积。
湖面上久久结着坚冰，

它固执地挤压着四面的湖岸。
草地上已常常可以看见
雪花下有蓝色的花朵开放，
在湖边悬崖的裂罅上方，
彩色的苔藓在恢复生机；
当我们从高处向远方眺望，
奇形怪状的灰色冰雪
犹如一团团灰色的斑点，
从湖边拂来阵阵春寒……
生命沉默着，群山之上
难见卡累利阿的白桦；
一直到五月，清晨时光，
还见冰霜的银光映朝霞……
一切都蛰伏着……但突然
处处都在微微地响动；
一阵气息送来了温暖，
瞬息间一切又恢复了生命：
一群群天鹅从长空掠过，
飞向思念已久的家园，
蜘蛛在松树间来往穿梭；
云团，小虫组成的云团
在新鲜的空气中发出嗡嗡声。
一只云雀高高地腾起，
稠李丛送来阵阵清馨，
持久的香气向远方飘去……
这片荒无人烟的密林里，

红胸鸲在营造它们的家庭：
待到傍晚，一切归于沉寂，
草地、针叶林和荒僻的山地
便充满红胸鸲清脆的歌声。
它们唱呀……一个劲儿地唱，
一直唱到清晨才安静：
想必在歌声里它们想说明，
在它们度过冬天的地方，
在温暖的气候中有什么见闻；
也许它们为预感而愁闷，
以为从白海那荒凉的地带，
从那密密的树林里说不准
会飞来个不可抵御的鬼怪，
像死神毁灭树林和花丛，
像疾病扼杀世上的一切，
大自然就在愉快的运行中
突然悄无声息地殒灭！

苏纳河上荡漾着我们的小船，
小船旁倒映着蔚蓝的苍穹，
荒无人烟的森林一片片
在波浪上投下它们的身影。
清亮的河流多么安恬，
整个原野上万籁俱寂，
在那清澈的深深的河底，
五彩的砂砾清晰可见。

在一排灰色岩石后面，
沿岸田野上一片金黄，
刈草场上飘来阵阵清香，
我尽情享受着这夏日的灿烂。
是什么在响动？旷野上沙沙声
越来越响，越来越响，
忽然间，像来了一队骑兵，
那响声使人感到奇异、惊慌！
轰隆！是哪里在建造城市？
嚓嚓！是哪里正在伐木？
巨星在旋转，发出光辉，
潮湿的旋风挟带着水珠，
冰冷、透明，疯狂地迸发，
"基瓦奇！基瓦奇！①快回答，是你吗？……"
作为回答它刮起了风暴！……
它，这强劲有力的巨人，
自古以来就在岩石上咆哮，
它倾泻而下，波涛滚滚，
洒下无数珍珠和白银；
当它泻入水晶般的河道时
那彩虹的花朵五彩缤纷，
便发出来自天庭的光束。
像一条彩带将它裹住；
它那波浪起伏的河面

① 卡累利阿苏纳河上的瀑布，落差达十一米。

波光潋滟——旷野上的明珠，
这就是基瓦奇，它白日里的风采！
然而，在夏日的晚霞底下，
它变得更加瑰丽娇姹：
水面上的天空仿佛裂开，
化成了千千万万块碎片，
以便以后在镜子般的河面
重新连成一整片苍穹……
我就在这里度过一生！……
啊！这曲折一生幸福的梦！
你在哪里？在富人的官殿里，
在不洁的豪华生活的桎梏中，
还是在卡累利阿的林丛，
享受着基瓦奇永恒的气息？……

神灵在森林密布的卡累利阿建立了自己的王国。请看我们的诗人是怎样描写的。

“在那里的山岭里
有许多村子，居住着神灵：
跟我们一个样！住着大房子，
只是屋顶造成三角形，
他们都喜欢以捕鱼为生，
这里一切都和我们相同：
有平民，也有贵族和高官；
有法院，也有判决和命令，

但没有舞会和时髦的女贩，
没有马车、拜访和社交，
也没有毫无意义的瞎忙乱；
没有人乱花钱，没有人破产，
因此也没有人贫穷潦倒！
这里的度量衡都童叟无欺，
因此给法官所穿的外衣
缝上口袋就大可不必。
我不能确切告诉你们，
他们这里有没有诗人，
有没有作家的集会和阅览室，
有人要问：‘有没有杂志？’
抱歉，没有！也很少有论争：
有些文学界的无耻之徒
不称呼别人的名字和父称，
为的是假借批评的名义，
公开地辱骂攻击他人，
这样做实在是没有道理！
在那里，谁能找到一种规定，
凭借它解除人们心中
礼仪的束缚？并且允许
他们，就像必须做的那样，
按自己的意愿，随心所欲，
有时是由于和他人吵架，
当众叫嚷、书写、谩骂？……
可是在那些神灵的群体中，

就是那里，巨大的悬崖上，
大家都那么友好！谦让！……
有时这些可怜的神灵
竟为人类的罪恶感到郁抑！
看着人间的种种蠢事，
看着我们的倾轧与恶作剧，
如果他们感觉到难受，
便会带上四眼的小狗
怏怏地走进森林！于是
他们采取了森林的形象
时而变得比云彩还高，
时而变得像小草一样！
又是恶作剧、戏耍、哈哈笑，
又是兜圈子、愚弄和乱叫……
饱学的理论家，去那里探访，
尽管你聪明盖世，又怎样？
学问可帮不了什么忙：
你会发疯，面对荒山和黑暗；
神灵会对你说：'你是个傻瓜！
聪明人，这里只有泥潭！'……
有的官吏难道不是这样？
他竭力施展自己的本领，
不断进行审讯和查证，
却常常把明察秋毫的法官
搞昏头，使他们成为糊涂蛋……"

谈谈维亚泽姆斯基公爵的文章[①]

某些报刊[②]被指摘进行不体面的论战，他们责备维亚泽姆斯基公爵是操纵我国文坛论争的祸首。这种责备是不能成立的。维亚泽姆斯基公爵的批评文章带有一种思考精细、明察秋毫和独具一格的特色。你可以常常不同意他的观点，但这些观点却迫使你去思考。即使他的见解和我们的观点明显相左，他也能以其争辩（discussion）的非凡力量和诡辩的灵巧不由自主地吸引我们。他的冷嘲热讽的分析可能伤害作者的自尊心，但维亚泽姆斯基公爵却敢说，他的论敌的人身从未受到过侮辱；可是这些论敌却往往违反文学论争的特点，总想对作家进行攻击，因而不时引起一位社会成员，甚至一位公民对他们自己的愤慨。但是有必要对他们义愤填膺吗？我们认为不必。在他们身上，可以原谅的对礼貌的无知超过应受指责的险恶用心。对礼貌的感觉决定于教养和另一些情况。上流社会的人有自己的思维方式，有其他阶层的人所不能理解的偏见。对一个谦和的阿留申人，您怎样说清楚两个法国军官决斗这种事情？他会觉得他们那样死要面子着实太令人奇怪，他这种感觉恐怕是对的。

---

① 本文发表于《文学报》一八三〇年二月十五日第十期。普希金撰写的这篇评论是由《莫斯科电讯》第一期和《北方蜜蜂》第十二期对维亚泽姆斯基的攻击引起的。维亚泽姆斯基曾在《朝霞》丛刊发表《А. И. Г. 书简片断》一文，从而引起这些攻击。

② 指《莫斯科电讯》和《北方蜜蜂》。

我们的报刊在这片指责声中表现出他们敦厚的惊讶，并且一致指出，谁的作品最鲜明地带有上流社会的智慧和体面行为的细微知识的印记，这证明我们的报刊从未打算逾越体面的界限。

论最新卫道士[①]

他们想判断上流社会能接受什么，不能接受什么，我们的淑女能读什么，不能读什么，哪些词语属于客厅（或者如这些先生所说的小客厅），这岂不可笑？看见他们成了他们大概无暇和根本无须涉足的上流社会的监护人岂不滑稽？在学术著作里看到对这种词语和上流社会妇女的话的令人恶心与不道德现象进行煞有介事的议论，岂不奇怪？从一旁看到为上流社会的玩笑而脸红的可敬的教授们岂不难为情？他们怎么知道，在上流社会装腔作势、过尚词藻比粗俗（vulgarité）更令人难以容忍，这种现象恰恰暴露出上流社会的无知？他们怎么知道，平民百姓坦率而独特的词语也在上流社会使用，它们并不难听，然而，外省那种彬彬有礼的古板暗示却只能让人哑然失笑？良好的社交不仅在上流社会存在，而且到处都有，只要那里有正直、聪明、有教养的人。

这种冒充上流社会人士的嗜好有时会把我们的杂志编辑引向可笑的失误。有一个杂志编辑，他认为当着太太小姐们的面不能说“跳蚤”两字，于是当着——您想是当着谁的面啊？——当着一位显赫的年轻廷臣的面对这两个字大加挞伐。在一份杂志里，有人激烈攻击一首长诗不成体统[②]，因为这首长诗里写到一个年轻人竟敢深夜闯入一个正在睡觉的美人闺房里。然而这位羞答答的评论家却认为它是一篇薄伽丘或卡斯蒂式的最不受拘束的童话，全彼得堡的淑女都在读它，还能整段整段地背诵。不久前有一部历史长篇小说[3]引起普遍的注意，并吸引了我们所有的淑女，使她们有好几天扔下流行小说[4]和历史杂记。结果怎么样？报刊向作者指出，在小说的平民情节里有一个可怕的字眼：狗崽子。可以吗？万一淑女们的目光落在这个闻所未闻的字眼上，她们会怎么说？她们会对冯维辛说些什么？他曾给叶卡捷琳娜女皇朗读自己的喜剧《纨绔少年》，其中每一页上那个不懂礼貌的普罗斯塔科娃都在骂叶烈麦耶夫娜狗丫头。这些最新的卫道士对于阅读《杜申卡》[5]，对于这部迷人的作品的成功会说些什么呢？他们对杰尔查文的诙谐颂歌，对德米特里耶夫迷人的童话会怎么想呢？《摩登妻子》[6]难道没有《努林伯爵》那么缺德吗？

---

① 这是一篇草稿，是上一篇文章的下文，上一篇文章发表时被删去。普希金生前未发表。本文是对纳杰日金发表在《欧罗巴导报》上的评《努林伯爵》一文的回答。

② 指纳杰日金在《欧罗巴导报》上对普希金的长诗《努林伯爵》的批评。

③ 指俄国作家扎戈斯金的《尤里·米洛斯拉夫斯基》，布尔加林在《北方蜜蜂》上发表一篇评论，其中有这样一段话：“‘狗崽子连这件事也干不了！’真奇怪！难道作者没有想到，他这本书说不定会落到太太小姐们手里，会流入学校里？”

④ 原文为英语。

⑤ 鲍格丹诺维奇的长诗。

⑥ 德米特里耶夫的童话诗。

一八三〇年的《涅瓦丛刊》[①]

E. 阿拉季因出版，圣彼得堡，普留沙尔遗孀印刷所 1830 年印（486 页，16 开，并 22 页乐谱）。

《涅瓦丛刊》已经出版了五年，显然越办越好。如今它已完全不追求外表的豪华；出版人在这一点上处理得很明智，丛刊一点也不因此而受损失。丛刊所发表的缅希科夫公爵的三封信作为历史文献是饶有兴味的。《珍宝的故事》是巴伊斯基最优秀的作品，至今仍家喻户晓。雅泽科夫则为诗歌部分增辉。

这位诗人一出现，便以其语言的热情奔放与富有表现力令人吃惊。没有人比他更独特地掌握诗句和复合句。仿佛没有一种事物的诗意方面他不能掌握，不能以其特有的鲜明生动的笔触加以表达。我们感到遗憾的是，他至今几乎没有超越一个极其狭小的品种范围，我们感到奇怪的是，杂志出版人[②]素以笔调不正规到荒谬的程度闻名，却能够想象他能在某些讽刺性仿作中模仿雅泽科夫那坚毅、准确、富于思想的笔调。

---

① 本文发表于《文学报》一八三〇年二月二十五日第十期。

② 指尼·波列伏依。一八二九年波列伏依用布尔舍夫和别斯梅斯林的笔名在《莫斯科电讯》上发表过模仿雅泽科夫的诗作。

《俄罗斯民族史》

尼古拉·波列伏依著，第一卷，莫斯科，奥古斯特·谢苗印刷所1829年印（LXXXII—368页，8开）。书末附有八六二至一〇五五年俄罗斯公爵名表[①]。

第一篇[②]

我们并非研究书名和序言的爱好者，这件事可以交给公众去做；但摆在我们面前的是波列伏依先生所著的《俄罗斯民族史》第一卷，我们不由自主地把目光停留在献辞的第一行上：献给我们时代最杰出的历史学家尼布尔[③]先生。人们不禁要问：是谁和以什么方式授权波列伏依先生确定获得全世界知名的作家的地位？尼布尔先生是否应该感谢波列伏依先生，因为波列伏依先生慷慨地把他列入我们时代最杰出的历史学家行列，使他显得与众不同？从波列伏依先生这方面说，是不是太自信了？为什么从第一页起就要引起读者对自己的反感——读者对作者由于自尊心太强而作出的鲁莽行为往往持不信任态度，对不谦逊的行为也抱有成见。献辞本身大概不会使他和波列伏依先生变得友好起来。其中主要就是一个思想，一个字：我，一个比仇视的我更尴尬的我。让我们听听波列伏依先生说了些什么吧："当文明和教育把所有的民族联结成建立在洞察人类命运基础上的友好同盟，当崇高的意愿、明哲观察的成果、过去与现在的伟大真理组成各民族共同的遗产并且迅速让所有彼此疏远的国家的居民共同分享的时候……”那时……您以为会怎么样？“我冒昧将我的《俄罗斯民族史》呈献在您的面前。”

值得作出的漂亮结论！④

接下去：“在卡拉姆辛之后，我便毫不犹豫地写作俄罗斯的历史；我要深信不疑地说，我正确地表现了俄罗斯的历史；作为一个俄罗斯人，我了解事件的详情细节，我感觉到了它们；作为世界的公民，我是公正的。”……请便吧：为自己吹嘘亦无不可，干吗要放弃对本身有利的哪怕一票呢？但一切都有个限度。接下去：“它（波列伏依先生的图卷）值得您（尼布尔）一看。让我的礼物向您显示，就像在世界上的其他文明国家里一样，在俄罗斯也有这么多能够珍视和尊敬您的人。”还是老毛病！自己怎么可以冒充全俄罗斯的代表呢！在献辞之后便是序言。用一种晦涩难懂、矫揉造作的文笔写成的矛盾百出、冗长累赘的序言使我们想到一篇发表在《莫斯科电讯》上有关俄国

---

① 本书于 A. 斯米尔金书店发售。定价全十二卷四十卢布，邮资四十五卢布。——原注

② 本篇发表于《文学报》一八三〇年一月十六日第四期。第二篇发表于二月二十五日第十二期。第一篇署名 P（拉丁字母），第二篇未署名。一八二九年尼·波列伏依开始出版卷帙浩繁的历史著作《俄罗斯民族史》。按计划《民族史》由十二卷组成（实际上到一八三三年出版了六卷，便告中断）。波列伏依的《民族史》从结构到历史观点都是和卡拉姆辛的《俄国史》针锋相对的，由此引起普希金的评论。

③ 尼布尔（1776—1831），德国古希腊罗马史学家，著有《罗马史》。彼得堡科学院国外院士。

④ 原文为法语。引自拉辛喜剧《争讼者》的台词。

历史的哲学论文和一篇在《斯拉夫人》上用同样独具一格的愉快心情加以分析的文章。①

我们冒昧向波列伏依先生指出，他在出版《俄罗斯民族史》的同时攻击《俄国史》，这件事做得极不高明。一个人越是充分，越是真诚地公正评价卡拉姆辛，越是谦逊地对待自己，大家便会越乐于欢迎他在以前辈的不朽劳动为标志的舞台上的出现。他便会使近乎情理的（如果不是完全公正的）责难离自己越远。尊敬享有盛誉的人士并非耻辱（正如有人敢于发表他们的著作一样），而是精神文明的首要标志。只有轻率无知的人才会侮辱他们，正如以前只有希俄斯岛②的居民才会凭斯巴达监察官的命令当众受到侮辱一样。

卡拉姆辛是我国最杰出的历史学家，却是最糟糕的编年史家。凭自己的评论，他属于历史，凭他的敦厚和格言，他属于编年史。他的评论是对传说进行学术上的考证，对真理进行机智的探索，对事件进行清晰准确的表达。没有一个时代，没有一个重要事件没有得到卡拉姆辛令人满意的阐明。什么地方他的叙述不能令人满意，那个地方必然是资料不足：他从不以随意的想象去代替。他的修士般朴实的道德思考使他的叙述充满古代编年史那种笔墨难以形容的美。他把这种思考当作颜料来使用，但并不认为它们有什么实质上的重要性。他在受到如此多的批评、如此未被理解的序言中说："我们要指出：这些格言对于严肃的思想家来说只是相对真理或极其普通的真理，对我们在其中寻找事件与

① 波列伏依评卡拉姆辛《俄国史》的文章发表在《莫斯科电讯》一八二九年第十二期。A. 沃耶伊科夫在《斯拉夫人》一八二九年第四十八至四十九期上发表文章加以嘲笑。

② 爱琴海中的岛屿，属希腊。

人物的历史并没有多大价值。”不应该把叙述中对人为倾向的个别思考看成具有某种目的。历史学家在认真严肃地叙述历史事件后得出了一种结论，您得出了另一种结论，波列伏依先生则没有得出任何结论：“各有各的自由”，就像我们的前辈们所说的。

波列伏依先生发现第十二卷第五章卡拉姆辛尚未写完，而第五章的开头连同前面的四章却已经誊清准备付印，于是提出一个问题：“历史学家是什么时候想到要写这部历史的？”

对此我们要回答：

在卡拉姆辛所培养的读者如饥似渴地阅读他最初著作的时候，在辉煌的成就随着卡拉姆辛用优美的文笔写出的每一部新作品而来的时候，他已经想到了俄罗斯的历史，对这部未来的作品已经胸有成竹。想必他还没有动笔写第十二卷的时候，他已经想到了死神将要来临，他的思想将会到哪一页中断……波列伏依先生，只要稍稍想一想，对自己轻率提出的问题想必自己也会觉得惊讶。

第二篇

瓦·司各特在当时文学各个领域中的影响是显而易见的。法国历史学家的新学派是在这位苏格兰小说家的影响下形成的。尽管存在着莎士比亚和歌德的历史剧，他还是给历史学家们指出了全新的从前没有想到过的源泉。

波列伏依先生强烈感觉到巴朗特和蒂埃里①的价值，怀着年

① 巴朗特（1782—1866），法国政治家、历史学家，著有《勃艮第历代公爵史》。蒂埃里（1795—1856），法国历史学家，马克思曾高度评价他的关于第三等级史的著作。

轻新教徒的无限热情接受了他们的思维方法。摆在我们面前的编年史般赤裸朴实的历史事件像小说般生动活泼，他对此迷恋不已，于是狂热地否定了任何其他历史的存在。我们不是根据波列伏依先生的话来判断的，因为从他的话中不可能得出任何肯定的结论；我们凭借的是他用以写作《俄罗斯民族史》的精神、波列伏依先生保存珍贵的古代色彩的努力和他个人对编年史材料的借用。然而，波列伏依先生要显示有别于卡拉姆辛的愿望实在太明显了，他的书名无非是对《俄国史》的仿作[①]，波列伏依先生的叙述也无非是对历史文献故事的频繁模仿。

《俄罗斯民族史》是从生动地描写斯堪的纳维亚的地理状况、其野蛮居民的习俗（这是模仿蒂埃里的）开始的。但是当波列伏依先生转入如今被称为俄罗斯的诸国和从前居住在那里的民族的描写时，他在民族概念上，正如在序言的哲学论断上一样，便显得十分混乱了。他或者胡乱重复卡拉姆辛已经阐明的问题，或者谈些与俄罗斯民族史完全无关的事，不时用诸如“于是我们看到……由此可见……我们用几句话来说明伟大画卷的几个主要特点……”这类话使读者感到无所适从，然而，从他的话中我们却什么也没有看到，由此也得不出任何结论，波列伏依先生用许多话说明的也不是伟大画卷的主要特点。

想和卡拉姆辛唱对台戏的愿望使得波列伏依先生迷恋于吹毛求疵和无理指责。他一会儿表示同意塔季谢夫[②]的话，一会儿援引罗森坎普费弗[③]的著作，一会儿肯定却又毫无证据地重复卡切诺夫斯基先生的某些表示怀疑的暗示。他承认远征皇城的可

---

① 卡拉姆辛的《俄国史》亦可译为《俄罗斯国家史》。
② 塔季谢夫（1686—1750），俄国历史学家，著有《俄国通史》。
③ 待查。

靠性，却又怀疑奥列格[①]是否有陆军。“他的军队可以从哪里进去，如果不经过保加利亚的话？”为什么不能？有什么实际困难？他和卡拉姆辛争论“用钥匙锁上”一语的含义时，毫无根据地进行猜测。也许卡拉姆辛也猜得不对：钥匙（主权的标志），就像哥萨克的锅子一样，意味着全部家当，一伙人[②]。在一份古代协议书里，卡拉姆辛援引烧焦的特罗伊茨编年史，辨认出给亲爱的亲属几个字。波列伏依先生承认在别的编年史中根据抄写者的意愿[③]写的是“亲爱的”或“小的”，可是他强调烧焦的这个词，认为这个词是“小的”（年幼的，年纪较小的），于是翻译成：远房的（远房的亲属！）。且不说这个矛盾有多可笑；光是绕过亲属把遗产传给远亲就令人费解了。

《俄罗斯民族史》第一卷写得极其轻率。波列伏依先生肯定，粗野的诗歌温暖着斯堪的纳维亚人的心，行吟诗人的诗歌激励过他们，宗教加强了他们对独立和蔑视死亡的自然倾向（蔑视死亡的倾向！），他为别谢凯尔[④]的称号感到骄傲，等等。而翻过三页，波列伏依先生却告诉我们，并非荣誉感促使他们去投入战斗，他们并不知道要去打仗，食物和衣物不足，贪图战利品是他们出去征战的原因。波列伏依先生在斯堪的纳维亚勇士的原始公国里还没有看到俄罗斯国家的雏形，却把奥列格看成把许多部分联结为一个整体的方法的贤明创立者，在弗拉基米尔[⑤]身上看出

① 奥列格（？—912），古罗斯王公，九〇七年曾远征拜占庭。上文“皇城”指君士坦丁堡（即今伊斯坦布尔，当时拜占庭的首都）。

② 佩有钥匙标志的官内杂务侍臣管理着皇宫事务。在小俄罗斯掌管钥匙（Ключеваль）就是管家的意思。——原注

③ 原文为拉丁文。

④ 古代斯堪的纳维亚的狂暴武士。

⑤ 弗拉基米尔（？—1015），诺夫哥罗德大公（969 年起），基辅大公（980 年起）。在位期间为古罗斯强盛时期。

专制的意向。波列伏依先生从分封的公国里一会儿看到东方专制制度的样式，一会儿看到当时欧洲普遍存在的封建制度。《莫斯科导报》指出的那种失误几乎是难以置信的。

波列伏依先生在序言里非常内行地指出，史书的文笔是非常次要的事情，如果不是完全多余的话；谈到它的时候，他几乎是抱着轻蔑的态度。

狐狸太太，也许有人要对您说……①

至少，风格是《俄罗斯民族史》最弱的方面。不能否定波列伏依先生作品中的俏皮、想象力和生动感受的能力；但写作艺术是如此与他无缘，他的著作中景象、思想、词语，一切都是那么丑陋不堪、杂乱无章和模糊不清。

* * *

附注：坦率地说完我们关于《俄罗斯民族史》的想法之后，我们对由它引起的批评不能保持缄默。在由一位学者、著名教授出版的杂志②上发表了一篇文章③，其中的谩骂达到了发狂的地步。从三十多页的粗暴嘲笑和谩骂中除了引用出版人本身的意见之外，竟找不到一处有实际意义的指责，找不到一处有益的证明。出版人的意见十分有趣，祖国历史的爱好者都应该怀着急切的心情期待对这种意见的论证。《莫斯科导报》……

① 原文为法语。引自卢梭的讽刺短诗。这首讽刺诗说的是，一只狐狸丢了尾巴，也劝说别的狐狸割掉尾巴。

② 在卡切诺夫斯基出版的《欧罗巴导报》一八三〇年第一期上发表了一篇纳杰日金的文章，大骂波列伏依的《民族史》。

③ 这篇文章所充斥的摘录确实成了胡言乱语的例子；但文章本身和这些话也几乎没有差别。——原注

（你啊，布鲁图！）[①]发表有关波列伏依先生的意见时竟极其不可原谅地忘记了自己的责任，之所以极其不可原谅，是因为《莫斯科导报》的出版人证明，他素来怀有礼貌的感情，因此，他故意对他抱着轻蔑的态度。难道我们的批评家同行们就这么难以保持冷静？至少为什么就不想想古代童话的劝告：

你蛮好不要
说出那句话。

---

① 原文为拉丁文。布鲁图（前85—前42），古罗马反对恺撒的主谋者。

波列伏依的《俄罗斯民族史》第二卷[①]

一

各种报刊上指出的矛盾和失误当然不能证明波列伏依先生的无知（因为只要花点时间考虑和改正，这些偶然的错误是可以避免的），而只能证明他的不可宽宥的轻率和匆忙。波列伏依先生在注解中嘲弄了卡拉姆辛的工作，他评论卡拉姆辛时所表现出来的那种轻蔑侮辱了我们对这位伟大同胞满怀尊敬的道德感情。但是在少数受过教育、知书达礼的读者的舆论中，这种轻率大大损害了波列伏依先生的声誉，因为他们如果不是完全失去了对波列伏依先生应有的信任，至少也是对他持怀疑态度。现在我们读着《俄罗斯民族史》，已经不再信任他的治学态度和研究的可靠性，而对每一句话都不由自主地要求加以论证，如果我们没有耐心和办法自己去核对的话。《俄罗斯民族史》是由一些缺乏贯穿始终的主导思想互相联系的单独片断组成的，它更像一部发表在各种报刊上的论文集子，而不像一本由一个人经过深思熟虑写成的、有统一的主导思想贯穿始终的著作。

尽管有这些不足之处，《俄罗斯民族史》还是引人注意，这是因为它有许多俏皮的见解（注意：我们所谓的俏皮并非指风趣的批评家们如此欣赏的笑话，而是指善于混淆概念，并且能从这些概念中引出新的正确结论的能力），因为它写得生动（虽然这种生动是不合适的），因为它的观点既肤浅又经常不准确，但一般说还是新鲜而又值得批评家们研究的。

刚刚出版的第二卷在我看来比第一卷好得多。

（一） 书中没有杂乱无章的序言，自相矛盾之处和废话要少得多；

（二） 对卡拉姆辛的攻击已经体面得多；

（三） 故事本身已不再模仿卡拉姆辛，而是波列伏依先生特有的一种东西。

第二卷是从对十一世纪欧洲状况的看法写起的。

二

波列伏依先生预感到存在着历史事实，但他不善于去探求，却在它周围兜圈子。

他看到俄罗斯完全处于和西欧隔离的状态。他预感到造成这种状况的原因，但让最新历史学家的体系也适应俄罗斯的愿望很快就吸引着他。他又一次看到封建主义（他称之为家族封建主义），看到这种封建主义中存在着扼杀也是封建主义的手段，认为它对于发展年轻的俄罗斯力量是不可缺少的。问题在于，俄罗斯在诸公国混战（卡拉姆辛一直把诸公国的内讧称为诸公国混战）期间并未获得巩固和发展，而且相反，被削弱了，

① 本文系一篇草稿，普希金生前未发表。波列伏依的《民族史》第二卷出版于一八三〇年八月底。

并且成为鞑靼人的囊中之物；问题还在于，贵族并非封建主义，在于贵族，而不是从来不存在的封建主义在期待着俄罗斯历史学家。让我们来说明一下。

封建主义属于局部性问题。

贵族属于普遍性问题。

俄罗斯没有封建主义。只有一个瓦兰人的家族获得一个大公国，在那里进行独立的统治。

封建家族（只有一个诸侯[①]）。

大贵族住在大公宫廷辖下的城市里，

不能在自己的领地上设防，

不能集中成一个小家族，

不能与国王为敌，

不能援助其他城市。

但是

他们住在一起，

有宫廷里的同事为他们的权利操心，

结成同盟，

承认他们是长官，

他们经常发动叛乱。

大公没有必要为了镇压大贵族而同人民联合起来。

贵族变得很强大。伊凡·瓦西里耶维奇三世牢牢地控制着他们。伊凡四世把他们处死。在皇位更迭期间贵族的势力膨胀到极点。贵族是世袭的，由此产生了按门第授官制度，至今人们还习惯于极幼稚地看待这种现象。不是费多尔，而是雅泽科

---

① 原文为法语。

夫，也就是一个小贵族，消灭了按门第授官制度和大贵族，赋予这个词以贵族的意义，而不是廷臣的意义。

我国没有封建主义，可这样更糟。

三

“古代史在神人[①]诞生时结束。”波列伏依先生说。说得对。我们星球最伟大的精神与政治的转折点就是基督教的兴起。在这神圣的环境中世界消失而又重生了。古代史是埃及、波斯、希腊和罗马的历史。最新的历史是基督教的历史。欧洲体系之外的国家有难啦！为什么波列伏依先生要在前几页重复十八世纪的偏见，承认西罗马帝国的灭亡是古代史的结束，仿佛它分成东罗马帝国和西罗马帝国并不是罗马及其旧制度的结束？

基佐[②]解释过基督教历史中的一个事件：欧洲文明。他寻找过它的起源，描写过它的发展过程，排除了一切没有直接关系的、一切不相干的、偶然的因素，经过一系列黑暗、血腥、骚乱，终于渐渐明亮起来的世纪，把它引导到我们这个时代。您能理解这位法国历史学家的伟大人格。也请您理解俄罗斯与欧洲其余部分从来没有任何共同之处这个事实；理解俄罗斯的历史需要的是像基佐从基督教西方历史中总结出来的思想和公式那样的另一种思想和公式。请不要说：否则不行。假如这样说是对的，那么历史学家就成了天文学家，人类生活中的事件就

① 指基督。
② 基佐（1787—1874），法国历史学家，曾任法国政府部长、首脑。

成了日历中像日食一样可以预言的事件。但是天意并非代数。人类的圣哲，照老百姓的说法，并非先知，而只是一个猜测者，他能看见事物的一般进程，可以从中作出经常为时间所证实的深刻的推测，但他不能预见事件——天意有力的、瞬息即逝的工具。十八世纪一位极机智的人预言过法国代表会议和俄罗斯的迅猛发展，但是谁也没有预言过会出现拿破仑和波利尼亚克[①]。

① 波利尼亚克（1780—1847），法国公爵，曾任法国政府首脑兼外交大臣。

英国是漫画和模仿诗文的故乡[①]

英国是漫画和模仿诗文的故乡。每一个出色的事件都可以成为画讽刺画的理由；每一部获得成功的作品都会被模仿。在英国，假冒著名作家风格的艺术已达到尽善尽美的程度。有一次有人给瓦尔特·司各特看一些仿佛是他写的诗。他笑着回答："诗好像是我写的，我写了那么多，写了那么长时间，因此不能否认这些东西！"我不希望我们的著名作家中有谁会在一份莫斯科杂志不久前刊登的仿作中认出自己的风格。[②]开这种玩笑必须具备一种表现某种风格的罕有的能力。一个好的模仿者必须熟知所有的风格，我们的模仿者中未必有人能熟知一种风格。不过，我们也有一次非常成功的经验：波列伏依先生非常可笑地模仿基佐和蒂埃里。[③]

---

① 本文发表于《文学报》一八三〇年二月二十五日第十二期。

② 波列伏依在《莫斯科电讯》上发表了一组模仿普希金、杰尔维格、巴拉丁斯基、雅泽科夫和维亚泽姆斯基的诗。

③ 指《俄罗斯民族史》。

关于一篇评论《伊利昂纪》文章的说明[①]

在一份莫斯科杂志上有人摘引了《文学报》第二期上刊登的一则关于《伊利昂纪》的书讯的话，并说这篇关于格涅季奇先生译作的呼吁书（？）暴露出一种帮派习气，这在文学界是不能容忍的。为了证明这一点，作者指出，《文学报》说："《伊利昂纪》俄译本对祖国文学应能产生重大影响"，而尼·伊·格涅季奇则在自己的译本序言中赞扬了杰尔维格男爵的六音步扬抑抑格诗。

这是一个最好的佐证，它证实了存在着我们的批评家无不嗤之以鼻的一条清规戒律：只能发表纯文学性的见解，不能掺杂对其他无关情况的推测，这种推测大多不准确，而且非常失礼。《伊利昂纪》译本的书讯是我写的，是杰尔维格男爵不在的时候刊登的。我不得不说明，目前杰尔维格男爵和尼·伊·格涅季奇的关系并不友好。[②]但无论如何，这一点并不妨碍他们互相尊重。尼·伊·格涅季奇凭他素有的高尚感情，对杰尔维格

---

① 本文发表于《文学报》一八三〇年二月二十五日第十二期。这篇文章是由C. 拉伊奇发表在《该拉忒亚》的一篇文章引起的。C. 拉伊奇以为《伊利昂纪》的书讯是《文学报》的编辑杰尔维格写的。

② 一八二九年的《北方之花》发表过茹科夫斯基翻译的《伊利昂纪》片断，此时格涅季奇从事《伊利昂纪》的翻译工作已经多年，为此他曾写信责问过杰尔维格，从此两人心中便有了芥蒂。

男爵的天才坦率地发表了自己的意见，赞扬了他的缪斯的作品。这在当代俄罗斯文学界是个令人欣慰的例子。[①]

① 难道《伊利昂纪》的译文就如此无足轻重，以致格涅季奇必须买通别人为他吹嘘？如果不是这样，那末难道批评家就必须根据别人设想的他与译者的友好关系把译作臭骂一顿，以表示他的公允吗？——原注

拉伊奇先生认为有必要……[1]

拉伊奇先生认为有必要回答那些不承认他的天才的批评家。他在《该拉忒亚》今年第八期中发表了以下备忘录：

“为了让某些人了解真相，我在这里提供我的作品目录：

“1. 宴会上的愁思。

“2. 告别朋友之歌。

“3. 风滚草。

“4. 致友人。

“5. 阿梅拉。

“6. 彼特罗尼致友人。

“7. 敖德萨的傍晚。

“我的其余小诗都是译诗。某些*心怀妒意者*[2]认为这些作品缺乏想象力，感情过分矫揉造作和（我们恭顺地请求弄明白下面几个字的意思！）想象力不足。”

我们不得不承认这种反驳是无可置辩的。

---

① 本文发表于《文学报》一八三〇年三月二日第十三期。拉伊奇嘲笑过普希金所写的格涅季奇《伊利昂纪》俄译本的书讯，普希金为此写了这篇短文给予反击。

② 原文为拉丁文。

关于维多克的杂记[①]

《文学报》有一期提到一个巴黎刽子手的杂记；维多克，一个警探的有关道德问题的作品是一种令人颇为反感，同时也是颇能引起好奇的现象。

请设想一个没有名字也没有栖身之地、每天靠告密过日子、娶一名按照他的职业有责任加以监视的不幸女人为妻的人，设想这样一个卑鄙无耻、臭名远扬的骗子手，然后您如果做得到的话，就再设想一下，这样一个人所写的有关道德问题的作品该是一种什么东西。

维多克在他的杂记里称自己为爱国者，真正的法国人（un bon Français），仿佛维多克还会有另一个祖国似的！他一再说，他在军队里供职，因此他不仅被允许，而且按规定可以穿任何服装，他有时还炫耀荣誉军团勋章，为此在咖啡馆里引起靠一半工资生活的（Officiers à la demi-solde）正直穷人的愤怒。他厚颜无耻地吹嘘同一些与他有过来往的已故名人的友谊（谁没有经历过年轻时代？而维多克是一个善于溜须拍马、精明能干的人）。他一本正经地谈论上流社会，仿佛有人会允许他进入这种地方；他还刻薄地议论一些名作家，部分是确信他们轻蔑他，部分是为了得到什么好处：维多克对卡西米尔·德·里亚·维纳和邦·贡斯当的评论一定很有趣，因为实在太荒谬。

谁能相信，维多克很爱面子？他看到杂志编辑的评论并不赏识他的风格（维多克先生的风格！）便暴跳如雷。在这种情况下，他便向当局告密，说他的敌人道德败坏，有自由思想，并且大发议论（非常认真地），大谈高尚情操和独立思考：这样大发雷霆发生在别的下流作家身上是很可笑的，但是发生在维多克身上却是令人欣慰的，因为我们从中看到人类的天性即使在最卑鄙下流的小人物身上仍然保留着对人类神圣观念的尊重。

有一个重要问题：

警探维多克、刽子手萨姆松等人的作品并未使占统治地位的宗教信仰、政府，甚至道德这个词的一般含义受到损害；然而不能不承认它们是对社会礼仪的极大侮辱。民政当局对这种新的、完全脱离法律规定的诱惑物难道不应该给予充分注意吗？

---

① 本文发表于《文学报》一八三〇年四月六日第二十期。普希金通过维多克这个人物影射布尔加林。其中涉及布尔加林妻子的可疑经历、布尔加林在一八一二年战争时期的职务、他所吹嘘的与格里鲍耶陀夫的关系以及他的告密行为。为此布尔加林曾攻击普希金是黑人的后代。参阅普希金《我的家世》一诗。

昆虫标本集①

亚·谢·普希金的诗

一群多么小的小牛！
真的，比别针头还小。
——克雷洛夫

这是我的昆虫标本集，
让诸亲好友开开眼界：
瞧这彩色缤纷的家族！
为搜寻它们我踏破铁鞋！
这里每一只都经过精选！
这是* * *，一只瓢虫，
这是* * * * * *，毒蜘蛛，
这是* * *，俄罗斯甲虫，
这是* *，一只黑蚂蚁，
这是* * *，一只小爬虫。
瞧我收集了多少标本！
我把它们用别针刺穿，
钉在讽刺短诗的边上，
整齐地放在玻璃板下面。

这首诗发表于今年的《雪莲》丛刊，引起了普遍的关注。所有的报刊都在评论它，大多抱着不友好的态度。它荣幸地获得两篇讽刺性仿作，分别发表于《欧罗巴导报》和《莫斯科电讯》。[②]《导报》的讽刺性仿作以轻松的俏皮见长，《电讯》的讽刺性仿作则以意味深长和语法严谨、逻辑严密取胜。我们在这里刊载这篇经过作者修改的重要诗作。不久以后它将以单行本问世，加上序言、注释和作者简介，附以这首诗所引起的全部评论以及它们的驳斥。该版本将配上精美的彩色石印昆虫插画。定价和邮资共二十五卢布。

---

① 本文发表于《文学报》一八三〇年七月三十日第四十三期。

② 《欧罗巴导报》一八三〇年第二卷发表了署名为 Л. С. 的讽刺性仿作，在星号处填上普希金作品的篇名：这是《波尔塔瓦》，一只瓢虫，这是《高加索俘虏》，毒蜘蛛，这是《戈杜诺夫》，俄罗斯甲虫，等等；《莫斯科电讯》一八三〇年第三十二期发表了署名为奥别兹雅尼诺夫的讽刺性仿作，在星号处填上《文学报》同仁的名字。

儿童读物[①]

一　顽皮的小孩[②]

阿廖沙是一个远非愚蠢的小孩，但太顽皮又自以为是。不管什么功课，他都不想好好学习。老师为此责备他，他便用各种诡辩为自己辩护。老师骂他不重视法语与德语，他便回答，说他是俄国人，只要稍微懂一点外语就足够了。照他的说法，拉丁语根本没人使用了，只有一些老学究在研究这种语言，而这是情有可原的。他不想学习俄语语法，因为他对为民间出版的语法书不满意，期待有一本新的适用于各种语法规则的书出版。他认为逻辑学是上个世纪的科学，在我们这个文明的时代已不适用，老师骂他，说他的脑子像书中附有翻译的单词一样简单，阿廖沙则反唇相讥，说老师像谢林[③]、费希特[④]、库辛[⑤]、格伦[⑥]、尼布尔[⑦]、施莱格尔等人一样博学。有什么办法？阿廖沙只有这么一点智力和能力，他只懂得算术中最简单的四则运算，俄语倒是读得挺流利——人家都知道阿廖沙不学无术，所有的同学都在嘲笑他。

二　爱撒谎的小孩[⑧]

巴甫鲁沙是个整洁、善良、勤奋的小孩，但有一个大缺点。

他说不上三句话就必定要撒谎。他爸爸在他命名日时送他一匹木马。巴甫鲁沙逢人便说，这匹马是查理十二的，当年他就是骑着这匹马从波尔塔瓦战场上落荒而逃的。巴甫鲁沙还说，有一个天文学家在他父母家里当厨师的学徒，一个历史学家当前导马驭手，养禽人普罗什卡写的诗比罗蒙诺索夫好。起初同学们都相信他的话，但不久就看穿了他的把戏，再没有人相信他的话，甚至有时说实话也没有人相信他。

三

瓦纽沙[⑨]，一个教区诵经士的儿子，是个坏透了的淘气鬼。他整天和一些顽皮孩子在街上鬼混，跟他们在泥泞里打滚，把过节的衣裳弄得污秽不堪。要是有个正派人从他身旁走过，瓦纽沙便会朝他吐舌头，跟在他后面跑，声嘶力竭地狂叫："醉鬼，丑八怪，色鬼！爱开玩笑的人，下流作家！坏蛋，虚无主义者[⑩]！"还往他身上扔泥巴……有一次，一位有身份的先生被他弄脏了衣服，勃然大怒，一把抓住他的头发，用手杖把他痛打了

---

① 本文作者生前未发表。
② 这是一篇模仿尼·波列伏依的讽刺作品，讽刺波列伏依。
③ 谢林（1775—1854），德国哲学家，德国古典唯心主义的代表人物。
④ 费希特（1762—1814），德国哲学家，德国古典唯心主义的代表人物。
⑤ 库辛（1792—1867），法国唯心主义哲学家，折中主义者。
⑥ 格伦，所指不明。
⑦ 尼布尔（1776—1831），德国古希腊罗马史学家，彼得堡科学院国外院士。
⑧ 这是一篇模仿斯温因（1787—1839，俄国作家，《祖国纪事》出版人）的讽刺作品，讽刺斯温因。
⑨ 影射《欧罗巴导报》的批评家尼·伊·纳杰日金。
⑩ 纳杰日金在《一群虚无主义者》一文（载《欧罗巴导报》一八二九年第十六期）中使用过"虚无主义者"一词，作"不学无术者"解。

一顿。瓦纽沙哭着跑去告诉父亲。老诵经士对他说：你这是活该，小流氓；愿上帝保佑那个教训你的人健康。瓦纽沙痛苦不堪，觉得自己做得不对，从此改邪归正了。

致《文学报》出版人的信[①]

说实话，我在对贵报的善意与公正表示充分肯定的同时，对它所发表的有关批评与论战的意见却不敢苟同。

首先，礼貌的永恒意义是什么意思？如果我们的报刊批评家只犯有粗暴的毛病，那问题还不是很大。

你们经常谈论礼貌，但请允许我指出，《文学报》虽然对它所评论的图书尽量表现出同样的谦恭与慎重，却无疑违背了应有的礼节。在社交场所，你们的胳膊肘碰到了旁边的人，你们表示了歉意，这很好。但你们在秋千架下的人群中散步时碰了一下小铺子的老板，你们却不会对他说一声一千个对不起[②]。你们叫马车夫过来，总是对他说：上科隆纳，而不会说："劳驾，麻烦您送我们到科隆纳去。"批评《俄国史》同譬如批评×××[③]是有区别的。

对批评不进行反驳，这在那些赢得读者信任与尊敬的作家中已习以为常。难得有人发表一下意见，那也不是为自己。习惯对文学是有害的。这种反批评有双重好处：可以纠正错误意见，扩大对艺术的健康观念的影响。你们会说，报刊的批评大部分包含着人身攻击和谩骂，读者对文学的成就抱相当冷淡的态度。

有人会反驳，认为有时攻击者自己就很卑鄙，一个正直的人决不能和他们打交道，以免辱没自己。在这种情况下只好请你们对读者作出解释并道歉。维多克骂过你们。请你们解释一下，为什么你们不打算以随便什么形式回敬他。在这方面，我很欣赏贵刊的一篇文章，我认为发表这篇文章是一件好事。

---

① 这是一篇论战文章的草稿。普希金以读者致出版人书简的形式发表了对批评与论战风格问题的意见。普希金在这里回答了维亚泽姆斯基发表在《文学报》上的《关于论战的几句话》提出的问题。

② 原文为法语。

③ 指尼·波列伏依。

丛刊出版人[①]

“主啊，我的上帝，我在彼得堡已经呆了三个多月，跑遍所有人家的前厅，对所有的官员鞠躬如仪，可至今还无法谋得一官半职。我已经身无分文，债台高筑，可我已经退休，眼看着只好去坐牢了。”

“你想到什么部门服务呢？”

“到什么部门？主啊，我的上帝！难道我不是一个俄国人？我干什么事都在行。不用说，我想谋得一个称心点的位子，可眼下我已经走投无路，干什么事都乐意了。”

“难道你真的连一个恩人也没有吗？”

“恩人？主啊，我的上帝！每一个部里我都有三个恩人，大家都在为我奔忙，大家都在替我打报告，可我还是吃不上一块面包。”

“看来你是谋不到什么职务了。你可以去干点别的事嘛。”

“你叫我去干什么？”

“譬如说，干文学。”

“干文学？主啊，我的上帝！四十三岁时我就开始文学生涯了。”

“那有什么大不了的？你看卢梭怎么样？”

“卢梭，他大概什么也不会。他不想做一个有罪的警察局长。再说，他是个学者，可我在莫斯科大学读过书。”

"那有什么大不了的，你可以去编杂志。"

"编杂志？谁来订我的杂志？"

"人还会少吗？俄罗斯这么大，喜欢看杂志的人有的是。"

"不，老弟：如今你可骗不了他们。他们都学乖了。大家都在说：钱拿去了，可杂志不让出版，或者不补足你的损失。谁高兴为三十五卢布打一场官司？"

"那么，你就写写维日金吧。"

"写维日金？主啊，我的上帝：写维日金可不是件开玩笑的事；这么说吧，我花四个月时间给您把四卷书写出来，一点也不比奥尔洛夫和布尔加林差，可这段时间里我早就饿死了。"

"你可想到吗？你可以出版一本丛刊。"

"怎么回事？"

"是这么回事：你去向我们的作家要几个剧本，自己拿去打印一下。想好一个刊名，请人家设计一幅卷首画，就这样拿去出版吧。"

"一点不错。可这些先生里面我一个也不认识。"

"这有什么难：你只管去找他们。告诉他们，你是个年轻诗人，平生第一次从事这种光荣的活动，并决定出版一本丛刊，请他们鼎力相助和多多关照。"

"真有你的。我向上帝发誓，我就拼着命去筹办一本丛刊。"

"我劝你抓紧干。"

"今天我就去登门拜访。"

"说得对：祝你旗开得胜。"

---

① 本文是一出讽刺短剧的草稿。以别斯迪金（意为无耻的家伙）的名字影射《北方之星》丛刊出版人别斯土热夫-留明。

〔某诗人的书房。里面乱七八糟。当中有一张桌子。诗人和三个年轻人在打骨牌。〕

诗人　（敲敲杯子）轮到我打牌了。摸到七点……九点……讨厌……九点和七点……九点和七点……九点……[①]我的……轮到谁打牌啦？

客人　这可好啦：轮到我打了。

诗人　摸到七点……[②]（低声）谁啊？

丛刊出版人　（上，对客人之一）敝人早就想来拜望您了。请允许您最忠实的崇拜者……您的杰作……

客人　您搞错了：除了期票我什么也不写。这才是主人……

丛刊出版人　请允许您最忠实的……

诗人　不敢当……我很高兴有幸认识您……请坐……请……

丛刊出版人　您正忙着……很对不起……我打扰您了。

诗人　啊，不……我们接着打……摸到七点……[③]三张臭牌……真倒霉。（打牌）

客人　拿[④]一百卢布出来。

诗人　轮到我打牌了……（打牌）真倒霉……（斜睨一下丛刊出版人）

丛刊出版人　我平生第一次从事这种光荣的活动，决定出版一本丛刊……我希望您……

诗人　第五手过去了！我总是那么倒霉……您要出版丛刊吗？刊名是什么？……过去了，我再也不打了。

丛刊出版人　《东方之星》……我希望您不会拒绝赐稿为它增光……

---

①②③④　原文为法语。

诗人　（拿起杯子）对不起，拿一百卢布……摸到七点……臭牌——真奇怪；第一手我就过不去。（吐口水，转动一下椅子）这丛刊出版人真讨厌，让我倒了大霉。

丛刊出版人　我希望您不会拒绝赐稿给本刊，为它增光……

诗人　我向上帝起誓，我没有诗，全给抢光了，又是杂志编辑，又是丛刊出版人……还是我打……怎么？又过去了！……真不可思议，这可恶的丛刊出版人。

丛刊出版人　（起立）如果您有多余的剧本，希望……

诗人　（送他到门口）我一定把它找出来，荣幸地奉上。

丛刊出版人　请相信，我极其困难，灾难深重，家有妻小。

诗人　（送出家门）好容易才摆脱他。这魔鬼的营生！

客人　谁的营生？你的还是他的？

诗人　要是我的可就糟了。把诗交给一个傻瓜，让他拿去给丛刊发表，再让别人在丛刊上骂它。家有妻小。让鬼把他抓去才好……有人，谁啊？

（仆人上）

诗人　我跟你说过，别让丛刊出版人进来。

仆人　谁知道他是不是丛刊出版人。

诗人　傻瓜，这从他脸上就看得出。轮到我打牌了：Sept à la main…

（继续打牌）

小酒馆

〔别斯迪金和丛刊出版人在吃饭。〕

“喂，伏特加。”

“第九杯啦！全由我来付——可这有什么用？”

“你会看到我们的丛刊出版人是怎样干起来的：我给他三十四首诗；在五首诗下面署上亚·普的名字，在另五首下面署上叶·巴的名字，再在五首诗下面署上彼·维公爵的名字，[①]其余的不署名；在序言里我将对赐与我们诗稿的诗人先生们表示感谢。散文我们有许多：不怀好意的文学评论，我们的著名作家、我们的贵族都给骂得狗血喷头……你是知道的。”

“绝对不知道，先生。”

“你不知道，啊，显然你没有看我们的杂志……你看，我们把那些没同我们往来的作家称为贵族（当然是在讽刺的意义上），他们想必认为我们这里的社交圈子是不值得羡慕的。起初我们没注意到这件事，但后来恍然大悟，这大概是一年前的事了，从那个时候起，我们就狠狠地骂他们……这会儿你明白了吧……”

“明白了。”

“伏特加！这些贵族……（当然，是在讽刺的意义上）……他们总想象着，不让我们进入上流社会。我倒想看看，谁不让我进去；我哪一方面不如人家。你看看我的装束……”

“一点也没有不如，真的……”

“衣服是旧了点；跳蚤市场上的人把我骗了……再说，我也不想在小酒馆里太讲究衣着。可是在舞会上……啊，在舞会上，我可是衣冠楚楚，这是我的爱好。你要是能看见我在舞会上的样子就好了……舞我跳得极好，我会跳法国卡德里尔舞。

---

① 这三个名字分别指亚·普希金，叶·巴拉丁斯基和彼·维亚泽姆斯基公爵。

你不相信……（摇摇晃晃地站起来，跳舞）怎么样？”

“好极了。”

（别斯迪金用手指抓住杯子，不小心掉下）

“我的上帝——杯子跌得粉碎了……让他们记账吧，还是一只磨过的呐。”

“干吗记账？他们会把它粘起来的……就这样。”（拾起碎玻璃，交掉）

（叹口气付了账，挽住别斯迪金的胳膊要走出去，别斯迪金站不住）

“这么办吧，叫辆马车。”

别斯迪金　请帮个忙……扶我上马车——你自己坐在我身边，我们走涅瓦大街，我喜欢炫耀自己的衣装，这是我的爱好。

“这是我最后的台柱！主啊，我的上帝！”

“可以见见老爷吗？”

“绝对不行——他在睡觉。”

“怎么，十二点钟了还在睡觉？”

“他六点钟刚从舞会上回来。”

“那么什么时候才可以见他？”

“几乎没有时间。”

“那么你们老爷什么时候写作？”

“我不知道。”

“真要命！……请告诉你家老爷，某某来拜访他……你倒说说，你认不认识随便哪位作家……”

论批评[1]

一般地谈一下批评。批评是一门科学。

批评是一门揭示文艺作品中的美与缺点的科学。

它是以完全了解艺术家或作家在其作品中所遵循的原则、深入研究典范作品和积极观察当代引人注目的现象为基础的。

且不谈批评家的偏见——除了对艺术的纯洁的爱，谁要是在批评中遵循任何别的原则，那么他就将堕落为奴隶般受卑鄙自私的动机左右的庸人。

没有对艺术的爱就没有批评。温克尔曼[2]说：您想成为艺术的行家吗？那您就努力去爱艺术家，去发掘他作品中的美。

---

① 本文是一篇构思中的论文的草稿，写于一八三〇年。针对布尔加林提出的批评中的“商业”倾向而作。正是布尔加林在批评中受“卑鄙自私的动机”所操纵，无原则地迎合他那些文学习作的盲目消费者的口味。普希金提出“对艺术的纯洁的爱”的公式，包含着诗歌创作的原则性和独立性，和后来出现的“为艺术而艺术”的公式完全没有关系，因为普希金认为艺术本身永远是具有思想性的。

② 温克尔曼（1717—1768），德国艺术史家，古典主义美学的奠基人。

《〈鲍里斯·戈杜诺夫〉序》草稿[①]

一

既然您一定要我的悲剧，那么现在我就奉上，不过我要求您在阅读之前先翻阅一下卡拉姆辛的最后一卷[②]。它充满了精彩的笑话和对当时历史的微妙影射，类似我们基辅和卡敏卡的双关语。应该了解它们——这是必不可少的前提[③]。

我效法莎士比亚，只限于对时代和历史人物展开广泛的描写，而不追求舞台效果和浪漫主义的情致等等……悲剧的文体是混合的。在我必须推出庸俗粗鄙的人物时，文体是粗俗低级的，至于粗野淫秽的语句，请不必在意，因为当时写得非常匆忙，在我第一次誊写时就会删去。我很想写一部没有爱情情节的悲剧，但是，且不说谈恋爱非常适合我那位冒险家罗曼蒂克而又充满情欲的性格，我让季米特里爱上玛琳娜也有助于把玛琳娜那不同寻常的性格刻画得更加鲜明。在卡拉姆辛笔下，她的性格只是被简单地勾勒了个轮廓。但不用说，这是一个奇特的美女。她只有一个欲望：满足她的虚荣心，这种虚荣心强烈和疯狂到不可想象的地步。请看，她在领略到皇权的滋味之后，竟陶醉于一种无法实现的幻想，一再委身于骗子无赖，她一会儿跟犹太人同衾共枕，一会儿和哥萨克共住一个帐篷，只要有人能让她存一线坐上不复存在的皇位的希望，她就时刻准备委身于他。请看，她多么勇敢地经受战争、贫困和耻辱的苦难，而同时又同波兰国王进行谈判，就像一个已经登基的女皇同一个地位与自己相当的人谈判一样，最后她又可怜巴巴地结束了自己狂风暴雨般不同寻常的一生。我只给了她一场戏，但如果上帝假我以天年，我还会回过头来描写这个人物。她像一种欲望使我激动不已。正如柳博米尔斯卡娅夫人的表妹④所说的那样，她是一个极可怕的波兰女人。

加甫里拉·普希金⑤是我的一位先祖。我按照我在历史上和家谱上所发现的模样描绘他。他作为一个军人，作为一个廷臣，特别是作为一个阴谋家，是很有才能的。正是他和普列谢耶夫以他们闻所未闻的大胆果断保证了自封皇子的成功。后来我又发现他是一六一二年保卫莫斯科的七个将领之一，后来在一六一六年同科兹玛·米宁一起坐在杜马里开会，接着在尼日尼当督军，后来又被选为代表参加罗曼诺夫⑥的加冕礼，后来当了大使。他什么事都干过，甚至纵火，这已为我在波戈烈洛耶·戈洛季谢⑦发现的一份文件所证明，就像法国国民公会的首长一样，他放火焚烧了这座城市作为对某件事的惩罚。

---

① 这是一篇草稿，准备《鲍里斯·戈杜诺夫》出版时刊用。第一节采用给尼·尼·拉耶夫斯基的一封信的形式，一八二五年七月用法文写成。其余各节写于一八三〇年，当时已决定出版《鲍里斯·戈杜诺夫》。

② 指卡拉姆辛的《俄国史》第十一卷。其中写到鲍里斯·戈杜诺夫和伪季米特里的历史。

③ 原文为拉丁文。

④ 可能指卡罗莉娜·索班斯卡娅（1794—1885），普希金于一八二八年在彼得堡与她结识。参阅《我的名字对于你有什么意义》一诗。

⑤ 加甫里拉·普希金（卒于1638年），混乱时代的活动家。

⑥ 即米哈伊尔·费多罗维奇（1596—1645），俄罗斯罗曼诺夫王朝的第一代沙皇，一六一三年即位。

⑦ 意为焚毁的小镇，在特维尔省，普希金一八二八年去马林尼基时曾路过此地。

我也打算回过头去写隋斯基[①]。在历史上他是一个兼有勇敢、随机应变和性格力量等品质的怪人。作为戈杜诺夫的忠仆，他是最先倒向季米特里一边的大贵族之一。他首先参与阴谋倒戈，请注意，还是他亲自担负起实施这项阴谋的使命，他到处呐喊，谴责，从一个军队的将领沦落为一个士兵。他已束手待毙，但季米特里在宣谕台上宽恕了他，把他流放，又以这位可爱的冒险家特有的轻率的雅量把他召回宫廷，赐给他许多财物和头衔。尽管隋斯基差一点在斧钺之下和断头台上丧生，可他又干了些什么呢？他又急匆匆地搞起新的阴谋诡计来，达到目的之后，又强令选举他为沙皇，结果还是失败了，可就是在失败的情况下他还是保留了比过去的一生更多的尊严和精神力量。

季米特里的身上和亨利四世[②]有许多共同之处。和亨利四世一样，他勇敢、宽容、喜欢吹牛，和亨利四世一样，他对宗教抱冷漠态度。他们两人都因政治意图而放弃了信仰，两人都喜欢玩乐和征战，两人都醉心于不能实现的图谋，两人都成了别人阴谋诡计的牺牲品……但是亨利四世没有愧待克谢尼娅这类事，诚然这种可怕的谴责并没有得到证明，因此我个人认为不去相信这类传说是自己神圣的责任。

格里鲍耶陀夫批评我对伊奥夫的描绘——这位总主教确实是个具有大智大慧的人，而我却漫不经心地把他写成一个傻瓜。

我在创作《戈杜诺夫》时就在考虑悲剧问题——如果我想写一篇序言，那就会引起一场争论，——因为这可能是人们最不理

---

① 写完《鲍里斯 · 戈杜诺夫》之后，普希金还打算写《季米特里与玛琳娜》《瓦西里 · 隋斯基》等戏剧作品。

② 亨利四世（1553—1610），法国国王，最后被狂热的天主教徒所杀。

解的一种体裁。这种体裁的规则竭力要为逼真提供依据，然而这种逼真恰恰为戏剧的本质所排除。且不说时间、地点等因素，真是活见鬼，在一个分成两部分的大厅里，其中一部分坐着两千个人，而在舞台上的人却似乎看不见他们，这又怎么可能逼真呢？

其次，语言。例如，菲洛克泰特·德·拉·阿佩听完了皮吕的大段对白后，用纯粹的法语说："啊，我听到了希腊神话的悦耳声音。"这一切不是因程式化而失真吗？真正的悲剧天才总是非常关心人物和情景的逼真的。请看高乃依在《熙德》里处理得多么大胆："啊，您想遵守二十四小时的规则吗？那就请吧。"于是他写了一大堆情节，情节延续了四个月时间。没有比对公认的规则进行小修小改更可笑的了。阿尔菲耶里深感旁白极其可笑，他取消了旁白，却延长了独白。多么幼稚。

我的信写得比我想写的长得多。请您把它保存好，因为，如果我有朝一日鬼迷心窍，想写一篇序言的话，我还用得着它。

1829年1月30日

二

我心中愤恨交加，决定出版我的悲剧，①虽然一般说来，我对自己作品的成功或失败总抱着相当平静的态度，但我承认，《鲍里斯·戈杜诺夫》的失败将使我深感痛心，而我对于它的失

① 《鲍里斯·戈杜诺夫》本应于一八二六年出版，由于尼古拉一世的阻挠而迟迟不能问世。

败是深信不疑的。像蒙田一样，我也能对自己的作品说一句：*这是一部下功夫写作的书*[①]。

这部悲剧是我在被严格幽禁、远离我已感到冷漠的世界、孜孜不倦写成的，它给了我一个作家所能享受到的一切：文思如涌、充满灵感的工作、对自己能够全力以赴的信念，最后，还有少数几位卓越之士的赞扬。

我的悲剧几乎已为所有我非常珍视其意见的人所了解。在经常听我朗诵的人之中只缺少一个人[②]，我所以想起要写这部悲剧应归功于他，是他的天才激励和支持了我；他的赞赏是对我的想象力的最甜蜜的奖赏，也是我幽寂的工作中唯一的慰藉。

三

对莎士比亚、卡拉姆辛和我国古代编年史的研究使我想到要用戏剧形式去表现现代史中最具戏剧性的一个时代。我没有受到别人任何意见的影响，学习莎士比亚不受任何拘束、气势磅礴地描绘人物性格，朴实地随手安排作品的布局，仿效卡拉姆辛清晰地展开事件的叙述，努力从编年史中揣摩当时的思维方式和语言。这些源泉真是丰富！我是否善于利用它，我不知道，但至少我的工作是勤奋而严谨的。

有好长一段时间我都无法下决心出版我的剧本。我的诗歌成就的优劣，报刊对我某部诗体小说评价的宽严，至今都很少

---

① 原文为法语。

② 指卡拉姆辛。普希金曾不止一次在索波列夫斯基和维涅维季诺夫家中朗诵《鲍里斯·戈杜诺夫》，听众中有密茨凯维奇、恰达耶夫、基列耶夫斯基、霍米亚科夫、舍维廖夫等人。

触动我的自尊心。过高的评价并没有使我飘飘然。即使在阅读那些极具侮辱性的评论时，我也竭力去猜度批评者的意见，尽量冷静地弄懂他究竟指摘我些什么。至于说，我对这些指摘从未予以答复，这并非出于我的蔑视，而仅仅是由于我确信，《奥涅金》的某一章优于或劣于另一章，这对我们的文学无关紧要[①]。但是我真诚地承认，如果我的剧作失败了，这将使我深感痛苦，因为我坚信，只有莎士比亚戏剧的人民性法则而不是拉辛悲剧的宫廷习气才适合我国的舞台，任何失败的尝试都会延缓我国戏剧的革新。(阿·斯·霍米亚科夫的《叶尔马克》与其说是戏剧作品，不如说是抒情作品。它的成功应归功于它的优美诗句。)

现在我要对某些问题作些说明。我采用的诗体（五音步抑扬格）是英国人和德国人惯常使用的。我们发现，我国首先采用这种诗体的作品好像是《阿尔吉维亚涅》；A. 让德尔在他用自由诗写成的出色悲剧片断中主要用了这种诗体[②]。我在第二音步上保留了法国五音步体的停顿——结果，这样做似得不偿失，我自动放弃了自己诗体特有的多样性。有一些粗野的笑话、平民的场面，如果诗人能避免它，固然很好——诗人无须出于善良的愿望而变得粗野，——如果不能避免，那也无须千方百计用别的什么去代替它。

我在历史上发现了我的一位祖先，他在那不幸的时代起过重要作用，我不顾面子上的敏感，把他搬上舞台，我这是出于爱

① 原文为法语。

② 《阿尔吉维亚涅》是俄国诗人丘赫尔别凯写的悲剧；让德尔的悲剧指《文采斯拉夫》，只有第一幕曾在丛刊《塔利亚》发表。

心[1]，而毫无贵族的妄自尊大之意。在我所有模仿拜伦的因素中，贵族的妄自尊大是最可笑的。新的贵族组成了我们的特权阶层。古代的贵族早已没落，他们的权利和其他阶层已完全一样，大块的领地已被分割，任何人都不再是贵族，甚至他们的直系子孙等后裔。在有见识的平民眼里，旧贵族的属性已没有任何优越性可言，孤傲地以祖先的名誉为荣只能引起人们的责难，被认为行为古怪或毫无意义地模仿外国人。

① 原文为意大利语。

对批评的反驳[①]

一

作为一个俄罗斯作家，我一直认为有义务注视当代文学发展的情况，并且经常特别留心阅读我的作品引起的批评。我真诚地承认，对我的作品的赞扬经常使我感动，这是一种明显的、也许是真诚的厚爱与友好的表示。读到一些极不友好的评析时，我敢说，我总是竭力深入理解批评者的思维方式，揣摩他的论断。我不因自尊心太强而急于去反驳它们，而是希望尽可能本着作者自我否定的精神去同意它们。可惜，我发现，在绝大多数情况下我们彼此都不能理解。至于那些不择手段一心想侮辱我的批评文章，我只能说，至少在最初一刻，它们确实让我感到非常愤慨，因而这些文章的作者当然可以心满意足，因为他们已证实他们的努力没有白费。如果说，我在十六年创作生涯中从未答复过一次批评（更不必说谩骂了），那当然不是出于对它们的蔑视。

批评的现状本身就表明了整个文学界的文化程度。我们只要看看《欧罗巴导报》的评论和《北方蜜蜂》的论断就足够了。我们还不需要施莱格尔，甚至还不需要拉阿尔普这类作家。蔑视批评，只因为它还很幼稚，也就是说，蔑视年轻的文学，是因为它还没有长大成人。这样说是不公正的，正如我们的文学可以骄傲地向欧洲展示卡拉姆辛的《俄国史》、杰尔查文的若干首颂诗、克雷洛夫的几则寓言、茹科夫斯基的一八一二年颂歌[②]和某几首北方哀歌之花一样，我们的批评也可以展示几篇充满明澈思想、深刻观点和出色俏皮的文章。但它们是单独发表的，时间上也有间隔，因而缺乏分量和持久的影响。它们的时代还没有成熟。

我没有答复我的批评者也不是因为我缺乏兴趣、愉快的心情或挑剔的本领，不是因为认为这些批评对读者不产生影响。说实话，为了反驳这些批评，我就必须一再重复那些众所周知的或庸俗的道理，讲解语法、修辞学和字母表，对此我感到难为情，而最让我为难的是，对那些并没有人提出责难的地方进行辩护，郑重其事地说一句：

> 我确信，我的诗是写得很好的。[③]

或者由于无事可做而在读者面前打笔墨官司，竭力逗他们发笑（对此我毫无兴趣）。例如，有一位批评我的人，应该说，他是个善良的并无恶意的人，似乎是在分析《波尔塔瓦》的时候，摘出几个片断，并不提出任何批评，却断言，这样的诗本身就说明它写得很糟。[④]对此我能怎样回答？而他所有的伙伴几乎都是这

---

① 一八三〇年秋天，普希金在波尔金诺逗留了一段时间。在此期间他着手写一篇文章，答复在他全部文学活动期间别人对他的评论，但文章没有写完。这篇文章的一些片断除关于《波尔塔瓦》的一篇在普希金生前发表外，其余均在普希金逝世以后才陆续发表。

② 指茹科夫斯基的长诗《俄罗斯军营的歌手》。

③ 原文为法语。莫里哀喜剧《愤世嫉俗》中的台词。

④ 引自《该拉忒亚》一八三〇年第十四期对《叶甫盖尼·奥涅金》第七章的批评，作者拉伊奇，普希金记忆错误，以为是对《波尔塔瓦》的批评。

么干的。我们的批评者说得很笼统：这首诗写得好，因为它写得很棒，这首诗写得不好，因为它写得很糟。对此你只能感到莫名其妙。

还有一个原因，而且是主要原因：懒惰。我从来不会因为别人不能领会或缺乏诚意而大发雷霆到拿起笔来予以痛斥。眼下，在令人难以忍受的检疫隔离期间[①]，我身边既无书籍也无同伴，为了消磨时间，我突然想起对我能想起的所有批评和自己对自己作品的评论写一篇反驳文章。我可以向我的读者保证（如果上帝还能赐予我读者的话），我有生以来还不曾想出比这更愚蠢的工作。

一般说，人们对《鲁斯兰和柳德米拉》还是持赞许的态度的。除了《欧罗巴导报》上的一篇毫无根据地对它进行辱骂的文章[②]和一些对长诗创作的弱点提出颇有道理的"质疑"[③]之外，似乎还没有人对它说过一句坏话。甚至没有人说它是冷漠的。有人为某些轻微的色情描写，为我已在第二版删去的几个诗句指责它不道德：

> 噢，可怕的景象！虚弱的魔鬼
> 正伸出他无礼的手掌抚摸着，等等。

---

① 一八三〇年秋普希金在波尔金诺，因当地霍乱流行，被困于家中。

② 指《欧罗巴导报》一八二〇年第十一期署名为"布尔迪镇一居民"的《致编辑函》一文，作者原名为A. 格拉戈列夫。

③ 指《祖国之子》一八二〇年第三十八期署名为NN的《致长诗〈鲁斯兰和柳德米拉〉的批评者》一文，作者为Д. П. 泽科夫，他对长诗中的一些缺点提出过一些质疑。

还为我不记得第几歌开头的诗句：[1]

你们无法在阴影里隐藏，等等。

还有为特意模仿《十二个睡美人》[2]的某些诗句，为这几行模仿的诗句，真可以好好把我数落一顿，说我缺乏美感。为了迎合平民的口味而带着讽刺意味去模仿纯洁的、富有诗意的作品是不可饶恕的（尤其在我当时的年龄）。其余的指摘则都是缺乏根据的。请问，《鲁斯兰》中有哪一处，其恣意戏谑的程度能够和人们经常对我提起的，例如阿里奥斯托的游戏文章相提并论呢？即使是被我删去的地方也不过是对阿里斯奥托的非常非常淡化的模仿（《疯狂的罗兰》，第五章，第八节）[3]。

《高加索俘虏》是我初次失败的尝试，在其中我竭力想写好一个人物；由于其中有些哀歌和描写性诗句，在我所创作的所有作品中，它最受欢迎。可是尼古拉、亚历山大两位拉耶夫斯基兄弟和我都曾尽情嘲笑过这篇作品。

《巴赫奇萨拉伊泪泉》不如《俘虏》，正如《俘虏》一样，读着它，就像在读让我发疯般入迷的拜伦作品一样。莎莱玛和玛丽亚见面的一场戏很有戏剧性。这种戏剧性似乎没有受到过批评。亚 · 拉耶夫斯基读到下面几行诗曾哈哈大笑：

---

① 第三歌。
② 茹科夫斯基的长诗。
③ 原文为意大利语。

在殊死的搏斗当中他常常
高举起马刀，猛然一挥，
突然间失神地呆住不动，
神情狂乱地望望周围，
脸色煞白等等。

青年作家一般不善于表现一个人在热情迸发时的形体动作。他们的主人公总是浑身发抖、哈哈狂笑、咬牙切齿等等。这一切都像传奇剧一样可笑。

不记得是谁向我指出过，两个强盗铐在一起却能游过河去，这是难以置信的。但这件事是真的，它发生在一八二〇年我在叶卡捷琳诺斯拉夫的时候。

我们的批评家们有好长时间没有来打扰我了。这会使他们获得好名声：因为我的处境远不是顺顺当当的。人们依然认为我还是个很年轻的人。我记得，最初几篇不怀好意的文章是在我发表《叶甫盖尼·奥涅金》第四章和第五章之后出现的。发表在《阿菲涅伊》杂志上对这两章的评析，其笔调之优美、笔墨之精到和吹毛求疵之古怪着实让我吃惊。一些最平常的修辞格和隐喻都引起批评家的注意：难道可以不说“酒在杯子里咝咝地冒气”，而说“酒杯咝咝地冒气”？不说“壁炉还在冒气”，而说“壁炉还在呼吸”？说“嫉妒的猜疑”、“靠不住的冰层”不是太大胆了吗？

您以为这句话是什么意思：

孩子们
踏着冰刀吱吱地划过冰层?

批评家总算猜到了这句话的意思：孩子们穿着冰刀在冰上奔跑。至于下面几行：

笨拙的白鹅迈开红脚，
(想要在水面浮游戏耍)
它小心翼翼地走到冰上

批评家却理解为：

笨拙的白鹅迈开红脚
想去游水——

并且正确地指出，迈开红脚是游不远的。

诗句中某些自由处理的语词：在否定语气词 не 后面用第四格而不用第二格，用 времян 代替 времен① (如巴丘什科夫的诗：

那是古罗斯和
弗拉基米尔时代②的风习)

① 按俄语语法，否定语气词 не 后面的名词应用第二格，“时代” время 的第二格是 времен，但诗歌中必要时允许在否定语气词后面用第四格名词，“时代”的第二格也允许用 времян，这是常识。
② 此处“时代”用的是 времян。巴丘什科夫可说是普希金的前辈，也这样用过。

使我的批评家感到大惑不解。但最使他感到愤慨的是这样的诗句：

Людскую молвь и конский топ.[①]

“我们学过古代语法的人是这样表述的吗？可以这样糟蹋俄语吗？”后来《欧罗巴导报》又对这行诗加以辛辣的嘲笑。молвь（言语）是道地的俄语词。топ 同样可以代替 топот 使用，正如 шип 可以代替 шипение 一样[②]（由此可见，用 хлоп 代替 хлопание[③] 也完全不违背俄语的习惯）。不幸的是这行诗完全不是我写的，而是整个儿引自一篇俄国童话：

И вышел он за врата градские，и услышал конский топ и людскую молвь.[④]

——《鲍瓦王子的故事》

研究古代歌谣、童话等等都是通晓俄语特点的必由之路。批评家们轻视它们是枉费心机的。

Два века ссорить не хочу.[⑤]

---

① 俄语：马蹄声嘚嘚，人言闹嚷嚷。批评家认为只能用 молва 而不能用 молвь，只能用 топот 而不能用 топ。

② Он шип пустил по-змеиному.（他像蛇一样咝咝叫。）——《俄国古诗集》——原注。按：шип 和 шипение 都是“咝咝叫”的意思。

③ хлоп 和 хлопание 意为鼓掌或掌声。

④ 俄语：他走出城门，听见马蹄声嘚嘚，人言闹嚷嚷。

⑤ 俄语：不想挑起两个时代的争论。此处俄语中的补语“两个时代”用第四格，因它不是受否定语气词 не 的支配，而是受“挑起……的争论”这个动词支配。

批评家认为这行诗写得不对。语法书上是怎么说的？受否定语气词支配的及物动词后面要求已不是第四格，而是第二格。例如：Я не пишу стихов[①]。但我那行诗里动词 ссорить 并不是受否定语气词 не 支配，而是受动词 хочу 支配的。Ergo[②] 规则在这里不适用。例如下面这个句子：Я не могу вам позволить начать писать … стихи，[③]“诗”一词当然不用 стихов。难道否定语气词的电力必须通过这一连串的动词而作用于名词吗？我不以为如此。

我顺便谈一下语法。我把“茨冈人”的复数第一格写成 цыганы，而不是 цыгане，把“鞑靼人”的复数第一格写成 татаре，而不是 татары。为什么？因为所有以 анин、янин、арин 和 ярин 结尾的名词，其复数第二格都以 ан、ян、ар 和 яр 结尾，而复数第一格则以 ане、яне、аре 和 яре 结尾。所有以 ан 和 ян、ар 和 яр 结尾的名词，其复数第一格都以 аны、яны、ары 和 яры 结尾，而复数第二格则以 анов、янов、аров 和 яров 结尾。

唯一的例外是：专有名词。因此布尔加林先生的后代将是 Булгарины 先生们，而不会是 Булгаре。[④]

我发表作品已有十六年之久，批评家们在我的诗作中发现了五处语法错误（他们的意见是对的）：

---

① 俄语：我不写诗。此处补语“诗”受否定语气词 не 支配，因此必须用第二格。
② 拉丁文：因此。
③ 俄语：我不能允许您动手写诗。此处“诗”用的是第四格，普希金认为不能用第二格 стихов，因为在“诗”的前面一连有四个动词，而“诗”一词是受“写”支配的。
④ 布尔加林是保守文人，第三厅的密探，喜欢在文字上吹毛求疵，普希金在这里和他开个玩笑，借以讽刺他。

1. Остановлял взор на отдаленные громады①。

2. 在 теме 山上（应为 темени②）。

3. 不用 выл③，而用 воил。

4. 不用 ему отказали④，而用 был отказан。

5. 不用 игумну ⑤，而用 игумену。

我始终真诚地感谢他们，并且改正每一处业已发现的错误。我写散文时不正确的地方还要多得多，说话时还要糟，就像某某先生写作时一样。

普通老百姓（他们不读外文，因此荣耀归于上帝，不像我们常常用法语表达思想）的口头语言也值得极为深入地研究。阿

① 意为“凝视着远方的群山”。语出《高加索俘虏》，经普列特尼奥夫在《文明竞赛者》一八二二年第十期指出，普希金后来把 Остановлял он долго взор на отдаленные громады 改为 Вперял он любопытный взор на отдаленные громады。（他把好奇的目光投向远方的山峦。）

② 意为“黑暗的”，语出《鲁斯兰和柳德米拉》。后来普希金把 На теме полунощных гор 改为 На темени полунощных гор。（在北方黑暗笼罩的群山上。）

③ 意为“怒号”，语出抒情诗《风暴》，后来普希金把 И ветер воил и летал 改为 И ветер бился и летал。（海风飞卷而来。）

④ 意为“他遭到拒绝”，语出《波尔塔瓦》注四，经纳杰日金在《欧罗巴导报》一八二九年第九期指出，普希金把 был отказан 改为 ему отказали。

⑤ 意为“修道院长”，语出《鲍里斯·戈杜诺夫》，普希金后来把

A грозный царь итумном богомольным,
…………
Он говорил игумну и всей братье.
改为：
A грозный царь игуменом смиренным,
…………
Он говорил игумену и братьи.
（威严的沙皇也成了谦和的修道院长。
…………
他对修道院长和弟兄们说道：）

尔菲耶里曾在佛罗伦萨集市上研究意大利语，因此我们有时去仔细听听莫斯科烤圣饼女人说话也不是什么坏事。她们说的话纯粹和正确得令人吃惊。

密探就像字母 ь，他们只有在某些场合才用得上，但在那种场合上没有他们也行，可他们总要到处乱窜。

略去的诗节不止一次给人以指摘的口实。《叶甫盖尼·奥涅金》中的某些诗节就是这样，这些诗节我不能或不愿意发表，这没有什么值得大惊小怪的。但是删除了这些诗节，也就打断了故事的联系，因此我标明了它们所在的位置。最好是用另一些诗节代替它们，或者把我保留下来的诗节加以修改提炼。可是很抱歉，我实在懒于做这件事。我还要老实承认，《唐璜》里也删除过两节诗。

费多罗夫先生在一份刚刚开始出版的杂志上以相当赞许的口吻评析了第四章和第五章①，可是他向我指出，在我描写秋天的某些诗行的句首上连续使用了语气词 уж②，他把它称为 ужами③，说在修辞上这种用法称为首语重复。他还指摘“母牛”这个词，斥责我把贵族家的，也许是官宦家的小姐称为“丫头”（这当然很失敬），同时却把农家女孩称为“姑娘”：

---

① Б. 费多罗夫在《圣彼得堡观察家》杂志一八二八年第一期上发表了一篇对《叶甫盖尼·奥涅金》第四章和第五章的评论。普希金在《叶甫盖尼·奥涅金》的注释中对此曾作出回答。

② 俄语语气词 уж 常用于句首，以加强肯定、否定、祈使、疑问等语气。

③ 语气词 уж 是不变格的，费多罗夫在“用 уж 开头”这个短语中把 уж 变了格，使它成为名词，而 уж 的名词是“蛇”的意思。此处费多罗夫用文字游戏讽刺普希金。

茅屋里姑娘唱着小曲
在纺纱……

第六章没有人加以评析，甚至《欧罗巴导报》上也没有人指出一处拉丁文的印刷错误。顺便说一句：自从我出了皇村学校大门，我就没有翻阅过一本拉丁文的书，把拉丁文忘了个一干二净。人生苦短，没有工夫再重温旧书了。好书一本本相继出版，可如今谁也不再用拉丁文写作。相反，在十四世纪拉丁文是不可缺少的，而且被正确地视为有教养的人的首要标志。

《北方蜜蜂》对第七章的批评[①]，我曾在做客时匆匆看过一遍，当时我顾不上《奥涅金》……我只注意到一节写得很好的诗和描写甲虫的一个极可笑的玩笑。我写的是：

一天傍晚。天色已昏暗。
河水静静地流。甲虫唧唧地叫。

批评家为出现这个新人物而表示高兴，并期望他的性格比其他人物更能贯穿始终。不过其中似乎没有一条站得住脚的评论和意见。其他评论文章我没有读过，因为我确实顾不上它们。

---

① 指布尔加林发表在《北方蜜蜂》一八三〇年第三十五期和第三十九期上的评论。普希金曾在把第八章（《奥涅金的旅行》）和第九章（定稿第八章）提交合并出版时的序言中摘录过这篇评论。参阅《叶甫盖尼·奥涅金》别稿第八章。

NB.[1]有人认为《北方蜜蜂》上那篇批评文章是布尔加林先生所作，这种猜测是没有根据的，因为：第一，其中的诗写得太好；第二，散文写得太差；第三，布尔加林先生不会说，关于莫斯科的描写取自《伊凡·维日金》，因为布尔加林先生没有说悲剧《鲍里斯·戈杜诺夫》取自他的长篇小说。

我们的批评家所开的玩笑有时真是天真得令人惊奇。[2]请看一则真实的故事：在皇村学校我们有一个年幼的同学，这件事其实不提也罢，他是一个善良的小伙子，就是脑子太笨，在每个年级里，他总是最后一名。有一次，他写了两行诗，整个皇村学校都传遍了：

哈哈哈，嘻嘻嘻，
杰尔维格在写诗。

去年，一八三〇年，杰尔维格和我看到自命不凡的《欧罗巴导报》第一期登了一则玩笑，说《北方之花》丛刊分为散文和诗——嘻嘻！您以为我们看到这则玩笑后怎么样了？试想一下，我们看到一位老相识时会多么高兴！但事情还没完。“嘻嘻”这两个字看来是那么讨人喜爱，它竟然又被刊用于《北方蜜蜂》，并被大加赞赏：“嘻嘻，就像《欧罗巴导报》十分俏皮地说过的

---

① 拉丁文“注意”的缩写。
② 本文中普希金援引《欧罗巴导报》一八三〇年第三期对《北方之花》的评论。《祖国之花》（出版人系《北方蜜蜂》的编辑布尔加林）第十六期曾发表一篇文章谩骂杰尔维格，其中说：“假如德国人懂得俄语，那么他们也会像《欧罗巴导报》那样说：‘这是诗！——嘻嘻嘻！’”

那样”，etc.。

年轻的基列耶夫斯基在他一篇有关我国文学的文辞激烈而充满思想的评论中谈到杰尔维格，他使用了这样一个十分做作的句子：“他那古代的缪斯有时披着一件当代的忧郁坎肩。”这个句子当然很可笑。为什么不直截了当地说：“在杰尔维格的诗歌中有时带着当代诗歌的忧郁情绪”？基列耶夫斯基先生在评论我们的杂志编辑时颇不恭敬，现在我们的杂志编辑可高兴了，他们抓住这件坎肩，把它撕成碎片，并加以炫耀，竭力逗公众发笑，至今已有一年之久。假定说，这种玩笑每次都开得很成功，可对他们又有什么好处呢？公众几乎无暇顾及文学，而少数文学爱好者最终不会相信不断重复的玩笑，只会相信虽然缓慢却是经常出现的健康而公正的批评意见。

“你自己吃吧。”[①]在我国人民充满活力的口语中，这句话常用来代替更加彬彬有礼但又同样巧妙的“请您自己享用”这句话。这两种说法都为一些不拘礼节的人经常使用，他们常利用对手的玩笑和挖苦话，成功地回敬对手。“你自己吃吧”这句话成了眼下我们的杂志展开论战的主要动因。杂志上出现了一首讽刺诗，诗中说，福玻斯[②]让一个人坐进车子，后来又因为上流社会不能容忍他出言不逊和妄自尊大，而命令仆人把他从车子里拖出来——立刻就有一首讽刺短诗发表出来作为回答，诗中复述

① 这句话的来源是：一个机智的人将大拇指塞进食指和中指之间，向对方表示侮辱，并且恶毒地说：你吃吧。而明白用意的对手则回答：你自己吃吧。（这个注解是为小家碧玉乃至大家闺秀而作的，杂志编辑常常这样称呼他们不认识的淑女。）——原注

② 福玻斯，希腊神话中的太阳神，即阿波罗。

了同一个内容，但写得更差，最后还加上一句话："你自己吃吧。"

有个诗人想起描写一本有趣的甲虫标本集[①]："你自己就是甲虫"，一些灵敏度很高的杂志大嚷大叫起来，"你的诗也是甲虫，你那些朋友也是甲虫。你自己吃吧。"

一些官方的杂志编辑先生想要攻击一位同行，因为他不是贵族。[②]另一些作家则嘲笑了这些贵族杂志编辑的偏狭。他们斗胆责问，这些封建男爵，这些高傲地向布衣同行索要纹章和证书的陌生骑士是些什么人。可他们是怎么回答的？那些官方的杂志编辑先生沉默了一会儿便激烈地反驳，说文坛上没有贵族，在同行（尤其是贵族中的小市民）面前因自己的贵族身份而妄自尊大是极其可笑的，即使是真正的贵族，如果写出来的是差劲的散文或平庸的诗歌，哪怕他持有六百年的证书也帮不了他的忙。好一个"你自己吃吧"！不幸的是，《文学报》里已经查出谁是率先迫害非贵族同仁的贵族作家。那么公众又怎么样？公众作为大公无私而又明达事理的法官，总是同情那些后来向他们诉说的人。譬如，现在他们就完全同意我们的意见：也就是说，说"你自己吃吧"这句话的人，一般表明他要么缺乏机智，要么是把希望寄托于读者的健忘，并且正如《中国笑话》第一册所说的那样，装腔作势和存心不良有损于作家的可敬称号。

为什么《文学报》的出版人及其同仁被称为贵族（杂志编辑俏皮地这样写道，自然是表示讽刺）？他们之所以被称为贵族，

① 普希金在一八二九年写过一篇讽刺诗《昆虫标本集》。

② 布尔加林曾嘲笑尼·波列伏依的商人出身，一八三〇年又带头攻击《文学报》同仁，指责他们是"文学贵族"。

根据是什么？是不是因为他们出身贵族？——不是。所有的杂志都指天发誓，说谁也无意嘲弄别人的身份。这么说，是他们表现出贵族的傲慢？不是。《文学报》证明，该报的主要同仁都反对这种可笑的妄自尊大，要求有官职的作家尊重市民出身的同行。也许，是因为他们追求上流社会的风度？不是。他们都努力保持有教养的社会的风度；他们还向其他同行传播这种风度，但毫无结果。并非他们藐视俚俗语言而用一些蠢话（niaiserie）去代替它们。（NB.：不仅是俚俗语言）。并非他们时时刻刻都在把一种说法称为纤夫语言，把另一种说法称为庄稼汉语言，又把别的一种说法称为有碍女士们雅听的语言等等。并非他们喋喋不休地谈论读者中的小家碧玉和大家闺秀（？）。并非他们自称上流社会的保护人；并非他们无休无止地写一些肉麻的小文章，竭力把上流社会的腔调模仿得惟妙惟肖，就像一些使女和侍仆转述主人的谈话一样。并非他们**作为一个出身高贵的人，侮辱了别人却不肯决斗**。[1]并非他们在审查别人的贵族证书，宣布某某人是小市民，某某人是贵族；并非他们把有六百年历史的贵族当作小市民；并非他们刊登自己佩戴非常可疑的贵族纹章的肖像。为什么说他们是些贵族老爷啊（自然是表示讽刺）？

有一家报纸[2]（几乎是官方的）说，我的外曾祖父阿勃拉姆·彼得罗维奇·汉尼拔，彼得大帝的教子和养子，他的亲信

① 原文为法语。

② 《北方蜜蜂》一八三〇年第九十四期发表了一篇针对普希金的小品文，说他的外曾祖父是一位商船船长用一瓶朗姆酒买来的。普希金写了《我的家世》一诗回答布尔加林的小品文。

（从叶卡捷琳娜二世的亲笔信中可以看出）[①]，攻克纳瓦林的汉尼拔（见皇村 Φ. Γ. 奥尔洛夫纪念碑）的父亲，上将等是一位商船船长用一瓶朗姆酒换来的。我的外曾祖父如果是买来的，那么一定很便宜，但他是落到一位商船船长的手，任何一个俄罗斯人谈到这位船长的名字都会肃然起敬，这决不是无缘无故的。一个外国移民不喜欢俄罗斯人，不喜欢俄罗斯，不喜欢它的历史，不喜欢它的荣誉，这是情有可原的。但为了讨好俄罗斯人而不惜玷污我国编年史的神圣篇章，辱骂优秀的同胞，不但侮弄同时代人，而且还要侮弄他们的先祖，这就不足为训了。

从埃尔祖鲁姆回来以后，我写了一篇致尤苏波夫公爵函[②]。它立即受到上流社会的注意……人们对我大为不满。上流社会人士对这类问题具有高度灵敏的嗅觉。一位杂志编辑把我的信函看作意大利修道院院长的媚词，在他抄自《密涅瓦》的一篇小文章里要这位大臣每逢星期四叫我去吃饭。[③]他们就是这样感受事物，这样描写上流社会的习俗的。

二

一位女士在谈到《茨冈人》的时候指出，在整首长诗中只有

---

① 戈里科夫说，他从前做过皇帝的侍从，但是彼得一世发现了他的才能，等等。戈里科夫说错了。彼得一世没有随从，只有几个勤务兵在服侍他，此外奥尔洛夫和鲁缅采夫是历史上两个望族的始祖。——原注

② 即《致大臣》。

③ 尼·波列伏依在《莫斯科电讯》一八三〇年第十期发表了一篇题为《一位知名老爷书房里的早晨》的文章，嘲笑致函尤苏波夫的普希金。

一个正派人，那就是熊。已故的雷列耶夫曾愤慨地说，干吗要让亚历克去耍熊，并且向观众收钱。维亚泽姆斯基重复了同样的意见。(雷列耶夫要我把亚历克写成一个铁匠，这样一来就会高尚得多。) 最好是把他写成一个八等文官或地主，而不是茨冈人。[①]不错，这样一来，这首长诗也就不复存在了，这样更好[②]。

看来我的悲剧[③]不会取得任何成功。一些报刊对我恨之入骨。我对观众已经丧失主要的吸引力：青春活力和文学名字的新鲜感。此外主要的几场戏已经在别人的仿作中发表或被歪曲。我碰巧翻开布尔加林先生的一部历史小说，发现小说里来向沙皇报告出现冒名皇子的也是隋斯基公爵。我写到鲍里斯·戈杜诺夫单独同巴斯马诺夫谈消灭门阀制度问题，而布尔加林也是这样写的。这一切都是戏剧的虚构，而不是历史故事。

除了其他文学方面的责难外，还有人指摘我把《叶甫盖尼·奥涅金》的书价定得太高，认为我在定价上贪得无厌。要是有人平生从来没有卖过文章或者其作品从未卖出过，这样说倒还算理直气壮，可是《北方蜜蜂》的出版人怎么可以重复这种动听的责难呢？书价并不是由作家而是由书商决定的。就诗歌而言，需求者是有限的。他们都是些愿意花五卢布买票进剧院看戏的人。假定说，书商们是以每册一卢布的价钱买下一版

① 雷列耶夫在一八二五年四月写给普希金的信中说："亚历克的性格稍微被贬低了。干吗要让他去耍熊，并且收受观众的施舍？把他写成一个铁匠不是更好吗？"维亚泽姆斯基在评论《茨冈人》时（《莫斯科电讯》一八二七年第十期）写道："我真不愿意看到，亚历克牵着熊挨村挨户去乞讨。最好是让他去贩马。"

② 原文为意大利语。

③ 指《鲍里斯·戈杜诺夫》。

书，他们还是会以每册五卢布的价钱出售的。不错，在这种情况下，作者可以用廉价印第二版，但书商也会自己压低书价，以此使得新版大受影响。这种经营手法，我们这些平民作家都是了如指掌的。我们知道，书价低廉并不证明作者大公无私，而是要么因为这本书需求量很大，要么因为这本书彻底滞销。请教哪一种办法更为有利——一本书印二万册，定价每册五十戈比，或印二百册，定价每册五十卢布？

克雷洛夫在各方面都是我们最具有人民性的诗人（**最具民族性的和最大众化的。**）[①]，他的寓言最近一版的定价和我们所说的并不矛盾。读寓言（和长篇小说一样）的有作家，有商人，有上流社会人士，有女士，有使女，也有儿童。但是读抒情诗的只有诗歌爱好者，可这种人很多吗？

我们如此习惯于阅读那些稚气十足的批评文章，它们甚至已不能引我们发笑。但是，比如说，我们读了下面这篇分析拉辛的《费德尔》的文章（如果不幸是俄罗斯人而且是在当代写的），我们会怎么说呢？

“最可恶的无过于作家先生所选取的这个题材。一个有夫之妇，一群孩子的母亲，爱上一个年轻的傻瓜，他丈夫的私生子[②]（！！！）。成何体统！她竟然不知羞耻地当面向丈夫承认自己的淫欲（！！！）。不仅如此：这个泼妇甚至滥用丈夫愚蠢的轻信，造了无辜的希波吕托斯的卑鄙谣言，出于对女读者的尊重，我们甚至不敢对这些谣言进行解释！！！那凶恶的小老头也不问

① 原文为法语。此句暗指维亚泽姆斯基同德米特里耶夫关于《巴赫奇萨拉伊泪泉》一诗序言的争论。维亚泽姆斯基在回答德米特里耶夫的意见时说：“我们的‘人民性’一词相当于法语词组意思：populaire et national。”（见《妇女杂志》一八二四年第八期。）

② 在《费德尔》中应是丈夫前妻的儿子。

情由，不查明实情便把亲生儿子痛骂一顿（！！），后来希波吕托斯被马踩伤（！！！），费德尔服毒自杀，他那卑鄙的心腹女人投河自尽，故事便告结束。这便是那个作家，脸也不红所写的东西（此处是一些人身攻击和谩骂）；瞧我们的文学已堕落到何等地步，简直是些嗜血、淫荡、满脸粉刺的老妖婆！”请批评家们扪心自问。虽然他们采用了一种较为文雅的文体，但他们不是每天都在评论一些当然不能和拉辛的作品相提并论，在道德上却一点不比它们更应受指责的作品吗？试问：对这些批评文章，应该不应该，可以不可以给予严肃认真的回答呢，虽然它们是用拉丁文写成，而朋友们又说它们思想深刻。

《纨绔少年》是富有人民性的讽刺作品的丰碑，它曾得到叶卡捷琳娜及其光辉宫廷的盛赞，但如果它出现在今天，那么我们的报刊就会对冯维辛的拼写方法加以嘲笑，就会为普罗斯塔科娃骂帕拉什卡为坏蛋和狗崽子，把自己比作母狗（！！）而大惊小怪。“太太小姐们会怎么说！”批评家会大叫大嚷，“这部喜剧可是会落到她们手里的！”真的很可怕！这些先生和女士们谈话时用的语言该是多么温柔多么讲究啊！要是能找个地方想个办法领教一下该有多好！可是我们的太太小姐们（上帝才是她们的裁判者）却不领教他们的话也不读他们的文章，而读那粗暴的司各特的小说，而他无论如何也不会用一些蠢话来代替俚俗语言。

三

《努林伯爵》给我带来了很大的麻烦。[①]有人认为它（请允

① 这篇文章是回答纳杰日金发表在《欧罗巴导报》一八二九年第三期上的一篇评论的。

许我说出来）是下流作品，不用说，这是某些报刊上说的，但是上流社会对它却颇为欣赏，只是杂志编辑中没有人肯为它鸣不平。一个年轻人竟敢深更半夜闯入一个年轻女人的卧室，因而吃了一记耳光！多么可怕！竟敢写这种卑鄙无耻的丑事？作者写道，假如彼得堡的太太小姐们处在娜塔丽亚·巴甫洛夫娜的地位，她将怎么办？真是太放肆了！顺便说一说我的一篇可怜的童话（附带说一句，这篇童话是写得很健康、很体面的），可是有人已经搬出整个古典文学和整个欧洲文学来反对我了！我相信这些批评家很懂得羞耻；我相信，在他们的心目中《努林伯爵》确实是应受指责的。但是有必要一谈到体面问题就搬出古典文学来吗？难道他们对阿里奥斯托、薄伽丘、拉封丹、卡斯蒂[①]、斯宾塞、乔叟、维兰德[②]、拜伦这些戏谑小说的作者仅仅是只闻其名吗？难道他们连起码的鲍格丹诺维奇和德米特里耶夫的作品都没有读过吗？哪一个可怜的学究敢于指责《杜申卡》不道德、不体面？哪一个眉头紧皱的傻瓜会一本正经地指责《摩登妻子》这篇轻松活泼的戏谑小说的绝妙典范呢？又有谁会指责纯朴伟大的杰尔查文所写的颂诗？但是我们且撇下诗歌作品的优劣不谈，《努林伯爵》在挥洒自如和戏谑的生动活泼上都不如这些作品。

这些批评家先生发明了一种奇怪的方法用以评判一首诗的品位。其中一位有个十五岁的侄女，另一位有个熟悉的十五岁少女——于是凡父母认定不许她们阅读的东西便被宣布为不体

---

① 卡斯蒂（1724—1803），意大利诗人，讽刺作家，喜歌剧作家，一七九〇年获桂冠诗人称号。

② 维兰德（1773—1813），德国启蒙运动时期作家。著有长篇小说《阿迦通的故事》《阿布德拉城居民的故事》等作品。

面、不道德、淫秽 etc.！仿佛文学只为十六岁姑娘而存在！明智的教导者看来不想让任何一个经典诗人，尤其是古代诗人的全集落到她们，甚至是她们的兄弟手里。于是出版了许多文选、选读之类的读物。可是公众并非十五岁的少女和十三岁的孩童。荣耀归于上帝，他们可以毫无顾忌地阅读善良的拉封丹的童话、善良的维吉尔的牧歌以及批评家先生们暗地里阅读的一切，如果我们的批评家除了读自己杂志的校样外还读些别的什么的话。

这些对体面如此敏感的先生使人想起了达尔杜弗[①]，他羞答答地拿出一块手绢搭在道丽娜裸露的胸膛上，因而引起使女一番有趣的揶揄：

原来您对诱惑竟全不能抵御，
肉身对您的感情竟有如此诱惑力！
我真的不懂是什么情欲主宰您的心。
对于肉欲我可不会一下子动情，
我要是看见您从头到脚一丝不挂，
您全身的皮也不会使我触动一下。[②]

《欧罗巴导报》上有人愤慨地谈到长诗中把努林比作抓母猫的公猫（他用了一个有趣的动词：цапцарапствую，цапцарапствуешь，цапцарапствует[③]）。其实，在《努林伯爵》中从头至尾都找不到

---

① 莫里哀同名喜剧（一译《伪君子》）中的主人公、骗子。
② 原文为法语。
③ 俄语动词“抓”的单数第一、第二、第三人称。

这种比喻，就像找不到 цапцарапствую 这个动词一样；但即使有，又有什么大不了？

不道德的作品是指这样一些作品，其目的和功能在于动摇社会幸福或人类尊严所赖以依存的原则。以用色情描写刺激人们的想象力为目的的诗作乃是对诗歌的亵渎，它把诗歌的佳酿美酒变成富有刺激性的混合剂，把缪斯变成可恶的卡尼狄亚①。但是，只有那些对道德持幼稚而糊涂观念的人才会把内心的欢愉和瞬间的幻想所激发的玩笑看成不道德，他们把道德同训诫混为一谈，把文学仅仅看作教育工作。

顺便说说：我十三岁便开始写作，并且几乎同时发表了作品。有许多东西我很想毁弃，包括那些和我的才能不相称的作品，不管这是些什么作品。有些东西犹如一种指责，使我感到心头沉重……至少我不应该为重版我少年时代的孽作负责，更不用说别人的恶作剧了。费多罗夫先生出版的一本丛刊刊登了天知道从哪儿找到的我的一些诗作②，其中有一首《田园诗》，是模仿巴纳耶夫先生诗作的笔调写成的。别斯土热夫先生在一本丛刊的序言中对一位An.先生送来一些诗歌表示感谢，他同时声明，并非所有的诗作都值得发表。

这位An.先生没有任何权利处理我的诗作，私自修改它们，把它们连同自己的作品寄给别斯土热夫先生的丛刊。那些诗有的已被我遗忘，有的不是为了发表（例如《她很可爱，我们私下

---

① 古罗马诗人贺拉斯的《讽刺诗集》和《长短句集》中害人的女巫。
② 参阅本书《关于别斯土热夫-留明在〈北方之星〉上发表本人诗作之声明》一文。

里说说》)，有的是我十九岁时写的，还情有可原，但在我已成年，并较有尊严的年龄公开承认则是不可原谅的（例如《致尤里耶夫函》)。

重读那些破口大骂的批评文章，我觉得它们是如此可笑，我真不明白，当时我怎么会那么义愤填膺；我觉得，如果我真想嘲笑它们，那最好的办法无过于将它们不加任何注解重新全文发表。不过我发现，由于印刷术的魔力，最愚蠢的谩骂也会获得一定的分量。我们仍然认为印刷品是神圣的。我们仍会百思不得其解：这怎么会是愚蠢的或不公平的呢？这可是印刷品啊！

图书有自己的命运。[①]《波尔塔瓦》没有获得成功。也许它本来就是不成功的；但我却被用以对付以前那些差得多的作品的办法惯坏了；况且这部作品是很富于独创性的，而这正是我们想力求达到的。

我们的批评家开始向我解释未能成功的原因。[②]他们是这样说的：

首先，他们向我宣布，从来没有任何人看见过一个女人爱

---

① 原文为拉丁文。本文发表于 M. 马克西莫维奇出版的《朝霞》丛刊（1831）。普希金在发表时作了删节，文章的开头原来是："在我的诗体小说中最成熟的是其中一切都很有独创性（我们一直为此而努力，虽然这还不是主要的）的那一篇，茹科夫斯基、格涅季奇、杰尔维格、维亚泽姆斯基都认为《波尔塔瓦》比我迄今所写的一切作品好，但《波尔塔瓦》未获成功。"

丛刊出版人马克西莫维奇为本文写了一段按语："我们从中摘录了这个片断的原稿包含了普希金对他的许多长诗和某些批评文章的极其有趣的评论和说明，从中可以看到诗人没有批驳那些批评文章，仅仅是因为他不想这样做。"

② 指布尔加林发表在《祖国之子》一八二九年第十五、十六期的批评文章和纳杰日金发表在《欧罗巴导报》的文章。

上一个老头儿，因此玛丽亚对老黑特曼的爱情（NB.：这已为历史所证实）是不可能存在的。

怎么，切斯顿，你怎么啦？我虽然知道，却不能相信。[①]

对这种解释我不敢苟同：爱情是一种最顽固的热烈感情，且不说每天都有人宁要丑恶与愚蠢，而不要青春、聪颖与美丽。请想想一些神话传说、奥维德的《变形记》，勒达、菲利拉、巴齐法雅、皮格马利翁[②]，你就会承认，所有这些虚构的故事同诗歌并非水火不相容。而奥赛罗，那个用自己的历险与作战故事使苔丝德梦娜听得入迷的老黑人呢？而促使意大利诗人写出一部最好的悲剧的弥拉[③]呢？……

有人对我说，玛丽亚（即玛特廖娜）所迷恋的是虚荣而不是爱情：因为做黑特曼的姘妇对于一个大法官的女儿是极大的荣誉！接着又对我说，我笔下的马泽巴是个凶恶而愚蠢的老头儿。[④]说我把马泽巴写得很凶恶，对此我只好说一声抱歉了：我不认为他很善良，特别是在他想方设法要处死被他引诱的姑娘的父亲的时候。一个人的愚蠢要么表现在他的行动，要么表现在他的言语：在我的长诗中马泽巴的行为和历史上是完全吻

① 引自俄国诗人克尼亚日宁（1742—1791）的喜剧《牛皮大王》。

② 奥维德（前43—8），古罗马诗人。《变形记》是一部古希腊罗马神话和英雄传说的汇集。勒达、菲利拉、巴齐法雅、皮格马利翁均是其中人物。

③ 希腊神话中的塞浦路斯公主，阿佛洛狄忒使她爱上自己的父亲，乱伦之后逃走，变成一棵没药树。意大利剧作家阿尔菲耶里曾以此为题材写成悲剧《弥拉》。

④ 在《祖国之子》的批评文章中，马泽巴被称为“狂妄、报复心极重的老头儿”“凶恶的傻瓜”；在《欧罗巴导报》上则称他为“伪善、残忍的老头儿”。

合的，而他的言语则说明了他的历史性格。又有人向我指出，说我笔下的马泽巴太会记仇，一个小俄罗斯黑特曼并不是一个大学生，他不会由于挨了一下耳光或被扯一下胡子就想报仇。又是一段遭文学批评驳斥的历史，仍旧是我虽然知道，却不能相信！马泽巴在欧洲受教育的时候正是贵族荣誉的观念盛极一时的时候，马泽巴会牢记莫斯科沙皇的欺凌并伺机报复。这就是他整个性格的特点：奸诈、残忍、一贯。扯波兰人或哥萨克的胡须犹如抓俄罗斯人的大胡子。记得赫米尔尼茨基[①]多次遭受恰普利茨基[②]的欺凌，后来根据波兰立陶宛王国[③]的判决，得到仇敌一绺剃下的胡子作为报偿（见《科尼斯基编年史》）。

老黑特曼预见到将要失败，在我的长诗里私下对他的亲信大骂年轻的查理[④]，记得称他为胆大妄为的小儿：批评家们煞有介事地责怪我，说我对这位瑞典国王的意见是没有根据的。我在什么地方说过，马泽巴对谁都不依恋：批评家们便援引这位黑特曼自己说的话来驳斥我，说他曾向玛丽亚保证，他爱她超过权力和声望。对这样的批评怎样回答好呢？

批评家们认为胡子、尖叫、起来、马泽巴、啊哟、是时候了等字眼是粗俗的、纤夫的语言。怎么办呢！

《欧罗巴导报》指出，长诗的标题用错了，说我没有用《马泽巴》，大概是为了不和拜伦雷同。这一点说得对，但还有另一个原因：这就是题词。同样的情况还发生在《巴赫奇萨拉伊泪

---

① 赫米尔尼茨基（约 1595—1657），乌克兰人民反抗波兰贵族压迫的解放战争领导人。
② 恰普利茨基，波兰贵族，曾非法夺取赫米尔尼茨基的庄园，杀害他的儿子。
③ 一五六九至一七九五年联合的波兰立陶宛国家的正式名称。
④ 指瑞典国王查理十二世。

泉》，在手稿上我称之为《后宫》，但那伤感的题词[①]（它当然写得比我的整首长诗好）诱使我改掉这个标题。

在谈论《波尔塔瓦》的时候，批评家们顺便谈到了拜伦的《马泽巴》，但他们是怎样理解它的啊！拜伦仅仅是从伏尔泰的《查理十二世史》上了解马泽巴的。使他震惊的仅仅是一个被绑在野马上的人在草原疾驰的图景。这幅图景当然很有诗意，因此您可以看看拜伦利用这幅图景做了些什么。不过您不要在这里寻找马泽巴、查理，也不要寻找那几乎在拜伦所有作品中都出现过的阴沉、可恨而痛苦的面孔，这副面孔（也是我的一位批评家活该倒霉）仿佛是故意似的并没有在《马泽巴》中出现。拜伦想都没有想到这副面孔：他展示了一系列一幅比一幅令人惊奇的图景——这就是他所做的一切。可这是一部多么热情洋溢的作品啊！真是挥洒自如，笔力刚健！如果那个被引诱的女儿和被处死的父亲的故事落到他的笔下，那么在他之后想必不会再有人敢于触及这个如此可怕的题材了。

第一次读到《沃伊纳罗夫斯基》[②]中的这两行诗：

> 把受难的柯楚别伊的妻子
> 连同他们被引诱的女儿……[③]

---

① 指普希金在《巴赫奇萨拉伊泪泉》一诗前用作题词的萨迪的诗："许多人和我一样，到这座喷泉造访，但有的已经作古，有的飘泊在远方。"

② 《沃伊纳罗夫斯基》是雷列耶夫所写的一首长诗。沃伊纳罗夫斯基是马泽巴的外甥，乌克兰哥萨克中校，曾参与马泽巴的阴谋活动，失败后逃往德国，后被引渡给俄国政府，流放到雅库茨克。

③ 据普希金所作《波尔塔瓦》一诗原注，马泽巴曾向柯楚别伊的女儿求婚，遭到拒绝。普希金在《波尔塔瓦》中则把柯楚别伊的教女玛丽亚写成自己爱上马泽巴，自动投入马泽巴的怀抱（并非受到引诱）。

我感到极为吃惊，诗人怎么可以忽视如此可怕的情节。

用虚构的骇人听闻的情节去强化历史人物的罪恶，这样做既不困难又不宽厚。即使在长诗中我对诽谤也一直不敢恭维。但是在描写马泽巴时忽略了如此明显的历史特点则是更加不能原谅的。然而这是一个多么令人嫌恶的题材！毫无善良宽厚的感情！毫无令人宽慰的特点！引诱、敌视、背叛、狡诈、怯懦、残暴……对我撷取这么一个题材，杰尔维格曾表示惊奇。刚强的性格、笼罩在这些暴行上的深沉的悲剧阴影，就是这些因素吸引了我。《波尔塔瓦》是我在几天之内一口气写成的。时间再长一些，我便无法写下去，终会把所写的一切扔掉。

一家报纸正式声称我是贵族中的平民。①更正确点说，是平民中的贵族。我的家族是最古老的贵族之一。我们的家族始自一位名叫拉希或拉奇的普鲁士移民，他是个贵族（编年史家说他是一位正派人），在圣亚历山大·雅罗斯拉维奇·涅夫斯基公国时期来到俄罗斯（参阅《俄国编年史家》和《俄国史》）。他的后裔有普希金家族、穆辛-普希金家族、鲍布里谢夫-普希金家族、布图尔林家族、米亚特廖夫家族、波沃多夫家族等等。卡拉姆辛只提到穆辛-普希金家族（这是出于对已故阿列克谢·伊凡诺维奇伯爵的尊敬）。在伊凡·瓦西里耶维奇血腥镇压后幸存下来的少数名门望族中，这位历史学家也提到普希金家族。在鲍

① 《北方蜜蜂》一八三〇年第九十四期刊登了布尔加林的《来自卡尔洛夫的第二封信》，在谈到《文学报》同仁所起的“文坛贵族”这一绰号时说：“当我想到，他们竟信以为真，并在自己的小报上谈论贵族问题作为回答，我忍不住要笑出声来！可惜莫里哀不是生在这个时代。对于他的喜剧来说这个特点的价值是难以估计的。”在这篇小品文中布尔加林谈到了用一瓶朗姆酒买来一个黑人的轶闻。参阅普希金《我的家世》一诗。

里斯·戈杜诺夫统治时期，普希金家族受到压制，在门阀之争中显然受到侮辱。我的悲剧里写到的 Г. Г. 普希金是那个历史上英雄辈出时代里最为杰出的人物之一。另一个普希金在皇位虚悬时期曾率领一支独立的军队，按照卡拉姆辛的说法，单独同伊兹马依洛夫忠诚地尽了自己的职责。在推选罗曼诺夫家族登上皇位的时候，普希金家族中有四个人在推选决议书上签名，其中一位是御前侍臣，曾在废除门阀制度的缙绅会议决议上签名（但此事并未给他增添多少荣誉）。在彼得统治时期他们是反对派，其中一个，御前大臣费多尔·阿列克谢耶维奇卷进了齐克列尔的阴谋活动，同齐克列尔和索科夫宁一起被处死。我的曾祖父娶了海军上将戈洛温伯爵最小的女儿为妻，戈洛温伯爵在俄罗斯是第一个获得安德烈耶夫勋章等奖励的大臣。曾祖父年纪很轻的时候就死在狱中，他不知是因为醋性大发或是发疯杀死了正在分娩的妻子。他的独生子，我的祖父列夫·亚历山大罗维奇，在一七六二年政变时忠于彼得三世，不愿向叶卡捷琳娜宣誓效忠，因而同伊兹马伊洛夫（碰巧这两个家族的遭遇都一样）被投入监狱（参阅吕利埃和卡斯特的著作[①]）。过了两年，祖父按照叶卡捷琳娜的命令获释出狱，并一直受到她的尊敬。从此他不再出仕，隐居于莫斯科和自己的庄园里。

如果说做一个古代的贵族就意味着要模仿英国诗人，那么这种模仿则完全不是自愿的。一个英国勋爵对封建特权的眷恋和对已故祖先（他们那昔日的名望既不能给我们带来官职，也不能给我们以荫庇）的无私尊敬之间又有什么共同之处呢？因

① 反映一七六二年政变的两本禁书：吕利埃《俄罗斯政变轶事》(1762)、卡斯特《叶卡捷琳娜二世史》(1800)。

为眼下我们的贵族大部分都是由那些在帝制时代才获得封赏的家族组成的。

然而无论我是何种出身——出身自混入贵族中的平民，或者出身自历史上的大贵族——一个最古老的俄罗斯家族，或者有许多其名字在我国历史上的每一页几乎都能见到的祖先，我的思想方法和我的出身都毫无关系；虽然迄今我从未在任何地方披露过我的出身，也没有人需要它，但我也一点不打算否认它。

无论我的思想方法如何，我从未同任何人一起发泄平民对贵族的仇恨。我总认为贵族是一个伟大而有教养的民族不可缺少的很自然的阶层。看看我们周围的人，读读古代的编年史，看到古老的名门贵族一个个消失，剩下的也在逐渐衰落和湮灭，看到新的望族，新的历史性名字代替了旧的名门，由于得不到任何保护也在那里逐渐没落，看到贵族的名字日趋变得平庸，最后竟成了混入贵族中的平民，甚至成了游手好闲、喜欢插科打诨者的话柄和笑料，对此我深感痛心！

有教养的法国人或英国人非常珍惜古代编年史中的一小行文字，因为其中提到他们在某次战役中为国捐躯或某一年从巴勒斯坦凯旋的祖先——某个可敬骑士的名字，但是卡尔梅克人既没有贵族也没有历史。野蛮、卑劣和愚昧的人是不敬重过去的，他们只会扑倒在今天跟前。我们有一位留里克的后裔，他更珍视的是表叔的星章，而不是自己家的历史，也即祖国的历史。您就把这一点看作他的优点吧！当然，也有一些胜过家族名望的优点，也就是个人的优点，但我看见过苏沃洛夫亲自撰写的家谱；苏沃洛夫并不轻视自己的贵族出身。

米宁和罗蒙诺索夫的名字也许比我们所有古代的家谱更有

分量。但是难道他们的后裔为这些名字而自豪是件可笑的事吗？

附注：不应责备波列伏依先生在贵族面前低三下四，事实恰好相反；我们所指责的是他的少年狂，这种少年狂使他对老年人、有身份的人和有声望的人都不尊重，无论是对死人的怀念还是对待活人的态度，都同样受到侮辱。这样做，我们就是公正的。

另一家报刊宣布我长得极其丑陋，我的肖像被过于美化。对这种人身攻击我未予回答，虽然它深深地伤害了我。

有人说，我长得美或丑，出身于古老的贵族或平民，生性善良或凶恶，在有权势的人面前是低三下四或见面都不鞠躬，打不打纸牌等等，这些事情与批评家和读者又有何相干。我未来的传记作者，如果上帝赐给我一个传记作者的话，将会关心这些问题。而对于批评家和读者来说，他们仅和我的书有关。这种见解看来是肤浅的。对作家的攻击和他们理由充足的反驳是通向有关所谓社会人物（hommes publics）行为的公开辩论，通向创造有高度教养社会的一个最主要条件的重要一步。在这方面，那些确实让我们蔑视的作家、谩骂者和诽谤者都会给我们带来真正的好处：对公民个人名誉的尊重将会逐渐形成，社会舆论的威力将会不断加强，一个文明民族的纯朴民风正是建立在这种社会舆论的基础上的。

这样，学者与作家（无论他们是何种出身）的大军便会总是站在所有教育突击和文明进军的前列。他们永远注定要首当其冲，备受一切苦难和危险，对此他们不应望而却步，愤愤不平。

试驳某些非文学性指责

不管我如何因自己的习惯
和原则回避形形色色的论战，
我仍未完全放弃自卫的权利。

骚塞[①]

一

有人问我们一位著名作家，为什么他对批评从来不进行反驳。他回答："批评家们不理解我，我也不理解我的批评家。如果我们在公众面前争论，那么公众大概也不能理解我们。"这使我想起一首古代的讽刺短诗：

聋子拉聋子到聋法官那儿去评理，
聋子叫道："是他把我的牛牵去。"
"得了吧，"聋子对那聋子嚷嚷着不服气，
"先祖父早就拥有了这块荒地。"
法官宣判："兄弟俩何必打官司，
不是你也不是他，全是那姑娘的不是。"[②]

如果攻击纯属文学性，并且仅仅损害被辱骂的书籍的销售，那么对批评者就可以不予奉复[③]（就像《俄罗斯民族史》的出版者摆出贵族派头谈到自己时所说的那样）。但是如果一个人还有自尊心，他就不应该因懒于动手或心地善良而无视这种人身侮辱和诽谤，不幸的是，眼下这种人身侮辱和诽谤实在是司空见惯。公众不应遭受这样的愚弄。

如果说我在十六年写作生涯中从未答复过一次批评（更不要说辱骂了），那当然并非出于蔑视。

批评的状况本身就说明了整个文学界的教养程度。既然我们已拥有足够的杂志评论，那么由此就可以得出结论：我们不再需要施莱格尔们，连拉阿尔普们也用不着了。蔑视批评也就是蔑视公众（绝无此事）。正如我国的文学可以自豪地在欧洲面前展示卡拉姆辛的《俄国史》、几首颂诗、几则寓言、茹科夫斯基的一八一二年颂歌[④]、《伊利昂纪》译本、几朵哀歌之花一样，我们的批评也可以展示几篇充满明澈思想和出色俏皮的单篇论文。不过它们是单独发表的，发表的时间也有间隔，因而缺乏分量和持久的影响。它们的时代还没有成熟。

我没有回答我的批评者也不是因为我缺乏愉快的心情或挑剔的本领，不是因为认为这些批评对读者不会产生任何影响。我发现，那些毫无根据的评论由于印刷厂的魔力而具有一定的分量。我们至今仍认为印刷品是神圣的。我们一直在想，这怎么可能是愚蠢和不公正的呢？这可是印刷品啊！但说实话，在

---

① 原文为英语。

② 这首诗是普希金根据法国诗人佩利松（1624—1693）的寓言诗《三个聋子》改作的，最后两行曾改为："法官宣判：为了扫除淫乱风气，虽然姑娘有错，还是嫁给小伙子。"

③ 引自波列伏依发表于《莫斯科电讯》一八三〇年第九期的文章。

④ 指茹科夫斯基的长诗《俄罗斯军营的歌手》。

读者面前打笔墨官司，竭力逗他们发笑（对此我毫无兴趣），我感到难为情。为了反驳这些批评，而去一再重复那些众所周知的或庸俗的道理，讲解字母表和修辞学，对那些并没有人提出责难的地方进行辩护，我感到难为情，而郑重其事地说一句：

> 我确信，我的诗是写得很好的。①

尤其说不出口。

因为我的批评者们说得很笼统：这首诗写得好，因为它写得很棒，这首诗写得不好，因为它写得很糟。对此你只能感到莫名其妙。

还有一个原因：懒惰。我从来不会因为别人弄不明白，缺乏诚意而大发雷霆到拿起笔来予以痛斥和提出证据。眼下，在令人难以忍受的检疫隔离期间，我身边既无书籍，也无同伴，为了消磨时间，我突然想起写一些反驳的文字，不是针对那些批评（对此我无论如何下不了决心），而是针对眼下十分流行的非文学性指责。我可以向我的读者保证（如果上帝还能赐予我读者的话），我有生以来还不曾想出比这更愚蠢的工作。

有一次，我们一位伟大的同胞②告诉我（他对我非常关怀，对我的浅见常给予指正），如果说我们这里有出版自由，他宁愿挈妇携儿到君士坦丁堡去③。任何举措都有利有弊——对公民名

① 原文为法语。
② 指卡拉姆辛。
③ 普希金认为这个年代土耳其比任何欧洲国家都更专制，公民没有任何政治权利，其中包括言论自由。一般认为土耳其的书刊检查是最严厉的。

誉的不尊重和侮蔑诽谤的通行无阻便是出版自由带来的最主要的一种害处。在我们这里，个性总受到书刊检查制度的限制，人们很自然地找到一种表达个人讽刺的间接办法，也就是影射。首例当归功于××××[①]，他在自己的杂志上刊登了一则关于两个中国书刊编辑的笑话，他们由于贬低一位作家的可敬称号而挨了法官的板子。这则中国笑话如此逗乐了读者，又使杂志编辑爱不释手，因而从这时起，如果哪个办报人生了谁的气，马上就会在他的报纸上出现一则来自国外（大多来自中国）的消息，在对方脸上抹黑，把他说成一个人们臆造的或无名的作家。即使这些中国笑话大多不能使这位作者得到机敏和俏皮的名声，但至少也能使作者达到他们编写它的恶毒目的。这些诽谤虽然未公开指名道姓，但目标却很明显，被攻击者要是不敢承认是针对自己的，那简直就是胆小鬼了。被报刊攻击的人是何身份，多大年纪，喜欢偷什么东西，譬如喜欢从人家的口袋里偷手帕等等都写得一清二楚，他对此攻击必须予以回答，为自己辩护，这自然不是为了表示对办报者的尊敬，而是出于对读者的尊重。听任随便哪个无赖往自己身上泼污水，那还有什么贵族的尊严可言。一个英国勋爵不会拒绝用库亨莱特手枪同一个彬彬有礼的绅士决斗，同样也不会拒绝赤手空拳和一个喝醉酒的马夫搏斗。我们一位据说在军界服务过的作家曾拒绝用手枪与人决斗，[②]他的借口是，这一生中他见过的鲜血比他的对手见过的墨水还多。这种托词是可笑的，但在这种情况下，你对夏多勃里昂所说的那种作为一个出身高贵的人，侮辱了别人却

① 指布尔加林在《北方蜜蜂》杂志上借中国笑话之名诽谤两位同时代人。
② 指布尔加林，他曾拒绝杰尔维格决斗的要求。

不肯决斗[①]的人又有什么办法呢？

有一次，有人（公开）在报刊上发表文章[②]，说某一个专门模仿拜伦的法国诗人常在《文学报》发表批评文章，是个卑鄙无耻的人，而某一个杂志编辑聪明、谦逊、勇敢，最初荣幸地为一个祖国服务，后来又为另一个祖国效力等等。那法国诗人确实是这样回答他的：那个宣扬为两个祖国效劳的又谦逊又勇敢的杂志编辑大概会永远记住他。

人们对此一笑了之，而我至今仍在嘲笑他。[③]

不久前北京发生了一件颇为有趣的事。[④]某一个读书人写了一出悲剧，却久久不愿发表，可是在北京的上等人社团里朗读过不止一次，甚至把文稿交给几个当官的保存。另一个读书人（下面是几句中国人的国骂）要么是在前厅偷听（据说他有这种老毛病）他的朗诵，要么是从某当官的家里的书匣里偷走了这

① 原文为法语。

② 指布尔加林在《北方蜜蜂》一八三〇年第三十期发表的《一则奇闻》，其中以法国诗人影射普希金，以法国作家霍夫曼暗指自己，对普希金进行攻击。普希金以《关于维多克的杂记》一文进行反击。

③ 原文为法语。

④ 普希金写这篇小品文意欲揭露布尔加林剽窃他的悲剧《鲍里斯·戈杜诺夫》。普希金曾把手稿交给卞肯多尔夫（小品文中说写悲剧的读书人"把文稿交给几个当官的保存"），布尔加林从卞肯多尔夫手中拿到了这部手稿。普希金从布尔加林写的小说《伪皇季米特里》中看出布尔加林剽窃的情节，便予以公开揭露。布尔加林为此曾于一八三〇年二月十八日写信给普希金，声称他未读过《鲍里斯·戈杜诺夫》，只是听说过而已。此外他还发表评论《叶甫盖尼·奥涅金》第七章的文章，硬说普希金剽窃《智慧生痛苦》和"另一本书"，即布尔加林的小说《伊凡·维日金》。

部文稿（以前他也干过这种事），然后匆匆利用这出相当粗糙的悲剧拼凑成一部极其枯燥无味的长篇小说。那写悲剧的读书人没有多少才能，但很老实，他只发了几句牢骚，本不想去和那剽窃者计较，可是那个写小说的读书人却又狡猾又不安分，他生怕有朝一日东窗事发，便先发制人，扯开嗓门大叫起来，说悲剧作家范和无耻地剽窃了他的作品。悲剧作家范和这才勃然大怒，把小说作家范熹送上了北京的良心法庭，如此等等。

四

甲　你读过《文学报》第十五期上那篇把我们的杂志编辑同十八世纪民主主义作家相提并论的评论吗？①

乙　读过。

甲　你认为它写得怎么样？

乙　很不妥当。

甲　当然，不可能有别的想法。一个文学家这样侮辱自己的同行真不害臊！

乙　不错。

甲　对俄罗斯杂志编辑不应该进行这种侮辱的比较！

乙　对不起，我不同意你的看法。

甲　怎么回事？

---

① 这一期《文学报》发表了一篇匿名文章，开头说："一种反对所谓文学贵族的乖常行为……"这篇文章是针对布尔加林而写的。作者指出，布尔加林站在半官方的保守立场上，攻击《文学报》贵族出身的同行，是自相矛盾。

乙　刚才我没听懂你的意思。我原以为，你认为十八世纪的民主主义作家受了侮辱，不能把他们同我们的作家相提并论（这一点报纸[1]上说得非常好），结果却把他们相提并论了。

甲　算了吧。这些法国作家是些什么人啊？只有天晓得！你瞧，我们的杂志编辑一想到有人把他们同什么人相提并论，便一个个义愤填膺。

乙　可《文学报》提到的法国作家究竟是指哪些人啊？

甲　我从哪儿知道。

乙　那么让我来告诉你吧：德高望重的托马斯，坦率豪爽的杜克洛，坚强刚毅的尚福尔，还有其他一些同样睿智的作家，作为正派人，他们虽然不是不朽的天才，却是一些才智卓越的作家。

甲　那么他们为什么在《文学报》上挨骂呢？

乙　这正是我要告诉你的。

甲　怎么可以发表这样的诽谤文章呢？睿智而正直的作家是不是大叫过：把他们吊死，吊死！贵族们这才被吊到灯柱上了。

乙　对不起，老弟。我又听不懂你的话了。报纸上并没有这样说啊。

甲　怎么没有说？等一等，我身边有……（从衣袋里拿出报纸）你说得对，说得对。报纸上只说，他们的讽刺短诗肯定会引起叫喊 etc.。这么说，难道这些讽刺短诗真的引发法国革命了吗？

---

① 此处“报纸”指《文学报》，下同。

乙　《文学报》只字未提法国革命，他们做得对。

甲　算了吧，你自己瞧瞧，看看吧：把贵族吊死在灯柱上。[1]把他们吊死，吊死。行啦。[2]

乙　你在这里看到法国革命了吗？

甲　我斗胆请教，你在这里看到了什么？

乙　疯狂的平民的叫喊。

甲　这些叫喊声意味着什么？

乙　当时的平民疯狂地反对贵族，反对非平民的一切事物。

甲　很好，现在我可抓住你的要害了：请问平民为什么恰恰要疯狂地反对贵族呢？

乙　因为从某个时候起贵族成了它所蔑视和仇恨的阶层。

甲　因此我的话也是对的。把贵族吊死在灯柱上的叫声也体现了整个革命。

乙　你的话不对。把贵族吊死在灯柱上的叫声只是法国革命的一个小小的插曲，一出大戏中的一场讨厌的闹剧。

甲　那么那些正直善良的作家便是引发法国革命的罪魁祸首了！如果真的是这样，那么这当然是无意造成的！

乙　大概是吧。

甲　顺便问问，[3]你对波林尼亚克[4]是怎么看的？

乙　亲爱的，你知道，我和你是从来不谈政治的。

甲　那么我们还是回过头来谈谈我们的作家吧。你是否看到过，为了这篇文章[5]人们怎样把整个《文学报》以及它的出

①②③　原文为法语。
④　波林尼亚克，曾任法国政府首脑。他的政府于一八三〇年七月发布反动敕令，成了一八三〇年七月革命的导火线。
⑤　指布尔加林发表在《北方蜜蜂》一八三〇年第一一〇期的文章。

版人和同仁大骂一顿的？

乙　还没有。

甲　那你就读读吧（给他杂志）。

乙　这些省略号是什么意思？

甲　噢，我问过了，这里原来有几句难听的骂人的话，而且检查官也没有通过。

乙　（退还杂志）可惜，这几句骂人的话也许还有些意思，而印出来的这几行却毫无意思。

甲　你再看看这个（给他另一本杂志①）。

乙　（读过后）这里也有几句骂人的话，但也没有更多的意思。

甲　这么说，你显然是同情《文学报》的。你是不是早就成了贵族了？

乙　怎么成了贵族？贵族是什么意思？

甲　贵族是什么意思？啊，原来你是不看杂志的！你瞧：《文学报》的出版人及其同仁，还有读者，全是贵族（这当然是讽刺）。

乙　随你怎么说吧，我并没有看出这里有什么意思。我作为一个作家，是经常看《文学报》的：因为我想知道它的见解。使我感到愤恨的是，有时我在上面看到人身攻击、挖苦、反击、反驳，为一点小事而大动干戈，这种仗让那些文学界的野蛮人去干倒是不错。可是我从来没有看到《文学报》表现出贵族的傲慢和对其他阶层的排斥。至于杰尔维格男爵、维亚泽姆斯基公爵、普希金、巴拉丁斯基等人是不

① 指《莫斯科电讯》一八三〇年第十七期，其中针对“文学贵族”说：“要知道，俄国没有门阀制度，你就像《伊索寓言》中的癞蛤蟆一样，坐在自己的窝里生闷气，摇摇你那长长的驴耳朵吧。”

是贵族，对此我毫无兴趣。他们并不议论这件事。他们在为波列伏依这类有文化的商人辩护时所做的一切都很出色，如今他们为文化程度很高的贵族辩护所做的一切就更出色了。

甲　随你怎么说吧，可是《文学报》的评论会伤害无辜的人的。

乙　你这是怎么啦？你是在开玩笑，或者你本身就是无辜的人——无辜的人到底指谁？

甲　还能指谁。就是《北方蜜蜂》的出版人呀。

乙　你放心好了。我们太熟悉《北方蜜蜂》可敬的出版人的思维方式了，因此《文学报》不可能伤害他们，而跟他们一伙的波列伏依先生在他们的保护下也不会遭到什么危险。

甲　敬告读者[①]是什么意思？这是对谁说的？你可以说是对杂志编辑说的，可我认为，这恐怕是对书刊检查机关说的吧？

乙　就算是对书刊检查机关说的吧，那又有什么了不得的。既然我们这里存在着书刊检查机关，那么把各个阶层保护起来，就像保护一些个人，让他们免受公开的恶意攻击，那也不是坏事。对每个阶层的恶习和不良嗜好进行抨击可以允许并且是有必要的。但嘲笑一个阶层仅仅因为它是这一个阶层而不是那一个阶层，那就不好，而且是不能允许的。而我们的杂志编辑攻击的是些什么人呢？他们攻击的并不是在彼得一世和帝制时代得到爵位，其中大多数人组成了我们今天真正的富裕、强大权贵的新贵族——他们并不那么愚蠢。[②]我们的杂志编辑对待这些贵族极其彬彬有礼。我们的杂志编辑攻击的恰恰是那些古老的贵族，他们由于家

①② 原文为法语。

道中落而组成了一个中等阶层，这是一个可敬、勤劳、学识渊博的阶层。我们大部分作家即是属于这个阶层的。侮辱讥笑这个阶层（尤其是官方报纸）是不好的，甚至是不明智的。假定说，法国民主主义作家们的讽刺短诗引发了 les aristocrates à la lanterne 的叫嚷，我们也产生过这样的讽刺短诗，虽然不比它们俏皮，却会产生危害更大的后果……请你想一想，这个贵族阶层总的来说意味着什么，它和人民是一种什么样的关系……你还需要进一步的解释吗？

甲　不用了，我明白，我非常明白你的话了。看样子，你说得对。可是为什么有几份杂志像兄弟一样热烈地为《北方蜜蜂》辩护呢？

乙　因为物以类聚啊。

甲　为什么报纸上的评论最初使一些甚至最明智最高尚的人也感到如此不道德呢？

乙　因为我们这儿的人从来不研究政治问题。我们的杂志无意中涉及一个这样的问题，自己也被他们自己所引发的事态吓坏了。没有两个对立面便没有辩论。你是搞政治的，这一点你是懂得的，对吗？我们的民主派杂志向贵族进行了攻击……

甲　你又来了！民主派啊！杂志啊！你真是没安好心。

乙　那么你叫我怎么称呼那些宣布反对贵族的杂志呢？无论从词的本义上或转义上说，他们都是民主派杂志。总之，这些杂志攻击了贵族，必然会寻找对他们的反击，果然在《文学报》上找到了。这一切都是顺理成章的事，甚至令人感到欣慰。不过我还要重申一遍，政治问题对我们来说仍然是新问题……

甲　你知道吗？我想把我们的谈话交给《文学报》出版人，让他们发表出来，为自己辩护。

乙　他会很好处理的。有些指摘是不能不加以驳斥的，不管这些指摘是什么人提出的。

论阿尔弗雷德·缪塞[1]

当音调甜美却嫌单调的拉马丁在写他的新作——表现对上帝一片虔敬之心的沉思集《诗与宗教的和谐》[2]的时候，当老成持重的维克多·雨果[3]在准备出版他那辉煌却嫌牵强的《东方集》（*Les Orientales*）的时候，当可怜的怀疑论者德洛尔姆[4]作为一个改邪归正的新教徒获得新生，习俗和礼仪的严格规范作为命令在整个法国文坛公开宣布的时候，一个年轻诗人带着他的故事与歌谣小册子[5]脱颖而出，并且产生了惊人的魅力。缪塞[6]似乎想担当起仅仅讴歌死罪、凶杀和通奸的责任。他的诗歌充斥色情的画面，其生动逼真也许超过已故的巴尔尼[7]最露骨的描写。他毫不考虑道德，蔑视训诫，而且不幸的是，他非常可爱地把庄重的亚历山大诗体的格律搞得非常严格，把诗体肢解，使之变成畸形，令人感到又可怕又可怜。他歌唱月亮的那些诗句[8]只有怡然自得的十六世纪诗人才敢写，当时无论是布瓦洛，还是拉阿尔普、霍夫曼[9]和科尔内[10]等先生都尚未在世界上出现。人们是怎样看待这个标新立异的年轻人的？无不为他感到惶悚不安。你以为会看到许多杂志对他纷纷表示愤慨，要对他严加管教吗？一点也没有。这个可爱的浪荡子的公开恶作剧使许多人感到惊讶，使许多人喜欢，以致批评界不仅没有责骂他，而且亲自为他辩护，声称《西班牙故事》不能说明什么问题，强盗和凶手也可以写，甚至不想说明——这种营生虽不值得称赞，然而还是应该做一个善良正直的人；声称对一个二十岁的诗人来说写这种寻欢作乐的生动场面是可以原谅的，他的家人读了他的诗也不会像报纸那样惊慌失措，把他看成败类；还说，总之，诗歌都是虚构的，和平淡的生活现实毫无共同之处。荣耀归于上帝！早就该这么说了，仁慈的先生们。如果在十九世纪还让莫里哀早就嘲笑过的迂腐习气和假正经死灰复燃，像大人对待小孩一般对待读者，不许他们读自己读得津津有味的书籍，不管青红皂白对任何事物都一律加以训斥，那岂不荒唐。读者将感到可笑，他们大概也不会对这些保护者说一声谢谢。

正如我们已经说过的，《意大利与西班牙的故事》[11]的特点非常生动。其中《波提雅》[12]写得最好：夜晚幽会的情景，头发突然变白的嫉妒者的场面，两个情侣在海上的谈话——这一切都写得极为优美。短剧《火中取栗》[13]预示着法国将出现一个浪漫主义悲剧作家。而从中篇小说《马多舒》[14]中可以看出，缪塞[15]

---

① 本文写于一八三〇年秋天。普希金生前未发表。
② 原文为法语。拉马丁（1790—1869），法国诗人，写有诗集《沉思集》《新沉思集》《诗与宗教的和谐》等。
③ 原文为法语。
④ 法国作家圣伯夫（1804—1869）于一八二九年出版了一本假借已故诗人名义写作的抒情诗集《约瑟夫·德洛尔姆的生平、诗歌与思想》。此处德洛尔姆即指圣伯夫。
⑤ 指缪塞的第一本诗集《西班牙与意大利的故事》(1830)。
⑥ 原文为法语。
⑦ 巴尔尼（1753—1814），法国诗人，著有《情诗》《小诗》等诗集。
⑧ 缪塞的《月亮之歌》中，把月亮比成字母i上面的一点、独眼人的眼睛和铁的刻度盘等。
⑨ 霍夫曼（1760—1828），法国批评家。
⑩ 科尔内（1768—1832），法国批评家。
⑪ 应为《西班牙与意大利的故事》。
⑫⑬⑭ 原文为法语。
⑮ 原文为英语。

是第一个善于抓住拜伦戏谑作品风格的法国诗人，这是一件很不容易的事。如果我们能像一位英国诗人那样理解贺拉斯的话，那我们会同意他的见解：要把平常题材写好是件很不容易的事。①

① 《唐璜》的题词是

Difficile est propriè communia dicere.〔1〕

communia 的意思是不平常的题材，但它们是一般存在的（即指人所共知的、一般的，和虚构的题材相对的悲剧题材。见 ad Pisones〔2〕）。唐璜的题材仅属于拜伦。——原注

〔1〕拉丁文：要把平常题材写好是件很不容易的事。

〔2〕拉丁文：致皮松父子的信。

论大众戏剧和悲剧
《市长夫人玛尔法》[①]

虽然康德和莱辛时代以来，美学的发展已如此显著而广泛，但我们仍停留在粗俗的学究戈特舍德[②]的概念上；我们还在不断重复美即是对优美大自然的模仿，艺术的主要价值在于功利等论调。为什么我们对彩色雕像的喜爱不如对纯大理石和青铜雕像的喜爱呢？为什么诗人宁愿用诗歌来表达自己的思想呢？而提香的维纳斯和意大利观景殿的阿波罗又有什么功利可言呢？

真实仍然被认为是戏剧艺术的主要条件和基础。如果有人向我们证明，戏剧艺术的真谛正在于排除真实，那会有什么结果呢？我们在读一首长诗，一部长篇小说的时候，往往会看得入迷，觉得作品中所写的事件并非虚构而是事实。在颂诗和哀歌里，我们可以认为，诗人表达的是处身于真实环境中的真实感情。但在一座分成两部分的剧场里，其中一部分坐满了有共同感受的观众，这里又有什么真实可言呢？etc.。

如果我们认为真实在于严格保持服装、色彩、时间和地点的真实，那么我们也会发现许多最伟大的剧作家并不遵守这条规定。莎士比亚笔下的罗马扈从保留着伦敦市参议员的习气。卡尔德隆笔下的勇士科里奥兰要求执政官决斗，把手套扔给他。拉辛笔下的半西徐亚人希波吕托斯说话像一个教养有素的

年轻侯爵。高乃依笔下的罗马人要不是西班牙骑士就是戈斯科涅[3]男爵，而高乃依笔下的克利滕涅斯特则有一支瑞士卫队跟随左右。[4]尽管如此，卡尔德隆、莎士比亚和拉辛仍然处于不可企及的高峰，他们的作品仍然是我们研究和赞赏的对象……

我们究竟应该向剧作家要求什么样的真实呢？为了解决这个问题，请让我们首先来研究一下，戏剧是什么？它有什么目的。

戏剧产生于广场，成为民众的娱乐。民众像孩子一样，想看到一些有趣的事，看到情节。戏剧给他们表演了不平常的希奇古怪的事件。民众需要强烈的刺激，对他们来说，执行死刑也是演戏。欢笑、怜悯和恐惧是戏剧魔力拨动我们想象力的三根弦。但笑声一会儿便消失了，不能把全部戏剧情节仅仅建立在引人发笑上面。古代的悲剧作家蔑视这种动力。民间讽刺剧专门使用这种手段，大多采用模拟讽刺剧这种戏剧形式。这样就产生了喜剧，并且随着时间的推移达到了如此完美的程度。必须指出，高明的喜剧并非仅仅建立在引人发笑的基础上，而是建立在性格的发展上，这种手法和悲剧往往很接近。

悲剧主要描绘严重的罪行、难以忍受的甚至是肉体的痛苦（例如菲罗克忒忒斯、俄狄甫斯[5]、李尔王[6]），但习惯渐渐使

---

① 本文写于一八三〇年秋天，头三段发表于普希金死后的一八四一年，后半段发表于一八四二年。全文未写完。本文对 M. 波戈金的悲剧《市长夫人玛尔法》的评论表达了普希金在创作《鲍里斯·戈杜诺夫》前形成的戏剧艺术观点。

② 戈特舍德（1700—1766），德国作家，早期启蒙运动理论家。一生以法国古典主义为典范，努力建立民族戏剧和民族文学。

③ 地名，当时法国的一个省。

④ 克利滕涅斯特应是拉辛《伊菲热妮》中的人物，此处普希金有误。

⑤ 菲罗克忒忒斯和俄狄甫斯是索福克勒斯悲剧中的人物。

⑥ 李尔王是莎士比亚同名悲剧中的主人公。

人麻木不仁——人们对凶杀和死刑司空见惯，便无动于衷，而表现人的强烈感情和人类心灵的自然流露却永远使人感到富有新意，引人入胜，崇高伟大，富于教益。于是戏剧便开始影响人类的感情与心灵了。

在假定的环境中表现真实的感情和真实的感受，这就是我们的理智对剧作家的要求。

按照受过良好教育的社会精华的要求，戏剧离开了广场，走进了殿堂。诗人进入了宫廷。然而戏剧仍然忠于它最初的使命——影响群众和大多数人，吸引他们的好奇心。但是戏剧在这里抛弃了通俗易懂的语言，采用了时髦、精巧、文雅的语言。

由此产生了大众的莎士比亚式悲剧和宫廷的拉辛式戏剧的重要差异，大众悲剧的作者比他的观众受过更多的教育，他知道这一点，相信自己的心灵是崇高的，把自己挥洒自如的作品交给观众，受到观众显而易见的称赞。在宫廷里，情形恰恰相反，诗人感到自己不如观众，观众比他更有教养。至少他和他们都是这样认为的。他不敢放手大胆进行虚构。他竭力揣摩地位与他迥然不同的那些人的雅趣。他生怕贬低别人崇高的身份，得罪那些高傲的观众，因此谨小慎微，作出一些俗话所说的一个英雄，喜剧之王①的可笑夸张，习惯于低三下四地瞧着那些达官贵人，赋予他们一种古怪的非人类所有的表达方式。拉辛（譬如说）笔下的尼禄不是老老实实地说："我躲在这个房间里②，"而是说："我藏在附近，我能看见您，夫人③。"阿伽门农唤醒他的亲信，用一种非常庄重的口气对他说：

---

①②③ 原文为法语。

是的，这是阿伽门农，这是你的君王前来唤醒你，来吧，认出我的声音，这声音足以使你如雷贯耳。①

我们对此已经习惯，我们觉得，话应该这样说。但是必须承认，如果莎士比亚悲剧中的人物也像马夫一样说话，那我们也不会感到奇怪，因为我们觉得，即使是达官贵人也应该像普通人那样表达一些普通的概念。

我不想也不敢妄言这种或那种悲剧的利弊，阐明拉辛和莎士比亚、卡尔德隆和歌德等体系的本质差别。我只想早些对俄罗斯戏剧艺术史作一番评述。

在我们国家戏剧从来不是一种大众需要。罗斯托夫斯基的宗教神秘剧、索菲亚·阿列克谢耶夫娜公主的悲剧都是在沙皇的宫廷和宠臣的府邸里演出并且成为一种非同寻常的节庆，而不是日常的娱乐。俄罗斯最早出现的戏班子并不吸引民众，因为他们不懂戏剧艺术，对它的特点还不习惯。后来出现了苏马罗科夫，他是个最不幸的模仿者。他的悲剧不通人情，语言粗糙生硬又故作文雅，却博得伊丽莎白女皇宫廷的欢心，把它当作新鲜玩意儿和模仿巴黎娱乐的节目。这些毫无生气、毫无热情的作品不能为民众所喜爱。奥泽罗夫感觉到了这一点。他试图给我们写一出大众喜欢的悲剧，他以为只要从民族历史中选取题材就能成功，却忘记了一位法国人②是从罗马、希腊和犹太历史中为自己的悲剧选取题材的，而莎士比亚最大众化的悲剧

① 原文为法语。这是拉辛悲剧《伊菲热妮》中的台词。
② 指拉辛。

是借用了意大利小说。

在《季米特里·顿斯科伊》[①]之后，在不成熟的天才所写的《波查尔斯基》[②]这部作品之后，我们仍然没有悲剧。而卡捷宁的《安德罗马哈[③]》（就其真实的感情力量和真正的悲剧精神而言，这可能是我们的墨尔波墨涅的最佳作品）也没有把谢苗诺娃离开之后的荒芜舞台从梦中唤醒。

理想化的《叶尔马克》是一部充满热烈的青年灵感的抒情作品，却不是戏剧作品。其中的一切，甚至是最迷人的诗歌的魅力也和我们的习俗与精神格格不入。

喜剧的情况要好一些。我们有两部讽刺喜剧[④]。

我们究竟为什么没有大众悲剧？如果能断定它能否存在，那倒不是一件坏事。我们都看到，大众悲剧是在广场上诞生和形成的，后来被引进贵族社会。我们这里的情况恰好相反。我们想把苏马罗科夫的宫廷悲剧放到广场上去，可是我们碰到了多少障碍！

我们的悲剧是按照拉辛悲剧的模式形成的，它能克服自己的贵族习气吗？它怎样才能把富有节奏感、煞有介事、彬彬有礼的对话转变为粗鲁坦率的民众热情和百无禁忌的街谈巷议？它怎样才能断然改变它的奴才相，它怎样才能摆脱它那些成了习惯的规则，不再强行让整个俄罗斯去适应整个欧洲的口味呢？该在哪儿，向谁去学习民众听得懂的语言呢？这些民众有些什么欲望，有些什么样的心弦，怎样才能得到它的共鸣——总

---

① 奥泽洛夫的悲剧（1807）。

② M. B. 克留科夫斯基的悲剧（1807）。

③ 希腊神话中赫克托耳的妻子，以挚爱丈夫著称。

④ 指冯维辛的《纨绔少年》和格里鲍耶陀夫的《智慧生痛苦》。

之，观众在哪里，读者在哪里？

它不会遇到广大的观众，它遇到的仍将是那个狭小、有限的圈子，并且冒犯他们那高傲的习惯（dédaigneux），它不会赢得共鸣、反响和掌声，只会听见吹毛求疵、无休无止的批评。它面前将会出现许多不可逾越的障碍；为了让它离开自己的舞台，就必须改变和推翻几百年来养成的习惯、风气和观念……

不过，在我们面前已有了一部大众悲剧的试作……

在评论《市长夫人玛尔法》之前，首先让我们为这位不知名作者的严肃劳动而感谢他，这种写作态度是真正天才的保证。①他创作这部悲剧并非为了满足渴望轰动一时的虚荣心，也不是为了迎合那些不仅不准备接受浪漫主义戏剧，而且对它根本就不怀好感的一般读者。②他写这部悲剧是出于内心强烈的信念，他完全沉浸在不受旁人影响的灵感之中，关起门来进行自己的创作。在我国文坛当前的情况下，没有这种献身精神是决计写不出什么真正值得注意的作品来的。

《市长夫人玛尔法》的作者企图展示一个重要的历史事件：诺夫哥罗德城的陷落，它解答了建立俄罗斯专制制度的问题。历史为他提供了两个伟大的人物。第一个——约翰③，在卡拉姆辛的笔下，他充分表现出一种威严而冷峻的轩昂气概，第二个——诺夫哥罗德，他的面貌还有待于猜测。

---

① 一八三〇年普希金就看到波戈金的《市长夫人玛尔法》的手稿，波戈金匿名发表这部悲剧应在一八三二年。

② 更不用说那些杂志了，它们的评判不仅对公众，而且对那些虽然鄙视它们，却惧怕报刊的嘲笑和谩骂的作家具有决定性的影响。——原注

③ 即伊凡三世。

像命运一样公正的戏剧诗人应该实实在在地描写那次对濒于灭亡的自由意志的反击——那里在广泛的基础上为建立俄罗斯而进行的一次深思熟虑的打击，那种实实在在描写的程度应该像他实实在在地得益于深入认真地探索真理的精神和年轻时火热、生动的想象力一样。他不应当耍花招，厚此薄彼。在悲剧中说话的不应该是他，不应该是他的政治见解，不应该是他的秘密或公开的倾向性，而应该是当年的人，他们的智慧，他们的偏见。辩护、责难和提示都不是他的事情。他的任务是完全真实地再现当时的时代。《市长夫人玛尔法》的作者是否遵守了这些必要的起码条件呢?

我们回答：他遵守了。如果说还不是处处遵守，那么违背这些条件的并不是他的愿望，不是他的信念，也不是他的良心，而是永远无法完善的人类的天性。

在整个悲剧中约翰无处不在。他的思想发动了整部机器、所有的激情和所有的弹簧。第一场，诺夫哥罗德获悉了他谋求霸权的野心和突然发动的远征。这个消息所引起的愤慨、恐惧、分歧和混乱使人认识到他的强大。他还没有出场，但像玛尔法一样，我们已经感觉到他的存在。诗人把我们带到莫斯科军营，让我们置身于愤愤不平的公爵、大贵族和将军们当中。在这里，关于约翰的想法主宰和控制着所有的思想和所有的剧烈情绪。在这里，我们看到了他的势力的强大、有封邑的公爵强行压制住的反叛情绪、约翰给他们带来的恐惧和对他不可战胜的迷信。公爵们很容易看清楚他的行动，预见和说明他那些高明的图谋；诺夫哥罗德的使节们都盼望着他早日到来。约翰出场了。他对使节们的讲话完全印证了诗人早已对读者暗示的

有关他的形象的概念。冷静而坚定的决心，强烈的谴责，假惺惺的宽宏大量，狡猾的叫屈。我们听到的正是约翰的语言，我们了解了他治国的坚强思想，我们领略了他那个时代的精神。诺夫哥罗德通过众使节回答了他的问题。多么激动人心的一场戏！多么真实的历史！俄罗斯自由城市的外交被表现得多么准确！约翰可不管他们做得对不对。他预先定下了最后的条件，同时准备进行决战。可是谨慎的约翰并不光靠武器行动。反叛帮助了他的武力。我们感到约翰和虚构的鲍列茨基那场戏似乎和全剧不协调。诗人不想把诺夫哥罗德的那个叛徒写得一无是处，因而出现了他说话时的狂妄和约翰非戏剧性（即不真实）的宽容。有人会说，他暂时忍耐着，因为需要鲍列茨基——确实如此。但是在约翰面前，鲍列茨基是不敢那么肆无忌惮的，叛徒也不会用诺夫哥罗德人的自由语言说话。不过，约翰在阐述自己的治国思想时却是那么全面，那么从容不迫！于是我们发现，坦率是对这位君王最好的赞辞，只有他才当之无愧。我们似乎感到约翰最后的一席讲话

俄罗斯的大贵族，
首领们，公爵们
等等，

并不符合约翰称霸的精神。他无需激发他们的忠诚，他也不会向他们说明自己行动的因由。“我说够了，”他应该对他们说，“明天决战，做好准备。”

我们和约翰分手时已经了解他的意图、他的思想、他的坚

强意志，我们再次看到他时，他已经作为胜利者默默地骑马进入效忠于他的诺夫哥罗德。历史遗留给我们的他的命令都原封不动地保留在悲剧里，没有任意添加什么，也没有作什么解释。玛尔法向他预言他将遭受家庭的灾祸和家族的灭亡。他回答：

不管天意如何，就让它去实现吧！
我已大功告成，心中无憾。

这就是对约翰的描绘，这种描绘和历史一致，几乎是贯穿始终的。在这种描绘中，悲剧作家并不低于他的描写对象。他对他了如指掌，洞察秋毫，在向我们展示时完全没有作戏剧性夸张，没有发生不近情理、不懂装懂等情况。

巴拉丁斯基[1]

巴拉丁斯基是我们最优秀的诗人之一。他富有独创性，因为他善于思考。他应该处处表现出独创性，因为他善于正确地独立思考，同时又能强烈而深刻地感受。他的诗句的和谐、风格的清新、表达的生动和准确应该使每一个哪怕稍稍懂得鉴赏、富有情感的人都拍案叫绝。除了一些人人耳熟能详并经常被人拙劣模仿的优美哀歌和短诗，巴拉丁斯基还写过两部小说[2]，这两部小说如果发表在欧洲，定会给他带来声誉，可是在我们这里却只受到一些行家注意。巴拉丁斯基年轻时最初创作的一些作品曾经受到热烈欢迎。可是最近一些更成熟、更臻于完美的作品在读者中却反响不大。现在我们就来努力说明其中的原因。

首先正是由于他的作品的完美与成熟。一个十八岁诗人的观念和感情对任何人都更亲切而贴近；年轻的读者能够理解他，为在他的作品中看到表现得如此清晰、生动与和谐的自己的思想感情而惊叹。但岁月流逝了，年轻诗人已长大成人，才能也随之增长，他的理解力增强了，感情也起了变化。他的诗歌和以前已不可同日而语。而读者还是原先那些人，只不过心情变得冷漠了，对表现生活的诗歌更加无动于衷。诗人和他们逐渐疏远，慢慢地深居简出，脱离了读者。他的创作全是为了自己，如果还偶尔发表作品，那只能受到冷遇，他的声音只能在某些像他一样闭门不出、在人世消失的诗歌崇拜者心中得到反响。

第二个原因便是缺乏批评与共同的意见。我们的文学并不是民众所渴望的。作家的知名度是靠别的办法获得的。公众对他们关心甚少。读者的范围是狭小的，他们常为杂志所左右，而杂志评论文学就像评论政治经济学一样，而评论政治经济学就像评论音乐一样，也就是不假思索，只凭道听途说，不依据任何可靠的准则和资料，多半是凭个人的看法。巴拉丁斯基虽然没有受到赏识，但他从来不为自己辩护，也从未回答杂志上的任何一篇文章。诚然，在没有人控告的地方是很难进行辩护的；另一方面，对幼稚的愤恨和粗野的嘲笑要加以蔑视却很容易。可是他们的判决却能产生决定性的影响。

第三个原因——就是巴拉丁斯基的讽刺短诗。这些巧妙的堪称典范的讽刺短诗对俄罗斯帕耳那索斯的统治者毫不留情。尽管我们的诗人非常善于辩论，但他不仅从未降低身份去卷入报刊的论战，一次亦未同我们那些博学的评论家争论，而且忍不住要在这些短小精悍、如此诙谐和辛辣的讽刺作品中强烈地表达自己的意见。我们不敢因这些讽刺短诗而责备他。如果没有这些讽刺短诗，那就太令人遗憾了。③

他并不把自己作品的命运放在心上，他对自己的成功和杂

① 本文约写于一八三〇年十月至十一月。普希金生前未发表。
② 指《埃达，芬兰故事》(1826) 和诗体小说《舞会》(1828)。
③ 法国诗歌立法者确定的讽刺短诗：

Un bon mot de deux rimes orné.[1]

正在迅速老化，就像任何俏皮话一样，最初总让人觉得颇为生动，但一再重复之后便会失去它的全部力量。相反，在巴拉丁斯基并不限于讽刺某个人的讽刺短诗中讽刺思想却有时采取童话的表达方法，有时采取戏剧的表达方法，从而发挥得更加淋漓尽致、强烈有力。我们会像听到俏皮话一样对他的讽刺短诗报以快乐的微笑，并怀着快乐的心情把它当作艺术作品反复诵读。——原注

〔1〕法语：用两个韵脚修饰的词儿。

志编辑与读者的赞誉都始终淡然处之的态度实在令人钦佩。他从不小心翼翼地竭力迎合占统治地位的口味和流行一时的需求；他从不招摇撞骗、虚张声势，以求作品取得更大的效果；他从不轻视收效不大、很少被人重视的润饰、锤炼工作，他从不跟在领导时代潮流的天才后面，亦步亦趋，拾取他们的牙慧。他独立不羁地走自己的路。他到了应该占有自己应有地位的时候了，他应该和茹科夫斯基并驾齐驱，并高踞于珀那忒斯和塔夫里达歌手①之上。

请再读一遍他的《埃达》吧（我们的批评家们认为它毫无价值，因为他们像小孩一样要求长诗要有情节），②请再读一遍这部朴实而令人陶醉的小说吧，您会看见，在这部小说中作者以多么深厚的感情展示一个女性的爱情。请看一看在被那个情场老手第一次亲吻之后的埃达：

那时姑娘想抬起眼睛，
显示她的责备甚而是气愤，
但目光里并未露出怒色。
在她那稚气未消的双眸里
却闪烁着明显的欣喜的光辉……

她像小孩一样爱他，高兴地接受他的礼物，和他一起玩耍，无忧无虑地接受他的爱抚。但光阴如箭，埃达已不再是孩子。

① 珀那忒斯是罗马神话中的家神，塔夫里达是克里米亚的古称。珀那忒斯和塔夫里达歌手指俄国诗人巴丘什科夫。
② 指布尔加林发表于《北方蜜蜂》一八二六年第二十期的有关评论。

在你那玫瑰色的石滩上，
明媚的春光在欢乐地闪耀，
石头上青苔耀眼地闪着光，
一只小鸟在快乐地鸣叫，
花岗石铺成的小小河床上，
奔流着银光潋滟的小溪，
一清早便有凉风习习，
森林从东方送来了馨香；
前方山后面是一道山谷，
山谷里已是山花烂漫，
稠李的芬芳布满山间，
在清新的空气中流动荡漾：
这迷人的春光是多么旖旎，
它美丽得使你感到惊奇。
别去听小鸟美妙的鸣啭！
你一觉醒来，走出绣房，
可别把美丽的脸蛋儿转向
清晨清凉的微风……

多么华丽的描写，整个片断充满了多么迷人的诗情画意！埃达坠入爱河了……

俄国文学论稿[①]

尊重过去，这是区别文明与野蛮的一个分水岭；游牧民族既没有历史也没有贵族。

在着手研究我国文学的时候，我们想回过头去并怀着好奇心和真诚粗略地看看它的古代文献，并且把它们同充斥中世纪欧洲文学的无数歌颂英雄与爱情、平易质朴、辛辣讽刺的叙事诗与抒情诗比较一下。

从这些理智和创造精神的最初嬉戏中考察我们民族的历史，比较一下斯堪的纳维亚人入侵和摩尔人入侵的影响，这对我们来说是一件很愉快的事。我们会看到法国行吟诗人[②]朴素的讽刺作品和古罗斯流浪艺人狡黠的嘲笑之间、半宗教性神秘剧的粗野玩笑和我国古代喜剧的游戏之作之间的差别。

然而可惜的是我们没有古代文学。我们身后是一片茫茫的草原，在它上面耸立着的唯一丰碑是《伊戈尔远征记》。

我国文学突然在十八世纪出现了，它像俄罗斯贵族一样，既没有祖先也没有家谱。

---

① 本文写于一八三〇年，但未写下去，后来普希金在《论俄国文学的渺小》一文中继续论述这个问题。
② 原文为法语。指中世纪法国北部的行吟诗人。

《努林伯爵》附记

一八二五年末，我住在乡下。我反复读了莎士比亚那首相当差劲的长诗《鲁克丽丝受辱记》，我想：如果鲁克丽丝想到给塔昆涅斯一记耳光，那结果会怎么样。也许这会使他不再那么咄咄逼人而被迫害羞退却吧？这样一来，鲁克丽丝就不会自杀，普勃里科拉多[①]就不会发怒，勃鲁托斯就不会驱逐国王，世界和世界史也就不是那么回事了。

这样一来，我们就得把共和制、执政官、独裁者、加图[②]、恺撒归功于这个富有魅力的事件，类似的事件不久前在我的邻县新勒热夫县也发生过。[③]

我不禁想起要模仿一下历史和莎士比亚。我不能抗拒这个双重的诱惑，便利用两个早晨的时间，写了这个故事。

我习惯于在稿子上注明写作年代和日期。《努林伯爵》写于十二月十三日和十四日。这种奇怪的巧合[④]倒是常有的事。

---

① 普勃里科拉多这一人物并未在莎士比亚的长诗中出现。此处普希金应指柯拉廷纳斯，他是鲁克丽丝的丈夫。

② 加图（前95—前46），古罗马共和派，反对恺撒，拥护庞培，庞培兵败后自杀。

③ 指普希金的朋友阿·沃尔夫追求一个牧师女儿的事。

④ 一八二五年十二月党人起义也发生在十二月十四日。

我们中间被戏称贵族而闻名的作家……[①]

我们中间被戏称贵族而闻名的作家有一个对文学极为有害的习惯：不回答别人的批评。他们当中难得有人作出反应，说几句话，可也不是为了自己。事实如何？难道他们当真那么藐视自己的文学界同行，或者他们真的把自己想象为贵族？他们大错特错了：报刊都这样称呼他们，但这是一种戏谑，是一种讽刺（见《北方蜜蜂》、《北方墨丘利》等报刊）。如果他们是些教养有素的正派人，属于上流社会，那就另当别论，同时也不涉及文学。

一位贵族（当然仍然是在这个词的讽刺意义上）为自己辩护，[②]说一个自尊并能尊重公众舆论的人同某些人发生冲突是不体面的，说决斗和打架是有区别的，最后还说，谁也没有权利要求一个人和他不愿与其交谈的人交谈。这些话并非借口。如果你去了小酒馆，那么你就不要生气，入乡随俗，碰上什么人说什么话。如果在街上有流氓向你扔泥巴，你不干脆揍他一顿，却要求他用佩剑和你决斗，那就很可笑。如果有人对你说话，你却不理他，那你就是欺侮人，表现了一个善良的基督徒不应有的傲慢。

---

① 本文写于一八三一年，与《致〈文学报〉出版人的信》和《试驳某些非文学性指责》有关。

② 指维亚泽姆斯基的论文《关于论战的几句话》，载《文学报》一八三〇年第十八期。

对评论的评论[1]

我们的某些作家把俄罗斯杂志视为大众文明的代表、公众舆论的晴雨表，因而要求他们享有评论报[2]和爱丁堡评论[3]所享有的那种尊敬。

笛卡儿说过，请您确定一个词的含义。杂志在欧洲的概念就是一个派别的反应，一些以博学和天才闻名的人士所发表的定期抨击性文章，这些文章表达自己的政治倾向，对日常生活发生影响。杂志编辑群体是培养国务活动人员的温床，这些人深知这一点，因而聚集在一起操纵公众舆论，他们担心由于自己的敷衍塞责、反复无常、见利忘义或厚颜无耻而降低自己在公众心目中的地位，由于竞争激烈，不学无术、庸碌无为的人不可能掌握杂志的出版权，缺乏真正天才的人也无法经受出版工作的考验[4]。请看，在法国和英国出版这种对抗性杂志的是些什么人？这里有夏多勃里昂、马蒂尼亚、佩罗内，那里有吉福德、杰弗里、皮特。这和我们的杂志与杂志编辑有什么共同之处——我拿我们作家自己的良心作证？我要问：《北方蜜蜂》有什么权利控制俄国的公众舆论？《北方墨丘利》能发表什么高见？[5]

---

① 本文写于一八三一年。普希金生前未发表。
② 原文为法语。法国一七八九年创刊的报纸。
③ 原文为英语。英国一七七三年创刊的杂志。
④ 原文为法语。
⑤ 普希金把别斯土热夫-留明出版于一八三〇至一八三二年的杂志同布尔加林的《北方蜜蜂》相提并论，因为《北方墨丘利》在论战中也同样不择手段，表现出低下的文化水平。

VIE, POÉSIES ET PENSÉES DE JOSEPH DELORME①

(《约瑟夫·德洛尔姆的生平、

诗歌与思想》）巴黎，

一八二九（一卷本，16开）

LES CONSOLATIONS POÉSIS PAR SAINTE BEUVE

（《安慰集》，圣伯夫诗集）巴黎，

一八三〇（一卷本，18开）

两年前问世的一本题为 *Vie*，*poésies et pensées de J. Delorme* 的小册子在巴黎引起批评家与公众的注意。这本小册子没有序言，却以浪漫主义的笔法描写了这位可怜的年轻诗人的生平，据信，他已死于贫困和默默无闻。死者的朋友将他们在他的遗稿中发现的诗作与思想观点提供给公众，为资料的不足和德洛尔姆本人因年轻、心灵上的病态和遭受肉体上的痛苦而导致思想上的迷误表示歉意。在他的诗歌中显示出因选材的别出心裁而更加出众的非凡天才。无论使用什么语言，这种单纯的忧郁从来不曾被演绎得如此准确无误。从来没有人以如此凄清绝望的笔触描写过一个纵欲过度的落魄青年的迷误。德洛尔姆凝望着浓荫下的小河，考虑着自杀的问题，

请看他的表现：[②]

对于自杀者这里正是最好的地方。
不管哪一天你都可以来到这小河旁，
把衣服藏在这棵高高的白桦树底下，
装作游泳的样子，慢慢地潜入这河汊：
不要狂乱得像个疯子，匆匆忙忙，
而要蹲下来，把视线投向四面八方，
注视着阳光下光波闪烁的树叶与河心，
当你感觉到精力已完全消耗殆尽，
你冻僵了，那时你可别留恋世上的欢乐，
一头扎进河水里，让自己永远沉没。
我想到死的时候，这便是我秘密的幻梦。
我常常暗自神伤，独自承受着苦痛；
在我人生的道路上，没有人和我同呼吸。
让我像活着的时候一样，悄悄地死去，
没有聚集的邻人，没有人惊动和叫喊。
临死的云雀总是躲到黑麦田里面，
夜莺感觉到声音微弱，再不能歌唱，
吹来一阵凉风，它的羽毛便随风飘荡，
它便像森林中的回声，悄悄地离开世界：
我也想这样死去。最好是再过两个月，
也许是再过一年，在某天的傍晚时光，

---

① 本文发表于《文学报》一八三一年六月五日第三十二期。
② 以下引诗原文均为法语。

一个牧童在寻找他的一只迷失山羊，
或是某个猎人，当他走到小河边，
发现猎狗跑过去，又狂吠着急忙回还，
他一看，月亮正把朦胧的光投向大地，
和他一起注视着河中的这具尸体，
他突然头也不回，匆匆跑回自己的村庄。
几个当地的居民一早来到小河旁，
抓住头发拖出这具认不出的死尸，
捞出腐烂的尸块和塞满沙子的骨殖。
人们对着我发黑的遗骸久久地商议，
在种种愚蠢的传说中还掺和着笑话和戏谑，
最后把遗骸用独轮手推车运往公墓，
匆匆把尸体塞进一口破旧的棺木，
神父连续三次在它身上洒下圣水，
就这样埋葬我，没有十字架，也没有名字。

他的朋友维克多·雨果生了个儿子，德洛尔姆前去祝贺他：

我的朋友，就成了刚诞生的孩子的父亲，
这是又一个男孩，上天把他赐给您——
这娇美的孩子竟能笑对痛苦的人生。
他只让母亲发出几声轻轻的呻吟。
夜晚，我看见你们……在轻微的响声中，梦神
正拥抱着在母亲雪白怀抱中的粉红色娇婴，
而您，做父亲的，在壁炉旁边还没有安睡，
您正低着头，在深深地思索着什么问题，

您常常回过头去——啊，真让人陶醉，——
以便看看婴儿、母亲、弟弟和妹妹，
像牧人看到刚生下的羊羔一样欣喜，
像当家人傍晚时数着收获的成捆粮食。
在这庄严的时刻，这夜深人静的时候，
除了您，谁能体验到这深深的沉醉，朋友？
谁知道您的热泪，您那无言的爱意，
一个流露出多少柔情的天才宝贝，
雄鹰的呻吟，比鸟窝里的鸽子还要忧愁，
从高高的花岗岩悬崖上倾泻而下的急流，
在挪威夏天酷暑中冰河上厚厚的雪原
融化的水流汇成的不计其数的山涧？
愿您生活得幸福，为我们有朝一日
高歌这难以形容的爱的超人类秘密。

在这个时候，我也还没有进入梦乡，
我不在粉红色童年的天蓝色帐幔之旁，
也不在涂过香料的新婚合欢床旁边，
而在冰凉的灵床旁，守着个死去的老汉。
是邻居，患痛风病的老头，死于肝结石。
他的侄女来找我，求我帮忙料理后事；
从晚上九点钟开始，我独自坐在灵床旁，
床头上点着两支蜡烛，蜡烛中央
有牙雕基督像的黑色十字架竖在椅子上，
十字架旁边是一支浸在盘子里的黄杨，
信徒都很重视它，我看见，在被单底下

死去的老人直挺挺地躺着，两手交叉。
啊！我多么希望，在这位死者生前，
我至少能认识他很久！我有一个心愿，
最后一次吻吻这死者蜡黄的前额！
我一直注视着这个僵硬笔挺的死者，
我多么希望看见他终于活动起来，
像一个休息的人的腿那样活动摇摆，
我多么希望火焰变成浅蓝色！我多么希望
听见床的响声！……希望我能够祈祷上苍！
但是不可能：神圣的恐惧，回忆的温馨，
都没有发生，我视而不见，听而不闻。
时间过得很慢，这令人难受的沉寂，
这愚蠢的幻想都把我弄得心力交瘁，
我慢慢走到窗前，想呼吸点新鲜空气，
(因为夜空中一钩残月刚刚升起)
啊，突然远处一座房屋的上方，
不是在东方，天边迸发出一片红光，
在这个时候我听到的不是悠扬的歌声，
而是看家狗的吠叫，因为有火灾发生。

在一大批病态的表白、由于可悲的罪孽所产生的幻想和对老龙萨①早已被嘲笑的诗歌的乏味模仿作品之中，我们惊奇地发现了这些清新、纯朴的诗作。例如，他在描写自己的缪斯时表

① 龙萨（1524—1585），法国诗人，“七星诗社”发起人，诗作反映了文艺复兴时期的人文主义理想。

现出一种多么感人的忧郁之美。

不，我的缪斯不是艳丽的宫中贵人，
有一头闪亮的黑发，一双美女的杏眼，
袒胸露臂在狂乱的歌声中翩翩起舞；
她不是青春美貌、红颜常驻的仙姑①，
用闪亮的翅膀遮盖美丽的孔雀尾巴，
她不是长着白翅和蓝翅的仙女菲亚，
这是两个成为对手的姐姐妹妹，
为炫目的孩子打开了天地，只有他才能说“对”。
她——啊，我心中最为敬仰的缪斯！——
既不是哭哭啼啼的寡妇，也不是少女，
不是人迹罕到的修道院里孤寂的住户，
在没有农奴的塔楼的穹隆底下漫步，
叫唤着某人的名字；向骑士的陵墓走去；
双膝跪下，让丝绒的衣裙盖住墓石，
泪水汪汪，在大理石的墓地上叩头跪拜，
在悦耳的颂歌中倾诉贵族悲怆的情怀。

不。但是，当您痛苦地在树林中漫步，
您可看见，那边，在树林远远的深处，
一棵枯树下的小屋？旁边有一道水渠；
一个姑娘常常在那里洗濯旧衣。
看见您走了过来，她也许会低下头去，

① 原文为Péri，阿拉伯和波斯神话中的仙女。

她虽然贫穷，却是规矩人家的闺女；
她也能像别人的闺女，在更加幸福的日子，
出现在上流社会，为爱情而变得娇媚，
乘着马车，参加舞会和各种游戏，
在阳台上吸吸馨香的气息，听听小夜曲，
或者用金色的竖琴招来上百个青年，
在无数的掌声中发现一个可爱的笑脸，
可上天一开始便给她带来一片乌云，
她刚降生，村子便被冰雹夷平：
她纺纱、缝纫，在家里照顾年老的父亲，
父亲是一个疯子，又不幸双目失明。

诚然，这幅美丽的图景是以描写肺病的治疗结束的，他的缪斯咯血了：

……痛苦的咳嗽
打断了她的歌声，她不停地咳嗽，呕吐，
血块从她患痨病的胸中不断涌出。

依我看，他最好的诗是以下这段哀歌，它可以和安德烈·谢尼埃最优秀的作品媲美。

我常常看见她现出沉静而严肃的神气，
还在童年的时候，她就难得参与
快乐的孩子们的游戏，她已经那么懂事，
当她的妹妹们在草地上互相追逐嬉戏时，

她总是第一个提醒她们时候不早，
告诉所有的妹妹回家的时候已到，
对她们说，她已经听到教堂当当的钟声，
还要告诫她们，别到水渠旁活动，
吓唬她们，说树林里有一头温顺的扁角鹿，
游戏的时候，一起跑到禽舍的近处——
妹妹们都听她的话。她很快就长到十五岁，
智力因增添了更诱人的魅力而出类拔萃：
胸脯遮盖着，额头显得开朗而安恬，
一头秀美的青丝底下是粉红的脸蛋，
持重端庄的嘴唇含着微微的笑意，
温文尔雅的言谈同样招人欢喜，
刚柔相济的声音总那么坚定有力，
一双乌黑的眉毛几乎连接在一起。
她的责任感产生了非同一般的勤奋。
她的举止谨慎得体，决不漫不经心；
她不像一般的年轻姑娘喜欢幻想，
她们都心不在焉地从手中掉下针线，
心里惦记着从晚上开到天亮的舞会，
回味着与她握手的陌生男子的俊美。
从来没有人看见她扔下手中的活计，
把双臂支在窗台上，透过稀疏的树枝，
凝视傍晚时分在空中飞卷的浮云，
后来突然用手帕掩住脸痛哭伤心。
不，她对自己说过，由于父亲去世，
幸福的未来已突然变得令人忧虑，

而她，是这个家庭的长女，因此理应
全心全意地为这个家庭操劳尽心。
这颗年轻而又严肃的心不知道忧闷，
她身上仍然洋溢着纯真质朴的天性。
这颗心常常强压令人感动的愁绪——
（它不知不觉地产生）和令人爱怜的惊惧，
强压爱情的这些自然帮手的热望，
那都是一些朦胧的激动人心的情感。
在柔肠百转的时刻她也能控制住自己，
她用您称呼母亲，和她偎依在一起。
一些游手好闲的青年常对她说尽
甜言蜜语，热烈言辞，却都是白费心。
但是当受尽熬煎的心向她倾诉苦难，
她那开朗的前额便立即变得暗淡：
她会诉说遭受的苦难、痛苦的人生，
提出善意的劝告，像一个年轻的母亲。
现在她自己也做了母亲，她已经结了婚，
可这是出于理智，却不是出于爱情。
日子过得平淡而快乐，却受到尊敬，
她的丈夫已不年轻，可以做她的父亲，
她并未在新婚的第一个月里忘情沉醉，
虽然蜜月的快乐于人生只有一次。
可无论是她的前额或明眸却讳莫如深，
对这童贞的秘密，女人家应守口如瓶。
她仍旧那么乐天，考虑着自己的生活
和新的责任……对生活她总是快快乐乐，

夏天，当她摆脱了家务，傍晚五点多，
她也不梳妆打扮，带上可爱的女儿
出门到野外去散步，避开阳光的烤炙，
她们一起在树荫下葱茏的草地上休息。
就这样她早年的日子便悄悄地流逝过去，
犹如在晴朗的天空下一道无名的河水，
潺湲、平稳，但又壮阔地流淌回旋，
因为它知道，它在奔向永无止境的彼岸。
看见这平凡的女子在安度她的日子，
温顺忠实地履行她所承担的天职，
看见这清澈、平静、默默度过的时日
（这些日子使她得到安宁、得到休息）。
啊，我又不由自主地愁肠百结，
我想到自己流水般逝去的悠长岁月，
那动荡、不幸，为职责而失去的漫长时间，
啊，上帝，我想到了人生已快到暮年！

公众和批评家都在为这位前程无限的天才的早逝而悲痛，却突然听说这位死者还活着，荣耀归于上帝，他甚至还很健康。因《十六世纪法国文学史》[①]和研究龙萨的学术著作而闻名的圣伯夫想到用约·德洛尔姆的化名发表他最初的诗歌习作，这大概是因为担心道德检查机关的非难和刁难。如此可悲的故弄玄虚想必会以它的喜剧结局给他诗歌的成功带来损害，然而新的流派却欢天喜地地承认他，并把他视为自己的同道。

① 全称应为《十六世纪法国诗歌与戏剧批评史》。

约·德洛尔姆在他的《思想》中叙述了他关于法国诗歌的见解。批评家们都称赞这些评论的真实性、学术性和观点的新颖。我们觉得，德洛尔姆把新近出现的所谓法国浪漫主义流派看得过分重要，这些作家自己对诗歌的形式、诗行中的停顿、音韵，对使用某些古词、某些古代短语等等都看得过于重要。这一切都很好。但它和婴儿玩的拨浪鼓和襁褓太相似。毫无疑问，法国作诗法是最古怪的，我敢说，它是没有根据的。比如，您如何解释元音重复（hiatus）的例外问题，法国人的听觉不能容忍两个词连接在一起时发生的元音重复（例如 a été， où aller），但他们却为了和谐而在自己的名字中寻求元音重复，例如：Zaire，Aglaë，Eléonore。我们要顺便指出，法国人确立元音重复的规律是借用了拉丁语元音省略的办法。按照拉丁语作诗法的特点，以元音结尾的词处于另一个元音前时词尾的元音不发音。

布瓦洛用元音重复的规律取代了这个规则：

> 请当心，在跑得太快时，元音别在路上撞上另一个元音。①

第二，押韵怎么可以老是为了让人看而不是为了让人听？当发音在单数词和复数词中一样时，为什么韵脚必须和数（单数或复数）一致？可是创新者却没有接触到这一切；他们的意图未必会得到好结果。

去年圣伯夫又出版了一本题为《安慰集》②的诗集。其中德

---

① 原文为法语。这两行诗引自布瓦洛《诗的艺术》的第一曲。
② 原文为法语。

洛尔姆是一个接受了朋友、一些德高望重的人的忠告而改邪归正的人。他已经不拼命拒绝宗教的安慰，只是悄悄地怀疑；他已不再到罗莎那里去，但承认有时还沉溺于罪恶的情欲中。他的文笔也变得婉约柔美了。总之，他的兴趣和品行已能使他们满意。可以期待，在第三卷中德洛尔姆会是一个像拉马丁那样笃信上帝、十分正派的人。

不幸的是，我们必须承认，我们在为一个人转变而高兴的时候，却为一个诗人而感到惋惜。可怜的德洛尔姆具有一种非常重要的天性，这种天性是几乎所有新一代法国诗人所缺少的，而没有这种天性便没有真正的诗，这就是灵感的真诚。如今一个法国诗人常常对自己说：我们要做一个笃信宗教的人，我们要做政治家[①]。另一个甚至说：我们要做个癫狂的人[②]，于是在他的随便什么作品中便表现出漠视构思、凭空臆造、牵强附会等毛病，在他的作品中我们从来看不到片刻的奔放的感情，一句话，那里没有真正的灵感。上帝保佑我们，让我们在诗歌中做一个不讲道德的卫道士（我们不是指这个词的幼稚意义，像某些杂志所使用的那样）！诗歌就其最高的自由的本质而言，除了自己本身，不应该有什么别的目的，更何况堕落到用语言的力量动摇人类的幸福与尊严所赖以建立的永恒真理，或者把琼浆玉液变成色情和狂热的混合剂。然而，描写人类的嗜好、迷误和情欲并非不道德，因为解剖不是凶杀；我们在不幸的德洛尔姆的哀歌中，在痛苦的自白中，在他那对情欲和无信仰的拘谨的描写中，在他对命运对自己本身的怨诉中，并未看到不道德。

---

①② 原文为法语。

致《俄国荣军报》文学副刊出版人的信[①]

我刚刚读完《狄康卡近乡夜话》[②]。它令我感到十分惊奇。这才是真正令人开心的故事，它写得那么真实，毫不勉强，没有矫揉造作，不受任何拘束。处处诗意盎然！多么富有真情实感！在我们的文学中这一切都那么不同凡响，我至今都还沉浸在故事之中。有人对我说：当出版人[③]走进承印《夜话》的印刷所时，排字工人都用手掩住嘴巴，忍不住扑哧一声笑了起来。管理员解释了他们如此快乐的原因，对他说，排字工人在为他的书排版时都笑得要死。莫里哀和菲尔丁如果看到自己的作品引得排字工人发笑想必也会很高兴。我祝贺公众获得一本真正使人得到快乐的书，也衷心祝愿作者取得更大的成就。如果杂志编辑按照他们的习惯攻击他用语不文雅，腔调很粗俗等等，那么看在上帝的分上，请你们站在他一边吧。是时候了，我们该用特列季亚科夫斯基教授的侍仆的笔法嘲笑嘲笑我们文学中装腔作势的女人[④]，嘲笑嘲笑那些人，他们成天谈论他们不曾拥有的漂亮女读者，谈论他们不曾被邀请进入的上流社会。

---

① 本文发表于《俄国荣军报》文学副刊一八三一年第七十九期，被 Л. 雅库鲍维奇收入《〈狄康卡近乡夜话〉评论集》第一卷。
② 果戈理的短篇小说集，第一卷出版于一八三一年九月。
③ 指果戈理。
④ 原文为法语。

亚·尼·穆拉维约夫的《圣地行》[①]

一八二九年欧洲的注意力都转向亚得里亚堡，整个文明世界关注了整整八年之久的希腊的命运在那里决定了。[②]希腊复活了，北方[③]有力的援助使它恢复了独立自主。

在谈判的时候，在我们战胜国一方中间，由于看到了君士坦丁堡的惊慌失措，有一个年轻诗人考虑过圣殿的钥匙问题和耶路撒冷问题，如今它已被基督教的欧洲为了帕台农神庙[④]和吕克昂[⑤]的毫无价值的废墟而遗忘了。在他面前出现了实现他的早年心愿、少年时代梦寐以求的热望的机会。穆拉维约夫先生通过季比奇[⑥]将军获准前去朝拜圣地，于是他经君士坦丁堡和亚历山大到了那里。现在他出版了自己的游记。

我们怀着激动的心情和不由自主的嫉妒读了穆拉维约夫先生的书。一个俄国旅行家说过："每一个基督徒，每一个心中怀着热情和对上帝的爱心的信徒都到过这里的锡安山下。"[⑦]但是吸引我们的年轻同胞到那里去的并不是让自己充满诗意的小说增加一点色彩的徒劳愿望，也不是为了让麻木不仁的心寻求一些强烈刺激的观感。他是作为一个信徒，一个朴实的基督徒，一个渴望拜倒在救世主基督脚下的纯洁的十字军骑士去朝拜圣地的。他穿过[⑧]希腊，仅仅怀着[⑨]一种伟大的思想，并不像夏多勃里昂那样竭力去利用圣经和《奥德修纪》互相对立的神话故事。[⑩]他不停顿地走，匆忙赶路，同埃及古怪的革新者[⑪]交谈，深入金字塔内部深处，走进因贝都因人搭建帐篷和骆驼商队穿行而显得生气勃勃的沙漠，进入神赐的福地[12]，终于从高处突然看见耶路撒冷……

---

① 本文系一篇评论的草稿，写于一八三二年，未写完。亚·尼·穆拉维约夫的《一八三〇年圣地行》出版于一八三二年初。

② 一八二九年九月十四日俄土签订亚得里亚堡和约，保证希腊独立。在此之前希腊进行了八年反对土耳其奥斯曼帝国统治、争取民族独立的战争。

③ 指俄国。

④ 古希腊祭祀雅典娜女神的最著名建筑物之一。

⑤ 古希腊哲学家亚里士多德讲学的地方。

⑥ 季比奇（1785—1831），俄国陆军元帅，沙皇亚历山大一世的亲信。

⑦ 引自 Д. 达什科夫的游记《俄罗斯朝拜者在耶路撒冷。一八二〇年希腊和巴勒斯坦之行片断》。

⑧⑨ 原文为法语。

⑩ 夏多勃里昂曾在一八一一年发表《从巴黎到耶路撒冷游记》。

⑪ 指一八〇五年起统治埃及的穆罕默德·阿里总督。在统治期间，他加强中央集权，并进行一系列改革，如改组陆海军、兴修水利等。

⑫ 《圣经》中指迦南，即巴勒斯坦和腓尼基地区。

一篇评述维·雨果的论文的开头[①]

众所周知，法国人是一个最反对诗歌的民族。这个俏皮而又认真的民族的最优秀作家，它最出色的代表蒙田、伏尔泰、孟德斯鸠[②]、拉阿尔普和卢梭本身都证明他们对美感是如何陌生而不能理解。

如果我们注意一下在民间流传并且被公认为文学原理的批评成果，那么我们将会为它的微不足道或不公正感到吃惊。它把悲剧作家高乃依和伏尔泰同拉辛相提并论。卢梭至今还保留着伟大作家的称号。现在令人难以忍受的贝朗瑞还被认作最优秀的抒情诗人，他是那种生硬而矫揉造作的歌谣的作者，这种歌谣既没有任何热情和灵感，而在快活和俏皮上又远不如科莱[③]精彩的游戏之作。我不知道，批评界最终是否把这些歌谣看成和拉马丁干瘪、呆板的作品一样，但是十年前批评界已经毫不客气地把拉马丁同拜伦和莎士比亚的作品相提并论。人们还把维尼[④]伯爵平庸的长篇小说《桑-马尔斯》[⑤]同瓦尔特·司各特的伟大作品等量齐观。自然，他们受到的压制和所受到的热爱一样，都是不公平的。在当代青年天才中圣伯夫是最默默无闻的，然而他却几乎是最杰出的。

他的诗当然是很有特色的，而更重要的是，它充满了真正的灵感。《文学报》上有人提到它[⑥]，对它赞赏备至，这种赞赏似乎是过分了。现在V. Hugo，这位诗人和具有真正天赋的人已着手为那份彼得堡杂志的意见辩护了：他出版了一卷题为《秋叶集》[⑦]的诗集，显然是模仿圣伯夫的《安慰集》[⑧]的。

① 本文写于一八三二年。普希金生前未发表。
② 原文为法语。
③ 夏尔·科莱（1709—1783），法国轻松讽刺歌谣和喜剧的作者。
④ 维尼（1797—1863），法国浪漫主义作家、诗人。著有长篇历史小说《桑-马尔斯》和诗集《命运集》。
⑤ 原文为法语。
⑥ 指普希金自己的一篇文章，即《约瑟夫·德洛尔姆的生平、诗歌与思想》。
⑦⑧ 原文为法语。

巴维尔·卡捷宁的诗作和译诗①

近日《巴维尔·卡捷宁的诗作和译诗》一书问世了。

出版人（巴赫金先生）在一篇极为出色的序言中开宗明义，指出巴·亚·卡捷宁几乎刚开始文学生涯便遭到极不公正极为过分的批评。

我们觉得，卡捷宁先生（就像我们所有的作家）与其抱怨批评界的严厉打击或无理纠缠，倒不如抱怨它的沉默。我们的批评实际上还不存在：如果我们要求它做点什么，那是不公平的。我们的文学也未必存在；俗话说得好：没有的事就没法说了。如果公众满足于我们所谓的批评，那么这只能证明，我们还不需要施莱格尔，甚至也不需要拉阿尔普。

至于公众对卡捷宁先生作品所持的不公正的冷漠态度，那么这在各方面对他都是有好处的：首先，它证明诗人还不屑于为了得到成功而采取卑劣手段；其次，证明了他具有独立自主的精神。他从来不竭力迎合公众中占统治地位的口味，相反，他总是走自己的路，为自己做自己愿意做的事。他甚至强烈地表现出他那种充满自尊的独立不羁的精神，以致可以抛下一种即将流行的诗歌流派，去寻找另一种形式，那里既没有人为他倾倒，也没有一个吸引别人仿效的作家的典范作品陪伴他。这样，他作为浪漫主义首批信徒之一和第一个把平民的语言和题材引进崇高诗歌领域的人，在读者开始喜欢文学变革的新生事物的时候，首先摒弃了浪漫主义，转而拜倒在古典主义的偶像面前。

卡捷宁先生第一部出色的作品是杰出的毕尔格的《莱诺雷》[②]的译作。这部作品我们已从茹科夫斯基不准确然而非常优美的仿作中有所了解，茹科夫斯基利用这部作品做了拜伦利用《浮士德》写了《曼弗雷德》那样的工作：他损害了原作人物的精神和外貌。卡捷宁感觉到了这一点，他便打算把《莱诺雷》原作中那种鲜明有力的美再现出来。他写成了《奥尔加》。但这种描写所表现出的朴实，甚至是粗俗，这种代替了一群空中幽灵的无赖，这代替了夏夜月光下农村景色的绞刑架都使不习惯的读者感到吃惊和不愉快，于是格涅季奇便在一篇论文中表达了他们的意见，而格里鲍耶陀夫则对这篇论文的不公正进行了揭露。[③]继《奥尔加》之后又出了《凶手》，这也许是卡捷宁最优秀的叙事诗。但他给他们的印象更坏：那个凶手在发疯的时候竟然把他的恶行的见证者月亮骂为秃子！那些经过弗洛里昂[④]和巴尔尼熏陶的读者不禁哈哈大笑起来，认为这首叙事诗根本不值得批评。

这是卡捷宁遇到的最初的挫折。这些挫折对他后来的作品产生过一定影响。但是在戏剧方面他取得了决定性的成功。杂志和丛刊中时不时出现他的诗作，批评家们终于开始对它们作

---

① 本文作于一八三三年三月十四日，发表于《俄罗斯荣军报》文学副刊一八三三年四月一日第二十六期。

② 《莱诺雷》(1773) 是德国文学中著名的叙事谣曲之一。

③ 格涅季奇在《祖国之子》一八一六年第二十七期发表了一篇题为《论毕尔格叙事诗〈莱诺雷〉的自由翻译》的评论，认为卡捷宁的译诗“辱没了（读者的）听觉、口味和理智”。格里鲍耶陀夫在《祖国之子》一八一六年第三十期发表题为《论毕尔格叙事诗〈莱诺雷〉自由翻译的评论》回答了格涅季奇的批评，为卡捷宁辩护。

④ 弗洛里昂 (1755—1794)，法国作家，寓言诗人，著有寓言诗一百余篇。

出公正的评价，虽然不是心甘情愿，有点勉强。在他的诗作中最突出的是充满热情又富有表现力的《姆斯季斯拉夫·姆斯季斯拉维奇》和感情纯正、富有诗意的《往日旧事》。

目前出版的这本书中，知识渊博的读者将会发现一首田园诗，田园诗中的大自然被描写得惟妙惟肖，不像格斯纳[①]所写的那样古板、矫揉造作，而是像古代那样纯朴、奔放、挥洒自如；读者还会发现一首忧郁的哀歌、地狱[②]中三首诗的老到译文，和一组关于熙德的抒情诗，这是一部趣味盎然、富有诗意的民间史诗。卡捷宁先生遭到我国优秀诗人们的极度蔑视，可是他在诗歌中进行了精到的加工，把六音步诗写得朗朗上口，他的诗歌结构一般来说也很严谨，凡此种种，行家们都会给予公正的评价。

1833 年 3 月 14 日

---

① 格斯纳（1730—1788），瑞士诗人，善写田园诗。
② 原文为意大利语。即但丁《神曲》中的《地狱篇》。

从莫斯科到彼得堡旅行记[①]

公路

听说新修的莫斯科大道已完全竣工，我决定到彼得堡去一趟，那里已有十五年没有去了。我在快马驿车管理处预约了马车（我觉得这种驿车比以前那种轿式驿车舒服些），便于十月十五日上午十点钟从特维尔门登程。

我乘着舒服的轻便马车在平坦的公路上行进，既不担心马车是否坚固，也不担心驿马费和马匹，便想起了最后一次沿着旧的大道去彼得堡旅行的情景。当时我不敢搭乘驿车，自己买了一辆廉价四轮马车，带上一个跟班便上路了。我们两人当中不知是谁，是伊凡还是我，在起程前造了孽，我们的旅行很不顺利。那辆可恨的四轮马车不时需要修理。铁匠老是刁难我，道路上坑坑洼洼，还处处遇上木材铺的路，把我们折磨得够戗。整整六天，我在那条难以忍受的大道上艰难跋涉，到达彼得堡时已累得精疲力竭了。朋友们都笑我娇生惯养，可我并不敢奢望具有信使那样的英雄气概，后来我沿着冬天的道路回到莫斯科，从此便哪里也不去了。

一般说，俄罗斯（由于幅员广阔）的道路都很好，如果省长们能少操点心，就会更好。譬如说吧：长草的地皮本来就是天然的道路，干吗要把它铲掉，再铺上一层浮土？这么一来，只要下一阵小雨，道路便泥泞不堪。修筑道路是一种极为艰苦的劳役，几乎不会带来任何好处，却大多成了压迫人和索取贿赂的借口。你随便找一个稍微机灵点的庄稼汉，让他筑一条新路，他一定会先开两条平行的沟，以便让雨水流掉。可是四十年前有一位将军，他不开沟，却在路边筑了两堵护墙，这一来，道路便成了一只盛泥泞的箱子。夏天道路畅通无阻，可是一到春天和秋天，旅行者只好在田野上行车，因为马车会在大路上陷进泥泞里，而行人却可以在护墙上散步，感念这位英明将军的大恩大德。这样的将军在俄罗斯实在太多了。

很有气派的莫斯科公路是遵照亚历山大皇帝的旨意修筑的。驿车则由私人社团创办。各项事业都应照此办理：政府修路，私人想出最好的办法加以利用。

必须指出，自从罗曼诺夫家族登上皇位以后，我们的政府在文化教育领域上总是走在前面。民众则是懒洋洋地跟在后面，有时甚至很不情愿。

上路的时候，我不想带馅饼和冷牛犊肉，我只想带一本书，因为我非常轻率地指望在客栈就餐，并且怕跟驿车上的旅伴聊天。

您要是落到监狱里或者在旅途上，任何一本书都会使您觉得是天赐的宝贝；当您酒足饭饱从英国俱乐部归来或准备去参加舞会的时候，您决不会去翻开一本书，可是如果您落到单人囚室或快马驿车上，同样一本书就会像阿拉伯童话一样使您读得入迷。我还要说一句：在这种情况下，书越枯燥越好。一本

---

① 本文写于一八三三年十二月至一八三四年四月，《莫斯科》一节写于一八三五年一月。一八四一年被书刊检查机关大量删节后发表。

引人入胜的书您会一目十行，一下子把它读完，它会深深铭刻在您的脑海里，使您不会再去读第二遍。相反，读一本枯燥的书，您就会读一读，停一停，休息一会儿，它会让您走神，引您浮想联翩。您一回过神来，又会去读它，把刚才分了心忽略过去的地方重读一遍，etc.。枯燥的书能使您得到更多的消遣。枯燥这个概念是十分相对的。枯燥的书也可能是非常好的书。且不说学术著作，就连以纯粹文学目的写的书也一样。许多读者都会同意我的意见，《克拉丽莎》是一本又沉闷又枯燥的长篇小说，尽管如此，理查逊①的这本小说还是具有非同一般的价值。

这就是旅行的好处。

于是我在起程之前便顺路到老朋友××家去了一趟，我常常到他家去借书。我向他借一本虽然枯燥，但在某一方面却很有趣的书。朋友本想给我一本道德讽刺小说②，并肯定说，这本书再枯燥不过了，可是它在读者中的遭遇却很有趣。但我谢绝了他，因为凭经验我知道，道德讽刺小说是无法卒读的。“等一等，”××对我说，“我有一本书适合你看。”说着他从亚历山大·苏马罗科夫和米哈伊尔·赫拉斯科夫③的全集后面抽出一本书来，这显然是上个世纪末出版的。“请把它保存好，”他神秘地对我说，“希望你会重视它，不要辜负我的信任。”我把书打开，看到书名。《从彼得堡到莫斯科旅行记》。圣彼得堡，一七九〇年。

---

① 理查逊（1689—1761），英国小说家，感伤主义早期代表。主要长篇小说有《帕美勒，又名美德受到了奖赏》、《克拉丽莎，又名一位青年妇女的故事》和《查尔斯·葛兰底森爵士》等。

② 指布尔加林的《伊凡·维日金》。

③ 米·赫拉斯科夫（1733—1807），俄国作家。著有仿古典主义的叙事长诗《罗斯记》。

上面有一句题辞：

> 一个怪物庞大无比，到处胡作非为，张开百张大嘴，狺狺狂吠不已。
>
> 《忒勒马科斯颂》①第十八卷第五一四页。

这本书曾因妖言惑众而轰动一时，并引起叶卡捷琳娜对作者的恼怒，将作者判处死刑，后改为流放西伯利亚。如今这本书已很少见，并且失去了它的吸引力，只能偶尔在藏书家尘封的书架上或在胡子拉碴的小贩的货袋里看到。

我衷心感谢××，带走了《旅行记》。书的内容是众所周知的。拉吉舍夫写了几个章节，用彼得堡到莫斯科途中的驿站名作为每一章的题目。在这些章节中他灌注了自己的思想，前后没有联系，也没有一定次序。到黑泥村换马的时候，我便从最后一章读起，用这样的办法让拉吉舍夫跟我一起从莫斯科走到彼得堡。

莫斯科

"莫斯科！莫斯科！……"拉吉舍夫在他那本书的最后一页发出感叹，然后愤恨似地扔下鹅毛笔，仿佛看到白色石墙的莫斯科教堂金色圆顶，他脑海里的阴暗景象便顿时消失了似的。瞧，已经到了众圣镇……他跟疲乏不堪的读者告别；他让

① 特列季亚科夫斯基根据法国作家费讷隆的小说《忒勒马科斯历险记》改写的长诗。忒勒马科斯系希腊神话中奥德修斯和佩涅洛佩所生的儿子。

旅伴在村寨的篱笆旁等着他；返程中他还要再讲讲自己那些痛苦的半真半假的故事，讲讲自己那些大胆的梦想……这会儿他没有工夫，他要赶快到家中的亲人那里，让自己平静一下，要在莫斯科的娱乐旋风中把一切忧愁暂时抛到九霄云外。再见吧，读者！车夫，快点赶车吧！莫斯科！莫斯科！……

从拉吉舍夫那个时代以来，已经发生了许多变化；如今，在我离开宁静的莫斯科，将要看见辉煌的彼得堡的时候，一想到将要改变那种平静的生活方式，投身到等待着我的社交旋风和喧闹的生活中去，我先自头晕目眩起来……

*从前有座特洛伊城，我们曾是特洛伊人。*①从前确实存在着莫斯科和彼得堡孰优孰劣的争论。从前莫斯科住着许多不做官的富裕大贵族，离开宫廷的达官贵人，独立不羁、无忧无虑、热衷于无伤大雅的讽刺挖苦和花费不多的热情好客的人；从前莫斯科曾经是全俄罗斯贵族云集的地方，他们从所有的省份来到这里过冬。那些衣着华丽的近卫军青年也纷纷从彼得堡急驰而来。古都的所有角落都鼓乐齐鸣，到处是成堆的人群。贵族俱乐部的大厅里每周举行两次活动，参加者达五千人之多。年轻人在那里互相结识，有些人在那里喜结良缘。莫斯科以待字姑娘闻名遐迩，正如维亚兹马以蜜糖饼干闻名遐迩一样。莫斯科的筵席（多尔戈鲁基公爵对此曾作过别出心裁的描绘）也是家喻户晓的。莫斯科人朴实的怪癖已成为他们我行我素的秉性的标志。他们按照自己的意愿过日子，想怎么消遣就怎么消遣，很少顾及亲友的意见。常有这样的事，一个富翁会忽发奇想在一条主要大街上造一座中国式房屋，墙面上饰着几条绿色的

① 原文为拉丁文。引自维吉尔的《埃涅阿斯纪》，引文不准确。

龙，在镀金的屋檐下雕上一些木头的柑橘。有的人则乘上用百分之八十四纯度的锻银做成的轿式马车到马利亚丛林去郊游。还有的人则套上几辆四座雪橇，让五六个黑奴、跟班和仆役站在雪橇后面的脚蹬上，一辆接一辆沿着夏天的马路招摇过市。时髦女人换上彼得堡时装，也一定要在服饰上装上一些磨不掉的标志。傲慢的彼得堡对莫斯科这老太婆的古怪行为只是站在远处一笑置之，并不加以干涉。但是这种喧闹悠闲、无忧无虑的生活到哪里去了呢？这些舞会、宴请，行为古怪、喜欢胡闹的人又到哪里去了呢？——一切都消失了；只剩下一些待字姑娘，对她们至少不能粗暴地使用一条谚语："像街道一样衰老。"①由于一八一二年战争后的修整，莫斯科的街道仍比那些像玫瑰一样盛开的莫斯科美人还要年轻！如今在冷冷清清的莫斯科，贵族雄伟的府邸都凄凉地兀立在长满野草的宽大庭院和荒芜凄清的花园之间。在镀金的家族纹章底下竖着某个裁缝的招牌，那裁缝以每月三十卢布的租金租下了一套寓所，而富丽堂皇的二楼则被一位太太租去办寄宿学校——这当然要把荣耀归于上帝！所有的大门上都钉着一块房屋出售和出租的启事，却没有人来购买和租赁。街道上死气沉沉，大街上难得响起轿式马车的轱辘声。每当有一个警长带领几个哥萨克兵从街上骑马走过的时候，小姐们便会奔到窗口观看。莫斯科郊外的乡村也同样荒芜凄清。斯维尔德洛夫和奥斯坦基诺丛林不再响起号角声；灯盏和彩灯不再照亮英国式小径，当年这种小径上种满香桃木和酸橙树，如今却长满了野草。在最后一次演出法国喜剧以后，大厅里家庭剧场积满灰尘的布景已在渐渐腐烂。贵族的邸

① 原文为法语。

宅在衰败。住在厢房的德国管家在忙着筹办铁丝厂。现在举办宴会的已不是那些好客的老派人物，他们请客或者是为了庆祝主人的命名日，或者是为了款待快活的美食家，或者是为了向离开宫廷的达官贵人表示敬意；现在举办宴会的是一伙赌徒，他们请客是企图万无一失地诈骗一个刚脱离监护的青年或萨拉托夫来的包税人。至于莫斯科的舞会……呜呼！请看看这些家常式的发型吧，请看看这些用白粉精心涂过的白皮鞋吧……有些地方倒是请来了一些男舞伴——可这是些什么样的男舞伴啊！《智慧生痛苦》里那副景象已经过时了，那是一种可悲的旧时代的遗产。在莫斯科您已经找不到法穆索夫了。你知道，他对每个人都由衷地欢迎，无论是彼得·伊里奇公爵，无论是来自波尔多的法国人，无论是扎戈烈茨基，无论是斯卡洛祖布，还是恰茨基；在莫斯科您也找不到塔吉雅娜·尤里耶夫娜，她

从圣诞节直到四旬斋，
都举办豪华的舞会，
夏天在别墅乐开怀。

赫列斯托娃进了坟墓，烈别季洛夫在乡下。可怜的莫斯科！……

彼得一世不喜欢莫斯科，在那里他每走一步都会回忆起叛乱和死刑，都会遇上根深蒂固的陈规陋习、遇到迷信和偏见的顽固抵抗。他离开了克里姆林宫，在那里他并非感到压抑，而是感到拥挤，他在遥远的波罗的海海岸上寻找闲暇时光，寻找建立丰功伟绩的自由而广阔的天地。他谢世以后，当我国旧贵族重新获得从前的力量和势力时，多尔戈鲁基家族差一点又把君主送回莫斯科；但是年幼的彼得二世的夭亡使得彼得堡重新

巩固了不久前获得的权力。[1]

莫斯科的衰落是彼得堡兴起的必然结果。两座京城不可能在同一个国家里得到同样的繁荣，就像一个人的体内不可能同时存在两个心脏。但莫斯科的衰落还证明了另一个事实，即俄罗斯贵族的衰落，它的衰落部分是由于正在以惊人速度消失的领地的被分割，部分是由于其他原因，这些原因我们以后还有机会谈到。

然而，莫斯科虽然丧失了贵族昔日的辉煌，在另一方面却逐渐繁荣起来：工业得到强有力的保护，充满了活力，以非同寻常的势头发展起来。商贾阶层大发其财，开始住进贵族们舍弃的府邸。另一方面，教育事业也看中了这座城市，舒瓦洛夫按照罗蒙诺索夫的设想创办了大学。

彼得堡的作家大都算不上作家，而是精明机灵的文学经纪人。科学研究、对艺术的热爱以及杰出的人才等方面的优势无可置辩，都在莫斯科一边。莫斯科的报纸杂志势必战胜彼得堡的报纸杂志。

莫斯科的文学批评是彼得堡的文学批评所望尘莫及的。舍维廖夫、基列耶夫斯基、波戈金等所写的一些试笔之作足以和英国评论[2]所发表的最精彩的论文媲美，然而彼得堡的一些报刊评论文学就像在评论音乐，而评论音乐就像在谈论政治经济学，也就是不假思索，随随便便，虽然有时也说到点子上，并且

---

① 彼得大帝于一七二五年去世，接着由他的第二个妻子叶卡捷琳娜一世即位，实际上由近卫军新贵族掌权。叶卡捷琳娜一世于一七二七年去世，由彼得大帝年幼的孙子彼得二世继位，政权仍落到莫斯科旧贵族多尔戈鲁基家族手中。一七三〇年彼得二世死后，由彼得大帝的侄女安娜·伊凡诺夫娜当女皇，政权落到波罗的海沿岸的“德国帮”贵族手里。

② 原文为英语。

很俏皮，但大都缺乏根据，浅尝辄止。

德国哲学也许能在莫斯科找到太多的年轻信徒，但也在逐渐让位给更加务实的精神。不过它还是产生过有益的影响：它把我们的青年从法国哲学的冷冰冰的怀疑论中拯救了出来，让他们摆脱曾经如此可怕地影响过我们上一代精英的那种让人醉生梦死的有害幻想。

顺便说说：我在文稿中找到了一篇对两座京城进行有趣比较的文章。[①]它是我的一位朋友写的，他极其忧郁，但有时也很快乐爽朗。

罗蒙诺索夫

拉吉舍夫在他那本书的结尾部分谈到了罗蒙诺索夫。文笔夸张而晦涩。拉吉舍夫暗自怀着打击这位俄罗斯品达罗斯的不可侵犯的名声的企图。值得注意的是，拉吉舍夫用表面上的尊敬这种巧妙手法仔细地掩盖着他的企图，在对待罗蒙诺索夫名声上他的态度要谨慎得多，不像他攻击最高当局时那样无所不用其极。他用三十多页的篇幅极力庸俗地吹捧这位诗人、修辞家和语言学家，目的是在篇末塞进这样一些大逆不道的话：

> 我们想表明：在俄罗斯文学中，第一个为赢得荣誉而献身的是那位为通向荣誉殿堂开辟道路的人，虽然他自己

① 指果戈理所写的《彼得堡杂记》。

不能进入这座殿堂。维露兼男爵培根[1]虽然只是说过如何发展科学，难道他就不值得人们纪念？那些拍案而起反对杀戮和专制的大无畏作家，难道就因为他们没有能使人类摆脱枷锁和奴役，就不值得人们感谢？罗蒙诺索夫**不懂游戏诗歌的规则，醉心于写史诗，他的诗缺少感染力，他的论断也不都是那么精到，即使在他的颂诗中有时也辞藻多于思想**，而我们就因为这些不尊敬他。

罗蒙诺索夫是个伟人。在彼得一世和叶卡捷琳娜二世统治期间，唯有他一人是开创教育事业的独具一格的功臣。他创办了第一所大学。更正确地说，他本身就是我们的第一所大学。然而在这所大学里，这位诗歌和演说术教授只不过是一位勤奋的官员，而不是一位天赋很高、富有灵感的诗人，不是一位令人着迷的演说家。他用以容纳思想的那种单调而拘谨的形式使得他的散文晦涩而令人难以卒读。这种半斯拉夫半拉丁式的文风充满学究气，又架子十足，简直成了一种写作的程式。所幸的是，卡拉姆辛把语言从别人的桎梏下解放了出来，还它以自由，让它从民间语言生动活泼的泉源中汲取养料。罗蒙诺索夫的作品既缺少感情，又缺少想象力。他的颂诗是按照连在德国都早已被遗忘的当时德国诗人的模式写成的，装腔作势，味同嚼蜡。他对文学的影响是有害的，而且至今在文学中仍有反映。文辞华丽、矫揉造作，对朴实和准确的风格深恶痛绝，没有任何人民性和独创性——这就是罗蒙诺索夫留下的痕迹。罗蒙诺索夫本人对自己的诗作并不很珍视，比起因职务关系为帝后盛大

---

① 培根（1561—1626），英国哲学家，英国唯物主义哲学创始人。

命名日庆典写作颂诗来，他更关心自己的化学实验工作。他在谈到热衷于自己的艺术创作的苏马罗科夫时，说他这个人除了关心他那些可怜的蹩脚韵文外，什么事也不关心！……那语气是多么轻蔑！可是他在谈到科学和教育事业时又多么热切！请看看他写给舒瓦洛夫、沃隆佐夫等人的信吧。

要了解罗蒙诺索夫，最好是看看下面这份他写给舒瓦洛夫的报告，其中他谈到了自己从一七五一年到一七五七年的工作。

顷接大人手谕，指示全体正副教授向大人禀报各人自一七五一年至今完成之著作及在各学科领域所做之工作。遵照上述指示，兹将本人自当年迄今在本人专业及其他学科范围内所做之工作按年份禀告如下：

一七五一年

化学方面。(1) 进行多次化学实验，大多进行火焰试验，以研究各种颜色之性质。详见该年度之实验报告（共十二印张）及其余笔记。(2) 用俄语讲授本人论述化学用途之讲稿。(3) 发明数种用以进行物理化学实验之新仪器。

物理方面。(1) 在严寒季节做过数次试验，借以考察空气在各种温度下胀缩之比例。(2) 夏天曾用取火镜与温度计做过数次试验，借以考察水银柱在离燃烧点不同距离时上升之高度。(3) 做过数次试验，借以研究不加任何其他物质，采用一般手段，仅通过熔化使锡和铅分离之方法，已取得可喜成绩，且费用也相当经济。

历史方面。为收集资料编写《俄国史》已阅读一些书籍：涅斯托尔[①]、《雅罗斯拉夫尔法典》、《大编年史家》、《塔季谢夫文集》第一卷、克罗默[②]、维谢尔、黑尔莫尔德[③]、阿诺尔德[④]以及其他书籍，从中做了必要的摘录或节录，并抄录某些注释，共六百五十三条，十五印张。

语文科学方面。(1) 作悲剧《杰莫丰特》。(2) 为节日彩灯题诗多首。(3) 开始整理此前为编写语法书所收集之资料。私人为学生讲授俄罗斯诗歌艺术，并单独向现已晋升为教授之波波夫斯基讲授。(4) 向学生口授本人所著《美辞法》第三册开头部分，即诗歌艺术概论。

一七五二年

化学方面。(1) 为阐明颜色理论做过多次化学实验，内容详见本年度实验报告（共二十五印张）。(2) 依照本人于根舍尔处学习之课程，向学生作化学实验示范。(3) 为使学生对整个化学获得明确概念并粗略了解，向学生讲授本人用拉丁文撰写之物理化学导论，共十三印张，一百五十节，并附六个对开印张插图。(4) 研制并以实践证明配制啤酒之方法。(5) 根据建筑办公厅指示，向该厅派来之学员德鲁日宁讲授为本地玻璃厂配制彩色玻璃之方法。

物理方面。(1) 冒险对大气中放电现象进行观测。(2) 冬季对不同温度下空气胀缩程度进行反复试验。

历史方面。为收集资料编写《俄国史》，阅读克兰茨[⑤]、

① 涅斯托尔，古俄罗斯作家，十一至十二世纪初编年史编纂者。
② 克罗默，波兰历史学家。
③ 黑尔莫尔德（约 1125—1177），德国传教士，著有《斯拉夫编年史》。
④ 阿诺尔德（？—1212），德国教士，曾续编黑尔莫尔德的《斯拉夫编年史》。
⑤ 克兰茨，德国物理学家。

比勒陀里乌斯、穆拉托里、约南德、普罗科匹厄斯[①]、保罗·狄亚康[②]、佐纳尔[③]、忏悔者费奥凡[④]、莱昂·格拉姆马蒂克和其他必要摘录，共五印张，一百六十一条。

语文科学方面。(1) 为女皇陛下加冕赋颂诗一首。(2) 写信一封，论述玻璃之用途。(3) 发明彩灯数种，并在四月二十五日、九月五日、十一月二十五日分别为其题诗。(4) 撰写《美辞法》第二部《雄辩术》十印张。

一七五三年

化学方面。(1) 继续进行颜色性质研究实验，见该年度实验报告，共五十六印张。(2) 在结束讲课之后进行数次新的化学物理实验，目的在于尽可能从哲学上认识化学，并使之成为基础物理学之一部分。上述多次实验均已测出度数、重量及其所占之比例，并由此编制出众多数字图表，达对开本二十四页，其中每一行均包含一次完整试验。

物理方面。(1) 同已故教授里赫曼在实验室中做过数次化学物理试验，借以研究烧热之矿物浸入水中冷却后水所吸收之温度。(2) 冒巨大危险观测大气中之电力。(3) 在公众集会上演讲电子作用于大气所引发之现象，并阐释自然界其他众多特性。(4) 作过数次实验，发现颜色（尤其是红色）在严寒中较之在温暖时鲜艳。

历史方面。(1) 将阅读上文所述诸作者著作后所作之

---

① 普罗科匹厄斯（约490—507？），拜占庭历史学家。
② 保罗·狄亚康（约720—799），意大利《伦巴德族史》的作者。
③ 佐纳尔，拜占庭编年史作者。
④ 忏悔者费奥凡，拜占庭编年史作者。

札记编号归类。(2) 阅读俄罗斯科学院馆藏编年史，未作笔记，目的在于从总体上广泛了解俄国历史活动。

语文科学方面。(1) 为编写俄语语法，将动词用法加以系统整理。(2) 设计出五种彩灯及烟火，并题诗，分别用于一月一日、四月二十五日、九月五日、十一月二十五日及十二月十八日。

一七五四年

化学方面。(1) 做过各种化学实验，详见本年度实验报告，共四十六印张。(2) 重做多种实验以验证去年编制之物理化学图表。

物理方面。(1) 发明数种阴天在海上测量长度与宽度之方法。此项研究如无海军部协助将无法实施。(2) 对北冰洋运来之海水作气象学实验，测试其在零下几度始能结冰。同时对各种化学溶液进行结冰试验以作比较。(3) 在乡村磨坊作实验，考察水流如何随倾斜角度之加大而加快流速以及水力之大小。(4) 做过一次机械实验，预料该机械本身在上升时可吊起一支小温度计，借以了解高处之温度，虽然机械之自重已减轻二佐洛特尼克①以上，但未能达到预期高度。

历史方面。编写留里克前斯拉夫民族史稿，已完成：献词、引言；第一章，俄罗斯古代居民；第二章，斯拉夫民族之伟大及世系；第三章，斯拉夫民族古代社会。共八印张。

① 旧俄重量单位，约合四点二六克。

语文科学方面。(1) 为庆贺皇子保罗·彼得罗维奇亲王[①]诞生赋颂诗一首。(2) 发明烟火一种，已在一七五四年新年燃放，并题诗。此外还设计彩灯及烟火数种，用于四月二十五日、九月五日及十一月二十五日。

一七五五年

化学方面。做过各种物理化学实验，详见该年度实验报告，共十四印张。

物理方面。(1) 撰写论述杂志编辑职责论文一篇，其中批驳了德国对本人发表于报刊之数篇学术论文之批评，尤其是对有关热和冷、化学溶液与空气张力等新理论之批评。该论文已由福尔梅先生译成法文，并发表于名为《日耳曼文库》(*Bibliothèque germanique*) 之法文杂志。(2) 写信一封，论述经由西伯利亚海通往东印度之北方航道。

历史方面。撰稿论述留里克、奥列格、伊戈尔等初期诸俄罗斯大公之征战业绩。

语文科学方面。(1) 撰写并于公众集会上宣读纪念先皇彼得大帝之颂词。(2) 已编写语法之大部，即将完稿，拟于今年付印。(3) 写信一封，论述语言之相似与变化。

一七五六年

化学方面。(1) 做过各种化学实验（实验报告共十三印张），其中曾试验、研究在密闭之玻璃容器内，金属是否因加热而增加重量。该试验证明，享有盛名之罗伯特·

① 即保罗一世（1754—1801），彼得三世和叶卡捷琳娜二世之子。

波义耳[①]其实大谬不然，因为不放进空气，则金属加热后重量不变。(2) 做过多次化学实验，借助空气泵从化学器皿中抽出空气，将装有矿物之器皿置于火上，矿物即可出现一种化学家闻所未闻之奇观。(3) 目前实验员克列缅季耶夫按照本人指示，在本人监督下正研究使烟火在高空发出绿色火星问题。

物理方面。(1) 发明一种新光学仪器，我将其称为夜视镜（tubus nyctopticus），用以在夜间帮助人看清物体。初次试制之夜视镜已能在昏暗光线下看清肉眼无法看清之物体，故完全可以指望经过能工巧匠之努力该镜即可达到望远镜和显微镜从初期至今日所达到之完善程度。(2) 已制出本人发明之摆锤四个，其中一个为铜质，长一俄丈[②]，但通过机械指针之作用，即可测试高度为一又四分之一俄里[③]之物体。该摆锤用以测定吸引重物落下之地面中心究系长年不变或有时移动。(3) 在公开会议上宣读本人所作关于颜色之讲稿。

历史方面。本人于今年为私人书库收集俄罗斯手抄历史文献十五册，并加以比较，以考察所记载之俄罗斯历史活动相似之处。

语文科学方面。(1) 正在创作英雄叙事诗，题为《彼得大帝》。(2) 设计用于今年十二月十八日的烟火一种，并题诗。

此外，近几年曾开始撰写下列学术论文：(1) 论最佳

① 罗伯特 · 波义耳（1627—1691），英国化学家和物理学家，曾确立波义耳-马略特定律。
② 一俄丈合二点一三四米。
③ 一俄里合一点零六公里。

科学航海术。(2) 论固体温度计。(3) 论地震。(4) 论构成物体之基本粒子。(5) 论合理确定温度之方法，兼论行星上空气溶解之缓和。其所以未能完成，部分因忙于其他事务，部分因印刷延宕致使兴味索然。

苏马罗科夫在当时所有权贵眼里不过是个小丑：在舒瓦洛夫眼里、在帕宁①眼里都是这样。他们戏弄他，诱骗他，拿他的乖张行为开心。冯维辛的为人并非十全十美，他为了让权贵们开心，竟把亚历山大·彼得罗维奇②的一举一动模仿得惟妙惟肖。杰尔查文暗地里写讽刺诗讽刺苏马罗科夫，却又若无其事地到他那里去，看他气得发疯，以此取乐。罗蒙诺索夫则属于另一种类型。跟他开玩笑会得不偿失。不管在哪里，他都是一个样子：在家时，人人看见他都战战兢兢；在皇宫，他会揪侍从官的耳朵；在科学院，据什列采尔耳闻目睹，谁也不敢对他说一个不字。有极少数人知道他和德米特里·谢切诺夫之间为《大胡子颂》打了一场诗仗，这首《大胡子颂》从未收进过他的诗集。从这场诗仗上，人们可以了解诗人的傲慢，同样也可以了解这位教士的偏执。尽管如此，罗蒙诺索夫还是很厚道的。他谈到不幸的里赫曼家庭的那封信写得多么好啊！他一点都不为自己操心，他的妻子虽然是德国人，但看样子不大懂得操持家务。一位老教授的遗孀听到人家在议论罗蒙诺索夫时问道：“你们说的是哪位罗蒙诺索夫啊？该不是米哈伊尔·瓦西里耶维奇吧？那是个没脑子的男人！他家的人总来我家借咖啡壶。瞧

① 帕宁（1718—1783），俄国伯爵，曾参加一七六二年宫廷政变，成为叶卡捷琳娜二世的亲信。
② 苏马罗科夫的教名和父名。

瞧人家特列季亚科夫斯基，瓦西里·基里洛维奇吧，这才是个可敬的正派人。”特列季亚科夫斯基当然是个可敬的正派人。他的语文学著作和语法著作都很出色。他的俄语作诗法造诣比罗蒙诺索夫和苏马罗科夫广博得多。他对费讷隆那部小说[①]的珍爱给他带来了好名声。他用诗体翻译这部小说的想法，以及他对诗体的选择都证明他具有非同寻常的美感。《忒勒马科斯颂》中有许多优美的诗句和用得非常好的短语。拉吉舍夫特地为此写了一篇论文（见《亚·拉吉舍夫文集》）。杰尔维格常常引用下面一行诗作为六音步扬抑格诗体的范例：

奥德修斯的战舰
乘风破浪地前进，在烟波中隐没不见。

一般说，研究特列季亚科夫斯基的作品比研究其他我国老作家的作品更有教益。苏马罗科夫和赫拉斯科夫确实不如特列季亚科夫斯基，——书有自己的命运。[②]

拉吉舍夫指责罗蒙诺索夫谄媚，却又立即原谅他。罗蒙诺索夫那庄严的颂诗充满了辞藻华丽的赞颂；他直截了当地公开称他的恩人舒瓦洛夫伯爵为恩人。在一首宫廷田园诗中，他借波吕多洛斯[③]之名为基·拉祖莫夫斯基伯爵[④]唱赞歌。他写诗祝贺奥尔洛夫伯爵[⑤]从芬兰归来；他曾写过这样的话：“M. Л. 沃

① 指《忒勒马科斯历险记》。
② 原文为拉丁文。
③ 波吕多洛斯，希腊神话中特洛伊王普里阿摩斯和小妾拉厄托俄所生的儿子。
④ 基·拉祖莫夫斯基（1728—1803），彼得堡科学院院长（1746—1798）。
⑤ 格·奥尔洛夫（1734—1783），叶卡捷琳娜二世的宠臣。

隆佐夫伯爵大人对我恩宠有加，曾从我处取去数种混合试剂，以转呈女皇陛下御览。”现在这种做法已从习俗中革除了。问题在于，当时不同阶层之间还存在着距离。罗蒙诺索夫出身卑微，他不想低三下四，同高层人士过于接近，以求提高自己的地位（虽然按官阶他可以和他们平起平坐）。正因为如此，他很善于保护自己，当问题涉及他的名誉或他所珍视的思想时，他会不惜牺牲庇护人的保护和自己的福利。当舒瓦洛夫想要和他开个玩笑时，请听听他对这位缪斯的代言人、自己高贵的保护者是怎么说的，他写信对舒瓦洛夫说：“大人，别说在达官贵人面前，就是在我主上帝面前，我也不想做个傻瓜。”①

另一次，罗蒙诺索夫也是同这位权贵发生争吵，并且大大激怒了舒瓦洛夫，以致舒瓦洛夫大声吼叫起来：“我要把你从科学院开除出去！”罗蒙诺索夫立即充满自尊地反驳：“不，除非把科学院从我这儿开除出去！”这位歌功颂德的颂诗和宫廷田园诗的低首下心的作者在受到凌辱时就是这样凛然不可侵犯的！

Patronage（保护）这种做法至今仍在英国文学界保留着。去年逝世的可敬的克雷布②把自己所有出色的叙事诗都献给公爵大人 etc.，在他那些谦恭的献词里，他满怀敬意提到他得到的恩惠和受到的崇高保护 etc.。在俄罗斯您不会遇到这种事情。正如斯塔尔夫人③指出的，在我国，从事文学活动的主要是贵族（在俄罗斯有些贵族从事文学活动。）④。这种情况使我国文坛表现出

① 见他给舒瓦洛夫伯爵的信。——原注

② 克雷布（1754—1832），英国诗人，作品有劝喻长诗《村庄》《教区纪事录》等。

③ 原文为法语。

④ 原文为法语。此句引自斯塔尔夫人的《十年流亡》，系根据记忆，与原文有出入。

一种特别的面貌。我国作家不可能向同自己地位相等的人寻求恩惠与保护，把自己的作品献给某个达官贵人或富翁，以期获得五百卢布或一枚钻戒。由此可以得出什么结论呢？是不是可以说，如今作家的思想感情比罗蒙诺索夫和科斯特罗夫更高尚呢？我看值得怀疑。

现在的作家一想到要把自己的书献给某个官阶比他大两三级的人就会脸红，却不耻于和常遭众人唾骂的杂志出版人[①]当众握手，因为他可能危及书籍的销售或者写一篇书评吹捧一下，以诱骗顾客购买。如今就有那么一个下等文人，暗地里什么下流的事都干得出来，却在那里大声嚷嚷，鼓吹独立精神，还写些匿名信，造谣中伤一些人，可是到了这些人的书房里，他却可以俯首拜倒在他们脚下。

此外，从某个时候起，文学已成了一种有利可图的营生，公众能够付的钱比某些王公权贵所能付的钱还要多。不管怎么说，我还是要再重复一遍，表面现象不能说明任何问题。罗蒙诺索夫和克雷布虽然写过谦恭的献词，却值得所有正派人的尊敬，而某些先生尽管在自己的小册子里鼓吹独立精神，他们的作品也不是献给某个善良而睿智的达官贵人，而是献给某个和他们一样的骗子，他们仍不可避免要遭人鄙视。

婚　姻

拉吉舍夫在《黑泥村》一章里谈到包办婚姻，并且痛心疾首地谴责老爷们的专制和市政长官（市长？）对他们的姑息。一般

① 此处暗指布尔加林。

说，家庭生活的不幸是俄国民间风习中的一个特点。可以举俄罗斯民歌作证：俄罗斯民歌的内容常常是被迫出嫁的美女的怨诉，或者不爱老婆的年轻丈夫的责骂。我们的出嫁歌也很悲惨，像出丧时的悲嚎。有一次有人问一个老农妇，她嫁人是不是出于爱情。“出于爱情，”老太婆回答道，“我当时死活不肯，但村长威胁要打死我。”这种爱情是司空见惯的。包办婚姻是自古以来的陋习。不久前政府已注意到婚龄的事：这是一种进步。我斗胆进一言：妇女的法定婚龄可以降低一点。根据我国的国情，十五岁的少女已到了出嫁的时候，农民家庭需要女人干活。

俄罗斯农舍

在彼什基（这个驿站现在已撤销）拉吉舍夫吃了一块牛肉，喝了一杯咖啡。他趁此机会谈起了不幸的非洲奴隶，又为吃不上糖的俄国农民的命运而发愁。这一切都是当时时髦的话题。但是他对俄国农舍的描写却很出色：

> 四面墙壁有半截像整个天花板一样蒙着烟炱，地板满是裂缝，至少积了寸①把厚的垃圾；炉灶没有烟囱，却可以很好地防止冷空气侵入；不论冬夏，每天早晨屋子里都烟雾腾腾。窗框上绷着猪尿泡，透进一点亮光，但到中午仍很昏暗。有两三个瓦罐（只要其中有一个每天能装上一些菜汤，这家人家就算很幸运了！），一个木碗和几个称

① 指俄寸，合四点四厘米。

作碟子的圆盘；一张桌子是用木头砍成的，只有过节的时候才用刷马的铁刷子刷一刷。如果养猪或养牛犊，就有个食槽，人和牲口睡在一起，呼吸同样污浊的空气，点燃的蜡烛看上去就像隔着一层雾或隔着一袭帷幕。走运的时候还有一桶像醋一样的克瓦斯。院子里有一座澡堂，不洗澡的时候就养牲口。穿的是家里织的粗麻布衣服，光着脚板走路，只有出门时才裹上包脚布，穿上树皮鞋。

俄罗斯农舍从梅耶贝格[①]时代到现在外表上很少变化。请看看他的《旅行记》所附的插图。一八三三年的俄罗斯农村和一六六二年的俄罗斯农村再相像不过了。农舍、磨坊、篱笆——甚至这棵枞树，这北方自然景色的悲惨烙印，——都仿佛毫无变化。但是至少在驿道两旁却有了改善：每一座农舍都有烟囱，玻璃代替了窗框上的猪尿泡。总的来说，比较干净方便了，也即英国人所说的*舒适*[②]。拉吉舍夫勾勒的显然是一幅漫画，但他提到了俄罗斯人生活中必不可少的澡堂和克瓦斯。这已经是一种感到满足的标志了。有意思的是，拉吉舍夫促使女主人倾诉了一番饱受饥荒的痛苦，却勾勒了一个画面结束他这幅充满贫穷与苦难的图景：她把面包放进炉灶里去烤。

冯维辛曾在此前十五年去法国旅行，他说凭良心说，他觉得俄罗斯农民比法国农民幸运。这一点我相信。让我们回忆一

---

① 十七世纪法国作家，著有《莫斯科旅行记》。
② 原文为英语。

下拉布吕耶尔的描写吧。①塞维涅太太说那番话时并无愤慨和痛苦，她只是说了一些她的见闻和习以为常的事，可是她的话却因此而更富有感染力。法国农民的命运在路易十五及其继任者统治期间并未得到改善。

读一读英国工人的控诉吧：那情景的阴森可怕会令你毛骨悚然。那里有多少令人难以忍受的酷刑和无法理解的折磨！一方面是多么冷酷的兽行，一方面是多么可怕的贫困！您会以为那里讲的是建造法老的金字塔，是在埃及人皮鞭下干活的犹太人的事。完全不是。那里讲的是史密斯先生的呢绒厂或杰克逊的钢针厂里发生的事。请注意，这里发生的并非非法的犯罪行为，而是严格的法律范围内的事。看起来世界上似乎没有什么比英国工人更不幸的人了，可是请您看看，当有人发明了机器，突然使五六千人离开了苦役般的工作，却又剥夺了他们最后的谋生手段以后又发生了什么事……我们这里没有那种事。赋役一般说没那么重。人头税由村社缴付，劳役有法律规定，代役租也不致使人倾家荡产（莫斯科和彼得堡附近除外，那里五花八门的工业业务刺激和加大了业主们贪欲的胃口）。地主给农民规定了代役租，就让他们自己去弄钱，不管用什么方法，从哪里搞到。农民按自己的想法去谋生，有时到两千俄里外去挣钱……到处是非法活动，到处是可怕的刑事犯罪。

---

① "田野上散布着一些野性的活物，公的和母的，脸被太阳晒得和泥土一样黑，弯腰对着土地，顽强地刨着土；他们说的话似乎清晰可辨，等他们站直了身子，我们才看见那是人的面孔；真的，这是一些人。入夜，他们才回到自己栖身的窝里去，在那里吃黑面包、菜根，喝水。他们使别人摆脱了为吃饭而进行播种、耕耘和收获的劳动，挣到的只是不再忍受自己播种的粮食的不足。"（引自《品格论》）——原注

按：上文原文为法语。拉布吕耶尔（1645—1696），法国作家。著有《品格论》，讽刺了一些上层人物。

请看看俄罗斯农民吧：在他们的行为言谈里有没有一点奴颜婢膝的影子？他们的勇敢和机灵是毋庸赘言的。他们的模仿能力众所周知，他们的麻利和灵巧也令人惊奇。一个旅行者在俄罗斯各地旅行，他虽然一句俄语也不懂，但不管到哪里他都能被理解，他的需要都有人给予满足，也有人和他签订协议。不管什么时候，在我国百姓中您都不会遇到法国人称为二流子[①]的那种人。不管什么时候，您都不会找到一个对外国人无礼地感到惊讶或无知地加以蔑视的俄国人。每一个俄国人都有自己的住房。一个浪迹街头到处乞讨的叫花子也会保留一座自己的农舍。这种情况在别的国家是没有的。在欧洲，有一头奶牛就意味着过富足的日子，在我们这里家中没有奶牛就说明他一无所有。我国的农民喜欢整洁，已经养成习惯并把它看成一种行为规范：每星期六要洗一次澡，一天要洗几次脸……由于教育的日益普及，农民的生活正在不断改善……农民的富裕是和地主的富裕密切相关的，这一点每个人心里都明白。不用说，还应该进行一些大的变革，但是不能操之过急，因为要做的事情本来就够多的了。那种从移风易俗出发，不通过暴力行动，不造成政治动荡，不使人类产生感到恐怖的变革才是最好最牢固的变革。[②]

盲　人

一个瞎眼老人唱着圣徒阿列克谢之歌。农民们都哭了，拉

---

① 原文为法语。

② 普希金把这句话借格里尼奥夫之口写到《上尉的女儿》第六章中去。这种观点是不符合普希金本人所持的观点的，普希金这样做可以理解为主要是为了通过审查。

吉舍夫也跟着驿站上的人群嚎啕大哭……啊，大自然啊！你威力无穷！农民们纷纷解囊施舍。拉吉舍夫也抖动着手给了他一个卢布。老人拒绝了，因为拉吉舍夫是个贵族。他说，他年轻的时候在战争中失去了双眼，这是对他的残酷的惩罚。这时有个农妇给了他一块馅饼，老人高高兴兴地接受了。他高声赞叹说，这才是真正的行善。最后，拉吉舍夫送给他一条围巾，后来他告诉我们，老人几天后去世了，落葬时他脖子上还系着这条围巾。本章开头我们碰到的维特的名字为我们解开了这个谜。

如果拉吉舍夫不说上面这些废话，而是在谈到这首众所周知的古老的《圣徒阿列克谢之歌》时顺便谈谈我国的民间传说，那就更好了。那些民间传说至今没有出版，却包含着如此之多的真正的诗意。尼·米·雅泽科夫和彼·瓦·基列耶夫斯基都收集过一些。etc.，etc.。

征　兵

戈罗德尼亚。“驿车驶进这座村子的时候，”拉吉舍夫写道，“闯进我耳朵的不是吟诗唱歌的声音，而是男女老少撕心裂肺的号哭声。我下了车，把驿车打发回去，怀着好奇心想去了解一下街上为什么这样惊慌不安。

“走近一群人，我才知道，原来是征兵引起了聚集在这里的许多人如此痛哭流涕。许多从官家村和地主村[①]被送去当兵的人都集中在这里。

① 俄国十八、十九世纪的农奴中，一种是隶属于国家的，住在官家村，一种是属于地主的，住在地主的领地。

“在一群人当中，一个五十来岁的老妇人抱住一个二十来岁小伙子的头号啕大哭：‘我的心肝宝贝，你把我扔给谁去养活啊？你把我们的祖居托给谁管啊？我们的土地要长出野草啦，我们的草屋要长出青苔啦。你这可怜的老母亲从此得去讨饭了。天气凉了，我这把老骨头有谁来暖一暖，天热了，又有谁来帮我遮住太阳？谁来管我的吃喝？这还不是让我最发愁的事，等我咽气的时候，谁来给我合上眼睛？谁来接受我这娘亲的祝福？谁来把我的尸身送到我们共同的母亲那里，让我在潮湿的地下安息？谁能到我的孤坟上凭吊一番？你的热泪洒不到我的坟头上，不能使我得到一点安慰。’

“老妇人身旁站着一个已成年的姑娘。她也同样号啕大哭：‘别了，我的心上人，别了，我的红太阳。你的未婚妻再也得不到安慰和快乐。我的小姐妹再也不会羡慕我了。我的头上再也不会升起欢乐的太阳了。你扔下了我，既不是寡妇，也不是过了门的妻子，叫我怎么活啊？我们那没有人味的村长哪怕让我们成了亲也好啊，我的亲人，你哪怕在我洁白的怀里睡上一夜也好啊，说不定上帝可怜我，赐给我一个小娃娃，我也有个安慰啊。’

“小伙子对她们说：‘别再哭了，别再撕裂我的心了。皇上要我们去当兵。我中了签。这是上帝的旨意。只要不死就会活下去。说不定我会带着一团人来见你们。说不定会当上个军官。我的亲娘，别伤心了。替我好好照顾普拉斯科维尤什卡吧。’这个新兵是经济村①送来的。

① 经济村是教会修道院所管辖的村子，所属的农奴是经济农奴，无偿为修道院劳动。

"在附近的一群人当中我听到的完全是另一种话。在这群人当中我看见一个三十岁光景的人，他中等身材，精神饱满，快活地注视着他周围的人。

"'主听到了我的祷告，'他说，'苦命人的眼泪终于感动了仁慈的上帝。现在我已经知道了，我的命运就决定于我是做好事还是做坏事。在这以前，我的命运是掌握在一个喜怒无常的女人手里的。以后再也不会有人随心所欲地拿树条抽打我，一想到这一点，我心里就感到舒坦了。'

"从他的话里我了解到，他原是一个地主的农奴。我很想了解一下他为什么这样喜气洋洋。针对我的问题，他回答说：'老爷，如果您的一边竖着一座绞架，另一边是一条很深的河，您站在两条死路的当中，必须选择右边或左边的死法，也就是钻进绞索或跳进河里，那么您会选择哪一种死法，您的理智和感情会让您作什么选择？我想，任何人都会选择跳河，因为跳河还有希望游到对岸，那时危险就过去了。谁也不愿意拿自己的脖子去试试绞索是否结实。我碰到的就是这种事情。当兵的日子是艰难的，但是总比被绞死强些。当兵的死得痛苦，常常得挨笞杖，挨鞭子，戴镣铐，蹲牢房，赤身露体，忍饥挨饿，一天到晚挨骂，但这一切挨过以后，就万事大吉了。老爷，你们虽然把农奴当作自己的财产，看得比牲口还不如，但最不幸的是，他们并没有丧失人的感情。我看到，您从一个农奴的嘴里听到这样的话，感到很吃惊，但是，您听了这番话以后，为什么不对你们那些贵族的铁石心肠感到吃惊呢？'"

老百姓无法摆脱的最沉重负担就是征兵。征兵的方式因地而异，到处招来极大的麻烦。英国的强制征兵令[①]每年都遭到异乎寻常的拼死抵制，尽管如此，却至今仍然有效。普鲁士的战时后备军[②]是一种很有效的制度，它能够密切配合国家的需要，但是尚未经过试验证明就引起了富有耐心的普鲁士人的一片埋怨声。拿破仑的征兵也是在整个法国的号哭声和咒骂声中进行的。

一个恶魔俯身对着婴儿的摇篮，
用沾满鲜血的指头掐算着他们的年龄。
孩子在父母家里竟成了来去匆匆的
客人。etc.[③]。

我们的征兵是一件十分痛苦的事情。这种情况无需加以掩饰。只需提一下为惩治因逃避兵役而自残的农民的法律就够了。彼得大帝为了让百姓习惯于征兵制度，费了多少脑筋啊！可是国家没有常备军行吗？不彻底解决这个问题是不行的。短期服役征兵制在十五年内把全国老百姓都变成了士兵。遇上老百姓造反，市民便个个能像士兵那样打仗，而士兵则像市民那样啼哭和发表议论。双方彼此密切相关。俄国士兵离开自己同胞生活的环境二十四年，除了自己的职务，和其他的一切便变得格格不入了。等他回到家乡的时候已到了老年。退伍回乡这件事本身已经说明他品德良好，因为只有忠诚服役的人才准予退伍。这时他所渴望的只是能够安度晚年。到了家乡他只能找

---

① 指一七七九年英国议会通过的强制征募海军的命令。
② 原文为德语。
③ 引自茹科夫斯基的信函《呈亚历山大皇上》(1814)。

到几个熟悉的老人。新一代人不认识他，不会跟他称兄道弟。

只要我们的贵族的权利还存在，就不应该按照我们某些善心的地主所规定的征兵次序行事。最好是利用这种权力为我们的农民做些好事，把那些应该受到重罚的害群之马从农民中剔除出去，把他们变成有益于社会的人。为了遵守我们随意加以认可的某种规定，而牺牲有益于社会的农民、勤劳善良的一家之主，反而放过小偷和喝得倾家荡产的酒鬼，这样做是不明智的。那种毫无意义、脱离实际的法规又有何用！

拉吉舍夫猛烈抨击买卖新兵和其他非法活动。买卖新兵当时已经禁止，但暗地里还在进行。克尼亚日宁喜剧里的那个普罗斯托杜姆①说：

他在家里十年积攒了三千卢布，
不种粮食，不养牲口，也不放牛犊，
只是贩卖人口，做点新兵的买卖。②

然而这种禁令也有其不利的一面：富裕的农民无法避免服兵役，被狠毒的地主卖出去当兵的穷苦农民，其命运也未必因此而有所改善。

俄国诗体

特维尔。一位跟我在小饭馆里吃饭的朋友对我说，我

① 意为“缺心眼”。
② 引自克尼亚日宁的喜剧《牛皮大王》。

国的诗歌创作不管从哪个方面说，离“伟大”二字相去甚远。诗歌苏醒过，但如今又睡着了，诗体曾前进过一步，现在又停滞不前。

罗蒙诺索夫看见我国诗歌穿着波兰服装，觉得很可笑，便从它身上脱下这件不合适的短上衣。他写了一些新诗，提供了一些优秀的范例，却又给后继者戴上这种伟大范例的枷锁，至今无人敢越雷池一步。不幸的是，当时还出了个苏马罗科夫，并且是个卓越的诗人。他也是遵循罗蒙诺索夫的范例写诗的，如今所有追随他们的人都无法想象，除了这两位杰出诗人所写的抑扬格诗体还能有什么别的诗体。

虽然这两位诗人都传授过其他诗体的规则，而苏马罗科夫也曾留下各种诗体的范例，但这些范例都没有多大影响，没有引起别人的仿效。如果罗蒙诺索夫在翻译《约伯记》或大卫的《诗篇》时采用了扬抑抑格，如果苏马罗科夫在写《塞米拉》或《德米特里》时采用了扬抑格，那么赫拉斯科夫也许会想到除了抑扬格，还可以用别的格律来写诗，如果他采用史诗特有的那种格律来写攻克喀山，那么他那部费时八年的作品[①]一定会获得更大的荣誉。如果在维吉尔的古代护耳帽上扣上罗蒙诺索夫式的帽子，那我是不会感到奇怪的。但我希望荷马的史诗不会以抑扬格的形式出现，而以和它原来的诗体类似的形式出现。如果能做到这一点，那么科斯特罗夫虽然不是诗人，只是个翻译家，他也会在我国的诗歌格律领域内开创一个新的世纪，把诗歌的发展整整推进一代。

---

① 指史诗《俄罗斯颂》。

然而使俄国诗歌格律停止发展的不仅仅是罗蒙诺索夫和苏马罗科夫。特列季亚科夫斯基这匹不知疲倦的老辕马所写的《忒勒马科斯颂》也起了不小的作用。现在要树立新诗体的范例是很困难的，因为诗体不论好坏，范例已经深深扎了根。帕耳那索斯山被抑扬格诗体包围得水泄不通，处处都有韵脚站岗放哨。谁要是想写一首扬抑抑格的诗，马上就有人抬出特列季亚科夫斯基对他横加指责，这样一来，即使是最漂亮的孩子也会长期被人视为畸形儿，直到诞生弥尔顿、莎士比亚或者伏尔泰。即使到那时候，人们也会把特列季亚科夫斯基从长着青苔、被人遗忘的坟墓里挖出来，从《忒勒马科斯颂》里找出一些好的诗句，给他们作为范例。

听惯了押韵诗也会长期阻碍诗体的变革。长期听押韵诗，就会觉得无韵诗粗糙、不顺口、不和谐。只要法语比其他语言在俄罗斯更广泛地使用，这种情况就会继续存在。我们的感觉就像一棵柔嫩的小树，可以随心所欲地加以培植，让它长得或直或弯。此外，诗歌和其他事物一样也可能受到时尚的主宰，如果时尚具备某些必然性，那么它就毫无疑问会被人们所接受。但一切时尚都是流行一时的，诗歌创作更是如此。表面的光辉会黯淡下去，而真正的美却永远不会失去光辉。只要人类还存在，荷马、维吉尔、弥尔顿、拉辛、伏尔泰、莎士比亚、塔索和其他许多作家的作品将永远拥有它们的读者。

我认为和你们谈俄语中特有的各种诗体是多余的。任何人只要稍微懂得一点诗的格律，他就懂得什么叫抑扬格、扬抑格、扬抑抑格和抑抑扬格。可是如果我能够拿出足够的范例来说明各种诗体，那就不是多余的了。但我的力量和才能都很有限。假如我的意见还有一点用处，那么我就要说，如果不是老用抑扬格来翻译诗歌，那么俄国诗歌创作以及俄语本身就肯定会丰富得多。如果不是用抑扬格来翻译《亨利颂》，那么这首史诗就会更有特色，而不押韵的抑扬格诗比散文更没有味道。

拉吉舍夫是个天生的革新派，他也曾致力于改革俄国诗体。他对《忒勒马科斯颂》的研究是十分出色的。在我国，他是第一个用古代抒情诗格律写诗的人。他的诗写得比散文好。请读一读他的《十八世纪》、《萨福体拟作》、寓言，或者更正确地说，是哀歌《仙鹤》吧——这些诗都是很有价值的。在我引用了上面一段文字的那一章里收入了他那首著名的颂诗①。其中有许多震撼人心的诗句。

现在来谈谈俄国诗体。我认为，我们会逐渐趋向于无韵诗。韵脚在俄语中太少了。一个韵脚总要引出另一个同样的韵脚来。Пламень② 后面一定要跟着 камень③，看到 чувства④，就知道后面一定是 искусство⑤。用 кровь⑥ 和 любовь⑦ 押韵，用 чудный⑧ 和 трудный⑨ 押韵，用 лицемерный⑩ 和 верный⑪ 押

① 指《自由颂》。
② 俄语：火焰。
③ 俄语：石头。
④ 俄语：感情。
⑤ 俄语：艺术。
⑥ 俄语：鲜血。
⑦ 俄语：爱情。
⑧ 俄语：奇妙的。
⑨ 俄语：困难的。
⑩ 俄语：虚伪的。
⑪ 俄语：忠实的。

韵，等等，这一切都是一成不变的，谁看了不厌烦。

关于当代俄国诗，人们谈得很多了。亚·赫·沃斯托科夫[①]以其渊博的知识和敏捷的文思对此作了明确的界定。我们未来的史诗诗人也许会接受他的意见，并把它变成民众的共识。

铜村（奴隶制度）

铜村。“田野上有一株白桦，田野上有一个鬈发姑娘，哟，留里，留里，留里……”一群年轻媳妇和姑娘跳着轮舞。“在跳舞呐，走近去看看。”我自言自语着，展开一个朋友的文稿。但我看到下面一段文字，便再也无法走过去看她们跳舞。我的耳边萦绕着一片悲切的声音，因而这朴实欢乐的歌声便难以流进我的心田。啊，我的朋友！不论你在哪里，请你听一听，评判一下。

每周两次，整个俄罗斯帝国的人都会看到这样的新闻，说某某或某某无力或不肯偿还贷款，缴付他必须缴付的款项。借款或赌博输光了，或旅行用光了，日常花光了，吃光喝光了……或分给了别人，或在水火之中失去了。或者说某某或某某因为某种缘故负了债或被罚款。凡此种种都在报刊上照登不误。有这样一则启事：“兹定于某日晚上十点钟，遵照某县法院或市议会之裁定，公开拍卖退役上尉格某之不动产，房屋一幢，内有……门牌……并附男女农奴六名。拍卖在该房屋中进行。有意购房者可预先前去探询。”

---

① 沃斯托科夫（1781—1864），俄国语文学家，诗人。研究俄语诗律、古斯拉夫语法及俄语语法，为俄国的斯拉夫比较语言学奠定了基础，曾写过《试论俄诗格律》。

下面有一张图画，描绘得非常逼真，令人惊心动魄。我不想跟着拉吉舍夫沉浸在他这些虽然夸张却很真诚的想象之中……然而这一次，我却不由自主地同意了他的看法……

关于书刊检查

我到有名的波查尔斯基饭店吃饭，看到一篇题为《托尔若克》的文章。文章谈的是出版自由问题。作者自作主张，在自己开的印刷所里出版了一本书，其思想和写法之大胆超越了一切界限，因此看看他是怎样议论这个问题的倒是件很有趣的事。

一位法国政论家[①]想用俏皮的诡辩法证明书刊检查的不明智。他说，如果说话的能力是一种最新发明，那么毫无疑问，政府必定会毫不犹豫地建立对舌头的检查制度：它会颁布某些条例对说话加以管理，因此如果有那么两个人想谈谈天气，他们就必须预先得到批准。

当然，如果语言能力不是全人类的共同属性，而只是百万分之一人类的属性，那么政府想必会用法律对这个由会说话的人组成的强力阶层的权利加以限制。但是识字就不是像语言和视力那样，是上帝赐予全人类的自然能力。不识字的人并非畸形人，他们不是处身于大自然永恒规律之外。而在识字的人当中也不是所有的人都有同等机会和同样的能力著书立说，发表文章。一个印张要花近三十五卢布，纸张也要花钱去买。因

---

① 指邦雅曼·贡斯当。此处指他的政论《关于宪法和保障的思考》(1814)。

此，发表作品不是人人都能办到的事（且不说才能了，etc.）。作家在世界各国都是总人口中人数最少的阶层。显然，最有力量最危险的贵族是由这样一些人组成的贵族，他们的思想方法、自己的情感、自己的偏见能影响整整几代人，影响整整几个世纪。拥有门第和财富的贵族比起拥有写作才能的贵族来又算得了什么？任何财富都不能独占为广大民众所接受的思想的影响。任何政权，任何权力机构都无法经受印刷品这种炮弹的摧枯拉朽般的打击。请尊重作家这个阶层，但别让它完全控制你。

思想！这是个伟大的字眼！如果不是因为有思想，人又怎能显得伟大？应该让它自由发挥，就像人应该得到自由一样：在法律的范围之内，完全遵守社会制定的法规。

“我们并不反对这一点，”反对书刊检查的人说，“但是书籍就像公民一样，要对自己负责。对书刊、对公民都有法可依。干吗要对书刊预先检查？就让书刊先出版好了，如果发现它违反法律，可以没收，可以查禁，不许发行，对作者或出版人可以判处监禁，按规定予以罚款。”

但是思想一旦产生并表达出来，它就具有公民身份，就要为自己负责。难道言论和手稿可以不受法律约束吗？任何政府都有权禁止人们在广场上随意宣传自己的思想，可以制止散发手稿，虽然手稿是用笔写出来的而不是用印刷机印出来的。法律不仅可以惩罚，而且还可以提出警告。这一点甚至是它的善行。

人的行为是短暂和孤立的（isolé）；书的影响则是广泛、无所不在的。禁止非法出版书籍的法律不能达到立法的目的，它没有对犯罪提出警告，因而很难制止犯罪发生。只有书刊检查才能兼顾以上两点。

礼 节

权力和自由的结合应对双方有利。

拉吉舍夫在那篇论述废除宫廷官衔的论文结尾提到的这条真理是不容置辩的。但这篇论文的思想大都是脱离实际的，虽然也是庸俗的。

把礼仪规定的各种礼节看成卑躬屈节，这简直是愚蠢透顶。英国勋爵觐见国王时要下跪，吻国王的手。这并不妨碍他成为反对派，如果他想这样做的话。我们每天写信签名时都要写上“您最恭顺的仆人”，但是谁也不会由此得出结论，说我们是在请求对方允许我们给他们当侍仆。

从前，我国皇宫里实行的一些宫廷礼仪已经由彼得大帝在全面改革时予以废除。叶卡捷琳娜二世也研究过这些规范，并且规定了新的礼节。这种礼节比其他大国所遵守的礼节有其独特的优点，因为它依据的是一些合乎健全理智和人人理解的礼貌的规则，而不是人们早已遗忘的古代传说和早已改变的习惯。先皇喜欢简朴实在，不拘礼节。他又简化了礼节，不管怎么说，恢复这些礼节也无不可。当然，君王并不需要这些仪式，因为这些礼仪不胜其烦。但礼节也是一种法律，况且宫廷也需要礼节，因为每一个有幸接近皇上的人都必须知道自己的职责和职务范围。没有礼节，宫廷侍从们就会时刻担心发生什么不成体统的事。不懂礼貌的名声可不光彩；巴结上司，好出风头，这种话听起来也不会愉快。

水闸

拉吉舍夫在上沃洛乔克欣赏水闸，感念那位仿照大自然的恩赐，修筑运河以沟通全区各地的伟人。他高兴地望着这条运河，那上面百舸争流，载满货物。他在这里看到了物产丰富的土地，丰衣足食的农民，人类活动的强大动力——追逐财富在这里表现得淋漓尽致。但是他的思绪立即回到了往常的方向。他用阴暗的色调描绘了俄罗斯农民的现状，说了下面一个故事：

> 某人，恰如俗话所说，在官场运气不佳，或者不想在官场碰运气，他离开了京城，找到一个譬如说有一二百个农奴的小村子，想在那里靠经营农业发财。他无须亲自去扶犁耕作，却企图采取最有效的方法尽一切可能使用农民的体力，让他们去耕种土地。他认为最可靠的办法就是把农民当作既无意志又不会思考的工具，他果真在某些方面把他们当成现代军人，成群地管理，成群投入战斗，单独行动便毫无意义。为了达到自己的目的，他剥夺了他们的小块份地和草地，这些份地和草地一般是贵族们划给农民作为日常生活必需所用，以作为他们迫使农民从事一切强制劳动后的报酬。总之，这位贵族强迫所有的农民以及他们的妻子儿女一年到头天天为他干活。而为了不让他们饿死，便发给他们一定数量的粮食，称为月粮。而那些没有家属的则不发月粮，而按照拉栖第梦人[①]的习惯一起在主人家里

① 即斯巴达人。

吃饭，为了保护肠胃，在开斋期吃白菜汤，而在斋戒期吃面包和克瓦斯。只有在复活节才真正开斋。

这些军士穿的也是符合他们身份的体面服装。冬天脚上穿的是他们自己打的树皮鞋，包脚布由东家提供，夏天则打赤脚。这些囚徒既没有牛，也没有马，连绵羊也没有，这是顺理成章的事。主人不是不让他们饲养，而是不给他们钱饲养。比较富裕的，省吃俭用的，可能会养几只家禽，但有时主人会把家禽抓走，随便付几个钱。

某先生在村子里这样经营农业，当然搞得非常兴旺。当别人全部歉收时，他却可以收到四倍于种子的粮食。当别人丰收时，他便可以收到比种子多十倍以上的粮食。没有多久，除了原来的两百名农奴，他又买了两百名作为他发财的牺牲品。他对待他们也同对待原来的农奴一样，因而年复一年，他不断增加在他土地上痛苦呻吟的农奴，也就不断扩大他的地产。现在他已拥有数千名农奴，成为闻名遐迩的大地主。

拉吉舍夫所描写的地主使我想起了另一个地主，他是我十五年前的熟人。我年轻时的思想方法和当时激进的感情使我断绝了和他的交往，也使我不能再去研究我所遇到的一个最出色的人物。这个地主出身于小路易十一①家族。他是个暴君，但他这个暴君是表现在思想体系和信念上的，他定下一个目标，并且以非凡的精神力量，充满对人类的蔑视去实现这个目标。他

① 并非指法国国王路易十一，而是指一个在气质上类似路易十一的人。具体指谁，尚待查考。

毫不掩饰对人类的蔑视。他成了拥有两千个农奴的地主，这时他发现他的农奴被他那懦弱怕事、粗心大意的前辈，正如俗话所说，宠坏了。他要做的头一件事情就是千方百计让所有的农民完全破产。他立即着手实现自己的意图，在短短三年内便让农民落入悲惨的境地。农民没有任何私人财产，他们用老爷家的犁耕地，用老爷家的驽马拉犁，他们的牲口全都变卖得一头不剩，像斯巴达人一样，一起在老爷家的院子里吃饭，他们家里既没有菜汤也没有面包。衣服和鞋子都由老爷配给——总之，拉吉舍夫的文章里所描绘的仿佛就是我认识的那个地主家里的情景。您看像不像？这个虐待农奴的人竟然有一个满怀仁爱之心的计划。他让农民养成贫困、忍耐和劳动的习惯以后，逐渐让他们富裕起来，让他们恢复私有财产，赐给他们一定的权利！命运不让他实现自己的计划。在一次火灾中他被农民活活打死了。

论俄罗斯文学之渺小[①]

如果说俄罗斯文学中值得文学批评家们考察的作品那么少，那么它本身（正如人类历史上任何别的现象一样）就应该引起认真的真理探求者的关切。

俄罗斯长期与欧洲格格不入。它从拜占庭接受了基督教之光，但它既没有参加罗马东正教世界的政治改革，也没有参加它的精神活动。伟大的文艺复兴时代没有对它产生丝毫影响；骑士们纯朴的热情没有激励过我们的祖先，十字军东征所引发的有益震荡没有在麻木不仁的北国大地上产生反响……俄罗斯的崇高使命已经确定……它那广袤无边的平原消耗了蒙古人的力量，在欧洲边境遏止了他们的进犯；野蛮人不敢把被奴役的罗斯留在自己的后方，便返回东方的草原。正在形成的文明被灾难深重、濒于死亡的俄罗斯拯救了……[②]

唯有受到极其机警的鞑靼人宽恕的僧侣阶层在长达两个世纪的黑暗岁月中保留了拜占庭文明的几星惨淡的火花。在静谧的修道院里修士们孜孜不倦地编撰着编年史。高级僧侣和公爵、大贵族们鱼雁往来，在那充满考验和失望的严酷年代互相慰藉。但是被奴役的人民的内心世界并没有变得更成熟。鞑靼人和摩尔人不一样。他们在征服俄罗斯之后既没有给它送来代数学，也没有给它带来一个亚里士多德。压迫的推翻，大公国同诸侯之争，中央集权和城市特权之争，专制制度和大贵族之争，征服异族和民族独立之争，都没有促进文明的自由发展。欧洲充斥了长诗、传奇故事诗、讽刺诗、抒情诗、宗教神秘剧等文艺作品，但是我们古老的档案馆和藏书楼，除了编年史，几乎不能给我们好奇的研究者提供任何食粮。一些故事和歌谣，经

---

① 本文写于一八三四年，片断发表于一八五五年。本文系《论古典主义和浪漫主义诗歌》一文的续篇。流传下来只有片断，从遗留的写作大纲大致可以了解全文的内容：

(1) 十七世纪法国文学概况。

(2) 十八世纪。

(3) 俄罗斯文学的开端。康捷米尔在巴黎思考讽刺诗，翻译贺拉斯作品。终年二十八岁[1]。以音韵的和谐征服人的罗蒙诺索夫，年轻时写充满活力的颂诗，etc.。研究精密科学，为苏马罗科夫的名声所 degouté[2]。苏马罗科夫。当时只有特列季亚科夫斯基了解自己的事业。然而十八世纪 allait son train[3]。

(4) 叶卡捷琳娜——十八世纪的女学生。只有她推动了本世纪的发展。她满足哲学家的愿望。圣谕。文学拒绝仿效，正如一个民族（委员、议员）。杰尔查文，鲍格丹诺维奇，德米特里耶夫，卡拉姆辛，叶卡捷……，冯维辛和拉吉舍夫。

几位亚历山大时代的人。卡拉姆辛深居简出写俄国史。德米特里耶夫——大臣。总体上很贫乏。然而法国浅薄的文学 envahit tout[4]。

Voltaire[5] 等巨人在俄罗斯没有一个继承者；但一些没有天赋的侏儒，橡树根上长出的几个小蘑菇，多拉，弗洛里安，马蒙泰尔，吉沙尔，让利斯夫人操纵了俄罗斯文坛，我们都不了解 Sterne[6]，除了卡拉姆辛。巴尔尼和色情诗歌对巴丘什科夫、维亚泽姆斯基、达维多夫、普希金和巴拉丁斯基的影响。茹科夫斯基和一八一二年，德国影响占上风。

当代法国批评和年轻文学的影响。结束语。

康捷米尔。罗蒙诺索夫。特列季亚科夫斯基、罗蒙诺索夫消除了康捷米尔的影响，缺乏天赋消除了特列季亚科夫斯基的影响。特列季亚科夫斯基的不断奋斗。他的胜利。苏马罗科夫。叶卡捷琳娜。冯维辛。杰尔查文。

〔1〕康捷米尔生于一七〇八年，卒于一七四四年，终年应为三十七岁。

〔2〕法语：厌烦。

〔3〕法语：照常前进。

〔4〕法语：吸引所有的人。

〔5〕法语：伏尔泰。

〔6〕英语：斯特恩。

② 并不像不久前某些欧洲杂志所断言的那样是被波兰拯救的；欧洲对俄罗斯总是那么无知，恰如它的忘恩负义一样。——原注

过口头传说的不断修改充实，保留了已经消磨掉一半的民族特点，而《伊戈尔远征记》则像一座孤零零的纪念碑耸立在我国古代文学的荒漠中。

但是在风雨飘摇、战乱不断的年代里，历代沙皇和大贵族有一点看法是一致的，即俄罗斯必须接近欧洲。从此以后伊凡·瓦西里耶维奇和英国建立了关系，戈杜诺夫和丹麦有了书信来往，十七世纪的贵族向波兰王子提出了条件。阿列克谢·米海洛维奇出使外国……最后，出现了彼得。

俄罗斯像一艘下水的轮船，在斧头的砍斫声和大炮的轰鸣声中驶进了欧洲。然而彼得大帝所发动的战争却起了良好作用并富有成果。民族改革的成功是波尔塔瓦战役的结果，而欧洲的文明也靠上了被征服的涅瓦河两岸。

彼得没有来得及完成他所开创的许多事业。在他雄心勃勃、努力进取的时候去世了。他曾向文学投去漫不经心却是明察秋毫的一瞥。他提高了费奥凡①的职务，鼓励过科皮耶维奇②，不因为行为的轻率和自由思想而疏远塔季谢夫，预言穷学生特列季亚科夫斯基将成为一个一辈子都很勤奋的劳动者。种子播下了。摩尔达维亚大公的儿子③在他行军时受到教育，而霍尔莫戈雷渔夫的儿子④在离开白海之滨后敲响了扎伊科诺救世主修道院学校的大门。新文学作为新建立的社会的成果不久后应该能够诞生了。

十八世纪初法国文学风靡欧洲。它势必对俄罗斯产生长期

---

① 费奥凡·普罗科波维奇（1681—1736），当时的宗教界人士，作家。
② 科皮耶维奇，作家。
③ 指俄国诗人康捷米尔。
④ 指罗蒙诺索夫。

的决定性影响。首先值得我们研究。

在对十七世纪初充斥法国的无数短诗、叙事诗、回环体诗、三行一韵诗、十四行诗和讽喻诗、讽刺诗、骑士小说、故事、韵文故事、宗教神秘剧 etc.作了一番考察之后，不能不发现这是一种虚假的繁荣，实际上是华而不实。疲惫不堪的研究者难得发现巧妙战胜的困难、选用得很好的叠句、精巧的短语、纯朴的笑话和真诚的格言。

浪漫主义诗歌在全欧洲呈现出一派欣欣向荣的景象，真是富丽堂皇。德国早就有了《尼伯龙根之歌》，意大利有三部曲长诗[①]，葡萄牙有《卢济塔尼亚人之歌》[②]，西班牙有洛贝·德·维加、卡尔德隆和塞万提斯，英国有莎士比亚，而法国人维永[③]则在粗俗的讽刺诗中歌唱小酒店和绞刑架，因而被奉为第一个大众诗人！他的继承者马罗与阿里奥斯托和卡蒙斯生活在同一时期，

> 他写了一些八行诗，促进了叙事诗的繁荣。[④]

散文已经占了决定性的优势。怀疑主义者蒙田和犬儒主义者拉伯雷是塔索的同时代人。

一些天赋很高的人为法国文学的渺小，应该说是下流，感到吃惊，他们认为，这是由语言的贫乏造成的，于是竭力按照古

---

① 指但丁的《神曲》。
② 作者为卡蒙斯（1524/1525—1580），葡萄牙诗人，文艺复兴时期的代表。
③ 维永（1431？—1463），法国诗人，写有《小遗言集》《大遗言集》《绞刑架上之歌》。
④ 原文为法语。

希腊的典范加以革新。一个新的学派形成了，它的见解、目标和追求很像我们的斯拉夫-俄罗斯人学派，在这个斯拉夫-俄罗斯人学派中也有许多才识很高的人士。但是龙萨、若代尔和杜倍雷[①]的作品仍然徒有虚名。语言不可能向异己的趋势发展，它仍然走自己的路。

最后，马莱伯出现了，一位伟大的批评家[②]对他作了如此明确而极端公正的评价：

> 最后马莱伯出现了，是他第一个在法兰西
> 使我们感觉到诗歌中真正和谐的韵律，
> 他指出一个词用得恰当有多大力量，
> 他还曾迫使缪斯服从职责的规章。
> 这位睿智的作家修正了法国的语言，
> 从此严格的听觉听不到欠通的言谈，
> 操觚赋诗学会了表达得优雅纯正，
> 诗句之间再不能任意纠缠不清。[③]

但是如今马莱伯和龙萨一样被人淡忘了，这是两位为诗歌的完善而呕心沥血的天才……有些作家更关心的是语言的外部形式，而不是语言的意义，不是与运用毫无关系的语言的真正生命，等待着这些作家的就是这样的命运！

---

① 龙萨、若代尔和杜倍雷都是法国十六世纪七星诗社的诗人。七星诗社的宗旨在于研究古希腊罗马文学，以此为借鉴，对法国诗歌进行革新。
② 指布瓦洛，下文引自他的《诗的艺术》。
③ 原文为法语。

在这种渺小得可怜、缺乏真正的批评、见解动摇不定的状态中，在鉴赏力总体下降的情况下，突然出现了一批使十七世纪末的文坛显现出灿烂光辉的真正伟大的作家，这该是一个多么令人吃惊的奇迹！是不是红衣主教黎塞留政治上的宽容、路易十四徒有虚名的庇护造成了这种奇观？或者是每个民族都命中注定会出现一个群星突然涌现、灿烂一时又逐渐殒灭的时代？……不管怎么说，在一群缺乏才能、平庸或不幸的诗人结束了古代法国诗歌年代之后，立即涌现出高乃依、帕斯卡、博叙埃[①]和费讷隆、布瓦洛、拉辛、莫里哀，以及拉封丹。他们对文明世界精神生活的主宰比他们的突然出现要容易解释得多。

欧洲的其他民族在一些将自己的伟大作品奉献给人类的不朽天才出现之前已经有了诗歌。这些天才走的是一条业已铺就的道路。但是在法国人那里，十七世纪一些具有崇高志向的精英遇到的却是仍在襁褓中的大众诗歌，他们轻视它的虚弱，便转而向古代的经典作品寻求出路。布瓦洛是一位才能出众、智商很高的诗人，他颁布了自己的法典[②]，于是文学便纳入了他的规范。只有年迈的高乃依仍然是浪漫主义悲剧的代表，他成功地把悲剧搬上了法国舞台。

尽管文学的渺小显而易见，黎塞留还是感觉到它的重要性。一个使法国的封建主义受到打击的伟大人物也想同文学建立联系。作家（在法国这是一个贫穷、可笑、狂妄的阶层）被召进宫廷，像贵族一样享受养老金。路易十四按照这位红衣主教创立的制度办事。文学界很快就聚集在他的宝座左右。所有的

---

① 博叙埃（1627—1704），法国作家，他的宣道词被认为是十七世纪法国古典文学的卓越散文作品。

② 指布瓦洛的著作《诗的艺术》。

作家都得到自己的职务。高乃依、拉辛按照国王的意思编出悲剧让国王观赏，历史学家布瓦洛讴歌国王的胜利，给他推荐值得他器重的作家，宫中侍从莫里哀在宫廷里嘲笑廷臣。学术院[①]的章程第一条就规定必须颂扬伟大的国王。也有一些例外：一个穷贵族（尽管整个社会都笃信上帝）在荷兰发表了描写修女的戏谑故事[②]，而一个善于甜言蜜语的主教在充满大胆的哲学言论的著作[③]里塞进了一篇针对某个著名朝代的辛辣的讽刺诗……因此，拉封丹没有享受养老金就死了，而费讷隆由于发表神秘主义的邪说也死在远离宫廷的边远教区。

由此便产生了一种温文尔雅、委婉细腻的文学，它是一种艳丽的贵族文学，有点矫揉造作，但也因此使整个欧洲的宫廷容易接受，因为正如一位最新出现的作家[④]正确地指出的，在全欧洲，上流社会是一家。

然而，一个伟大的时代消逝了。路易十四虽然比他的荣誉和他同时代的那一代人活得更长久，但终于离开了人世。一些渴望出现新鲜事物的社会精英提出了新的思想和新的发展方向。研究和指责的情绪开始在法国出现。那些社会精英蔑视文学的虚幻作品和想象力的高贵游戏，准备接受十八世纪命定的使命。

没有什么现象比以十八世纪命名的哲学[⑤]同诗歌更加对立的了。十八世纪哲学的矛头是对着占统治地位的宗教的，这宗教

---

① 指法兰西学术院。建立于一六三五年，法国著名的民族文化、科学和政治活动家的联合组织。四十位“不朽的人”被尊为永久成员，其中有黎塞留、拉辛、高乃依、伏尔泰、雨果、法朗士等。后并入法国研究院。
② 指拉封丹的《修女的故事》。
③ 指费讷隆的《忒勒马科斯历险记》。
④ 指斯塔尔夫人。
⑤ 指狄德罗、达兰贝尔、伏尔泰等创立的启蒙哲学。

可是所有民族诗歌永恒的泉源，而诗歌喜爱的武器则是冷峻的、小心翼翼的讽刺和疯狂粗野的嘲笑。这个时代的巨人伏尔泰精通诗歌这一人类精神的重要领域。他写了一部史诗[①]，意在攻击天主教。他在六十年内使剧院充满悲剧，在这些悲剧中，他既不关心性格是否逼真，也不管手法是否合理，硬是强迫剧中的人物表现自己的哲学原则。他使巴黎充斥脍炙人口的小玩意儿，在这些小玩意儿里面，哲学用通俗和戏谑的语言、单韵和有别于散文的节奏说话，这种轻松愉快的特点显示了诗歌的优势；他终于在自己一生中的某一天成了诗人，他那破坏性的天才全部淋漓尽致地倾泻到一部犬儒主义的长诗[②]之中，在长诗中，人类所珍视的一切高尚感情都成了献给嘲笑和讽刺的恶魔的牺牲品，古希腊成了嘲笑的对象，神圣的《旧约》和《新约》遭到了痛骂……

伏尔泰的影响是难以置信的。一个伟大世纪（法国人这样称路易十四的世纪）的痕迹正在消失。奄奄一息的诗歌正在变成俏皮的小玩意儿。长篇小说成了枯燥乏味的说教或者富有诱惑力的画廊。

所有具有崇高志向的精英都追随着伏尔泰。善于思考的卢梭宣布做他的门生。满腔热忱的狄德罗是他的信徒中最执著者。以休谟[③]、吉本[④]和瓦尔波尔为代表的英国欢迎百科全书派[⑤]的出现。欧洲人纷纷前往费尔奈庄园[⑥]参拜。叶卡捷琳娜跟

---

① 指《亨利颂》。
② 指《奥尔良少女》。
③ 休谟（1711—1776），英国哲学家、历史学家、经济学家。
④ 吉本（1737—1794），英国历史学家。著有《罗马帝国衰亡史》。
⑤ 指以狄德罗为首的法国启蒙思想家。
⑥ 伏尔泰在瑞士定居的庄园。

他友好地书信往来。弗里德里希[①]同他吵架又握手言和。社会听从他。最后伏尔泰死于巴黎，临终时他为富兰克林的孙子祝福，用一句从未听说过的话欢迎新大陆代表的到来！……[②]

伏尔泰之死并未阻止时代洪流前进的步伐。路易十六的大臣们同作家进行了辩论。博马舍登上舞台，他赤膊上阵，把一切仍被视为不可侵犯的东西撕得粉碎。旧的君主制哈哈大笑，热烈鼓掌。

大规模摧毁旧社会的时机成熟了。一切仍很平静，但年轻的米拉波[③]的声音犹如远方的雷雨从他被关押的监狱深处发出隆隆的响声……

法国作家的声名震动了欧洲，使它目瞪口呆，灵魂出窍，欧洲只好卑躬屈节地拜倒在他们面前，注视着他们的成就。德国教授们从讲坛的高处宣讲法国批评家定下的原则。英国在哲学领域里追随法国，理查逊、菲尔丁和斯特恩支持了散文体长篇小说的声誉。诗歌在莎士比亚和弥尔顿的祖国和在法国一样变得味同嚼蜡，微不足道。意大利摈弃了但丁的天才，梅塔斯塔齐奥[④]在模仿拉辛。

现在我们来谈谈俄罗斯。

…………

---

① 弗里德里希二世（1712—1786），普鲁士国王。伏尔泰抱着对开明君主的幻想，曾应弗里德里希二世的邀请，于一七五〇年到柏林，他本想在政治上有所作为，但弗里德里希二世只把他当文学侍从看待。

② 一七七八年富兰克林带孙子来见伏尔泰，请求为担任美国驻法国公使的孙子祝福，伏尔泰说了一句人们从未听说过的话："上帝和自由"。

③ 米拉波（1749—1791），十八世纪法国资产阶级革命时期立宪派领袖之一。

④ 梅塔斯塔齐奥（1698—1782），意大利诗人，歌剧作家。作品有歌剧《被抛弃的狄多》等，对欧洲十八世纪歌剧的发展有一定影响。

拜　伦[1]

拜伦家族是欧洲比较年轻的英国贵族中一个最古老的家族，他们的祖先是征服者威廉[2]的战友诺曼底人拉尔夫·德·比隆。拜伦家族的名字被光荣地载入英国史册。一六四三年他的家族被封为勋爵。据说，拜伦把自己的家世看得比自己的作品还珍贵。这种感情是完全可以理解的！祖先的荣耀和他从祖先那里继承下来的爵位提高了诗人的地位；相反，他自己赢得的荣誉却给他带来许多对他的生活小节吹毛求疵的污辱，常常损害高贵的男爵的荣誉，使他的名字遭到流言蜚语的攻击。

著名海军上将的儿子、伟大诗人的父亲拜伦大尉招来了诱拐的名声。他带走了卡马森[3]勋爵的夫人，在她办完离婚手续后立即娶了她。不久，在一七八四年她便离开了人世，留下一个女儿。第二年，这位勤俭的鳏夫为了改善自己败落的境遇，便娶了盖特庄园主乔治·戈登的独生女儿、财产继承人戈登[4]小姐为妻。这次婚姻是不幸的；二万三千五百英镑（合五十八万七千五百卢布）两年内就花光了。拜伦夫人[5]的年收入只剩下一百五十英镑。一七八六年夫妇俩一起到法国去，一七八七年回到伦敦。

第二年一月二十二日拜伦夫人生下唯一的一个儿子，取名乔治·戈登·拜伦（根据家族规定，盖特庄园的女继承人必须把戈登这个名字传给儿子）。拜伦勋爵在出生的时候就弄坏了一条腿，他把这件事归咎于母亲的羞怯或固执。给婴儿洗礼的是戈登公爵和多夫上校。

一七九〇年拜伦夫人到阿伯丁去，丈夫与她同行。他们在一起生活了一段时间。但他们的脾气合不来，不久便分手了。丈夫先从可怜的妻子那里骗取了一笔钱作为盘缠，然后去了法国。第二年，一七九一年，他死于瓦朗西安。

在阿伯丁短暂停留那段时间里，有一次他曾把年纪尚小的儿子带去，让他在身边过夜，但第二天便把吵闹不休的孩子送到他母亲那里去，从此再没有去接他。

拜伦夫人秉性纯朴、急躁，处理事情往往缺少深思熟虑。但她忍受贫困的那种坚韧不拔的精神却使她的品行赢得了旁人的赞誉。她只雇用一个女仆，一七九八年她带年幼的拜伦去掌管纽斯台德的遗产时，债务不超过六十英镑。

值得注意的还有一点：拜伦从来不谈自己童年时的家庭状况，认为这有失他的尊严。

小拜伦在阿伯丁小学里学会了读书写字。在各个年级里他都是成绩最差的学生之一，而做游戏他却比较机灵。据他的同学证实，他是个活泼好动、脾气急躁、喜欢记仇的孩子，随时准备打架，伺机报复。

有一位严守教规的长老会教徒佩特森，一位温和而博学的思想家，后来成了拜伦的导师，拜伦心中一直保留着对他的感

---

① 本文大约写于一八三五年，是一篇拜伦生平的开头部分，系参考托·穆尔出版的《拜伦勋爵回忆录》写成的，普希金生前未发表。

② 即威廉一世（征服者）（约 1028—1087），原为诺曼底公爵，一〇六六年在英国登陆，击败盎格鲁-撒克逊国王哈罗德二世的军队而成为英国皇帝。

③④⑤ 原文为英语。

激和怀念。

一七九六年拜伦夫人把拜伦带到山区，让他在患过猩红热之后调养一下身体。他们居住在巴拉特附近。

苏格兰大自然苍凉的美景给这位少年留下了深刻的印象。

在这段时间前后，八岁的拜伦曾爱恋过玛丽·多夫。十七年后在一篇日记里，拜伦描写过这段初恋：①

最近我很想念玛丽·多夫。真是难以想象，在我不仅不懂得爱情这种情感，而且也不理解这两个字的含义的年龄，我竟会对她如此无限忠诚和深深地依恋。可这千真万确是一种爱情！我母亲常常嘲笑这种童恋；好多年以后，我大约十六岁的时候，母亲有一次对我说："哎，拜伦，我收到一封从爱丁堡寄来的信，是艾伯克龙比小姐寄来的，你以前的恋人玛丽·多夫嫁给C.先生了。"我又能回答她些什么呢？我无法理解和解释我这一时刻的心情。我几乎全身痉挛起来。我母亲大惊失色，我恢复常态以后，她对我再也绝口不提这件事，对她的朋友却谈论不休。现在我还常常问自己，这究竟是怎么一回事？由于她母亲在阿伯丁的过错，她住到班夫外祖母家里去了，从此我们就再没有见过面；当时我们俩还都是孩子。后来我有五十来次堕入情网，然而我仍然记得我们谈论过的一切，记得我们的亲近、她的面貌、我的激动、失眠，我怎样折磨我母亲的使女，要她代笔写信给玛丽；为了让我安心，她终于让步。这可怜的使女以为我疯了，当时因为我还不会好好地写字，

① 以下引文原文为法语。

她便成了我的秘书。我还记得我们一起散步的情景，记得她住在阿伯丁近普伦斯顿的地方，我在她家里，在儿童室坐在玛丽身边时所感受到的欢乐心情，记得当时她妹妹在玩布娃娃、我们则一本正经地互相亲热的情景。

在我身上这种感情怎么会出现得这么早？其原因是什么？从何而来？在当时以及过了几年以后，我还不懂得两性的差别。然而，我的苦恼，我对这个小女孩的爱情是如此强烈，以致我自己有时都要怀疑，从那以后我究竟真正爱过没有。无论如何，她出嫁的消息对我无异晴天霹雳，使我大为震惊。我差一点咽了气，这使我母亲大惊失色，而别人几乎都不相信。我一生中这种反常的现象使我百思不得其解（因为当时我还不满八岁），为寻求它的答案，我会苦恼一辈子。从某个时候起——我自己也不知道为什么，——对玛丽的回忆（不是对她的感情）又加剧起来，而且从未这么强烈过。我很想知道，她是否记得这些事，是否记得我。她是否还记得当时她怎样为她的妹妹爱伦惋惜，因为妹妹没有一个崇拜者。她在我心中保留着一个多么迷人的形象！她那头栗色头发，那双浅棕色的情意绵绵的眼睛——一切，直到她的衣装！如果现在我见到了她，我会感到真正的不幸。不管她多么美丽，如果发生这种情况，那一定会破坏，至少会削弱那令人陶醉的彼丽[①]的美貌，当时在我心目中她就是一个彼丽，而且到现在还活在我心中，虽然岁月已经过去了十六年还要多一些，因为我现在已经二十五岁零几个月。

---

① 波斯神话中的救难仙女。

老勋爵威廉·拜伦一七九八年死于纽斯台德。在他去世前四年，他的嫡孙死于科西嘉，于是小乔治·拜伦便成了领地和家族爵位的唯一继承人。当时他尚未成年，便被交给他的远亲卡利尔勋爵监护，欣喜若狂的拜伦夫人当年秋天便离开阿伯丁，带着十一岁的儿子和忠实的女仆玛丽·葛雷到古老的纽斯台德去了。

拜伦的亲祖父拜伦海军上将的哥哥威廉勋爵是一个脾气古怪而不幸的人。他曾在决斗中刺死自己的亲戚和邻居查沃思先生。他们决斗的时候没有证人，就在一家小酒馆的烛光下进行。这件事闹得满城风雨，贵族院认为杀人凶手有罪。但他被免于惩罚，从此便定居在纽斯台德。在这里他的乖戾、吝啬和阴沉性格使他成了造谣中伤的对象。有关他和妻子离异的原因，到处传播着一些荒诞离奇的流言蜚语。都说有一次他企图在纽斯台德池塘淹死妻子。

由于憎恨自己的继承人，他便竭力破坏自己的领地。能够和他谈谈话的只有一个老仆人和一个兼做其他工作的女管家。此外，家里到处是蟋蟀，这是威廉勋爵喂养和训练的。尽管老勋爵很吝啬，他却常常感到手头拮据，有时他便采用对他的继承人很不道德的手段去弄钱。这样的人是不会为继承人着想的。他就这样卖掉了不属于他的祖传领地罗齐达尔（买主们也知道这一点；但他们希望在继承人否决这宗非法买卖之前得到一笔收益）。

威廉勋爵从来不和他那年轻的继承人来往，他只称他为住在阿伯丁的小孩。

拜伦勋爵在与他的出身极不相符的贫困状态下，在性格暴躁、抚爱和暴怒都很轻率的母亲监护下，度过了最初的几年，这段岁月对他的一生都有强烈而持久的影响。受到伤害的自尊心、不时受到刺激而敏感的心灵都给他带来了痛苦，造成他容易激动的脾气，这些表现后来便成了他的性格的主要特征。

拜伦勋爵的古怪脾气部分是天生的，部分是外来因素造成的。穆尔[①]正确地指出，拜伦的性格鲜明地反映了他许多祖先的优点和恶习。一方面是勇敢的进取心、宽宏大量、高尚的感情，另一方面是不可抑制的狂热，乖戾，对社会舆论的粗暴蔑视。毫无疑问，威廉勋爵留下的记忆对他的继承人的想象力产生了强烈的影响，他从古怪的伯祖父那里接受了很多习惯。不能不承认，曼弗雷德和莱拉[②]同那位孤独的纽斯台德男爵有许多相似之处。

一个看来并不重要的情况却对他的心灵产生了同样强烈的影响。他生下来的时候弄坏了一条腿，因而拜伦一生都是瘸子。生理上的缺陷使他的自尊心受到了伤害。有一次拜伦夫人骂他瘸孩子，他气得发疯，那疯狂劲儿简直无法形容。他原是一个美男子，却把自己想象成为一个丑八怪，怕见生人，他熟人很少，因为他担心他们会用嘲笑的目光看他。这种缺陷促使他产生一种强烈的愿望，一定要在需要体力和敏捷的工作中显得出类拔萃。

---

① 托马斯·穆尔（1779—1852），英国浪漫主义诗人，著有《拜伦爵士的书信和日记以及对他一生的评语》。

② 曼弗雷德和莱拉都是拜伦同名作品的主人公。

尼·巴甫洛夫的《三部中篇小说集》[1]

巴甫洛夫先生的三部中篇小说写得非常精彩，他完全应该得到这种成功。小说以精湛的技艺和笔法写成，这种技艺和笔法我们那些真正的小说家并没有教导过我们。

小说《命名日》尽管写得引人入胜，却有点不合情理。理想化的仆役写得不大自然，对于正常的鉴赏力来说，看起来不大舒服。也许用极其朴实的手法来表现这件事会获得极其强烈的色彩，故事也会更富于戏剧性，但这就要求更大胆的笔法，更深刻地了解人物的内心世界。《拍卖》是一出很有趣的滑稽短剧，一幅轻松的图画，其中独具匠心地安排了三四个人物。“我要到拍卖场去。”“可我刚从拍卖场来。”这是一种真正的喜剧特征。

关于《大曲剑》，我们要说的和《命名日》一样。这部中篇小说虽然引人入胜，却不能排除它的不合情理。结局是不合实际的，或者至少是弄错了时代。不过所有的人物都有血有肉，每个人的言谈举止都符合他们的身份。在巴甫洛夫先生纯正洒脱的文风中偶尔也有矫揉造作的成分。在他的描写中也偶尔存在当代法国小说家那种短视琐碎的弊病[2]。巴甫洛夫先生受到《莫斯科观察家》的极力称赞[3]，因而我们在这段文字中只想限于评论一些缺点。但是在本文将要结束时还是应该说一句：巴甫洛夫先生在我国是第一位写出真正引人入胜的小说的作家。

他的这本书，照一位女士的说法，属于那些令人废寝忘食的作品之列。

巴甫洛夫先生的才能要高于他的作品。为了证明这一点，我要援引一段文字，在这段文字里真实感甚至诱使作者违反他的意志。在《命名日》里，尽管那个受到赏识的军官显然是作家想象中的主角和宠儿，但作家却赋予他奴颜婢膝的特点：

> 请您相信，不敢坐，不知道往哪儿坐，怎么坐才好——这是一种最使人难过的感觉……因此我现在要把当时这种痛苦心情向我碰到的随便哪个人发泄。别人彬彬有礼地跟您说话，您却粗暴地回答他；别人恭恭敬敬地向您脱帽致敬，您却勉强向他点点头作为回答；您摊手摊脚地躺在沙发上，面前却站着畏畏缩缩的少爷和规规矩矩的富豪，您能理解一个人这种时候扬眉吐气的感觉吗？

---

① 本文系一篇评论的草稿，普希金生前未发表。尼·巴甫洛夫的《三部中篇小说集》出版于一八三五年，小说对农奴制的批评曾引起沙皇尼古拉一世的不满，尼古拉一世对通过此书出版的书刊检查官进行严厉申斥。尼·费·巴甫洛夫（1803—1864），俄国作家，作品针砭时弊。

② 此处普希金暗指巴尔扎克的创作特点。

③ 指舍维廖夫发表在《莫斯科观察家》一八三五年第一卷的文章。

《狄康卡近乡夜话》[1]

养蜂人鲁德·潘克出版的故事集。第二版。两部，8开本，第一部十四章二百〇三页，第二部十章，二百三十三页。对外贸易司印刷所印行。

我国读者当然记得《近乡夜话》问世留给他们的印象：对一个能歌善舞民族的生动描写，小俄罗斯大自然的明媚风光，纯朴而又淘气的欢乐的场面，这一切都使大家很快活。冯维辛时代以后我们就没有欢笑过了，如今出了一本俄罗斯的书，它使我们得以笑颜常开，对此我们真是惊讶不置！我们非常感激这位年轻的作者，乐于原谅他文风上的不平衡、不正规，某些故事的不连贯、不逼真，而把这些不足之处交给批评家，让他们去捞一点便宜。作者没有辜负这种宽容的态度。从那个时候起，他不断取得进步，手法日臻娴熟。他出版了《小品集》，其中收入了《涅瓦大街》，这是他最完整的作品。随后又出版了《密尔格拉得》，大家都如饥似渴地读了这部作品中的《旧式地主》那篇使人含着忧愁和感动的眼泪发笑的戏谑动人的田园诗，读了那篇开头可以和瓦尔特·司各特的作品相提并论的《塔拉斯·布尔巴》。果戈理先生还在继续前进。希望能在我们的杂志上经常谈论他。[2]

---

① 本文发表于《现代人》一八三六年第一卷。

② 近日本地的剧院将上演他的喜剧《钦差大臣》。——原注

亚历山大·拉吉舍夫[1]

正直的人不应受到绞刑。[2]

卡拉姆辛一八一九年语

叶卡捷琳娜二世在位十年末期有几个刚结束少年时代的年轻人遵照女皇的旨意，在一位教师的监督下，由一位忏悔神父陪同，被派往莱比锡大学学习。他们并未在学业上得到教益。监督教师只想谋取私利，忏悔神父是个忠厚的教士，却未受过教育，对他们的智力和道德观念未产生任何影响。这些年轻人具有自由思想，行为不受约束。他们回到俄罗斯，在国内，公务和家事代替了格勒特[3]讲授的课程和大学生的胡闹。其中大部分人从此销声匿迹，没有留下任何痕迹；只有两个人成了名人：一个在引人注目的舞台上任职，却不幸是个庸才，碌碌无为。[4]另一个和他完全不同，曾经名扬天下。

亚历山大·拉吉舍夫生于一七五〇年前后。他最初就读于贵族子弟军官学校，曾引起上司的注意，给人以年轻人前程远大的印象。大学生活没有给他带来多大好处。他甚至不肯好好学习拉丁语和德语，以便至少能听懂教授们的讲课。他并不渴望学到知识，却有一颗不安分的好奇心，这是他有别于别人的智力特点。他性格温和，沉默寡言。同年轻的乌沙科夫关系密切，这对他的一生产生了决定性的深刻影响。乌沙科夫比拉吉舍夫稍大几岁，但在上流社会中却已经有了些经验。他已经在三级文官捷普洛夫手下当了秘书，为他的功名开辟了光辉的前景，他却出于对知识的热爱，离开了职务，同几个年轻的大学生一起到莱比锡去。志趣相投使拉吉舍夫同他亲近起来。他们偶然接触到爱尔维修⑤的著作。他们如饥似渴地研究他那庸俗而空洞的哲学原理。到处奔波的法国哲学使者格林⑥在莱比锡遇到这些正在研读《精神论》的俄国大学生，便把这个消息告诉了爱尔维修，这使他的虚荣心大为满足，并使他那些同行感到高兴。如果我们不幸不了解受到法律和传统观念否定的新思想、新准则对正在发展的社会意识具有多大的诱惑力，那么现在我们就无法理解那枯燥干巴的爱尔维修著作怎会成为热情、敏感的青年人喜爱的读物。我们已经很熟悉十八世纪的法国哲学，从各方面对它作过考察和评价。从前被视为古希腊司祭隐秘教义的

① 本文原准备在《现代人》第三卷发表，后来根据国民教育大臣乌瓦罗夫的命令禁止刊登。普希金生前未发表。

考虑到书刊检查方面极其难以逾越的障碍，普希金在论文中加强了批评的部分，使自己同拉吉舍夫的分歧显得更尖锐，在许多方面他干脆陈述了对拉吉舍夫的官方观点。普希金的目的在于争取解除谈论拉吉舍夫的禁令，取得论述他的权利。还在一八二三年他就曾写信给别斯土热夫，信中说："在谈论俄罗斯文学的论文中怎能忘记拉吉舍夫？我们还能记住谁？这种沉默是不可原谅的……"但即使如此，普希金的论文还是未能获得通过。乌瓦罗夫的结论是："文章本身写得不错，只要稍作修改即可通过。不过我认为重提一个完全被遗忘也必须被遗忘的作家和作品是不妥当和完全多余的。"

② 原文为法语。

③ 格勒特（1715—1769），德国启蒙作家，曾在莱比锡大学任教。持有温和市民阶层立场。

④ 指 О. П. 科佐达夫科夫（1754—1819），一八一〇至一八一九年任俄内务大臣。

⑤ 爱尔维修（1715—1771），法国唯物主义哲学家，启蒙思想家。主要著作有《精神论》《论人的理智能力和教育》等。

⑥ 弗里德里希 · 梅尔希奥 · 格林（1723—1807），德裔法国评论家，对十八世纪法国文化在欧洲的传播起过重要作用。

那种学说后来在大庭广众中被广为宣传，弄得家喻户晓，于是永远失去了神秘和新鲜的魅力。另一些同样幼稚的思想，另一些同样无法实现的梦幻取代了狄德罗和卢梭的门徒的思想和梦幻，而那些轻率崇拜传闻的人又从这些思想和梦幻中看到了人类的目标和永恒之谜的答案，他们不去考虑，这些思想和梦幻也将被另一些思想和梦幻所取代。

拉吉舍夫写了《Ф. В. 乌沙科夫传》。从这个片断中可以看出，乌沙科夫天生俏皮，善于辞令，具有广结人缘的才能。由于生活上放荡不羁，未满二十一岁就死去了；弥留之际，他还给拉吉舍夫上了可怕的一课。医生断定他必死无疑，他平静地听取了这个判决；不久病痛使他无法忍受，他便向一个朋友[①]要来了毒药。拉吉舍夫并不赞成这种做法，但从此自杀问题便成了他喜欢思考的问题之一。

回到彼得堡以后，拉吉舍夫担任了文职工作，但他并没有中断文学活动。他结了婚。财产足以供他使用。他作为一个作家在社会上受人尊敬。沃隆佐夫伯爵成了他的保护人。女皇与他有私人交往，并让他在私人办公厅任职。按常规说，拉吉舍夫应能得到一个最高官员的职务，但命运给他准备的却是另一条路。

当时俄罗斯有一些以马丁派神秘教徒闻名的人。我们还曾碰到一些属于这个半政治半宗教团体的老人。古怪地把对上帝的神秘笃信同哲学上的自由思想混合起来，无私地热爱启蒙事业，切实进行慈善活动，这些使他们明显地不同于他们那一代

---

① 指A. M. 库图佐夫，拉吉舍夫的《乌沙科夫传》便是献给他的。——原注

人。那些靠阴险地造谣中伤谋取私利的人竭力把马丁派神秘教徒想象成阴谋家，硬把他们说成政治犯。长期以来，女皇看待法国哲学家的努力探索犹如看待拳击运动员的搏斗，亲自为他们鼓掌表示鼓励，现在看到他们的胜利已感到忐忑不安，便怀着疑心注视着俄国的马丁派神秘教徒，认为他们是无政府状态的鼓吹者和百科全书派的信徒。不能否认，其中许多人并不属于那种不满现实的人，但他们的愤懑也只限于对现实发发牢骚，对未来怀着某种天真的希望，在共济会的晚宴上发表一通模棱两可的祝酒辞。拉吉舍夫偶然参加了他们的活动。他们谈话中的某种神秘气氛激发了他的想象力。他写了《从彼得堡到莫斯科旅行记》，以讽刺的口吻号召举行暴动，并在私人印刷所里出版，若无其事地出售。

如果我们回顾一下一七九一年，如果我们回想一下当时的政治局面，如果我们想象一下我国政府的威力和我国的法律——从彼得一世起这些法律就没有改变过，善于尊重人类的专制君主亚历山大的二十五年统治当时亦未软化这些法律的严厉程度；如果我们想一想在叶卡捷琳娜御座周围还活动着哪些严峻的人物，那么我们就会感到拉吉舍夫的罪行简直就是一种发疯的行为。一个小小的官吏，既没有任何权力，也没有任何人支持，竟敢起来反对公共秩序，反对专制制度，反对叶卡捷琳娜！请注意：阴谋家总是寄希望于同伙联合起来，形成一支力量；秘密会社的成员在遭到失败的情况下，便准备或者以告密来换取赦免，或者以为法不责众，总是指望不受到惩罚。但拉吉舍夫是单枪匹马，他既没有伙伴，也没有同谋。而一旦失败——他还能指望成功吗？——他就得一个人承担全部责任，成为法律的牺牲品。我们从来不认为拉吉舍夫是个伟人。我们从来认为他的所作所为是一种不可饶恕的罪行，而《莫斯科旅行记》则是一本十分平庸的书。然而，尽管如此，我们还是不能不承认他是一个具有非凡精神力量的罪犯，一个热衷于政治活动的狂人。他自然是个误入歧途的人，然而他的行动却带有惊人的自我牺牲精神，还带有某种义无反顾的骑士精神。

但是也许拉吉舍夫本人并没有意识到他这种丧失理智的迷误的全部严重性。否则又如何解释他把自己这本书广为分发给他的熟人，顺便也寄给杰尔查文，致使他陷入左右两难的境地这种轻率行为和古怪的想法？他这本书起初并未引起人们的注意，大概是因为最初几页实在太枯燥，令人难以卒读，但不管怎么样，没有多久，它还是掀起了轩然大波。书落到了女皇手里。叶卡捷琳娜大为震惊。她一连几天阅读这本令人难以忍受的煽动暴乱的讽刺作品。“他是个马丁派神秘教徒，”她对赫拉波维茨基说（参见他的日记），“他比普加乔夫更坏；他竟吹捧富兰克林[①]。”这句话是意味深长的，女皇正致力于国内各种族地区的统一大业，不能眼睁睁地看着殖民地一个个脱离英国的统治而无动于衷。于是拉吉舍夫被交付审判。枢密院将他判处死刑（见《法律大全》）。女皇予以从轻发落。罪犯被免去官职，剥夺贵族身份，带枷流放西伯利亚。

在伊林斯克，拉吉舍夫投身于与世无争的文学工作。他在这里创作了他的大部分作品。其中有许多涉及西伯利亚各方面的统计、对华贸易等事。他同当时某权贵的来往信件被保存了

① 美国科学家富兰克林也是一位启蒙思想家、国务活动家，曾参与起草美国独立宣言和一七八七年宪法，号召废除黑奴制度。

下来，[1]这位权贵也许并不完全反对《旅行记》的出版。当时拉吉舍夫正丧妻鳏居。他的妻妹便来到他这里和这位流放犯共度愁苦的孤独生活。他曾在一首诗里提到这种感人至深的场景：

我将在这里稍事休息，
叶尔马克曾在这里率领军队
登上小舟，急速地冲向
那可怕而又寒冷的地方，
在那里我饱尝生活的苦难，
但是在火热的友情怀抱里，
我感到欣慰，就在那边，
我留下了情长谊深的伴侣。

《鲍瓦·序诗》

保罗一世登基以后，从流放地召回了拉吉舍夫，恢复了他的官位和贵族身份，待他十分仁慈，并得到他不再写任何与政府精神相悖的文章的保证。拉吉舍夫遵守了诺言。他在保罗一世在位期间没有写过一行字。他住在彼得堡，远离一切事务，只教育培养自己的孩子。他被自己的经历和已往岁月磨炼得温良恭顺，甚至改变了标志着他那狂妄自大的青年时代的思想方式。他心中对往事已无怨恨，对已故伟大女皇也不再耿耿于怀。

我们不想责备拉吉舍夫，说他意志薄弱、反复无常。时间不但会改变人的肉体，也会改变人的精神。成年人对于激动年

---

① 指同亚·罗·沃隆佐夫（1741—1805）的通信。沃隆佐夫曾任贸易大臣，是拉吉舍夫的上司和保护人，十九世纪初任总理大臣。

轻人的幻想会叹口气，觉得荒诞不经或者一笑置之。幼稚的思想一如幼稚的面孔，总使人感到荒唐可笑。只有傻瓜才不会改变，因为时间不能使他成长，他也没有什么阅历可言。敏感而又热情的拉吉舍夫在看到法国恐怖时代发生的一切时能不浑身颤栗吗？当他听到有人在高高的断头台上宣传他昔日崇尚的那些思想，并且博得无知平民一片可憎的掌声时他能不深深地厌恶吗？他曾经为巨人米拉波的狮吼所迷醉，现在他已不想充当罗伯斯比尔这只多愁善感的老虎的崇拜者了。

亚历山大皇帝登基以后想起了拉吉舍夫，原谅了他那些可以归咎于年轻气盛和时代迷误的过失，看到《旅行记》的作者对许多滥用权力现象的深恶痛绝和某些善良的意图。他委派拉吉舍夫到法律编纂委员会任职，命令他对某些民事法规陈述自己的意见。可怜的拉吉舍夫又沉湎于同他从前的抽象思考相近的研究对象，往日的思考死灰复燃，于是在呈交给上司的草案中又致力于陈述从前的幻想。扎瓦多夫斯基伯爵[①]对他白发苍苍时竟还童心未泯觉得惊奇，便友好地责备他："哎，亚历山大·尼古拉耶维奇，你何必像从前那样说那么多废话！难道上西伯利亚去还嫌不够吗？"拉吉舍夫从这些话里听到了威胁。他又痛心又害怕，回到家里想起了年轻时的朋友，一个莱比锡大学的学生，当时他让拉吉舍夫第一次想到了自杀，于是……他服毒自杀了。这是他早就看到的结局，他自己也曾预言过！

拉吉舍夫的诗歌和散文作品（除《旅行记》外）于一八〇七年出版。他的作品中篇幅最大的是哲学论著《论人·论人的死

① 彼·扎瓦多夫斯基（1739—1812），俄国法律编纂委员会主席，曾任国民教育大臣。一八〇四年制定自由主义的大学章程和书刊检查条例。

亡和不朽》。该书的论述空洞平庸，文风也很晦涩。拉吉舍夫虽然也反对唯物主义，但仍可看出他信奉的是爱尔维修。对那纯无神论的论据，他更乐于阐述，而不是加以驳斥。他的文学论文中关于《忒勒马科斯颂》和特列季亚科夫斯基的论断非常出色，他热爱特列季亚科夫斯基和唾骂罗蒙诺索夫都是出于同一种感情：厌恶人云亦云的见解。在诗歌中他最好的作品是《十八世纪》，这是一首用古代哀歌体写成的抒情诗，其中有这样一些诗行，在他的笔下确实写得十分精彩：

漏壶流出时间，犹如滴滴水珠，
　水珠聚成溪流，溪流又汇成江河，
在远方的岸边，水流形成永恒的波浪，
　汹涌澎湃，流入浩瀚无边的大海。
那里没有岛屿，水砣探不到海底；
　世纪在其中流逝，融化了它们的痕迹，
但我们的世纪犹如鲜血的洪流，
　彪炳千秋，挟着雷电，冲向那里，
这载满希望的大船就要驶近码头，
　却被漩涡吞没，终于葬身海底。
汹涌的漩涡吞没了幸福、美德和自由，
　看哪，可怕的残骸还在流水中漂流。
不，你不会被忘记，疯狂而睿智的世纪，
　你将永远被诅咒，永远令众人惊奇，
在你伴随着枪炮声的摇篮里已注满鲜血，
　当你进入坟墓时，世纪已鲜血淋漓。
可是你看，血流中已矗立起两座高山，

叶卡捷琳娜和彼得，俄罗斯人永恒的骄子！

《鲍瓦》的第一歌也有它的优点。鲍瓦的性格被描绘得别具一格，他同卡尔加的谈话也趣味盎然。可惜，《鲍瓦》和《阿廖沙·波波维奇》[1]（他的另一部长诗，不知何故未收入他的文集）一样，丝毫没有这类作品中必不可少的人民性的影子；但拉吉舍夫想模仿伏尔泰，因为他总是想模仿别人。一般说，拉吉舍夫的诗写得比散文好。在散文方面他缺少范文，而罗蒙诺索夫、霍拉斯科夫、杰尔查文和科斯特罗夫早已完善了我国的诗歌语言。

《莫斯科旅行记》使他遭致不幸又使他出了名，这部作品正如我们说过的那样，是一部很平庸的作品，即使不谈它粗俗的文风。对百姓的艰难困苦和权贵的暴戾恣睢等等的怨言过于夸大，流于庸俗。那种激愤的心情有点装腔作势，故意夸大，有时极为可笑。我们完全可以摘录许多片断以证实我们的论断。而读者只要随便翻阅一下他的书，便可证实我们所说的都是事实。

在拉吉舍夫身上反映出了他那个时代的全部法国哲学。伏尔泰的怀疑论，卢梭的博爱主义，狄德罗和雷纳尔[2]的政治犬儒主义；但这一切都显得不协调，走了样，就像在一面哈哈镜前面，一切物体都变了形一样。他是一个真正的半启蒙主义的代表人物。由于无知，对过去的一切全抱蔑视的态度；由于低能，

① 这是拉吉舍夫的儿子的作品，普希金误以为是拉吉舍夫的作品。

② 雷纳尔（1713—1796），法国历史学家和社会学家，启蒙运动的代表人物。著有六卷本《欧洲人在东西印度创业和贸易之哲学史与政治史》，尖锐地批判了封建制度、天主教教会和殖民主义。

在自己的时代面前惊愕不已；对新事物表现出盲目的偏见；把局部的、肤浅的知识胡乱运用到一切方面——这就是我们所看到的拉吉舍夫。①他似乎是竭力想用自己那些尖酸刻薄的话语去激怒最高当局，其实，他如果能向最高当局指出它有能力做到的一些造福于民的事情，岂不更好？他痛骂老爷们的政权，说他们公然干些无法无天的事，其实，他如果能向政府和一些聪明的地主提出一些逐步改善农民处境的办法，岂不更好？他对书刊检查制度切齿痛恨，其实，如果他能谈谈立法者应遵循哪些原则岂不更好，这样，一方面能使作家们不致受到压制，上帝的神圣赋予——思想不致成为不明智、随心所欲的管理制度的奴隶和牺牲品，另一方面能使作家不致利用这种天赐的手段去达到卑劣或犯罪的目的。果真能做到这些，那自然大有好处，那时既不会掀起轩然大波，也不会发生骚乱，因为政府本身不仅不藐视作家，不会压制他们，而且还会要求他们共同参与，号召他们好好工作，听取他们的意见，采纳他们的建议——它会感到需要那些受过教育、善于思考的人的协助，因而不会害怕他们敢作敢为，也不会为他们的真诚感到厌烦。拉吉舍夫的目的是什么呢？他究竟想要什么？对于这些问题他本人也未必能作出令人满意的回答。他所产生的影响微不足道。大家都读过他的书，又把它忘记了，尽管书中有些合情合理的想法，有些善意的设想，但是这些意见完全没有必要用责骂和夸张的语句去表达，没有必要交由秘密的印刷所非法出版，并且掺杂一些违反法律的令人生厌的废话。如果这些意见能以更加真诚更加恳切

---

① 在手稿中删去了下面一句话："除去他身上的正直，剩下的就是波列伏依了。"可见这段话不是在评价拉吉舍夫，而是影射波列伏依。

的态度提出，那么一定会带来真正的效益，因为辱骂不能使人信服，没有爱心也就没有真理。

附　录

一

女皇致圣彼得堡总司令布留斯上将函

雅科夫·亚历山大罗维奇伯爵：

不久前本地曾出版一本名为《从彼得堡到莫斯科旅行记》的书，该书充斥极其有害之言论，破坏社会安宁，无视对当局应有之尊重，竭力煽动民众中对长官及上司之不满情绪，并以侮辱性语言辱骂朝中大臣及沙皇政权。该书作者原系六级文官亚历山大·拉吉舍夫，该员对下列情节供认不讳：即该书经市警察当局审查后，作者又擅自添加许多内容，并于其私有之印刷所印行，为此该作者已被收审。兹着令将此项罪行交由圣彼得堡省高等刑事法庭按法律程序审理，判决后报枢密院核准。

祝您诸事如意。

叶卡捷琳娜

二

6 月 26 日　（女皇）谈到《从彼得堡到莫斯科旅行记》一书："此书散布了法国有害思潮：作者系马丁派神秘教徒。我读过三十页。"她派人去找雷列耶夫（警察总监）。对拉吉舍夫表示怀疑。

7 月 2 日　继续批阅拉吉舍夫的书。据说已将该犯交舍什科夫斯基收监。

7月7日　“将在拉吉舍夫的书上所作的批注送交舍什科夫斯基。”女皇说他是个比普加乔夫更坏的暴徒，她让我看，在书末他吹捧富兰克林，把自己也想象成这样的人。她说话时言辞激烈，情绪激动。

8月11日　（女皇）带着明显的激动情绪命令将关于拉吉舍夫的报告交枢密院审理，“不得徇私偏袒，并声明，不得因为我的鄙视而在涉及我的问题上有所忌讳。”

（赫拉波维茨基的日记）

三

克　林[①]

“从前在罗马城里住着一位公爵叫叶菲米安……”这首民歌叫《神痴阿列克谢》，唱歌的是一个瞎老头。他坐在驿站院子大门口，身边围满了人，大部分是小孩和年轻人。他满头银发，双目紧闭，神情安详，使得站在他面前望着他的人不由得肃然起敬。他的歌声虽然很朴素，但伴随着格言的柔情，深深打动着听众的心。这些听众更习惯于倾听天然的声音，不像莫斯科和彼得堡的居民，他们的听觉是由美妙的歌声培养出来的，听惯了加布里埃利[②]、马尔凯西[③]或托迪[④]的华丽歌声。当这位克林歌手唱到主人公的

① 这一章曾以《一个俄国人的文稿片断》为题在《北方导报》一八〇五年一月的第五卷发表，作者拉吉舍夫，但发表时未署作者名字。

② 加布里埃利叔侄（安德烈亚，约1520—约1586；乔万尼，约1550—约1612），均为意大利作曲家，威尼斯复调派代表。

③ 马尔凯西夫人（1821—1913），德国歌剧女高音歌唱家。

④ 托迪，意大利歌唱家。

离别，用泣不成声的调子继续叙述他的故事时，听众中没有一个人内心深处不感到颤栗。他的眼窝里噙满了泪水，这些泪水从他饱尝人间痛苦而变得敏感的心灵中迸涌出来，顺着歌手的脸颊倾注而下。啊，人的天性，你是不可抗拒的！看着这哭泣的老人，妇女们也跟着痛哭流涕，青年人的嘴边失去了与青春相随的微笑；少年人的脸上现出某种畏葸的神气，那是一种病态的无以名状的感情的真实表现。就连成年的男人，虽然已习惯于人间的残酷，也个个现出庄重的神情。啊！人的天性，我又一次大声感叹……

那种并非刻骨铭心的痛苦感觉该是多么甜蜜！它使多少颗心及其感觉复活了。我也跟着驿站的人群失声痛哭，我感到我的眼泪也是那么甜蜜，就像从维特的心里迸发出来的一样……啊，我的朋友，我的朋友！为什么你看不到这种情景？要是你也看到这种情景，你定会和我一样痛哭流涕，而我们由于感情得到了交流，那种甜蜜的感觉定会强烈得多。

一曲方罢，所有的听众都慷慨解囊，仿佛对他的劳动给予奖赏。他以平常心收下所有的小钱和小铜币，大块小块的面包，并向施舍的人频频鞠躬表示感谢，边画十字边说："愿上帝保佑你健康。"不用说，他这颗心当然会得到上天的宠爱，我不愿在没有他的祝祷的伴随下就此离去。我希望他能祝福我一路平安，万事如意。我觉得，而且常常怀着一种希望，仿佛那些敏感的心灵的祝福能够帮助我克服前进道路上的艰难险阻，拔除疑虑的荆棘。我走到他跟前，把一个卢布放到他颤抖的手里，我的手也在颤抖，因为我担心别人会以为我这样做是为了博取别人的赞叹。他画了个十字，来不及说出平常对施舍者说的祝愿，便由于手心上感觉到那枚钱币不同寻常而出了神。这种表现使我心如刀割。我暗自思忖，给他一个小铜币会使他更高兴的！一枚小铜币会使他感受到人们对苦难的那种常有的深切同情，而我的银卢布却也许会使他感到是一种居高临下的施舍。他没有随即说出祝福的话。啊！当时我觉得自己是那么渺小，我多么羡慕那些给卖唱的老头一个小铜币一小块面包的人！“是个五戈比的铜币吗？”他像说每句话那样，语气不大肯定。“不，老爷爷，是个银卢布。”站在他旁边的一个小男孩说。“干吗这么破费？”瞎子垂下眼皮说，仿佛在想象手心里那枚钱币的样子。“为什么要施舍给一个不会使用它的人？如果我不是瞎了眼，那我会多么感谢你。就算我用不着，我也可以把它送给别的穷人。唉！要是那场大火过后我手里有这么一枚银卢布，我隔壁那些饿得哇哇叫的孩子们至少也会安静一天一夜。可现在我能拿它干什么？我不知道把它放哪儿好，也许它还会给别人提供一个犯罪的机会。偷一枚小铜币没有多大价值，可是偷一个卢布，想要伸手的人就很多了。好心的老爷，你把它拿回去吧，你的卢布会给你我招来小偷的。”啊，真理！当你受到责备时，你那颗敏感的心不知有多么沉重，“你把它拿回去吧，我真的用不着，再说，我也不配得到一卢布，因为我不曾为刻在那上面的皇上尽过力。我在年轻力壮的时候就不得不离开统帅们，这是造物的安排。我要耐心地承受他的惩罚。他是为了我的罪孽才来惩罚我的……我当过兵，和祖国的敌人打过许多仗，我总是毫无畏惧地投入战斗。但是一个军人总应该有所节制。战斗一开始，我总是怀着满腔怒火；我从不饶恕匍匐在我脚下的敌人，从不理会放下武器的敌人的求情。有一次我们的军队打了胜仗，我被胜利冲昏了头脑，冲上去惩罚敌人，收缴战利品，突然有一颗炮弹从我眼前飞过，炮弹的爆炸使我栽倒在地，失去了视力和知觉。啊！你们这些后来人，要勇敢，但也要记住你们是人。”他把卢布还给我，仍旧平静地坐回原位。

“收下这节日的馅饼吧，老爷爷。”一个五十来岁的妇人走过来对瞎子说。他兴奋地双手接过馅饼。“这才是真正的行善，这才是真正的恩惠。三十年来每逢节日和礼拜天我都吃这种馅饼。你没有忘记你小时候许过的诺言。我为你已故的父亲做过那么一点点事情，值得你这样牢记在心，一直到我进棺材吗？我的朋友们，有一次几个过路的士兵殴打他父亲，我救了他，当时士兵殴打农民是家常便饭。那些士兵想抢走他的东西，他和他们争吵起来。这件事发生在打谷场后面。几个士兵正对这个庄稼汉大打出手，当时我是个中士，和那些士兵同一个连，碰巧也在那里。我听到庄稼汉的叫声便跑过去，把他从士兵们的拳脚下救了出来，要不是去得及时，后果不堪设想。你瞧，如今这个给我送食物的妇人看到我在这里讨饭，又想起这件事了。每一天，每个节日，她都不会忘记这件事。我做的是一件小事，不过也算是善事，而上帝就喜欢人行善；行善是永远不会吃亏的。”

“老人家，难道你就这样叫我当众难堪，”我对他说，“唯独不肯收下我的钱吗？难道我给你的钱是一个罪人的钱吗？再说，这点钱如果能使一颗铁石般的心软化，那么对他也有好处啊。”“你无形中又对我进行了一次惩罚，使我这颗早已饱尝痛苦的心又一次遭到痛苦。”老头说，“我没有想到我会使你感到难堪，我没有收下你这份丰厚的馈赠是怕它对我有害；请饶恕我的罪过，这样吧，如果你想送给我一点什么，那你就送给我一点有用的东西吧……我们这里的春天很冷，我的喉咙有病，没有一条围巾好围住脖子——多亏上帝保佑，这场病总算过去了……你有没有旧围巾？要是我的喉咙又痛起来，我可以拿它围住脖子；它会让我的脖子暖和，喉咙就不会痛了。要是你需要一个叫花子的感念，我会感念你的。”我从脖子上解下围巾，把它系在瞎子的脖子上……便和他告别了。

归途中我又经过克林，我已经找不到这个盲歌手。他在我到达此地前三天去世了。但是那个每逢节日给他送馅饼的妇人告诉我，他生了病，临死前把我的围巾围在脖子上，人们把他放进棺材时就戴着它。啊！要是谁能理解这条围巾的价值，那么他听了这个故事后定会理解我此时此地的心情。

瞧，这本书从头到尾就是用这种文笔写成的！

《纳·安·杜罗娃笔记》序[①]

一会儿是男人，一会儿是女人。

奥维德[②]

一八〇八年一个名叫亚历山德罗夫的小伙子进波兰枪骑兵团当了兵，他表现出众，由于英勇善战而荣获士兵乔治十字章，并于当年晋升为马里乌波兰骠骑兵团军官。后来又调到立陶宛枪骑兵团继续服役，工作仍像初入伍时一样勤恳。

看起来这一切都平淡无奇，极其平常。可是由于一个意外发现的情况——骑兵少尉亚历山德罗夫原来是个名叫纳杰日达·杜罗娃的少女，这件事便闹得满城风雨，引起许多议论，给人们留下强烈的印象。

是什么原因促使这位名门闺秀背井离乡、女扮男装，担负起连男子汉都要退避三舍的工作和责任，到沙场上拼个你死我活？而且这是一场什么样的战争啊？是和拿破仑作战！是什么促使她这样做的？是难以启齿的家庭伤痛？是狂热的想象？是与生俱来的不可抑制的爱好？是爱情？……这些问题现在已被淡忘，然而当时却是公众竭力想要解开的谜。

现在纳·安·杜罗娃亲自来揭开这个秘密啦。承蒙她的信任，我们将出版她那些有趣的笔记。我们怀着笔墨难以形容的同情心读完了这位如此不平凡的妇女的自白，我们惊奇地发现，她那握过血淋淋的枪骑兵马刀的纤手也写得一手流畅、生动、充满激情的好文章。纳杰日达·安德烈耶夫娜同意我们选取一八一二至一八一三年的日记片断，以为《现代人》增色。我们将怀着深深的感激之情，迅速做好这件经她俯允的事。

出版人

① 本文发表于《现代人》一八三六年第二卷。
② 原文为拉丁文。题辞引自奥维德《变形记》第四卷。

斯·彼·舍维廖夫[①]的《诗歌史》[②]

《诗歌史》是个令人欣慰的现象，一部重要著作!

俄罗斯凭它的地理位置和政治状况 etc.成了欧洲的法庭和衙门。我们是伟大的批评家。[③]我们那些不偏不倚和思想健康的评论所涉及的并非发生在我国的事情，这真令人感到惊奇——有例为证。

我们的文学批评微不足道：为什么？因为文学批评不仅要求思想健全，而且还需要爱心和科学。看看我们的批评吧——梅尔兹利亚科夫[④]——希什科夫[⑤]——达什科夫[⑥]——etc.。

舍维廖夫在其序言中保证既不步法国批评的经验主义体系后尘，也不遵循德国人的抽象哲学（第 6—11 页）。他选择了历史叙述方法——理应如此：这样他就赋予科学以叙述的魅力。

批评家从研究西方文学史入手。

在意大利，他发现了罗马人的丰富感情，这种感情受到基督教的制约，得到宗教的保护，在艺术中复活，使严厉的天主教受到自己美好的影响，并且重新主宰了自己的祖国。

他承认在西班牙存在着同样的基础，但是他遇到了摩尔人，发现其中存在着伊斯兰教的倾向（？）。

舍维廖夫放下景色秀丽的南方，转而研究北方各民族，那些贫穷的奴隶、大自然的弃儿。

在多雾的英国，他发现了促使人们去积聚财富的贫穷，工业，劳动，研究，没有传说etc.的文学，物质性。

在德国神圣的森林里，他发现人们追求的是抽象的议论、隐居和封建割据，这些追求至今仍主宰着德国的政治人物、思想家的思想体系、小公爵们的府邸和教授们的课堂。

法国是欧洲的中心，社会生活的代表——利己主义生活和民众生活的代表。在这个国家，科学和诗歌并非目的，而是手段。民众（任何一位先生⑦）和整个讨厌的民主政权共同治理国家。在他们身上存在着一切愚昧的特征——轻视别人，抑制不住和毫不掩饰的高傲⑧。

俄罗斯的座右铭是：各有所长⑨。

---

① 斯·彼·舍维廖夫（1806—1864），俄国批评家，文学史家，诗人。曾同M. П. 波戈金共同主办《莫斯科人》杂志。著有《俄罗斯诗歌史》等著作。

② 本文写于一八三六年初，普希金生前未发表。舍维廖夫的《诗歌史》于一八三五年末问世。

③ 原文为法语。

④ 梅尔兹利亚科夫（1778—1830），俄国诗人，翻译家。著有《文艺理论概略》。

⑤ 亚·希什科夫（1754—1841），俄国作家，曾任国民教育大臣，领导“俄罗斯语文爱好者座谈会”。倾向复古和保守。

⑥ 德·达什科夫（1788—1839），俄国官员。文学团体“阿尔扎马斯社”成员。

⑦ 原文为德语和拉丁文。

⑧ 原文为法语。

⑨ 原文为拉丁文。

米·叶·洛巴诺夫关于外国与祖国文学特征的意见[①]

（一八三六年一月十八日在俄国皇家科学院宣读）

洛巴诺夫[②]先生认为应该赋予这篇意见以一种不确定的、完全不是学术性的形式：这是一篇短文，类似《〈俄国荣军报〉文学副刊》上刊登的报刊评论。一篇文章刊登在杂志上也许很精彩，但要拿到科学院全体会议上去宣读，然后再郑重其事地发表，那就未免太轻率。但是无论如何，洛巴诺夫先生的意见是值得、甚至是需要加以仔细研究的。

> "爱好读书和希望受教育，这种风气近年来在我国已大大加强（洛巴诺夫先生的文章是这样开始的）。印刷所增加了，图书的数量增加了；杂志的发行量扩大了；图书发行的范围也扩大了。"

洛巴诺夫先生认为这种情况会使注视我国成就的观察家感到高兴，于是笔锋一转，突然宣布了他的指责。

> 他说："那些公正的观察家对于造福于祖国的一切都怀着一片爱心，他们想到了最近读过的一些书，不能不带着

颤栗说，在我国当代文学中存在着外国作家特有的那种淫秽和荒诞的某些反映。”

洛巴诺夫先生没有解释淫秽和荒诞两词到底指什么，便继续说：

“一个民族往往向别的民族借鉴，而借鉴有益的东西，模仿高雅的事物必须慎重行事。但现在向当代外国作家借鉴了些什么呢（我指的是纯文学）？

“他们常常暴露那些荒诞不经、丑恶可憎和骇人听闻的现象，传播那些读者至今一无所知的极有害的、具有破坏性的思想，这些思想便强行在读者的心灵中培植淫秽和无信仰的幼芽，接着便让他们产生迷误或走上犯罪的道路。

“难道眼下充斥文学中的中篇小说、长篇小说、诗歌和散文，只能引起读者好奇的强盗、刽子手之流的生活和血淋淋的行径竟然成为我们仿效的样板了吗？难道那些引起并非有教益的恐怖，只能令人厌恶、扰乱人心的极其丑恶的场面能对人类有益吗？难道光明磊落、富有教益、助人为乐、崇高伟大的广阔天地已经变得狭小，以致人们不得不到荒诞不经、**令人厌恶**（？）、卑鄙龌龊，甚至令人憎恨的领域去寻求安慰吗？”

为了证实这些责难，洛巴诺夫先生便援引了爱丁堡一些杂

① 本文发表于《现代人》一八三六年第三卷。
② 米·洛巴诺夫（1787—1846），俄国作家。

志编辑关于法国文学现状的人所共知的意见。[1]在这种情况下，科学院的拱门内便响起了朱利·雅南[2]、欧仁·苏等人的名字。这些名字的前面还冠以几个奇怪的形容词……但是（万一）洛巴诺夫先生的文章被翻译过去，这些先生看见自己的名字印在俄罗斯皇家科学院的报告上，那将产生什么后果？那时我们演说家的一通宏论岂不白白付诸流水？在欧洲科学院的史册中至今只能看到那些以自己的天才、功绩和著作为自己竖立起不朽丰碑的活人的名字（科学院可不会提到与此无关的其他人的名字），而洛巴诺夫先生提到的那几位先生岂不是无权为自己意料不到的空前荣誉感到骄傲吗？一份杂志上发表了一位英国博学的文艺评论家的论文，它在那上面占了不少篇幅，产生了影响。我们的《文库》把它译载了，这件事做得好。但应加以仔细研究。世上有高峰，但从高峰上不应落下讽刺性的责备；世上有称号，而称号赋予你们的是不受书刊检查制度监督的适当而体面的责任，不顾法律，我行我素。[3]

> 洛巴诺夫先生写道："对于法国，对于被足以使人类毁灭的当代哲学所愚弄、在革命的血腥现象中变得粗野、陷入精神和理性腐败泥潭的各民族来说，一些最令人厌恶的情景，例如：极其下流的戏剧、可恨的无耻行径和乱伦等极其丑恶的混乱现象、《吕克莱斯·波尔吉》[4]，并不使他

---

① 指《爱丁堡评论》的一篇文章。该刊创办于一八〇四年，每年出版四期，拥有广大读者。

② 朱利·雅南（1804—1878），法国作家、政论家。

③ 原文为拉丁文。

按：此句引自奥维德的《变形记》。

④ 雨果反封建专制的历史奇情剧。

们感到厌恶；一些最具破坏性的思想对他们来说也没有多少感染力；因为他们对此早已熟视无睹，可以说，在革命的灾难中早已和它们同流合污了。”

试问：难道可以对整个民族进行这样可怕的诅咒吗？这个民族培养出了费讷隆、拉辛、博叙埃、帕斯卡和孟德斯鸠，如今还以夏多勃里昂和巴朗什[①]为骄傲；这个民族把拉马丁视为最伟大的诗人，以巴朗特、蒂埃里兄弟和基佐同尼布尔和加拉姆相对抗，[②]这个民族表现出了如此强烈的宗教追求，它如此郑重其事地否定了上世纪可怜的怀疑主义空谈，难道这整个民族就应该为几个作家的作品负责吗？这些作家大都是年轻人，他们滥用自己的才能，指望从读者的好奇心和易受刺激的神经中谋取私利。为了满足那些不断寻求新奇事物和强烈刺激的读者的要求，许多作家便去表现丑恶现象，很少去关心美和真的事物以及自己的信念。但是道德观念就像才能一样，不是人人生来俱有的。不能要求所有的作家都去追求同一个目标。任何法律都不能规定：只能写这种题材，而不能写别的题材。思想也和行为一样，分为有罪的和不应负任何责任的。法律不干预个人习惯，不要求对饮食、散步之类的个人私事作出说明；法律也不干预作家写什么题材，不要求作家只描写日内瓦牧师的脾气，而不能写强盗和刽子手的奇遇，只颂扬夫妇的恩爱，而不能嘲笑婚姻的不幸。要求所有的文学作品表现美或追求道德目标，无

---

① 巴朗什（1776—1847），法国宗教与社会哲学家，对浪漫主义作家有重大影响，对十九世纪前法国思想的发展也起过重要作用。作品有《联系文学艺术来考虑的感情》等。

② 巴朗特、蒂埃里兄弟、基佐是法国历史学家，尼布尔是德国历史学家，加拉姆是英国历史学家。

异于要求每一个公民的生活都要做到无懈可击并有良好教养。法律只惩罚罪犯，而把弱点和不道德的行为交给各人的良心去审判。和洛巴诺夫先生的意见相反，我们并不希望眼下的作家把强盗和刽子手描写成仿效的榜样。勒萨日[①]写《吉尔·布拉斯》和《古斯曼·达尔法拉什》当然不是为了教唆人家去偷窃和行骗。席勒写《强盗》大概也不会是为了把年轻人从大学里叫出来，让他们去拦路抢劫。当代作家的作品只是表现了一种愿望，即希望让读者感到有趣并觉得惊奇，为什么要把他们设想为怀有犯罪意图呢？狡狯骗子的奇遇、强盗和死人等的恐怖故事不仅常常吸引儿童而且也吸引成年人，小说家和诗人自古以来就常常利用我们这种好奇心。

我们并不认为，当代这种富于刺激性的轻率、乱七八糟的法国文学是政治风潮造成的。[②]法国文学已完成了自身的革命，它不同于推翻路易十四旧君主政体的政治变革。在革命最晦暗的时刻，文坛上常常出现一些甜腻、感伤、带有劝喻性质的小册子，而文学怪物的开始出现则是在最近这一温和、笃信宗教的复辟时期（Restauration）。[③]这种现象的起因应该到文学本身当中去寻找。文学长期因循守旧，因而形式上受到过大的限制。它突然走向另一个极端，认为随意抛弃一切规则是合情合理的事。古代演说家所确定的似乎有益就是美文学的条件和目的这种只着眼于细微末节的谬论已经寿终正寝。人们感觉到艺术的目的是理想而不是说教。但是法国作家只理解这条无可辩驳的

---

① 勒萨日（1668—1747），法国作家，代表作《吉尔·布拉斯》抨击封建等级观念，揭露金钱和权势的罪恶。

② 见《现代人》第一期：《论杂志文学运动》。——原注
按：这是果戈理的论文。

③ 指一八一四至一八三〇年的波旁王朝复辟时期。

真理的一半，却以为道德败坏可能就是诗歌的目的，也就是理想！从前的小说家常常把人类的天性表现为一种装腔作势的傲慢，他们的每一个构思都把惩恶扬善视为必不可少的条件。当代作家则相反，他们喜欢把恶习随时随地描写成一种值得骄傲的行为，他们认为人类心中只有两根弦：利己主义和虚荣心。这种对人类天性的肤浅认识当然只能暴露出思想的浅薄，不要多久，它也会像阿尔诺[①]和科登夫人[②]装腔作势、文词华丽的长篇小说一样遭人耻笑，显得甜腻不堪。这种观点暂时还显得新颖，而公众，也就是大部分读者由于不习惯，还把当代小说家看成对人类天性有极深入了解的行家。但是“绝望文学”（歌德语）、“魔鬼文学”（骚塞语）、电流文学、苦役文学、潘趣酒文学、血腥文学、卷烟文学等等这些早就得到批评界高度评价的文学，就是在公众舆论中也开始没落了。

从康捷米尔的时代起，法国文学对我国新生的文学经常产生直接或间接的影响，在我们的时代，它也应该有所反映。但是眼下它的影响是微小的。这种影响只局限于翻译和某些不很成功的仿作。我们的杂志就像别的地方一样正确或不正确地控制着社会舆论，多半成了新浪漫派的反对者。我国一些最有成就、最具独创性的长篇小说都是风俗小说和历史小说。它们的典范是勒萨日和瓦尔特·司各特的作品，而不是巴尔扎克，也不是朱利·雅南的作品。诗歌仍然未受法国影响；它越来越和德国诗歌接近，并且骄傲地保留着独立性，而不迎合公众的趣味和要求。

---

① 阿尔诺（1766—1834），法国剧作家、诗人。著有古典主义悲剧《玛丽在曼蒂尔勒》《卢克莱修》等作品。
② 科登夫人（1770—1807），法国作家。

洛巴诺夫先生继续写道：“当我们着重研究文学的精神和倾向的时候，每个有高度文化的人，每个思想健全的俄罗斯人都会看到：在科学理论上到处存在着自相矛盾、暗无天日、思想混乱的现象；在文学评论上则为所欲为、昧着良心、肆无忌惮，甚至横行霸道。礼貌相待、互相尊重，以及健全的思想都被否定、置诸脑后、毁弃殆尽。浪漫主义这个词的含义至今尚未确定，但影响很大，成了许多人为所欲为和文学癫狂行为的盾牌。批评这位文学的和蔼老师和诚恳朋友如今变成了粗俗的丑角，文学的强盗，用粗鲁蛮横的动作从傻瓜的口袋里捞点小便宜的手段，甚至常常用来反对某些以公民功绩和文学功绩著称的政府官员。无论是官衔、智慧、才能或年龄都得不到尊重。罗蒙诺索夫被视为学究。这位最伟大的天才把一首对上帝的崇高颂歌作为财富留给俄罗斯，全世界各民族中无论用哪一种语言写的颂歌都不能和它相提并论，然而它在我国的文学中却似乎不存在：他似乎是不走运的（洛巴诺夫先生大概是想说**没有才能**①的），因而默默无闻。卡拉姆辛这位思想深刻的先贤、治学严谨的作家、心灵纯洁的巨擘的名字也成了挖苦话……”

不用说，我们的批评还处于幼年阶段。它难得保持它所特有的那种庄重和体面。也许它的判断掺杂着某种盘算，而不是基于信念。遗憾的是，在我国不尊重德高望重的名人（这是愚

① 不走运的（бесталанный）和没有才能的（бесталантный）字形非常接近，只差一个字母。

味和浅薄的首要特征）不仅是许可的，而且被当作敢作敢为而备受称赞。然而即使在这个问题上洛巴诺夫先生的意见也是不正确的。虽然人们对罗蒙诺索夫的诗人称号有过争论（这是毫无道理的），但就我所能记得起来的，无论什么地方都没有人称他为学究。相反，现在人们都习惯于把他尊为大学者，而不看重他的诗人身份。人们在谈到杰尔查文的名字时都怀着一种偏爱的感情，甚至带点神化意味。卡拉姆辛纯洁崇高的声誉是属于俄罗斯的，没有一个真正有才华的作家，没有一个真正有学问的学者，甚至是他从前的论敌不对他表示深深的敬意和感激。

我们不属于本世纪那些五体投地的崇拜者，但必须承认，科学已经前进了一步。欧洲伟大思想家们的理论对我们并非没有教益。科学理论摆脱了经验主义的羁绊，采取了更为普遍的形式，显示出更加趋于一致的倾向。德国哲学，尤其在莫斯科，找到了许多年轻、热烈、认真的追随者。①尽管他们的语言对外行人来说是难懂的，但他们的影响还是起了良好作用，而且越来越显著。

> “我不想谈占统治地位的趣味，不谈美的概念和学说。前者在所有地方、在各个方面都有明显表现，并且是众所周知的，后者在当代那些昙花一现、互相攻讦的体系中是如此自相矛盾、变化无常，或者在那些言之无物、故弄玄虚的奇谈中是如此混乱，以致健全的头脑根本无法理解它们。如今人们未必相信：只要形式上稍作改变，对于各个

① 此处指当时活跃在莫斯科的一个唯心主义“哲学小组”。

时代、各个民族来说，美都是一成不变的；荷马们、但丁们、索福克勒斯们、莎士比亚们、席勒们、拉辛们、杰尔查文们，尽管他们的外表、出身、信仰、性格各各不同，但都创造了能为各个时代接受的美；作家们，无论是浪漫主义作家还是古典主义作家，都应该满足有教养有文化的人智力上、心灵上和想象力的要求，而不是只满足那些只会毫无区别地对着荡秋千的小丑鼓掌的蠢人们。不，如今有人在那里鼓吹，说什么人类的智力已大大向前发展了，它不必去惊动那些古代的甚至是当代的著名作家，它不需要人引导，也不需要典范，如今任何一个作家都是独具一格的天才——就在这面伪学说的旗帜下，当代作家一方面以那些晦涩难懂、甜得腻人的古典主义作家的名义否定古代伟大作家（然而正是这些作家几千年来吸引着自己的同胞，并将永远给自己的读者带来许多崇高的享受），一方面又在这面伪学说的旗帜下不知不觉地使那些涉世不深的青年失去理智，把道德和文学引向彻底堕落。"

对这些激昂慷慨的指责，我暂且不予反驳，但对洛巴诺夫先生从他所说的这些话中得出的结论却不能不研究一番：

"由于目前写了大量不道德的著作，审查机关要揭穿这些作家所要的全部花招便面临着难以克服的困难。如果为某种恶意所驱动的语言将宣扬荒诞，甚至有害的东西，那么要扫除文学中的错误见解和制止语言的粗野便不易做到。究竟是谁应该协助完成这项艰巨的事业呢？答案是：每一个严肃认真的俄罗斯作家，每一个学识渊博的家长，

> 尤其是科学院，它就是为此而建立的。它出于对皇上和祖国的热爱，有这样的权利。它有义务毫不懈怠地揭露、战胜和摧毁恶，不管在文坛上的什么地方，只要它发现恶。**科学院**（它的章程第三章第二条和奏章第三条中规定）**作为一个为监督语言的道德、规范和纯正而建立的机构，必须将审查图书或进行评论视为其主要职责之一**。因此，诸位先生，我的每一位可敬的同事应该按照科学院章程的规定将作品的审查结果和对我国当代文学中的著作和杂志所作的评论提交科学院大会审议和出版，以此来促进我们的共同利益，实现这个崇高机构的真正使命。”

但是，我国究竟哪儿存在着大量不道德的著作？那些蛮不讲理、怀着恶意、耍着花招企图推翻社会幸福生活赖以建立的法律的作家究竟是谁呢？难道可以指责我国的书刊检查机关疏忽大意、姑息养奸吗？据我所知，情况恰恰相反。和洛巴诺夫先生的意见不同，书刊检查机关不应该去“揭穿作家所耍的全部花招”。“书刊检查机关应特别注意所审查书籍的精神实质、作者的明显目的和意图，在审查意见中始终把语言所表达的明显含义作为根据，不允许随意往坏处解释。”（书刊检查条例第六条）这就是最高当局的旨意，它赋予我们文学创作的权利和法定的思想自由！如果说乍看上去有关书刊检查的这条基本规定显示出对作家的特别优待，那么再仔细研究一下，我们将看到，如果没有这条规定，那就连一行字也无法刊印，因为每一个字都可以往坏处解释。如果荒谬的文章仅仅是荒谬，而不包含着任何反对信仰、政府、道德和个人名誉的企图，那就不应被书刊检查机关查禁。荒谬就像愚蠢一样，应该被社会耻笑，而不应该招致法律的干预。一个受过教育的家长不应把许多获得书刊检查机关通过的书籍交到孩子们手里，因为书稿并非一律都是为各种年龄的人写作的。某些道学先生坚决主张十八岁少女不允许读长篇小说，由此不能得出结论，认为书刊检查机关应该禁止所有长篇小说出版。书刊检查机关是一个有益的机关，而不是一个专事压制的机关；它是个人和国家幸福生活的忠实卫士，而不是寸步不离地跟在淘气孩子后面的令人讨厌的保姆。

在结束这篇文章的时候，我们衷心希望已经给我国优美语言带来真正益处，并且建立了如许丰功伟绩的俄国科学院能够更多地鼓励我国的文学，使之更加生气勃勃。对于那些当之无愧的作家给予有效的保护，而对于那些有名无实的作家则应该用适当的武器加以惩罚，即不予理睬。

伏尔泰[①]

伏尔泰与德·布罗斯[②]议长等未发表的通信集，巴黎，1836年。[③]

不久前巴黎出版了伏尔泰与德·布罗斯议长的通信集。通信集涉及伏尔泰一七五八年购买土地一事。

这位伟大作家信札中的每一行字对后代来说都是珍贵的。我们饶有兴味地研究了作家的手稿，虽然它无非是开支账簿的摘录或者写给裁缝的关于延期付款的便条。一想到这只写下这些简单数字、这些并无重大意义的文字的手用同样的笔迹，也许还是用同一支笔，写下了许多成为我们的研究对象，使我们欣喜若狂的伟大作品，我们便不由得惊叹不已。但是这本由购买土地的事务性信札编成的书似乎仅仅是为伏尔泰一个人编辑的，它的每一页都能使我们发笑，并且使那些契约和不动产买契具有一种俏皮的讽刺性作品特有的魅力。命运赐予这位有趣的买主一位不亚于他的有趣卖主。德·布罗斯议长是上世纪最杰出的作家之一。他以许多学术著作[④]而蜚声文坛，但是我们认为他的《一七三九——七四〇年意大利书简》和不久前以《一百年前的意大利》[⑤]为题重版的这本书是他最好的作品。在这些友好的书简中德·布罗斯表现出了他的非凡才能。真正的学术性（但从来不因学究气而让人不堪卒读），深刻的见解，戏谑般的俏皮，信手勾成却生动、大胆的图画使他这本书高于所有同类的作品。

伏尔泰被逐出巴黎，又被迫逃出柏林，便在日内瓦湖畔寻找一个藏身之处。声誉并没有让他从烦扰中解脱出来。他的人身自由仍受到威胁。他把钱财分散到许多人手中，还为此而提心吊胆。小小的市民共和国的庇护并没有使他感到鼓舞。他想和自己的祖国和解，以防不测。他还希望（他自己这样写）一只脚踏在君主政体上，另一只脚踏在共和政体上，以便做到进退自如，随机应变。德·布罗斯议长的一小块土地图尔涅（Tournoy）引起了他的注意。他知道议长是个无忧无虑、挥金如土的人，总是缺钱花，便写了下面一封信同他进行谈判：

“我极其愉快地读完了您有关澳大利亚的描述，但请允许我向您提一个有关大陆的建议。您并不指望图尔涅给您带来收入。您的承租人苏埃企图撕毁合同是吗？您是否愿意将这块土地卖给我，让我在有生之年享用。我年老多病，我知道，这件事对我不利，但它对您有益，固而我乐观其成——这就是我想呈请您定夺的条件。

“我保证用您那座废旧城堡的材料建造一座漂亮小屋。我考虑将二万五千利夫尔⑥用于此项工程，其余二万五千利夫尔我将付给您现金。

① 本文发表于《现代人》一八三六年第三卷。
② 德·布罗斯，法国历史学家，哲学家，第戎市议会议长。
③ 原文为法语。
④ 《南半球航行史》《论语言的机械结构》《罗马共和国七世纪史》《论物神的崇拜》。——原注
按：这些书名原文为法语。
⑤ 原文为法语。
⑥ 法国旧时银币。

“用以美化这一地块的设施、全部家畜和用于耕作的所有农具都将归您所有。如果我未能造好房屋便撒手而去，那么您手里仍有二万五千利夫尔，只要您愿意，您还可以将它完成。但我当尽可能争取多活两年，那时您将无偿拥有一座相当不错的小屋。

“此外，我保证顶多再活四五年。

“作为这些诚意建议的交换条件，我要求完全拥有您的动产与不动产、权利、树林、家畜，甚至大教堂神父，直至我死后由他将我埋葬。如果这笔有趣的交易对您有利，那么您可以用一句负责的话将它肯定。人生苦短：事不宜迟。

“我再补充一句：我装饰了名为**乐园**①的寒舍，我也装饰了洛桑的房屋，这两处房屋的价值现在要高于当年价钱一倍：对您的土地我也会这样做。就其目前的状况而言，您是永远无法将它脱手的。

“我请求您在任何情况下都保守这一秘密，对此我将感到荣幸。”等等。

德·布罗斯毫不迟疑地回了信。他的信也和伏尔泰的信一样才华横溢，妙趣横生。

他写道：“假如您乔迁到城市近郊②，而我又能成为您的邻居，那么在和您一起欣赏湖岸的自然美景时，我将有幸对您附耳细语：居民的道德观念要求您迁回法兰西，有

---

① 原文为法语。
② 伏尔泰于一七五五年买下日内瓦附近的 les Délices sur St. Jean（圣让乐园）。——原注

两个重要原因：第一，因为必须住在自己家里；第二，因为不应该住在外国。您不能想象，这个共和国迫使我热爱君主政体到何等程度……那时我将向您奉上我的城堡，假如您不嫌弃的话。不过我的城堡没有成为古迹的荣幸，它不过是一堆破烂。您想恢复它的青春，就像恢复门农[①]的青春一样：我非常赞成您的设想。您不知道，也许达尔让塔尔先生[②]也有和您一样的打算。——让我们着手干起来吧。”

于是德·布罗斯逐条分析了伏尔泰提出的条件，有的同意，有的反对，表现出了他的干练与细致，这似乎是伏尔泰未曾料到的。这种情况使伏尔泰的自尊心变得强烈起来，他开始耍些花招，他们的通信也就变得更生动。买卖终于在十二月十五日宣告成交。

这些包含买卖双方谈判过程的信件和几封成交后写的书信是伏尔泰和德·布罗斯来往信件中最精彩的部分。双方互相逗弄，假献殷勤，不时撇开事务性的征询，开些意想不到的玩笑，推心置腹地议论当时的人物和事件。这些通信中，伏尔泰表现出了伏尔泰的本色，也即一个极为亲切的交谈者，德·布罗斯也表现出一个目光锐利的作家的本色，就是这个作家如此独具一格地描写了意大利的政体、习俗以及它的艺术与极其快乐的生活。

但是不久后土地的新主人和老主人之间的和睦关系中断了。这场战争也像其他许多战争一样起因于一点无足轻重的小

① 希腊神话中的埃塞俄比亚王。
② 伏尔泰的朋友。

事。几棵树被砍掉使这位性情急躁的伏尔泰大动肝火，他同这位同样容易激动的议长争吵了起来。伏尔泰的愤怒意味着什么，这一点应该看清楚！他已经把德·布罗斯视为仇敌，视为弗雷隆[①]，视为宗教裁判所的法官。他要置他死地而后快："让他发抖吧！"他疯狂地大叫："不是使他遭到嘲笑，而是使他名誉扫地！"[②]他怨天怨地，痛哭流涕，咬牙切齿……其实这不过是两百法郎的事。德·布罗斯自然也不肯对这位脾气暴躁的哲学家让步，他写了一封措词傲慢的信作为对这位声名煊赫的老头的回答，指责他生性粗野，劝他在失去理智的时刻不要动笔，以免以后平静下来的时候脸红，最后用尤维纳利斯[③]的一句祝愿结束了这封信：

健全的精神寓于健全的体魄。[④]

局外人想调解两个邻居的纠纷。他们的共同朋友吕夫先生竭力让伏尔泰感到于心有愧，给他写了一封措词尖刻的信（这封信可能是德·布罗斯亲自口授的）：

吕夫先生说道："您担心上当受骗，但在两个角色中这是最好的一个……您从来没有打过官司：打官司花费很大，即使打赢了官司……请想想拉封丹笔下关于牡蛎的故事[⑤]和

① 弗雷隆（1719—1776），法国反动批评家，伏尔泰的仇敌。
② 原文为法语。
③ 尤维纳利斯（约60—约140），古罗马讽刺诗人。
④ 原文为拉丁文。
⑤ 见拉封丹寓言《牡蛎和诉讼者》。两个旅客在沙滩上发现一个牡蛎，正为牡蛎应归谁所有而争吵，这时柏连·唐丹正好来到，他把牡蛎剥开，一口吞下，把两片牡蛎壳分别给了两个旅客。

《司卡班的诡计》第二幕第五场[①]吧。除了律师，您还得提防文坛上那帮无赖，他们要是有机会攻击您是会感到很高兴的……”

伏尔泰首先感到厌倦，于是作了让步。他长期对那位固执的议长耿耿于怀，并且阻挠德·布罗斯进入科学院（这在当时是很重要的）。此外，伏尔泰有幸活得比德·布罗斯长：德·布罗斯小十五岁，死于一七七七年，比伏尔泰早一年。

尽管人们收集了许多有关伏尔泰生平的资料（可以成立一个图书馆），但作为一个实业家、资本家和业主，他还很少为人所知。现在出版的通信集披露了许多情况。

出版人在序言中写道：“应该看到，作为欧洲的骄子，叶卡捷琳娜女皇和弗里德里希二世的对话者，为了维护他在地方上的显要地位，不惜亲自处理一些琐细的事务，应该看到，他怎样穿着过节的长袍，在两个侄女（**她们总是戴着钻石首饰**）的陪同下乘马车进入自己的伯爵领地；他怎样聆听教士的布道，新来的奴仆怎样用从日内瓦共和国租来的大炮鸣炮欢迎他。他和地方上的僧侣总是争吵不休。他巧妙而积极地反对征收**盐税**。他想成为本省的银行家。他也做起了贩盐的投机生意。他有自己的贵族，他把他们作为使者派到瑞士去。这一切使他忙得不可开交，他总是怀着这种他所特有的焦躁情绪为所有的事务担惊受怕。他

① 在这场戏中赖昂德迫使司卡班跪下承认自己的诡计。——原注按：《司卡班的诡计》系莫里哀的喜剧。

时而像律师一样能言善辩，时而像检察官一样善钻空子，时而像商人一样诡谲奸诈，时而像诗人一样善于夸张，时而出口成章，激昂慷慨。他写给议长的一封关于酒店里发生斗殴事件的信确实很像他为卡拉斯一家所作的辩护词。”

在这些来往信件中的一封信里，我们发现了伏尔泰一首人们尚未见过的诗。在这首诗里可以看到伏尔泰那无法仿效的才能的淡淡印记。这首诗是写给一位送给他玫瑰花的邻居的。

你的玫瑰花原种在我的花园，
那花丛很快就会鲜花怒放。
在那舒适的住处，我就是家长！
我不需要世间浮云般的桂冠，
如果在巴黎，我许会为它发狂。
我摘下花刺把我的双手刺遍，
这些花刺原是在枝头上生长。①

我们承认我们已落后的趣味是洛可可式的。我们发现这首诗比表达现代趣味的半打法国长篇抒情诗更符合作诗法，更有生活气息，更富有思想。在那些法国长篇抒情诗里，思想被错误百出的词句所代替，伏尔泰式的鲜明语言为龙萨式的华丽语言所代替，诗歌的生动敏锐被无法忍受的千篇一律所代替，而诙谐俏皮也为鄙俗下流或萎靡沉闷所代替。

总之，伏尔泰和德·布罗斯的通信集向我们介绍了《梅罗

① 原文为法语。

普》和《老实人》的作者可爱的一面。他的追求，他的弱点，他那孩子般容易激动的脾气，这一切并不损害他在我们心目中的形象。我们愿意原谅他，并准备仿效他那由热烈的心灵和容易激动的感情引发出来的行动。但是读了出版人附在我们所评述的这本书末尾的那几封信之后却不会产生这种感情。这些新发表的信是在德·拉·图什先生的文件中发现的，德·拉·图什先生曾担任法国驻弗里德里希二世宫廷公使（一七五二年）。

在这一时期伏尔泰同他从前的学生，北方所罗门①发生过龃龉。柏林科学院院长莫佩尔蒂②和柯尼希教授发生了争执。国王支持他的院长，伏尔泰则为教授辩护。出现了一封匿名的《公开信》。这封信指摘柯尼希，也伤害了伏尔泰。伏尔泰当即给予反驳，并在一些德国杂志上发表言词尖刻的答复。过了一些时候，《公开信》在柏林重新发表，标题页上印着王冠、权杖和普鲁士雄鹰的图案。伏尔泰这才恍然大悟，明白他在跟谁那么鲁莽地争论，于是他开始考虑如何理智地退却的问题。他发现国王的举动中已表现出对他明显的冷淡，并预感到他将失宠。他写信到巴黎对达尔让塔尔说："我竭力不去相信这件事，但我担心会像一个戴绿帽子的丈夫那样，竭力让自己相信妻子的忠诚。一个不幸的人内心总是痛苦的！"尽管他感到很丧气，但还是忍不住要再刺激一下自己的对手。他写了最恶毒的一篇讽刺作品（阿卡基亚医生的抨击）③，骗取了国王本人的允许，把它发表了。

---

① 伏尔泰曾在一封颂扬信中这样称呼弗里德里希二世。——原注
② 莫佩尔蒂（1698—1759），法国科学家，一七四一至一七五六年在德国工作，曾任柏林科学院院长（1745—1753）。
③ 原文为法语。

后果是可想而知的。按照弗里德里希的命令，这篇讽刺作品由一个刽子手经手焚毁了。伏尔泰离开了柏林，但是在法兰克福被几个普鲁士警官拘留，关押了几天，被迫交出弗里德里希写的几首诗，这几首诗只印发给少数人，其中包括一首针对路易十五及其宫廷的讽刺性长诗。

这段不幸的历史并没有给这位哲学家带来什么荣誉。伏尔泰在自己漫长的一生中从来都不善于保持自己的尊严。他年轻时曾被禁于巴士底狱，他所遭受的流放和迫害也没有引起人们对他的怜悯与同情，对于一位受苦受难的天才，人们几乎从来不会拒绝这样做。作为国王们的宠臣，欧洲的偶像，本世纪最伟大的作家，思想界和舆论界的领袖，伏尔泰一直到垂暮之年都没有赢得人们对他的苍苍白发的尊敬。他头上的桂冠沾满了污点。紧随着声名而来的诽谤在真理面前总是要风流云散的，但是与常情相反，诽谤临到他头上却总不离去，因为它往往让人觉得确有其事。他不懂得自尊，也不觉得需要别人的尊重。是什么吸引他到柏林去的？他为什么要牺牲自己的人身自由去换取国王随心所欲的恩惠？那位和他毫不相干的国王并没有任何权利强迫他这样做……

弗里德里希二世的高尚在于，国王本人能够违反自己喜欢嘲弄人的天性，不去污辱自己年老的老师，不会让这位法国最伟大的诗人穿上小丑的长袍，也不会让他遭受世人的耻笑，要不是伏尔泰自己招来这种可怜的耻辱的话。

至今人们还认为，是伏尔泰自己出于一时的义愤，把国王变化无常的恩典的标志——宫廷侍从的钥匙标志和普鲁士勋章退还给弗里德里希的。但是现在已经真相大白，原来是国王亲自要求他退还的。角色转换了：弗里德里希大发雷霆，恣意威胁，伏尔泰则哭哭啼啼，百般央求……

由此可以得出什么结论呢？天才有自己的弱点，它使庸碌之辈感到慰藉，却使高贵的心灵感到悲哀，提醒他们人类是不完美的；作家的真正位置是自己的书房；最后，只有保持独立人格和懂得自尊才能高瞻远瞩，免受生活琐事和命运风暴的搅扰。

《瓦·里·普游记》[①]

某某的巴黎与伦敦游记，作于旅行前三天。共三卷。莫斯科普拉东·别凯托夫印刷所承印。1808年，16开本。画面系瓦·里·普希金与塔尔姆。

这本小册子从未出售过。有几本分赠给了作者的朋友。我有幸从作者处获得一本（大概是最后一本）。我将它作为珍贵的友好纪念品保存着……

《游记》是作者对一位朋友的毫无恶意的玩笑之作；已故的瓦·里·普希金到巴黎去，他那孩子般的欢乐心情促使作者写了一首短小的叙事诗，作者以惊人的准确性描绘了瓦西里·里沃维奇的完整形象。这是一首轻松戏谑、毫无恶意地谈笑的典范作品。

对于那些喜欢卡图卢斯、格雷塞[②]和伏尔泰的人来说，对于那些喜欢诗歌不仅由于诗歌中蕴含着激动的情怀或充满哀歌的哀伤情愫，不仅由于其中包含着戏剧和史诗的广阔画面，而且还包含着戏谑的快乐、由爽朗的心情激起的智慧游戏，对于这些人来说，最宝贵的是诗人的真诚。我们愉快地看到诗人生气勃勃、充满创造性的心灵正处于种种情绪和变化之中：他们悲伤，他们快乐，他们在兴奋地想象，他们的感情得以平静，或者处在尤维纳利斯式的愤懑之中，或者对乏味的邻居产生小小的恼怒……

我敬仰巨著《浮士德》，我也喜欢讽刺短诗。

对不起，我愿意献出模仿拜伦勋爵所写的全部作品，为了下面这几行未经字斟句酌又缺乏热情的诗句，诗人在其中迫使他的主人公向朋友们大声嚷嚷：

朋友们！姐妹们！我在巴黎！
我开始生活，但不是迷恋！etc.。③

有些人除了感情热烈或词藻华丽的诗歌以外，不承认有别的诗歌存在；有些人认为贺拉斯的诗缺乏诗情画意（平淡、不含蓄、过于理性，是这样吗？），就算是这样吧。可是如果世界上没有连我们的杰尔查文都加以仿效的那些美妙颂诗，我们会感到很遗憾的。

---

① 本文写于一八三六年，普希金生前未发表。戏谑诗《瓦·里·普游记》系伊·伊·德米特里耶夫所作，一八〇八年印了五十份。瓦·里·普即瓦西里·里沃维奇·普希金，诗人的伯父。
② 格雷塞（1709—1777），法国诗人。
③ 这是《瓦·里·普游记》开头的诗句。

致出版人的信[1]

《现代人》第一卷发表过一篇关于格奥尔基·科尼斯基[2]的文章，他在布道时总是用下面几句非常精彩的话开始的：

“虔诚的听众们，基督的仆人们，我首先要对你们说的话就是谈谈我本人……正如你们所看到的，我的职责是教导人：而善良正直的教导者首先要教导自己，然后再教导别人；先向自己，一如向近亲传道，然后再向别人传道。”

尊敬的先生，如果您能向一大群订户事先说明自己对批评家和杂志出版人职责的看法，并且真诚地对一般人，特别是杂志出版人与生俱来的弱点表示悔悟，那么您在接受杂志的权杖，准备阐释真正的批评的含义时，您的举动便很值得赞扬。如果您能在杂志上刊登几篇真诚的评论文章（那是在我阅读了《现代人》第一卷以后想到的），那么您至少可以为自己的同行树立一个良好的榜样。

《论杂志文学运动》一文由于它立论的公正而引起普遍的注意。您在这篇论文中机智尖锐而又坦率地阐述了许多公正的见解。但是说实话，这篇论文不符合我们所期待的方向，而这个方向正是您准备加以批评的方向。仔细读了这篇有些自相矛盾的论文之后，我越加清楚地看到它对先科夫斯基[3]先生非常残酷。按照您的意见，我们整个文学都在围着《读书文库》转。而对其他定期出版物究竟应如何评价，仅仅看它对《读书文库》持何种态度。《北方蜜蜂》和《祖国之子》被视为《文库》的坚强后盾。照您的话说，《莫斯科观察家》的创办也仅仅是为了和《文库》战斗。它甚至也受到了谴责，因为它的攻击只限于发表两篇小文章；您说，要么按兵不动，要么一发起攻击就别落后，《文学副刊》《望远镜》和《杂谈》受到您的赞扬，就因为它们对《文库》持反对态度。说实话，这使那些急切地等着您的杂志出版的人感到震惊。他们说，难道《现代人》出版的目的就是要跟在《文库》后面，出其不意地向它发动进攻，并用武装起来的手夺走它的订户？我希望，我的担心是多余的，并希望《现代人》在选择自己的活动范围时能够更广阔，做得更高尚……

您对先科夫斯基先生的指摘不外乎下列几点：

1. 先科夫斯基先生仅仅主持以书商斯米尔金的名义出版的一份杂志的批评栏。

2. 先科夫斯基先生常常对人家交给他用于《文库》的文章进行修改。

3. 先科夫斯基先生在评论中未一贯保持那种庄重与公正的语气。

4. 先科夫斯基先生不常使用代词 сей 和 оный④。

---

① 本文发表于《现代人》一八三六年第三卷，署名 А. Б.。《论一八三四、一八三五年杂志文学运动》一文系果戈理所作，发表于《现代人》一八三六年第一卷。普希金作为《现代人》的主编，不便同自己最亲密的撰稿人果戈理进行公开论战，故用 А. Б. 的化名发表意见，提出他对果戈理文章中某些问题的不同看法。

② 科尼斯基（1717—1795），白俄罗斯大主教。

③ 先科夫斯基（1800—1858），俄国作家，《读书文库》主编。

④ 俄语：这个和那个。

5. 先科夫斯基先生拥有近五千个订户。

前两点指摘可以说属于书商斯米尔金的家务事，与读者无关。至于批评的庄重语气，我不明白，在评论祖国文学的某些作品时，怎么可以不用些戏谑的语气。读者要求对所有发表出来的文章作出说明，难道杂志编辑对他所评论的所有作品都要用同一种语气吗？评论《俄国史》同评论×××先生等的长篇小说是有区别的。[①]批评家总是竭力做到同样谦恭庄重，但是毫无疑问，他必定会得罪人。在社交场合，您的胳膊肘碰了旁边的人，您会向他表示歉意：这很好；但是您在秋千架下散步时碰了一个小铺子老板，您不会对他说：一千个对不起[②]。您会对他说：干吗在秋千架下逛来逛去？干吗要提那些不值一顾的书呢？但是如果读者要求您非这样做不可，为什么不满足他呢？这件事在您算不了什么，可我很开心！[③]请问：您那么快活地把丛刊《我的新居》比作一只在空房子屋顶上喵呜喵呜叫的瘦公猫，您这种评论究竟想表达什么意思？这种比喻很有趣，但我并没有发现其中有什么庄重之处。医生啊！先把自己的病治治好吧！说实话，看了《读书文库》上发表的几篇妙趣横生的评论，我感到有说不出的快乐，如果批评家选择了保持高傲的沉默，那我会感到非常可惜。

先科夫斯基先生关于一些普通代词 сей、сия、сие、оный、оная、оное[④] 的玩笑只不过是玩笑罢了。读者，甚至某些作家又何必把它当真。书面语能够和口头语完全一样吗？不能，正如

---

① 《俄国史》是卡拉姆辛的作品，×××先生们的长篇小说指保守作家布尔加林等人的作品。
②③ 原文为法语。
④ 即上文中提到的俄语“这个和那个”的变位。

口头语永远不会与书面语完全一样。不光是代词 сей 和 оный，[①] 而且连形动词和许多必要的词语在口头语中一般都避免使用。我们不说：карета，скачущая по мосту，слуга，метущий комнату；[②] 我们说：которая скачет，который метет[③] 等等，这是用没有文采的短语代替生动简练的形动词。但是由此不应得出结论，认为俄语中应消灭形动词。语言的习惯语和短语越丰富，对熟练的作家越有利。书面语常常由于使用了产生于口头语的习惯语而显得生动活泼，但也不应该否认书面语是几个世纪长期积累的成果。谁仅会用口头语进行写作，那就说明他不懂得语言。但您却不公正地把排除代词 сей 和 оный 与把 i 和 v 两个字母引进俄语正字法相提并论，并且徒然去惊动从未和谁争论过这些字母的特列季亚科夫斯基的在天之灵。这位想要改革我国正字法的博学教授在没有先例的情况下曾经孜孜不倦地做过许多工作。我要顺便指出，卡切诺夫斯基先生的正字法并非什么困难的新玩意儿，它在我们的圣书中早就存在了。每个受过古希腊罗马语言教育的作家都应该懂得它的规则，即使不想遵守它。

至于最后一点，也就是五千个订户问题，那么请允许我真诚地祝愿您明年也能受到这样的指责。

您必须承认，您对先科夫斯基先生的攻击是毫无根据的。他的许多被您忽视了的文章却值得在欧洲最优秀的杂志上占有

---

① 不过我们也常说：в сию минуту，сей час，по сию пору и проч。——原注

按：这些短语的意思分别是：在这时刻，马上，至今等。在这些口头语中都用了书面语代词 сей（这个）。这是语言习惯。

② 俄语：在桥上疾驰的马车，打扫房间的仆人。

按：这两个短语都用了形动词。

③ 俄语：马车在疾驰，仆人在打扫。

一席之地。作为外行，我们应该相信他关于东方的记述。他以惊人的敏锐和认真态度出版着《文库》，而俄国杂志出版人诸君并未教会我们养成这种习惯。我们这些恭顺的外省人都感谢他——为了他的文章的丰富多彩，为了他的作品的扎实内容，为了他登过许多欧洲的新闻，也为了他解答了文学中各种各样的问题。我们感到遗憾的是，许多为我们所尊敬和爱戴的作家都不愿意和斯米尔金先生的杂志合作，因而我们希望《现代人》能为我们弥补这个缺陷。我们还希望两家杂志不要竭力互相伤害，而是每一家都要为共同的利益，为满足如饥似渴的读者的需求而努力工作。

在谈到《北方蜜蜂》时，您指责它不加选择地把所有投来的消息、广告之类的东西都刊登出来。但不这样做它又怎么办呢?《北方蜜蜂》是一份报纸，而报纸的收入正是由不加选择地刊登各种广告和消息的得益组成的。一些拥有一万五千个订户的英国报纸仅仅靠刊登广告就能收回成本。不应该责备《北方蜜蜂》刊登广告，而应该责备它发表署名为 Ф. Б. 的那些无聊文章[①]，对于这些文章我们（尽管您鄙视我们这些可怜的外省人的趣味）早就作出了应有的评价。请您相信，我们非常恼火地看到，杂志出版人诸君想要用一些充满极其幼稚的思想和庸俗玩笑的劝喻文章来吸引我们，而这些文章大概是《北方蜜蜂》从“爱劳动的蜜蜂”那里得到的遗产。

您关于《荣军报》文学副刊的意见大体上是正确的。出版人在论战场上留下了不可磨灭的痕迹，至今仍以无可置辩的成

---

① 指法捷伊·布尔加林的文章。

就活跃在这块场地上。我们还记得《变色术》[1]，记得一系列各有特色的精彩文章。但是请允许我向您指出，您对沃耶伊科夫先生表示称赞和对先科夫斯基先生表示愤怒的正是同一件事：对不需要用严肃的笔法进行评论的文章用戏谑的笔法加以评论。

遗憾的是，您在谈到《望远镜》时竟未提到别林斯基先生。他正崭露头角，大有希望。他有独特的见解，机智敏锐，如果能在这基础上丰富学识，博览群书，尊重传统，兢兢业业，——一句话，更加成熟，那就有希望成为一个极其卓越的批评家。

谈到杂志出版人对重大文学事件无动于衷时，您指出了对瓦尔特·司各特逝世的态度问题。但是瓦尔特·司各特之死并非文学事件。关于瓦尔特·司各特及其长篇小说，不管恰当不恰当，我们已经谈得够多了。

您谈到最近读者明显表现出对诗歌的冷淡和对中长篇小说之类作品的兴趣一事。但是难道诗歌不总是少数优秀人物的享受，而中长篇小说则到处为所有的人阅读吗？您究竟在哪里发现了这种冷淡？与其责备读者冷淡，不如责备我们的诗人无所作为。杰尔查文的诗集已出了第三版，听说准备出第四版。在克雷洛夫寓言（去年出版）的卷首页上印着*三万册*。新涌现的诗人，库科尔尼克和别涅季克托夫，受到热烈欢迎。科尔佐夫赢得了普遍好感……什么地方表现出了读者对诗歌的冷淡？

您责备我们的杂志出版人，说他们没有向我们介绍瓦尔特·司各特，没有向我们介绍当代法国文学，没有向我们介绍

---

① 亚·费·沃耶伊科夫在《斯拉夫人》杂志上主持的一个栏目。

读者和作家的现状。

这些问题确实饶有趣味！我们希望今后您会予以解答，并在您的批评中避免您在大作中如此严厉、公正地加以谴责的那些缺点，我们有权把您的大作称为您的杂志的纲领。①

А. Б.

1836 年 4 月 23 日

特维尔

① 我们愉快地在这里发表 А. Б. 先生的来信，我认为有必要向读者作一些解释。《论杂志文学运动》一文发表在我的杂志上，但还不能由此得出结论，认为这篇文章以青年人特有的活力和坦率所表达的意见和我个人的意见完全一致。无论如何，它不是也不能成为《现代人》的纲领。

出版人

论弥尔顿和夏多勃里昂的译作《失乐园》[①]

法国人对邻国文学长期抱着蔑视的态度。他们相信自己比全人类优越，他们评价外国优秀作家的尺度是看他们离法国习惯和法国批评家确定的规则有多远。

在上世纪出版的译本中，随便读一读哪一本书的序言，其中都少不了这样的句子：我们很想让公众满意，同时又为我们的作者效劳，因而从书中删除了那些可能玷污法国读者高尚趣味的地方。当你想一想，是谁以这样的方式在谁的面前为谁辩解时，你就会觉得奇怪！这就是对人民性无知的冲动造成的结果！……批评界终于翻然醒悟。人们开始怀疑，勒图尔纳[②]先生对莎士比亚的评判会不会有错，他按照自己的理解重新处理了哈姆雷特、罗密欧与李尔王的形象是否妥当。人们开始要求翻译家更忠实于原著，少一点患得患失和讨好读者，希望看到但丁、莎士比亚和塞万提斯的本来面目、他们的民族装束和他们天生的缺点。甚至几个世纪以来公认的一种看法，即译者必须努力表达原著的精神而不是逐字照搬，也遭致反对和巧妙的驳斥。

如今（这是一件没有前例的事）一个法国最杰出的作家[③]逐字逐句地翻译了弥尔顿的作品，并且声称逐字逐句的翻译是他艺术创作的最高成就，如果做得到的话！一位法国作家，本行首屈一指的巨匠如此谦虚想必会让那些改译法的捍卫者大吃一惊，而且可能会对文学产生巨大影响。

在所有伟大的外国作家中弥尔顿在法国的遭遇是最不幸的。且不谈那些散文体的可怜译文，他在其中受到无辜的诋毁；也不谈修道院院长德利尔的诗体译文，译者对他粗糙的不足之处进行了粗暴的修改和毫不留情的修饰。但是当代浪漫派作家在悲剧和长篇小说中是怎样描绘他的本来面目的呢？法国批评家毫不客气地认为可以和瓦尔特·司各特并驾齐驱的阿尔弗雷德·德·维尼又把他说成什么？巴黎读者喜爱的另一个作家维克多·雨果又如何评论他？也许读者既忘记了《桑-马尔斯》[④]，又忘记了《克伦威尔》，因此无法评论维克多·雨果的荒诞构思。让我们把这两位作家交给任何一个有丰富学识和健全思想的人去评判吧。

让我们从一部悲剧——一个赋有才能的人的一部最荒诞的作品开始吧。

我们不打算研究这部枯燥乏味、希奇古怪的戏剧杂乱无章的情节发展过程；我们只想向我们的读者说明，剧本是怎样描写弥尔顿的，弥尔顿当时还是一个默默无闻的诗人，却是一位以其辛辣、无畏的雄辩蜚声欧洲的政论作家。

克伦威尔正在宫廷里同乔装成卫斯理派教徒的罗切斯特勋爵和四名侍从丑角谈话。弥尔顿和他的领路人（这个人物完全是没有必要的，因为弥尔顿要在很久以后才双目失明）也在

---

① 本文写于一八三六年末，发表于《现代人》一八三七年第一卷。当时英国和法国杂志正在就夏多勃里昂所译的《失乐园》进行争论。
② 勒图尔纳，法国作家，莎士比亚作品的法译者。
③ 即夏多勃里昂。
④ 原文为法语。

场。护国主[①]对罗切斯特说：

现在只有我们几个人，我想找点乐子笑笑：我向你们介绍我的几名侍从丑角。在我们心情愉快的时候，他们便会显得非常有趣。我们大家都会写诗，连我的老弥尔顿也会写。

弥尔顿　（怒气冲冲）老弥尔顿！对不起，阁下，我比您小九岁呐。

克伦威尔　随你便吧。

弥尔顿　您生于一五九九年，我生于一六〇八年。

克伦威尔　你记得好清楚！

弥尔顿　（活跃起来）您对我应该客气一点，我可是公证人和市参议员的儿子。

克伦威尔　好吧，别生气啦，我知道，你是个伟大的神学家，甚至是个杰出的诗人，虽然比维弗斯和托恩要差一点。

弥尔顿　（自言自语）差一点！这句话说得多残酷！可是等着瞧吧。人们会看到，老天爷会不会拒绝承认我的才能。子孙后代会对我作出评判。他们会理解我的夏娃，她堕入黑暗的地狱就像进入甜蜜的梦乡；他们也会理解那个有罪但善良的亚当；他们还会理解那个桀骜不驯的精灵，他也同样主宰着永恒。他在绝望中仍然是崇高的，在狂乱中仍然是深沉的，他从火湖中站立起来，用巨大的翅膀拍打着火湖！因为我心中有一个火热的神灵。我默默地转着一个古怪的念头。我沉

---

① 指克伦威尔。他在一六五三年建立军事独裁统治，自任“护国主”。

浸在自己的想法里，这想法使弥尔顿感到高兴：因为我同样想在地狱、人间和天堂之间建造一个自己的世界。

罗切斯特勋爵　（自言自语）他在那里胡诌些什么？

侍从丑角之一　一个可笑的幻想家！

克伦威尔　你的《偶像破坏者》是一本很好的书，但是你的魔王，利维坦①……（笑）却很坏……

弥尔顿　（小声、愤怒地）连克伦威尔也在嘲笑我的撒旦！

罗切斯特　（走到他身边）弥尔顿先生！

弥尔顿　（未听见，转身对克伦威尔）他这样说是因为嫉妒。

罗切斯特　（对心不在焉地听他说话的弥尔顿）坦白地说，您不懂得。您很聪明，只是缺少鉴赏力。听着：法国人在各方面都是我们的老师。研究一下拉康吧，读读他的牧歌吧。让阿敏塔和蒂尔西斯在您的草地上散步；让她用天蓝色的丝带牵着小绵羊。然而，你却写了夏娃、亚当、地狱、火湖！赤身露体的撒旦，燃烧的双翼！假如您给他穿上漂亮的衣服，假如您给他戴上一顶大假发和一个饰有金球的头盔，再套上一件玫瑰色背心和一件佛罗伦萨大礼服，就像不久前我在法国歌剧里看到的穿着节日礼服的太阳神一样，那就是另一回事了。

弥尔顿　（吃惊）瞧你在胡说些什么？

罗切斯特　（咬咬嘴唇）我又犯糊涂了！先生，我这是开个玩笑。

① 《圣经》中误译为鳄鱼。朱维之《失乐园》译本译为列未坦。

弥尔顿　多愚蠢的玩笑！

接着，弥尔顿断言，治理国家并不困难，写拉丁文的诗就完全不同了。过了不久，弥尔顿却匍匐在克伦威尔脚下，恳求他不要觊觎王位，对此护国主回答他说，国务秘书弥尔顿先生，你是一位诗人，大概写诗写昏了头，忘记我是谁了，等等。

在既没有历史真实，又没有戏剧逼真的舞台上，在毫无意义的英国国王加冕典礼丑剧中，弥尔顿和一个宫廷丑角扮演了主要的角色。弥尔顿在鼓吹共和制，侍从丑角拣起了一个皇家骑士的手套……

瞧，弥尔顿被写成一个多么可怜的疯子，一个多么渺小的空谈家，而这个描绘弥尔顿形象的人大概自己也不知道在描绘些什么，为什么要玷污这个伟大的灵魂！在整个悲剧的过程中，除了嘲笑和辱骂，弥尔顿什么也没有听到；诚然，他也始终没有说过一句有用的话。这是一个老丑角，大家都鄙视他，谁也不拿他当回事。

不，雨果先生！约翰·弥尔顿并不是这样一个人，他是克伦威尔的朋友和同事，一个严肃的虔诚教徒，《偶像破坏者》和《为英国人民声辩》①的严谨作者！给克伦威尔写过著名的预言性十四行诗《克伦威尔，我们的领袖》②的弥尔顿是不会用这样的语言和克伦威尔谈话的。

在艰难的日子里，成了恶言中伤的牺牲者，在贫困、迫害和失明的情况下保持着坚忍不拔的精神，口授了《失乐园》的

① 原文为拉丁文。
② 原文为英语。这是十四行诗《致克伦威尔将军》中的诗句。

弥尔顿，是不可能成为下流的罗切斯特和宫廷小丑嘲笑的对象的。

雨果先生本身是一位诗人（虽然是二流诗人），如果他对作为诗人的弥尔顿的理解如此糟糕，那么任何人便很容易想象，在他笔下，克伦威尔这个人物会被写成什么样子，他对克伦威尔已同样没有任何共同感情！但这是题外话。我们还是放下这位不可同日而语、草率拙劣的维克多·雨果及其荒谬的戏剧，来谈谈那墨守成规、装模作样的维尼伯爵和他的一部平淡无奇的长篇小说吧。

阿尔弗雷德·德·维尼在他的《桑-马尔斯》中也给我们描绘了弥尔顿，情节是这样的：

红衣主教黎塞留的情妇、大名鼎鼎的玛丽亚·德洛尔姆家中聚集着一群廷臣和学者。斯居代里[①]在向他们讲述他的讽喻体小说《爱情图》的故事。客人们对骄矜河畔的美人堡，对笔记村、冷漠港等都惊叹不已。除了在场的莫里哀、高乃依和笛卡儿，大家对斯居代里都赞扬备至。女主人突然向大家介绍一位名叫约翰·弥尔顿的英国旅行者，并硬要他向客人们朗读《失乐园》片段。好吧，可是不懂英语的法国人怎能听懂弥尔顿的诗呢？很简单：把他要朗读的片断译成法语，抄在专门准备的小纸片上，分发给客人。然后由弥尔顿朗诵，客人则跟着他的朗诵读纸片上的译文。可是既然诗句已经翻译出来了，又何必让他劳神朗诵呢？难道弥尔顿是一位伟大的朗诵家不成？要不然就是英语的音调特别有趣？可是这些荒谬的举动跟德·维尼

① 乔治·德·斯居代里，法国戏剧家。这里所说的《爱情图》并非他的作品，而是引自其姐女小说家马德莱娜·德·斯居代里（1607—1701）的长篇小说《克雷莉亚，罗马的故事》。

伯爵又有什么关系呢？原来他是想让弥尔顿在巴黎社交界朗读《失乐园》，让那些自作聪明的法国人既嘲笑他又不理解（当然，莫里哀、高乃依和笛卡儿除外）伟大诗人的精神，于是出现了下面一个极具戏剧性的场面。

女主人拿着一叠纸片，分发给客人。[①]

> 在场的人全都落座，全场鸦雀无声。那年轻的外国人正在窗边兴致勃勃地同高乃依谈话，人们催促了半天才使他离开窗口，开始朗诵。他终于走到桌子旁边的圈椅跟前。看样子他身体很虚弱，简直不是坐下去而是倒在圈椅里。他双臂支在桌子上，用一只手捂住眼睛，那双眼睛很大，富有表情，但半睁半闭着，不知是由于失眠还是流泪而发红。他背诵着自己写的诗，那些对他满怀疑惑的听众以一种高傲的，至少是居高临下的神情瞧着他，还有一些人则漫不经心地扫视着手里的译文。
>
> 他的声音起初是低沉的，后来逐渐清亮起来，一会儿诗的灵感便使他进入忘我境地，他的眼睛仰望着天穹，那目光显得像拉斐尔笔下福音书编述者的目光一样崇高，因为他的眼睛依然闪耀着光芒。他在自己的诗作里叙述着人的第一次堕落，呼唤着圣灵。这圣灵把一颗纯洁而虔诚的心看得比所有的神殿都重要，他无所不知，无时不在。
>
> 开始的时候全场都默默地听着，可后面这种说法却引起一阵窃窃私语。他什么也没有听到，他所看到的一切仿

① 以下引文摘自奥奇金的俄译本（圣彼得堡，一八三五年）。

佛都在云里雾里，他已沉浸在自己所创造的世界里，并且继续朗诵下去。

他讲述着被金刚石镣铐锁在复仇火焰中的地狱魔鬼，在垂死者堕落期间所经历的九天九夜，永恒地狱里的昏暗和堕落天使在其中漂流的火海。他开始用魔王激昂的声音说话：是你吗？你原来闪耀着令人目眩的光辉，住在幸福的乐土！啊！现在你是沉沦了！跟我走吧……天上的战场与我们何干？难道我们的一切都已毁灭殆尽？我们还保留着百折不回的意志，渴望复仇的精神，无边无际的憎恨，永不退让的勇气，难道这不是胜利？

这时一个仆人大声通报蒙里佐尔先生和丹特莱先生来到。他们频频鞠躬致意，与人寒暄，挪动椅子，然后坐下。听众便利用这个机会大肆交谈起来，其中不乏辱骂和无聊的责难；有些过于怀旧的聪明人大声叫嚷，说他们听不懂，这首诗太深奥，超出他们的理解力（他们不想说真话），他们想用这种虚伪的谦逊博取在座听众的称赞和对诗人的指责：真是一箭双雕。有些人甚至说，这是亵渎圣灵。

被打断朗诵的诗人用双手掩住脸，把双臂支在桌子上，免得听见这些夹杂着称赞和批评的嘈杂声。只有三个人走到他跟前：一位军官、波克兰和高乃依。后者附着耳朵对弥尔顿说：

“我劝您改一改您这些画卷，您所描写的这些景象太深奥了，我们的听众不能接受。”

尽管准备朗诵的段落都已译出，弥尔顿也应按次序予以朗诵，但他还是在记忆中搜寻那些在他看来比较能打动听众的章节，而不管他们是否能理解。但是由于某种奇迹的作用（这一点德·维尼未加说明），听众却听懂了。德巴罗觉得让人腻烦，斯居代里认为平淡无味。玛丽亚·德洛尔姆被在原始状态下亚当的描写深深感动。莫里哀、高乃依和笛卡儿则对他大加称赞，etc.，etc.。

要么是我们完全搞错了，要么是弥尔顿路过巴黎时既没有像一个过路的江湖艺人一样大大表演一番，也没有在一个荡妇家中朗诵那些用在座的人谁也听不懂的语言写成的诗，装模作样，虚张声势，一会儿闭上眼睛，一会儿望望天花板，以此来逗那些社交界人士开心。他同德图①、高乃依和笛卡儿的谈话应不是庸俗和矫揉造作的废话，而在社交界他扮演的应该是一个符合他身份的角色，一个谦恭高尚的、有着良好教养的年轻人的角色。

在了解了维·雨果和德·维尼伯爵令人惊奇的臆造故事之后，您还想看看另一个写生画家粗粗勾勒的一幅图画吗？那就请您读一读《伍德斯陶克》②中一个登场人物在克伦威尔的办公室中同弥尔顿会面的描写吧：……③

法国小说家④当然不会满足于这种无多大意义而又朴素自然的描写，在他的小说中，政务倥偬的弥尔顿必定会沉浸在诗情的想象之中，在某一份报告的页边上随便写上《失乐园》中的几个诗句。克伦威尔必定会发现这种事，并且把自己的秘书责骂一顿，骂他是平庸诗人、骗子 etc.。由此一定会产生可怜的瓦·

① 德图（1553—1617），法国政治家、历史学家。
② 英国作家司各特的长篇小说，中译本作《皇家猎宫》。
③ 此处应有一段引文，但作者未引用。
④ 此处似应为“英国小说家”之误，指司各特，但在《伍德斯陶克》中没有下文所说的情节。

司各特想象不到的艺术效果！

年轻的法国作家们如此天真而又如此残酷地污辱了这个伟大的灵魂，夏多勃里昂出版的译本在一定程度上减轻了他们的罪孽。我们已经说过，夏多勃里昂几乎是逐字逐句地翻译了弥尔顿的作品，只要法语句法允许，他的翻译便尽量贴近原文。这种翻译非常艰苦，却不易讨好，广大读者对此并不留意，只有少数两三个行家能给予高度评价！但是这个新译本是否成功呢？夏多勃里昂遇上了一个铁石心肠的批评家尼扎尔。尼扎尔在一篇极其精细敏锐的文章中对夏多勃里昂的翻译方法和译本本身都提出了猛烈批评。毫无疑问，夏多勃里昂在竭力逐字逐句传达弥尔顿的作品时却未能在译文中保持原作的思想和表达手段的忠实性，逐字逐句的翻译从来做不到忠实。每一种语言都有自己的短语，自己约定俗成的修辞格，自己的成语，它们不可能用相应的词语译成另一种语言。以一些最简单的句子为例：Comment vous portez vous；①How do you do②。您就试试逐字把它译成俄语吧。③

如果短语和表达手段如此灵活，表达能力如此之强，对外国语言又善于模仿、容易沟通的俄语尚且无法进行逐字逐句翻译，那么在习惯上如此周密，对自己的传统那么偏爱，对其他语言，甚至对与它同族的语言都怀着敌意的法语又怎能经得住这样的试验，尤其是在同弥尔顿这位集典雅、朴实、朦胧、晦涩、

① 法语：你好。
② 英语：你好。
③ 顺便提一下：不久前（好像是在《望远镜》上）有人在批评一篇译作时，大概想炫耀一下意大利语知识，指责译者为何在自己的译文中使用了 bat-tersi la guancia（打自己耳光）。battersi 是懊悔的意思，换一种译法是毫无意义的。——原注

生动、古怪和大胆得失去理智于一身的诗人的语言搏斗呢？

翻译《失乐园》是一次商业投机。夏多勃里昂是当代法国最杰出的作家，整个一代作家的导师，担任过最重要的大臣，数度出任驻外使节，在晚年却为了一块面包去翻译弥尔顿的作品。不管他从事的这项工作完成得怎样，这项工作本身及其目的都给这位著名作家增添了荣誉。只要跟自己做一笔小小的交易，他便可以安享新政府慷慨赐予的权力、荣誉和财富，可他宁愿选择正直与清贫。夏多勃里昂离开了长期在那里发表慷慨激昂演说的贵族院，带着一部待售的手稿和一颗不可收买的良心来到一家小书店。做出了这些举动之后，评论界会说些什么呢？它会不会用严厉的批评使这位高尚的劳动者感到无所适从，就像一个吝啬的顾客无端指责他的商品一样？然而夏多勃里昂不需要宽容，他把两卷与以往的全部作品同样辉煌的著作和他的译本编在一起，批评界对它们的缺点可以任意严厉评判；但是，尽管存在着种种缺点，那些可以同伟大作家创作最佳时期相提并论、毫无疑问能使人得到美感的篇章将会使他的书免遭读者的鄙视。

英国批评家们严厉评判了《试论英国文学》。他们指责它太肤浅、太单薄，他们根据书名，要求夏多勃里昂写学术评论和他本人熟悉的、充分了解的问题，但是对这部出色的评论根本不应提出这样的要求。夏多勃里昂的学术评论往往游移不定，谨小慎微，模棱两可；他评论许多作家，却没有读过他们的作品；他评论他们，往往一带而过，凭道听途说；他总是想办法摆脱枯燥的索引汇编工作。但是从他的笔下却不时流淌出才华横溢的诗文。他常常忘记评论，却海阔天空地挥洒他对于几个伟大历史时代的思考，他往往把这些时代同自己亲自经历的时代联系起来。在这些和英国文学史毫无关系的片断中饱含着许多披肝沥胆的真诚，许多直抒胸臆的议论，许多朴实无华的（有时是幼稚的然而总是充满了魅力的）抒发，正是这些片断形成了《试论英国文学》的真正价值。

夏多勃里昂的这本书以对中世纪急速而广泛的描绘开始，成了《英国文学史》的导言：

> 社会秩序不在政治秩序范围之内，它是由宗教、智力活动和物质工业组成的。任何民族在发生重大灾难和重大事件的时候，便有教士虔诚祈祷，诗人抒怀，学者思考，画家、雕塑家、建筑师进行创作和建造，工匠干活。只要看看他们，你便会看到一个实在的、真实的、静止的世界，人类的基础，然而看起来却和政治社会毫无相通之处。可是教士在祈祷中，诗人、画家、学者在创作中，工匠在劳动中却偶尔会揭示出他们所生活的时代的实质，事件的打击会在他们身上引起反应，由于这些打击，他们的牢骚、他们的汗水和灵感的成果便会越来越多，越来越强烈地奔涌出来……
>
> 中世纪看起来像一幅古怪的图画，这幅图画仿佛是一个想象力极其丰富却又有某种病态的画家的作品。在古代，每个民族可以说都有它自己的起源，某种原始精神渗透了它的一切，在各方面都产生了影响。习俗和民法合二而一。中世纪的社会是由上千个其他社会的废墟组成的。罗马文明和多神教在其中留下了痕迹，基督教给它带来自己的教义和胜利；法兰克人、哥特弗人、勃艮第人、盎格鲁-撒克逊人、丹麦人、诺曼人保存了他们民族特有的风俗

习惯。各种所有制和法律互相混杂在一起……自由和奴役的各种形式互相发生冲突：国王的君主政体自由，贵族的贵族政体自由，教士的个人自由，乡社的公共自由，城市、法庭、手工业阶层和商人的特殊自由，人民的代议制自由，罗马的奴隶制，蛮族的赋役，地区农奴制。由此产生了许多互相矛盾的现象、互相抵触而只能靠宗教的纽带联结在一起的风俗。看来各个彼此没有任何关系的民族都同意在一个政权之下，围绕一个祭坛共同生活。

《伊戈尔远征记》[①]

《伊戈尔远征记》是在亚·伊凡·穆辛-普希金的藏书室里找到，并在一八〇〇年出版的。手稿已在一八一二年焚毁。见过它的行家说，上面的字用的是十五世纪简化的多角字体。最初的几个出版者在正文后面都附了译文，一般说，这些译文是令人满意的，虽然某些地方还含糊不清，或者根本就无法理解。后来有许多人力图加以解释。虽然在这类研究工作中总是后来者居上（因为前人的错误和发现总是给后人开辟和扫清道路），但是最初的翻译仍旧是非常优秀的，因为参加翻译的人都是真正的学者。[②]其他的诠释者则争先恐后地用一些随心所欲的修改和毫无根据的猜测来解释那些费解的词句，从而使这些词句更加模糊不清。我们要感谢卡拉姆辛作出许多极重要的解释，他在《俄国史》中顺便解决了一些疑难问题。

有些作家对我国诗歌的这座古代丰碑的真实性表示怀疑，[③]因而引起了激烈的反驳。几可乱真的赝品可以迷惑外行人，却逃不过真正行家的慧眼。当查特顿把古代修士罗利[④]的诗寄给华尔浦尔时，华尔浦尔并未受骗。[⑤]约翰逊曾当场揭穿麦克弗森的欺骗。[⑥]但无论是卡拉姆辛，无论是叶尔莫拉耶夫，无论是A. X. 沃斯托科夫，还是霍达科秀斯基都从未怀疑过《伊戈尔远征记》的真实性。伟大批评家施勒策尔[7]没有见过《伊戈尔远征记》时曾怀疑过它的真实性，读过以后便断然宣称，他认为它是真实的古代作品，而且不认为有加以证实的必要，因为它的真实性是显而易见的！

除了作者本身的话，别的证明是没有的。古代特征证明了这首诗的真实性，这种特征是无法假冒的。我国十八世纪的作家中有谁具有这样的才能？卡拉姆辛？但卡拉姆辛不是诗人。杰尔查文？但杰尔查文连俄语都不懂，更不用说《伊戈尔远征记》的语言了。其他的人所写的诗加起来也没有雅罗斯拉夫娜的哭诉以及对战斗和溃逃的描写多。谁会想到把一个谁也不熟悉的大公的一次不为人知的远征作为诗作的题材呢？谁有这样的技巧，能使用后来在古代编年史中发现的或在其他斯拉夫语方言中仍在使用并保持着全部生动性的语言把这首诗的某些地方描绘得如此扑朔迷离呢？要这样做就必须具备所有斯拉夫语方言的知识。假定说，他掌握了所有这些方言，那么难道这样把许多方言掺杂在一起是自然的吗？如果荷马确有其人，那他也是被古希腊行吟诗人歪曲了的。

---

① 本文写于一八三六年初，普希金生前未发表。
② 最初参加翻译的有 A. Φ. 马利诺夫斯基和尼 · 尼 · 班狄什-卡敏斯基。
③ 指米 · 特 · 卡切诺夫斯基、奥 · 伊 · 先科夫斯基和伊 · 伊 · 达维多夫。
④ 原文为英语。
⑤ 托马斯 · 查特顿（1752—1770），英国诗人。他把自己写的一些叙事诗冒充十五世纪修士罗利的诗作。英国历史学家和杂志出版人华尔浦尔揭穿了这一骗局。
⑥ 英国批评家约翰逊（1709—1784），对苏格兰作家麦克弗森（1736—1796）出版于一七六二年的三世纪苏格兰说唱诗人莪相作品集的真实性第一个表示怀疑。麦克弗森把“发现”莪相诗歌的功绩归于自己是文坛上的著名丑闻。
⑦ 施勒策尔（1735—1809），德国历史学家、语文学家，曾在彼得堡科学院任职。

罗蒙诺索夫不是生活在十二世纪。罗蒙诺索夫的颂诗是用俄语写成的，其中掺杂着一些他从手边的圣经中吸收的词语。但是在罗蒙诺索夫的颂诗中您找不到波兰、塞尔维亚、伊利里亚[①]、保加利亚、波希米亚、摩尔达维亚等等斯拉夫语的方言。

…………[②]

① 巴尔干半岛西部一个地区的古称。

② 下文谈的是《伊戈尔远征记》的古俄语和翻译问题，从略。

弥尔顿说过……[①]

弥尔顿说过："从我这方面说，有少数读者就够了，只要他们真正理解我。"诗人这种充满自尊的愿望眼下还不时被人重复，只是作了一点修改。我们有些同时代人常常公开地或暗地里竭力开导我们："从他们这方面说，有少数读者就够了，只要买的人很多。"

---

① 本文发表于《文学报》一八三〇年三月十七日第十六期，未署名。

中篇小说《鼻子》注释[①]

尼·瓦·果戈理很久都未能同意发表这篇戏谑之作，但我们却发现其中有那么多意想不到、充满幻想、乐趣无穷和新奇独创的描写，因而终于说服了他，取得他的允许，让我们同读者一起分享他的手稿给予我们的快乐。

① 本文作为编者发表中篇小说《鼻子》的说明发表于《现代人》杂志。

论法国文学[①]

在各国文学中，它对我国文学影响最大。罗蒙诺索夫仿效德国人，也仿效它。苏马罗科夫——（特列季亚科夫斯基不喜欢从作诗法上来区分他们）——德米特里耶夫、卡拉姆辛、鲍格丹诺维奇。有害的结果——矫揉造作、谨小慎微，苍白无力。茹科夫斯基模仿德国人，巴丘什科夫和巴拉丁斯基模仿巴尔尼。有些作家按照俄国风格写作，其中只有克雷洛夫一人，他的笔法是俄国式的。维亚泽姆斯基公爵有自己的风格。卡捷宁——他的剧本是德国风格的——文笔则是自己的。

何谓法国文学？中世纪法国南部的行吟诗人。马莱伯因为写了献给迪佩里埃的颂诗中的四行诗和给布瓦洛的诗而保持了地位。梅纳尔，朴实，却差劲。拉康、瓦德尔——糟透了。布瓦洛、拉辛、莫里哀、拉封丹、让-巴·卢梭[②]、伏尔泰。布瓦洛窒息了法国文学，他的奇谈怪论，伏尔泰的嫉妒——法国文学被歪曲——俄国人开始模仿它——德米特里耶夫——卡拉姆辛，鲍格丹诺维奇——怎能模仿它：它的作诗法并不高明——呆板、苍白的语言——永远受到牵制，卢梭的颂诗很糟。杰尔查文。

我很难确定倾向于哪一种文学，但我们有自己的语言；大胆些吧！——风俗习惯，历史，歌谣，故事——等等。

---

① 这是一篇写作提纲的草稿，大约写于一八二二年。一部分已写成文章，即《论古典主义和浪漫主义诗歌》。

② 下文“卢梭的颂诗很糟”也指让-巴蒂斯特·卢梭。

论瓦尔特·司各特的长篇小说[①]

瓦尔特·司各特[②]长篇小说的主要魅力在于，我们将要了解的是没有法国悲剧那种过分庄重[③]的过去时代——它不像感伤小说那样墨守成规——不像史书那样一本正经[④]，而是故事犹如发生在当代，像在家里讲故事一样——我讨厌的是……[⑤]这里正好相反，在长篇历史小说中使我们着迷的是，其中的历史故事正是我们所了解的真实历史。[⑥]

莎士比亚[⑦]、歌德、瓦尔特·司各特[⑧]对国王和英雄没有那种奴颜婢膝的爱戴。他们不像那些滑稽地模仿高傲和珍贵[⑨]的奴才（如法国英雄一样）。他们在日常生活中是个普通人，他们的言谈并不慷慨激昂，装腔作势，即使在隆重场合也是如此，因为庄重在他们是平常的事。[⑩]

显然，瓦尔特·司各特是亲近英国王室的人。[⑪]

(1830)

---

① 本文写于一八三〇年。
② 原文为英语。
③④⑤⑥ 原文为法语。
⑦⑧ 原文为英语。
⑨⑩⑪ 原文为法语。

普希金生活与创作年表（俄历）

1799 年 5 月 26 日（公历 6 月 6 日）
普希金诞生于莫斯科。

1811 年 10 月 19 日
皇村学校开学，普希金入学。

1814 年 7 月
《致诗友》一诗发表于《欧罗巴导报》第 13 期。

1815 年 1 月 8 日
在皇村学校升级考试中当众朗诵《皇村中的回忆》一诗，受到杰尔查文的热情赞许。

1817 年 6 月 9 日
毕业于皇村学校，即以十级文官资格进入外交部服务。

1817 年 7 月
初访普斯科夫省的米海洛夫村。8 月末回彼得堡。

1817 年
参加“阿尔扎马斯社”。开始写作长诗《鲁斯兰和柳德米拉》。

1817 年末
写《自由颂》，以手抄本形式广为传播。

1818 年
写《致恰达耶夫》。

1819 年
参加绿灯社集会。

1819 年 7 月
在米海洛夫村写《乡村》。

1820年3月26日
完成长诗《鲁斯兰和柳德米拉》。

1820年5月6日
被流放到南方，在英佐夫将军手下任职。

1820年5月末—7月初
随尼·尼·拉耶夫斯基将军一家漫游高加索和克里米亚。

1820年7月底—8月初
《鲁斯兰和柳德米拉》出版。

1820年9月21日
到达基什尼奥夫，并在当地定居。

1820年11月
去卡敏卡村访问达维多夫，参加在当地举行的秘密团体会议。

1821年2月
完成长诗《高加索俘虏》。

1821年4月
在基什尼奥夫会见未来的十二月党人领袖彼斯捷尔。完成长诗《加百列之歌》。写《短剑》。

1822年9月
《高加索俘虏》出版。完成长诗《强盗兄弟》片断。

1823年5月9日
开始写作诗体长篇小说《叶甫盖尼·奥涅金》。

1823年7月中旬
调至敖德萨，在沃隆佐夫手下任职。

1823年秋
完成长诗《巴赫奇萨拉伊泪泉》。10月22日完成《叶甫盖尼·奥涅金》第一章。

1824年3月
完成《叶甫盖尼·奥涅金》第二章。长诗《巴赫奇萨拉伊泪泉》出版。

1824年7月31日

从敖德萨流放到普斯科夫省的米海洛夫村。

1824年8月9日

到达米海洛夫村。

1824年9月

写《书商和诗人的谈话》。

1824年10月

完成长诗《茨冈人》、《叶甫盖尼 · 奥涅金》第三章。发表《致大海》。

1825年1月11日

普欣到米海洛夫村访问普希金。

1825年2月

《叶甫盖尼 · 奥涅金》第一章出版。

1825年11月7日

完成历史悲剧《鲍里斯 · 戈杜诺夫》。

1825年12月

完成长诗《努林伯爵》。《普希金诗集》出版。

1826年1月3日

在米海洛夫村完成《叶甫盖尼 · 奥涅金》第四章。

1826年7月24日

得到五个十二月党人被处死的消息。

1826年9月8日

被召回莫斯科，随后觐见尼古拉一世。

1826年11月22日

完成《叶甫盖尼 · 奥涅金》第五章，同年完成第六章。

1827年1月初

托十二月党人穆拉维约夫的妻子将《在西伯利亚矿山的深处》一诗带往西伯利亚。

1827年5月

长诗《茨冈人》出版。

1827年7月28日

奶妈阿琳娜·罗吉昂诺夫娜去世。

1827年10月14日

在扎拉兹驿站遇见被捕的十二月党人丘赫尔别凯。

1828年4月

开始写长诗《波尔塔瓦》。

1828年8月—12月

为《加百列之歌》的反宗教内容在彼得堡受审讯。

1828年11月4日

完成《叶甫盖尼·奥涅金》第七章。

1828年12月6日

在莫斯科初见娜塔丽亚·尼古拉耶夫娜·冈察罗娃。

1828年

完成长诗《波尔塔瓦》。

1829年4月

长诗《波尔塔瓦》出版。

1829年5月

向冈察罗娃求婚，遭拒绝。旋起程前往高加索，随帕斯凯维奇部队到达土耳其的埃尔祖鲁姆。10月初返莫斯科。

1829年末—1830年初

写长诗《塔齐特》。

1830年1月

向卞肯多尔夫要求随俄国使节前往中国，未获准。

1830年4月

再次向冈察罗娃求婚，得到同意。

1830年8月31日

赴波尔金诺处理田产，因当地瘟疫流行，滞留到12月5日。在此期间完成《别尔金小说集》的五篇小说和《吝啬的骑士》等四篇小悲剧及童话《神父和长工巴尔达的故事》等作品。

1830 年 9 月 25 日

在波尔金诺完成《叶甫盖尼·奥涅金》第八章，全书写作历时七年四个月十七天。

1830 年 10 月

完成长诗《科隆纳一人家》。

1831 年初

历史悲剧《鲍里斯·戈杜诺夫》出版。

1831 年 2 月 18 日

在莫斯科和娜塔丽亚·冈察罗娃结婚。

1831 年 5 月 20 日

和果戈理结识。

1831 年 5 月 25 日

迁居皇村。

1831 年 8 月

完成童话诗《萨尔坦皇帝的故事》。

1831 年 11 月

《别尔金小说集》出版。被外交部重新录用，在档案馆供职。

1832 年 10 月 21 日—1833 年 2 月 6 日

写中篇小说《杜勃罗夫斯基》。

1833 年 3 月

《叶甫盖尼·奥涅金》全书出版。

1833 年 8 月

为收集普加乔夫暴动的资料离开彼得堡去喀山和奥伦堡等地采访。

1833 年 10 月—11 月

去波尔金诺村，完成童话诗《渔夫和金鱼的故事》《死公主的故事》，长诗《铜骑士》，短篇小说《黑桃皇后》。

1833 年

完成《普加乔夫史》。

1833 年 12 月 30 日

被沙皇尼古拉一世封为宫廷近侍，普希金对此表示愤慨。

1834 年 3 月

《黑桃皇后》出版。

1834 年 5 月

呈请退职。

1834 年 9 月

完成童话诗《金鸡的故事》。

1834 年 11 月

《普加乔夫史》出版。

1835 年 3 月

《西斯拉夫人之歌》出版。

1835 年 4 月

完成《埃尔祖鲁姆之行》。

1836 年 4 月

普希金主编的杂志《现代人》出版。

1836 年 8 月 21 日

写作《纪念碑》一诗。

1836 年 9 月

完成长篇小说《上尉的女儿》。

1836 年 11 月 4 日

收到诽谤性匿名信。

1836 年 11 月 5 日

向丹特士提出决斗。

1836 年 11 月中旬

得知丹特士向娜塔丽亚 · 冈察罗娃（普希金娜）的姐姐叶卡捷琳娜 · 冈察罗娃求婚，撤回挑战。

1837 年 1 月 26 日

丹特士继续追求娜塔丽亚 · 冈察罗娃（普希金娜），普希金再次要求决斗。

1837年1月27日（公历2月8日）

下午四时三十分在彼得堡近郊黑河边上和丹特士决斗，受重伤。

1837年1月29日（公历2月10日）

下午二时四十五分逝世。

1837年2月1日

在科纽申教堂举行安魂祈祷。

1837年2月4日凌晨

遗体在宪警秘密押送下运往米海洛夫村附近的圣山，2月6日在圣山修道院下葬。

冯春　编

一九九九年版十卷本《普希金文集》后记

画上《文学论文》卷最后一个句号，十卷本《普希金文集》终于完成了。这是一九九八年八月二日。从一九七八年开始翻译《鲁斯兰和柳德米拉》起，时间正好过去二十年。这一套文集基本上就是在这二十年的业余时间里翻译的。有些译文曾经过反复修改，例如《鲁斯兰和柳德米拉》初版后过了几年又重新翻译一遍，《叶甫盖尼·奥涅金》和小说作品出版后又各作过一次重大修改，抒情诗的反复修改，次数就很难统计了。在这二十年的业余时间中，除了选编一本篇幅达六十余万字的《普希金评论集》（俄国和欧洲作家论普希金）和一本《冈察洛夫、屠格涅夫、陀思妥耶夫斯基、柯罗连科文学论文选》、译完一卷莱蒙托夫散文外，基本上没有再译别的分量较大的作品，也就是说，这二十年的业余时间基本上都扑在普希金作品的翻译上面了。《新民晚报》曾有一篇关于我的报道，标题是《把每个夜晚都献给普希金》，基本上反映、概括了我的实际情况。

为什么我要翻译全套普希金作品，不惜为此牺牲我的全部业余时间和爱好，牺牲全部生活的欢乐？这件事说来话长，还得从头说起。

我生于福建省厦门市的一个贫苦家庭，在我七岁刚上小学的时候，父亲就因病去世，家中上无片瓦，下无立锥之地，厦门又是一个没有工业的商业城市，母亲只有小学文化，找不到工作，只能以女红和杂活维持家中生计，但她无论如何困难，都坚持让我上学。生活虽然艰难，家中却还有一些文化气息，母亲喜欢看书，姑母喜欢念诗，叔父在时而失业时而教书的困窘情况下还坚持自学中国古典文学和英语，并爱好书法篆刻。这一切对我幼小的心灵都起了深刻的潜移默化作用。我在读小学的时候便从同学处借阅了《水浒传》《三国演义》等许多明清小说。上中学时已是解放后，读的便是艾青、田间、李季等当代诗人的诗作和《新儿女英雄传》《小二黑结婚》等新的文学作品了。我的爱好无疑在文学方面。考大学时报考的都是新闻系、中文系、历史系的考古专业这些学科，结果却进了上海外国语学院的俄语系。起初我感到沮丧，但随着时间的推移，在我面前展开的却是一个崭新的天地，丰富而深刻的俄罗斯文学深深地吸引了我。也许由于我性格上的原因，我喜欢中外诗歌，而在俄罗斯文学方面偏爱的便是普希金、莱蒙托夫和屠格涅夫这些诗人和抒情作家。尤其是普希金那种疾恶如仇、追求自由、要在专制制度的废墟上铭刻自己姓名的誓言，对我产生了深刻的影响。毕业后，我进了新文艺出版社，从事外国文学的编辑工作。对于我来说，新分配的工作是最满意不过了，那正是我梦寐以求的。可是在那个年代，文艺舞台上（包括出版工作）哪容得由“死人洋人”统治着！出版工作走的是一条前途茫茫的羊肠小道，不时得停下来检查出书工作，加上不断搞政治运动，知识分子下乡下厂思想改造，编辑工作根本无法正常进行，更不要说好好地搞点翻译了，及至十年浩劫，挖三十年代文艺黑线老根，批三个斯基，一切“死人洋人”便无一例外被扫地出门，而我们这些“臭老九”自然只有“斗批走”的份——十几年的宝贵光阴就此莫名其妙地流失了。

粉碎“四人帮”，党的十一届三中全会的召开给外国文学出版工作送来了浩荡春风。工作终于可以正常进行了。我深深感到人生的事业应该从这里开始。我早就有一个心愿，要把普希金的文学作品系统全面地翻译出来，奉献给我国的读者。应该说，到六十年代初，普希金的主要作品都已介绍到中国来了。尤其是解放后，这些重要作品都已有了很好的译本。抒情诗有戈宝权的《普希金文集》和查良铮的两本选集，《叶甫盖尼·奥涅金》有吕荧、查良铮的两个译本，长诗查良铮也译了很多，《上尉的女儿》有孙用的译本，《杜勃罗夫斯基》有刘辽逸的译本，《别尔金小说集》有萧珊的译本……这些译者都是著名的老翻译家，译作都已为我国读者所接受和喜爱，但是我感到不足的是，这些译本都是零散出版的，在不同的地方印行，不同的开本，不同的装帧，尤其是出自不同译家之手，译文风格有很大差异。我觉得应该有一套包罗普希金全部文学作品，有相对一致译文风格的文集出版，我想干的就是这个工作，并把它作为我毕生的事业。现在回头想起二十年前的这一决定，心里倒有些忐忑起来，尽管当时我已过不惑之年，但在翻译工作上还是一个新兵，下这种决心似乎带着颇为浓重的初生之犊不怕虎的稚气。但是现在已经骑虎难下，只好硬着头皮干下去。我想只要真正做到“认真”二字，不管结果如何，总算尽了我的一分绵薄之力，也就可以安心了。可喜的是，在我这套十卷集出版的前后，国内又有几套《普希金文集》或《普希金全集》陆续出版，这些《文集》或《全集》在集普希金作品之大成这一点上已经做到了，也是实现了我的愿望的一个方面。我希望今后还会有某一位或某几位有志之士再独力把普希金的全部作品翻译出来，达到更加完美的境界，这样，我们就可以不断地提高普希金作品的翻译水平！

需要说明的是，这套《文集》是在内子张蕙的全面协助下完成的。她不仅在生活上和我同甘共苦近四十年，和我一起经历二十年的两地分居生活，经历十年浩劫的惊恐，经历无钱买八分邮票通信的经济困难，经历分别在两地生活的两个儿子不认识亲生父母、叫我们“阿姨”“叔叔”的骨肉分离，而且在返沪后还逐字逐句地对照原文给我的译文做了第一个编辑，为译文减少错误、提高质量和我共同在酷暑下挥汗，在严寒中颤抖，牺牲一切娱乐和爱好，一起完成了这套文集的翻译工作。正像一首歌中所唱的，“军功章中有我的一半，也有‘她’的一半”，这是完全符合事实的。

这套文集共十卷，其中有抒情诗三卷，叙事诗、童话二卷，《叶甫盖尼·奥涅金》一卷，小说、散文二卷，戏剧一卷，文学论文一卷，并按此次序排列。《文集》不按一、二、三、四……卷编排次序，这是为了方便读者选购。读者可以按自己的兴趣和需要购买全套或选购其中的某一卷、某几卷，而不会有不成套的遗憾；出版社也可以按读者的需要印制某一卷或某几卷，而不必每个印次都印全套，造成积压浪费。

这套文集的翻译工作经历二十年之久，并且由于作品的难度、内容的丰富、体裁的多样、翻译方法上的改进、中俄语言的差别，尤其是译者水平的限制而致使译文中存在各种各样的不尽如人意之处，希望专家和读者不吝指教，以便今后有机会时加以改进。

这套《文集》的出版欣逢亚历山大·普希金诞生二百周年的盛大节日，谨将这一《文集》献给这位俄罗斯的伟大诗人、中国读者喜爱的朋友!

冯 春

1998年8月8日于上海

后　记

十二卷本《普希金文集》和读者见面了，离十卷本出版有二十四年之久，在这段时间里，作为整体的文集不曾重版，但抒情诗、诗体长篇小说《叶甫盖尼·奥涅金》、小说、童话诗等却以散本形式不断印行，因此，我想读者对拙译是不会感到陌生的。

这次新一版，由十卷扩大到十二卷，主要是因为十卷本中的抒情诗是选收的，约四百首，大致上只是普希金抒情诗中的一半；这次借重版机会，将普希金近八百首抒情诗收全，故增加了两卷。

其次较大的变动，是将《叶甫盖尼·奥涅金》的第一译本改收第二译本。第一译本的译法主要考虑音韵与内容的统一，即韵脚和完整句的和谐，同时除了保持此诗四音步（中文表现为四顿，即每行四个词）的结构，主要遵循汉语诗习惯，用偶行押韵，主要是考虑到中国读者对诗歌韵律的习惯。这一译本经历了四十年的考验，仍受到读者的喜爱，印数应达四十万册之多。第二译本是近年仿普希金独创的“奥涅金诗节”的格律重新翻译的，这是时下较流行的译法，似乎是业内较一致的倾向，因此考虑将第二译本收入新一版《文集》之中。但这样的改动并非否定第一译本，我想两个译本是可以同时存在的，主要看读者的喜爱。

借《文集》出新一版的机会，译者已将全文重读修订一遍，特别是抒情诗有较多修改，有些诗甚至重译。此外，在叙事诗《巴赫奇萨拉伊泪泉》后面增译了一篇附录：伊·马·穆拉维约夫-阿波斯托尔的《塔夫里达旅行记》（片断）。它应有助于读者了解巴赫奇萨拉伊汗王后宫的生活和主人公玛丽亚的真实身份。在小说方面增译了一篇普希金未完成作品《别墅来客》，这是普希金未完成作品中较重要的一篇，虽未完成，但附有写作提纲，基本可了解全篇内容。收入这篇未完成作品，应有助于读者了解普希金小说的题材多样性。

这套十二卷本基本囊括了普希金的全部文学作品，可视为普希金文学全集。它的出版实现了我多年的梦想，在我耄耋之年，将给予我莫大慰藉。感谢上海译文出版社给予我多年的关照与支持，也感谢广大读者对拙译的关注。

《文集》虽然再版，但不足之处与谬误不可避免，希望专家与读者不吝指正。

冯　春

2021 年 6 月 20 日

于舜元知雅园

...Быть может, уж недолго мне
В изгнаньи мирном оставаться.

...Нахожусь я в глухой деревне – скучно, да нечего делать; здесь нет ни моря, ни неба полудня, ни итальянской оперы.

...Быть может, уж недолго мне
В изгнаньи мирном оставаться.

...И забываю мир – и в сладкой тишине
Я сладко усыплен моим воображеньем,
И пробуждается поэзия во мне.